KB056191

로어 II

ALEXANDRA BRACKEN

신을 죽인 여자
로어 II

알렉산드라 브라켄 지음
최재은 옮김

LORE

이덴슬리벨

차례

2권

3부

불사신

29

로어는 뒷걸음쳤다. “아니에요. 난 헤르메스를 본 적도 없는데. 나는….”

“지난 몇 년 동안 헤르메스는 자기 살길을 모색하고 있었던 게 아니야. 그는 널 보호하고 있었어.” 레블러가 말했다. “멍청한 짓이었지.”

레블러는 분수로 시선을 돌려 그 안에 물처럼 고인 피를 바라봤다.

“하필이면 그런 한심한 몸뚱이를 골라서는. 하지만 그게 너한테는 통했을 거야, 그렇지? 곧 쓰러질 것 같은 늙은이 말이야. 그 몸을 보고 불쌍하다는 생각이 들었을걸? 도와주고 싶은 마음이 마구 샘솟았겠지.”

“나는…” 로어가 말했다. “아니야, 그는…, 그럴 리가….”

“생판 모르는 사람이 그 수고를 들여 미국으로 돌아오는 비용을 대주고 그것도 모자라 아예 살 집까지 마련해주고 아기자기하고 행복한 삶을 살게 해주는 것이 정말 있을 수 있는 일이라고 생각한 건 아니겠지, 설마?" 레블러는 이제 대놓고 비아냥댔다. "헤르메스는 그 집을, 그리고 너를 철통같이 지켰어. 초대받지 않으면 그 누구도 그 집 안에 발을 들일 수 없었지. 나조차도 그 브라운스톤을 찾고 나서도 진실을 알아내는 데 며칠이 걸렸으니까. 그곳에 무언가가, 내가 볼 수 없는 누군가가 있다는 사실 말이야. 그 친구는 자기 능력을 사용해서 우리 신들 눈에 네 모습이 보이지 않게 술수를 썼어. 역시 영리한 친구였지. 나 말고는 아무도 알아내지 못한 걸 다행으로 알라고, 이 멍청한 인간쓰레기 같으니."

"그럴 수가 없는데…." 로어가 목소리를 고르게 내려고 안간힘을 쓰며 말했다. 하지만 머릿속에는 이미 카스토르가 했던 말이 떠올랐다. *몇 년이나 너를 찾아다녔는데, 네가 완전히 증발해버린 것 같았어. 아무런 흔적도 남기지 않고 말이야.*

"어이구 그럴까?" 레블러가 마치 아이를 어르듯 비꼬았다. "신들이야 지들 꼴리는 대로 인간이나 다른 신의 눈에 보이지 않게 안개 같은 장막으로 자기 모습을 숨기는 것쯤 일도 아니지. 하지만 인간은 그럴 수 없으니 헤르메스가 너한테 뭔가를 줬을걸? 그 물건에 술수를 써서 신들의 눈을 피할 수 있게 했겠지. 네가 항상 몸에 지니고 다닐 수 있는 것으로 말이야. 물론 헤르메스는 그 물건이 너한테 꽤 의미 있는 것처럼 온갖 감언이설을 갖다 붙였겠지. 그걸 무슨 일이 있어도 항상 몸에 지니고 있어야 한다는 생각이 들지 않았나? 아마 네 멍청하고 하찮은 뇌가 그 모든 게 다 네가 스스로 생각해낸 것처럼 믿었을걸? 네가 *'좋아서'* 그 물건을 지니고 다니는 거라고 말이야."

로어의 손이 자기 목의 맨살을 더듬었다. *깃털 목걸이.*

머리가 쿵쿵거리기 시작했다. 마치 심장박동 리듬에 맞춰 망치가 머릿속을 두들겨대는 것 같았다.

"그 물건의 보호 효과는 헤르메스가 살아 있는 동안만 유효했어." 레블러가 계속 말했다. "바로 그 때문에 저 밖에 있는 네 신 친구들 둘을 포함한 모든 신들이 네 모습을 볼 수 있게 된 거지."

로어는 손이 떨리지 않게 양손을 주먹 쥐듯 오므렸다. 고개를 젓고는 있었지만 이미 마음속에선 연결고리를 끼워 맞추며 레블러의 말이 사실이라는 걸 인지했다. 래스가 헤르메스를 죽인 그날 밤에 목걸이의 고리가 끊어진 것도 단순한 우연이 아니었다….

"내가 브라운스톤을 찾아냈는데도 헤르메스는 날 만나주지 않았어. 나한테 말조차 안 하려고 했다고. 아무리 끈질기게 찾아가도 소용없었지. 절대 배신하지 않을 테니 나랑 같이 가자고, 함께 래스를 받들자고 아무리 열심히 설득해도, 그의 비밀을 지켜주겠다고 스틱스강(그리스신화에서 저승을 둘러싸고 흐르는 강. 신도 인간도 결코 어겨서는 안 되는 맹세의 증표-역주)에 대고 아무리 맹세해도 헤르메스는 꿈쩍도 하지 않았어." 레블러는 손짓으로 로어의 형체를 가리키듯 빙 두르며 말했다. "그게 다 너 따위 망할 년한테 부채 의식을 느껴서였지. 너도 그냥 네 식구와 함께 뒈져버렸어야 했어."

레블러는 마치 로어의 목을 움켜쥐려는 듯 손을 들어 올리더니 공중에서 휘젓는 시늉을 했다.

그러자 곧 심장이 한 번 뛸 때마다 프릭 컬렉션 건물이 사라지기 시작했다. 주변의 색깔과 빛이 로어를 둘러싸고 소용돌이치더니 곧 브라운스톤이 있는 거리의 모습을 그려냈다. 로어는 와인을 병째 들이켠 것처럼 머리가 무거웠다.

"당신…" 이제 입술도 아무런 감각이 느껴지지 않았다. "당신 이야기는… 그럴 리 없어… 길 할아버지는…."

로어의 눈앞에 거실에 있는 길 할아버지의 모습이 나타났다. 할아버지는 낡은 전축을 켜더니 음악이 거실에 울려 퍼지자 빗자루를 파트너 삼아 춤을 추기 시작했다. 하지만 로어가 자세히 살펴보니 노인의 발이 바닥에서 붕 떠 있었다.

"길이라고?" 레블러가 짓궂은 웃음을 터뜨렸다. "헤르메스가 자기를 그렇게 불렀나?"

앞에 있던 길 할아버지의 모습이 점차 바뀌었다. 키가 커지더니 팔다리에 근육이 붙고 피부는 청년처럼 매끈했다. 그에게서 은은한 빛이 뿜어 나왔다.

"나도 그가 위장한 모습을 봤어." 레블러가 말했다. 그의 목소리가 멀리서 들려오는 것 같았다. "네가 그를 믿은 것도 무리가 아니지. 동화 같은 일이 일어났으니 아주 좋아죽을 지경이었을 거야."

모든 기억의 파도들이, 그동안 행복했던 거짓의 껍데기가 모두 씻겨나가고 실체들이 마구 몰려오자 로어는 자기도 모르게 상체가 고꾸라졌다.

"아니, 다 거짓말이야." 로어가 말했다.

하지만….

하지만 그날 밤, 길 할아버지가 몇 시간이나 길바닥에 그대로 쓰러져 있었는데도 로어가 도착할 때까지 아무도 그가 공격을 당하는 소리나 도움을 구하는 비명 소리조차 듣지 못했다는 게 과연 가능한 일인가? 그렇게 평화로운 작은 마을에서 그가 그토록 잔인하게 강도를 당할 확률이 얼마나 된단 말인가? 심지어 그곳 의사도 그 마을에서 그런 무참한 공격이 일어났다는 사실에 굉장히 충격을 받은 것 같았다.

길 할아버지는 로어의 얼굴 흉터에 대해서도 단 한 번도 캐물은 적이 없다. 처음 만났을 때도 그랬고 이후로도 마찬가지였다. 그는 로어의 의도에 대해서도 묻지 않고 그냥 자신의 집에 받아들였다. 심지어 죽고 난 뒤엔 로어에게 모든 것을 남겼고….

이번 아곤이 시작되기 바로 몇 달 전, 차에 치여 죽으면서.

헤르메스는 자신이—'길'이— 아곤이 시작되자마자 사라져버릴 것을, 이번 회기가 시작되는 순간 정해진 아곤의 장소로 소환될 것을 알고 있었을 것이다. 이번 아곤에서 '길'이 죽게 될 가능성도 있고, 그럴 경우 로어가 '길'에게 무슨 일이 일어났는지 궁금해할 것까지 모두 미리 계산해봤을 것이다.

어쩌면 '교통사고로 인한 죽음'은 그가 로어에게 친절을 베푼 것이었다. 하지만 로어는 그것이 더 화가 났다. 그는 로어에게 진실을 말했어야 했다. 자기 모습을 로어에게 밝혔어야 했다.

카스토르가 자신을 부르는 소리가 들리는 것 같았다. 하지만 로어는 돌아볼 수 없었다. 몸이 마음대로 움직여지지 않았다.

모든 게 거짓이었어.

하지만 지금 이것도 거짓이다. 뉴디오니소스는 광기를 조종하고 환영을 만들어내는 능력이 있다.

"이제 그만해요!" 로어가 머리를 움켜잡으며 말했다. "이런 거 보고 싶지 않아!"

곧 브라운스톤이 시커멓게 타버리더니 프릭 컬렉션 건물이 다시 나타났다. 너무나 생생한 환영에 비하면 프릭 컬렉션의 실물은 답답하고 칙칙해 보였다.

"자, 이제 말해봐." 레블러가 시작했다. "그 집구석에도 녹색 벨벳 천지였나? 헤르메스는 항상 취향이 고약했거든."

로어는 손으로 입을 꽉 막았다.

"나는 그에게 그냥 래스가 아이기스를 되찾고 싶어 한다는 말만 전해주려고 했어. 하지만 헤르메스도 이미 알고 있었을 거야. 그렇지 않으면 '너 따위'를 보호하느라 왜 그렇게 개고생을 했겠어? 나는 헤르메스가 나한테 주려고 방패를 이곳에 갖다 놨을 거라고 생각했어. 래스에게 갖다 바치라는 게 아니라 내가 그걸 아예 없애버리도록 말이야. 그 바보 멍청이가 대체 왜 그걸 없애버리지 않았는지 도무지 이해가 안 돼. 그러면 그놈의 방패와도, 너 따위 인간과도 더 이상 엮이지 않았을 텐데!"

"나한테 방패가 없으니까 그렇죠." 로어가 다시 말했다. "전부 다 도저히 말이 안 돼요!"

"아니 아니지, 요 깜찍한 년." 그가 나지막이 위협하듯 말했다. "지금 여기서 *'말이 안 되는 건'* 왜 네가 그동안—"

갑자기 로어의 얼굴 전체에 핏방울이 흩뿌려지더니 레블러가 앞으로 고꾸라져 분수 안으로 쓰러졌다. 신선한 피가 스며들자 석조가 짙게 물들었다. 레블러가 목에 화살이 박힌 채 물 위로 떠오르는 동안 충격을 받은 로어는 그 모든 것을 그저 바라보고만 있었다.

육중한 몸이 로어의 몸을 덮쳐 바닥으로 쓰러뜨렸다. 천장에서 부서진 유리 조각들이 두 사람 위로 우수수 쏟아졌다. 카스토르는 숨을 거칠게 몰아쉬었다. 그가 숨을 내뱉을 때마다 로어의 얼굴로 흘러내린 머리카락이 나풀거렸다. 카스토르는 손으로 로어의 머리와 목과 가슴을 살피며 상처가 없는지 확인했다.

"난 괜찮아. 카스토르, 난—"

또 다른 화살이 공기를 가르며 날아와 로어의 머리 바로 옆 타일 바닥에 박혔다.

카스토르는 돔 천장에서 화살을 쏘아대는 자들의 시야를 피해 분수 주변을 둘러싼 기둥 사이로 로어를 끌고 갔다. 로어의 시야 가장자리로 마일스가 미술관 입구로 달려가는 것이 보였다.

"아르테미스야?" 로어가 목을 쭉 빼며 숨넘어가는 소리로 물었다.

"여사자들이다!" 기둥 뒤에서 아테나가 소리치며 칼 하나를 멀리 내던졌다. 여자 헌터는 몸을 비켜 칼은 피했지만, 아테나가 던진 창은 피하지 못했다. 그녀의 몸이 미술관 안으로 떨어져 대리석 바닥에 부딪히자 얼굴에 쓰고 있던 뱀 문양 마스크가 부서지며 쪼개졌다.

로어는 카스토르에게 어깨를 붙들린 채 몸을 앞으로 내밀어 돔 천장에서 가장 많이 부서진 부위를 간신히 살펴봤다. 그 구멍으로 검은 옷 차림의 여자 헌터 두 명이 더 나타났다. 한 명은 아테나를 겨누고 다른 한 명은 다시 활을 들어 올려 카스토르를 겨누고 있었다.

카스토르는 불폭탄을 날려서 그들이 서 있던 천장을 부서뜨렸다. 두 명의 여사자는 추락했지만 호된 훈련 때문인지 잔해에 부딪혀 뼈가 부러지는데도 외마디 비명조차 지르지 않았다.

카스토르의 얼굴에 참담한 죄책감이 드리웠다. 곧 그들에게 달려갈 것 같은 카스토르를 로어는 붙잡았다.

"저들을 치료해야 해." 카스토르가 로어의 팔을 뿌리치며 말했다.

"그럴 가치조차 없는 인간들이야." 로어의 말에서 소름 끼칠 정도로 분노가 치밀어 올랐다. "그냥 죽게 내버려둬."

카스토르가 놀란 얼굴로 돌아보자 로어는 오히려 더 화가 났다. *대체 나한테 뭘 바란 건데?*

"얘들아." 마일스가 외쳤다. "여기서 당장 나가야 해!"

카스토르는 마지막으로 한 번 더 로어를 쳐다보고는 그녀의 손을 뿌리치고 두 명의 여사자들을 향해 정원을 가로질러 뛰어갔다. 로어가 카스토르의 뒤를 따르려는데 그녀의 귀에 나지막한 고통의 신음이 들렸다.

로어가 몸을 돌리자 미끄러운 타일 바닥을 디뎌보려고 허우적거리는 레블러의 발이 눈에 띄었다. 레블러는 분수 밖으로 나오려고 안간힘을 쓰고 있었지만 헛된 노력이었다.

저들은 레블러를 죽이려 한 게 아니야. 그 깨달음에 온몸이 찌릿

했다. 저들은 여사자들이다. 지금은 레블러를 무력하게 살려두고 나중에 래스가 직접 죽이도록 하려는 것이다.

로어는 레블러에게 달려가며 외쳤다. "카스토르!"

자기 이름을 들은 카스토르는 뒤를 돌아보며 여사자 한 명을 붙잡고 있던 손을 놓았다. 그러자 여사자를 둘러싸고 맴돌던 빛도 사라졌다.

"멍청이 같으니라고!" 아테나가 로어에게 외쳤다. "멈춰!"

"아직 살아 있어요!" 로어는 레블러의 어깨를 잡고 분수 밖으로 끌어냈다.

레블러의 눈동자가 요동쳤다. 그는 화살이 뚫고 지나간 상처를 손으로 누르려 했지만 피가 흥건한 목 위에 맥없이 얹혀 있을 뿐이었다. 어쩐 일인지 화살이 경동맥을 피해간 것 같았다. 로어는 자기 손을 그의 손 위에 겹쳐 올리고 출혈을 막아보려고 세게 눌렀다.

"최대한 긴장을 풀어봐요." 로어가 레블러에게 말했다.

그는 고개를 저었다. 얼굴이 고통으로 일그러졌다. "그것… 그것을… 다시 줘야… 되돌려…."

"무슨 얘기를 하려는 거예요?" 로어가 물었다.

아테나가 레블러의 목을 누르고 있던 로어의 손을 들어 올리더니 그 위에 자신의 손을 올렸다. 레블러의 피부는 이제 축축한 잿빛으로 변했다. 이제 그의 얼굴에 드러나는 것이라곤 온통 두려움뿐이었다. 아테나는 레블러를 잠자코 내려다봤다. 여신의 표정은 싸늘했다.

"카스토르!" 로어가 다시 외쳤다. 카스토르는 겨우 몇 걸음 떨어져 있었는데도 슬로모션으로 움직이는 것 같았다. 로어는 다시 레블러를 바라보며 말했다. "조금만 버텨—"

그때 '툭' 부러지는 소리가 기둥 사이를 뚫고 울렸다. 아테나가 레블러의 목을 틀어쥐고 부러뜨린 것이다.

"대체 무슨 짓이에요?" 충격을 받은 로어가 기겁해서 물었다.

여신은 피 묻은 손을 레블러의 하늘색 튜닉에 문질러 닦으며 일어섰다. "어차피 틀린 목숨이다. 다른 인간이 그의 힘을 빼앗아가도록 놔두겠다는 건가? 아니, 네가 직접 그의 힘을 빼앗을 생각이었나?"

아니, 로어는 추호도 그럴 생각이 없었다.

"내가 구할 수도 있었잖아요!" 카스토르가 격분했다.

"어차피 이 멍청이는 우리를 도와줄 생각도 없었다. 자기 적들에게 죽임을 당하느니 차라리 자비로운 내 손에 죽는 것이 이자에게도 더 나은 일."

"그 누구에게도 안 죽을 수 있었다고요!"

그때 천장에서 쿵쿵거리는 발소리가 들렸다. 로어는 건물 한구석을 향해 움직이는 발소리를 쫓아 몸을 돌렸다.

"뭐가 또 있는 거야?" 마일스가 물었다.

여러 가지 가능성이 로어의 머리를 스쳤다. 어쩌면 레블러에게 화살을 날린 사람은 여사자가 아닌지도 모른다.

어쩌면 래스가 직접 쏜 것일 수도.

로어는 돌연 입구를 향해 달리기 시작했다. 깜짝 놀라 뭐라고 외치는 마일스를 무시하고 문고리에 걸쳐두었던 곤봉을 잡아 뺐다.

거세게 밖으로 뛰쳐나간 로어는 급정차하듯 발로 바닥을 긁었다. 어두운 형체가 지붕에서 벽을 타고 내려오더니 마지막 1~2미터를 남기고 잔디밭으로 쿵 뛰어내려 착지하는 모습이 보였다.

래스가 아니었다. 헌터가 몸을 돌리자 뱀 문양 마스크가 달빛에 번득였다. 그는 공사를 위해 세워둔 바깥 울타리를 뛰어넘어 17번가 쪽으로 향했다.

로어도 그의 뒤를 쫓았다.

"로어!" 카스토르가 외쳤다. "기다려!"

하지만 기다리고 있을 수 없다. 더는 싫다.

헌터의 형체가 이른 아침의 어둠과 대조를 이루며 그림자처럼 움직였다. 그는 서쪽으로 달리더니 5번가 도로를 건너 센트럴파크의 경계를 표시하는 낮은 돌 울타리를 뛰어넘었다.

로어도 그 위를 미끄러지듯 넘었다. 돌에 손바닥이 까였다. 이렇게 늦은 시각에는 공원은 폐쇄돼도 가로등은 여전히 켜져 있었다. 헌터가 이곳에서, 하고많은 장소 중에 하필이면 이 공원에서 그녀를 따돌릴 수 있을 거라고 기대한다면, 기다려라. 이제 곧 엄청난 실망감을 맛보게 해줄 테니.

"옳지, 잘하고 있어." 로어는 중얼거렸다. "어디 계속 달려보시지."

지구 끝까지라도 쫓아갈 작정이었다. 그곳이 어디든 그 끝에 래스만 있다면.

길 할아버지….

아니, 이건 좋은 일이다. 이제 로어는 정면만 바라볼 것이다. 절대 뒤돌아보지 않으리라. 로어가 고통을 모른 척하면 그것도 로어를 모른 척해주겠지. 다른 것들도 다 그랬으니까, 이번에도 통할 거야. 로어의 분노도 이번만은 쓸모가 있겠지. 덕분에 계속 움직일 수 있을 테니까.

버려진 게 아니야, 로어는 생각했다. 하지만 *결코 자유로워진 것도 아니야.*

로어의 가슴을 채운 것은 분노만이 아니었다. 굴욕감. 지금까지 로어는 자신이 신들의 손아귀에서 벗어났다고 믿었다. 마침내 자신의 삶을 자기 뜻대로 살고 있다고 말이다.

하지만 그 어떤 것도 진짜가 아니었다.

로어가 길 할아버지에게 받았던 사랑도, 희망도 가짜였다. 심지어 즐겁고 행복했던 그 모든 나날도 전부 다. 로어는 브라운스톤의 그 어떤 것도, 그 안에 들어 있는 그 어떤 물건도 움직이거나 바꾸고 싶지 않았다. 길 할아버지의 기억대로 보존하는 것이 그에게 신세를 갚는 길이라고 믿었다. 하지만 이제 보니 로어는 지금까지 신에게 바치는 또 하나의 사당을 만든 셈이었다.

헤르메스는 매일 로어를 지켜보면서 얼마나 비웃었을까.

할아버지가 로어에게 말했다. *새로운 인생을 시작하고 더 나은 삶을 살아가면 계속 앞만 바라보게 된단다. 그러다 보면 언젠가는, '자신이 과거에 잃어버린 것들을 더 이상 되돌아보지 않게 되었다'는 걸 문득 깨닫게 될 거라고.*

헤르메스. 로어에게 이 말을 한 자는 헤르메스였다. 도대체 무슨 저의로? 로어가 자신에게 아이기스를 넘겨줄지 떠보려고?

방패를 떠올리는데도 긴장되지 않는 건 7년 만에 처음이었다. 그동안 방패 생각만 해도 온몸이 얼어붙곤 했던 것과 전혀 달랐다. 아니, 이제는 아예 그 방패를 들고 있는 자기 모습이 생생하게 그려질 정도였다. 방패의 가죽끈이 팔뚝을 팽팽하게 당기는 느낌, 안에 갇혀 있는 방패의 힘이 그르르릉 로어의 감각을 간지럽히는 느낌이 실제로 느껴지는 것 같았다.

방패를 가져오면 된다. 원래 자신의 것이었으니까 되찾아오면 된다. 까짓것 아곤이 그녀를 못 봐주겠다면, 그래 그놈들의 게임판에 들어가서 직접 박살을 내주지. 그들이 또다시 로어를 망가뜨리기 전에 그녀가 먼저 그들을 깨부숴 주리라.

래스와 나머지 작자들이 절대 얕보지 못하게 따끔한 메시지를 보내줄 생각이다.

꼬마 뱀아 꼬마 뱀아, 어디로 가는 걸까. 텅 빈 공원의 나무 사이를 뚫고 달려가는 헌터를 바라보며 로어는 생각했다. *꿈틀꿈틀 어느 구멍으로 그렇게 열심히 찾아 들어가는 것이냐.*

그 답은 생각보다 빨리 드러났다.

헌터는 공원 산책로에서 멀리 떨어진 경로로만 이동하며 풀로 뒤덮인 둔덕들을 넘고 놀이터와 조각상들 사이를 이리저리 통과하더니 이제는 속도를 늦춰 '더몰(the Mall)' 거리를 경계 짓는 울타리에 다다랐다.

널찍한 '더몰' 산책로를 따라 공원 벤치와 짙은 느릅나무가 주욱 줄지어 있었다. 정신없이 뒤따르던 로어는 갑자기 주춤했다. 하지만 헌터는 이미 길 한가운데 멈춰 서서 그녀를 기다리고 있었다.

그가 마스크를 벗었다.

"멜로라, 멜로라, 어서 나오시지." 벨런 카드모스가 말했다. "피차 아는 사이에 내숭 떨지 말고."

30

아드레날린이, 달짝지근하고 뜨끈한 호르몬이 로어의 몸에서 세차게 끓어올랐다.

벨런은 자기 아버지와 꼭 닮은 오만무도함의 모든 특징을 갖고 있었다. 거저 얻은 겁 없는 태도이며 한 번도 자기 왕권을 빼앗겨본 적 없는 자의 기고만장한 미소까지. 저놈은 사생아인데도 아리스토스 카드모스의 외동아들인 덕분에 그럭저럭 떠받들려 살아왔다.

어떤 대접이든 여자인 로어가 받았던 것과는 비교할 수 없을 정도로 좋았겠지.

벨런은 들고 있던 석궁을 옆으로 내던지더니 팔 안쪽에 묶어둔 칼집에서 긴 검을 꺼냈다. 로어도 자기 검을 그러쥐며 재빨리 상대와 자신의 전세 득실을 따져봤다. 로어는 키가 크다. 하지만 벨런이 아주 약간 더 크다. 로어의 검이 더 짧은 것도 불리했다. 벨런이 더 넓은 공격 반경을 확보하고 있었다.

하지만 로어는 더 큰 분노를 장착하고 있었다. 벨런은 덩굴째 굴러 들어온 호박이나 마찬가지였다. 공원에서 자기 아들의 시체를 발견하는 것만큼 래스에게 보낼 훌륭한 메시지가 또 있을까.

로어는 그늘 밖으로 나왔다. "내숭 안 떤다고 욕하기 없기, 쪼다 같은 개자식."

"오랜만에 만난 친구한테 그따위로밖에 인사 못 하나?" 벨런이 나지막한 어조로 다정하게 말했다.

"예전에 네놈이 네 아빠 발밑에 말 잘 듣는 개새끼처럼 조용히 앉아 있었던 게 기억나서 말이야." 로어가 벨런의 위아래를 재빨리 훑는 시늉을 하며 계속 말했다. "그때랑 변한 게 하나도 없는 것 같네."

"그때나 지금이나 넌 여자치고 참 말이 많아." 벨런은 산책로의 낮은 울타리를 훌쩍 뛰어넘는 로어를 바라보며 말했다.

"그 점에서 우린 참 극과 극이지? 난 네가 말을 못하는 줄 알았거든. 그런데 이제 보니 자기 생각도 말할 줄 아네? 아빠가 목줄을 풀어줬나 봐?" 로어가 말했다.

"그분은 나의 주군이자 아버지시다." 벨런이 말했다. "아차차, 생각해보니 넌 그게 뭔지 모르겠구나. 둘 다 없으니."

로어는 비아냥을 무시하고 그의 주변을 빙빙 돌기 시작했다. "미술관 안에 신들이 셋이나 있었는데 네가 아무도 못 죽인 걸 알면 네 *'주군이자 아버지'*께서 뭐라고 하실까?"

"어차피 레블러를 노린 것도 아니었어." 그의 시선이 로어를 꿰

뚫을 것 같았다. "너를 잡으러 갔던 거지."

로어는 놀란 표정을 애써 감추며 대답했다. "아이고 황송해라."

"멜로라, 그분은 그걸 돌려받고 싶어 하신다. 그 물건을 되찾을 때까지 수단과 방법을 가리지 않으실 거다."

"대체 '그 물건'이 뭔진 모르겠지만 나한텐 없어." 로어는 다시 그의 주변을 돌기 시작하며 거리를 좁혔다. "너희들 시간만 낭비하는 거라고."

"그래, 나도 그분께 그렇게 말씀드렸지." 벨런이 칼을 앞으로 내밀며 말했다. "네가 그걸 아직도 갖고 있었으면 벌써 직접 사용했거나 아니면 네가 졸졸 따라다니는 신들 중 하나에게 줬을 거라고 말이야."

"그런데도 이렇게 우리가 만났네?" 로어가 말했다. "그분은 네 생각 따위엔 별로 관심이 없나 봐?"

벨런의 얼굴이 어두워졌다. "넌 방해꾼이야. 그 *'물건'*이 방해가 되고 있다고. 난 널 죽이고 모든 걸 회색 눈 여자한테 덮어씌우기만 하면 돼. 그년은 자기 말고는 아무한테도 의리 따위 안 지키니까. 너만 죽으면 그 물건도 영원히 없어질 테고, 그러면 그분도 드디어 진짜 해야 할 일에 집중할 수 있겠지."

"그 일이란?" 로어가 물었다.

벨런은 빙그레 웃기만 하더니 로어에게 덤벼들었다.

로어는 무기를 잡지 않은 팔로 그의 검을 막으며 무릎으로 내려앉았다. 그리고 벨런이 무방비 상태인 자신을 덮쳐 제압하기 전에 얼른 몸을 굴려 멀리 피했다. 그리고 재빨리 다시 일어나 칼을 끊임없이 휘두르며 벨런의 접근을 막았다.

분명 저 자식은 부츠 속에도 칼을 품고 있을 것이다. 물론 등짝이나 엉덩이 쪽에도 하나 더 숨겨두었겠지. 하지만 저놈이 두르고 있는 헌터 로브 때문에 그 위치가 정확히 드러나지 않았다. 로어는 숨을 한 번 들이쉬며 급속도로 빨라지는 심장박동을 진정하려 애썼다. 칼싸움의 문제는 대부분 상대와 가까이서 드잡이질을 해야 한다는 점이었다. 아무런 상처도 입지 않고 빠져나가는 것은 거의 불가능했다.

하지만 로어는 칼에 베이는 것을 겁낸 적이 없다.

"예전엔 네가 어떻게 혼자만 빠져나갔는지 모르겠지만 더 이상 안 통할걸? 그자들이 네 여동생들 눈알부터 먼저 뽑았다지? 네 부모가 죽는 소리를 들을 수 있을 만큼은 목숨을 살려놓으려고 말이야. 자기들을 구하러 올 사람이 아무도 없다는 걸 확실히 보여주려 했던 거겠지."

로어는 그에게 돌진하며 단검을 마구 휘둘렀다. 벨런은 자기 목과 가슴을 보호하기 위해 한 손을 계속 위로 들고 있었다. 로어의 몸은 이미 정신과 따로 움직이고 있었다. 지금 그녀의 정신에 무엇이라도 남아 있다면 그건 오로지 오랜 세월 동안 내면 깊숙이에서 용암처럼 끓어오르던 고통 그 자체뿐이었다.

동맥을 노려. 로어는 잔혹한 생각이 떠오르는 대로 그의 다리를 향해 달려들었다.

멍청한 실수였다. 그것도 아주 어이없는. 로어도 알고 있었지만, 몸이 말을 듣지 않았다. 로어의 몸은 그저 미친 듯이 덤벼들 뿐이었다. 벨런이 로어의 팔을 붙잡아 자기 허벅지에 대고 세차게 때리자 로어의 칼이 공중으로 튕겨 나갔다. 로어는 칼을 잡으려고 몸을 날렸지만 벨런도 낮게 으르렁거리며 로어를 덮쳤다. 그는 온몸을 실어 양 무릎으로 로어의 허리 밑을 내리눌렀다. 골반이 으스러질 것 같았다.

로어는 엎드린 채 소리를 지르며 마구 몸부림치고 발길질을 해댔다. 바닥에 떨어진 칼을 잡으려고 손을 힘껏 뻗었지만, 칼은 손끝 바로 너머에서 번득이기만 할 뿐이었다.

벨런은 몸을 살짝 들어 로어를 거칠게 뒤집었다. 그의 가슴은 거친 숨을 몰아쉬느라 벌떡거렸고 로어에게 잔인하게 난도질당한 부위에서 솟아나는 피가 그의 양팔로 흘러내렸다. 로어가 벨런을 어떻게든 제압하려고 낑낑대며 바닥에서 엎치락뒤치락 뒹구는 동안 얼굴이며 팔에 풀이 마구 들러붙었다. 그리고 마침내 손을 아래로 뻗을 기회를 잡은 로어는 그의 부츠를 더듬어 속에 숨겨진 칼을 찾았다. 그리고 칼자루를 쥐자마자 곧바로 벨런의 이마를 그어버렸다.

그는 막혔던 숨이 터져 나오는 것 같은 비명을 질렀다. 상처는 깊었고 그곳에서 마치 빨간 무대 장막이 내려오듯 피가 흘러내렸다. 벨런이 정신을 못 차리고 있는 사이 로어는 그의 손목을 잡고 손가락을 벌려 그가 쥐고 있던 칼을 떨어뜨렸다. 그리고 그 칼을 잡아 그의 왼쪽 종아리 뒤 근육에 찔러 넣었다. 이번에야말로 벨런의 입에서 터져 나온 비명 소리는 꽤 만족스러웠다.

갑자기 힘이 샘솟자 로어는 자세를 뒤집어 벨런을 자기 밑에 깔아뭉갰다. 벨런은 몸을 비틀며 로어를 떨쳐내려고 했지만 로어는 두 다리로 그의 몸과 양팔을 완전히 압박했다. 그의 입에서 미친개처럼 침이 튀어나왔다. 로어는 빠르게 들썩거리는 그의 가슴에 시선을 꽂은 채 칼을 높이 들어 올렸다. 저 갑옷 아래, 그 아래 살갗 아래, 그리고 갈비뼈 아래에서 벌떡거리고 있는 그의 심장을 향해.

그때 자기 뇌의 동물적인 부위를 스치듯 지나가는 어떤 논리의 속삭임이 들리지 않았다면 로어는 그대로 칼을 찔러 넣었을 것이다.

그냥 죽이는 건 너무 시시하지.

그래 그럴 거다. 물론 래스에게도 가족을 잃는 고통을 맛보게 해줘야 마땅하지만 벨런을 죽이는 건 그를 명예롭게 만들어줄 뿐 실질적인 효과는 없다. 클레오스는 전투를 통해 얻어지는 것이다. 용감하게 싸우다 죽은 자가 가장 위대한 클레오스를 얻는 법.

벨런의 시체 말고 래스에게 다른 메시지를 보내자. 더 나은 메시지.

"너 파에톤(그리스신화에 나오는 태양신 헬리오스의 아들. 태양신의 마차를 함부로 몰다 제우스의 벼락을 맞고 추락해 죽었다.-역주) 얘기 들어봤어?" 로어는 딱딱 소리를 내며 부딪히는 벨런의 이에 바짝 몸을 숙이며 물었다. 그의 얼굴을 뒤덮고 있는 피는 마치 새로운 마스크 같았다. "자기가 신의 아들이라는 걸 너무나도 증명하고 싶었던 파에톤 말이야. 어찌나 간절했는지 자기 아버지 헬리오스한테 하늘에서 태양 마차를 몰아보게 해달라는 소원을 빌었다는 이야기 알지?"

"닥쳐! 나쁜 년." 벨런이 격분해서 소리쳤다. "닥치라고—"

"태양 마차를 끄는 천마들이 워낙 거칠어서 통제할 수 없을 거라고 경고했는데도 오만한 아이는 자신이 어떻게든 해볼 수 있을 거라고 고집을 부렸지. 그러다 결국 어떻게 됐는지 알아?"

벨런은 씩씩거리며 다시 한 번 온몸의 완력으로 로어를 떨쳐내려고 몸부림쳤다.

"파에톤은 말들을 통제할 수 없었고 천마는 너무 높이 올라갔지. 태양 마차가 너무 멀어지자 땅은 추워지기 시작했어. 결국 제우스는 그에게 벼락을 쳐서 떨어뜨렸고 아이는 지나친 간절함과 자만심의 대가로 목숨을 잃었지."

로어는 벨런의 팔을 누르고 있던 다리 힘을 조금 풀었다. 마치 실수로 그런 것처럼, 그래서 벨런이 빠져나갈 틈을 포착하도록 말이다. 벨런은 온몸의 힘을 그러모으느라 가슴통에서 끓어오르는 어마어마한 고함 소리를 내지르며 양손을 들어 올려 로어를 향해 뻗었다. 로어의 목을 움켜쥐려고, 로어를 밀치려고 손을 마구 휘저었다. 자기 피를 뒤집어쓰고 있어서 앞이 잘 보이지도 않으니 당연히 로어의 칼날이 어떤 각도로 들려 있는지도 모를 터. 결국 로어의 칼에 벨런의 양손 엄지손가락이 모두 잘려나갔다.

벨런은 고통과 분노로 울부짖었다.

"목숨은 부지할 수 있을 거야." 로어가 비아냥댔다. "하지만 칼도 잡을 수 있을지는, 음… 글쎄다."

벨런의 손가락을 자른 것은 칼이었지만 그녀가 휘두른 진짜 무기는 바로 아곤 그 자체였다. 벨런이나 그의 아비 같은 자들이 다른 이들을 괴롭히며 만끽하는 그 잔인한 현실이 오히려 무기가 된 것이다. 이제 벨런도 그게 어떤 느낌인지 알겠지.

벨런은 앞으로 절대 클레오스를 차지하지 못할 것이다. 이번 아곤에서는 당연하고, 다음에 이어질 수많은 아곤에서도 그럴 가능성이 컸다. 물론 언젠가는 그의 손가락에 딱 맞는 의수를 만들 수는 있겠지. 다시 사냥터로 돌아올 수도 있을 것이다. 하지만 그는 평생 로어에게 패배했다는 증거를 몸에 지니고 살아가야 한다. 이제는 벨런도 수군거림이 꼬리표처럼 따라다니는 것이 뭘 의미하는지 제대로 알게 될 것이다. *'페르세우스 여자애한테 졌대. 마지막 페르세우스에게, 수년 전 죽었어야 마땅한 시궁창 쥐새끼한테 당했대. 싸움에서 졌다고.'*

로어가 그의 이야기를 대신 써줬다.

"로어!"

카스토르가 조금 떨어진 곳에 서 있었다. 그의 얼굴이 충격으로 창백했다.

로어는 벨런에게서 몸을 일으켰다. 카스토르가 자신을 바라보는 눈빛에 가슴이 조여들었다. 그가 나타나는 것과 함께 세상도 더욱 선명해졌다. 아침을 향해 달리는 시간에 맞춰 함께 밝아지는 하늘, 피투성이가 된 로어의 손과 팔과 청바지, 로어가 숨 쉴 때마다 뿜어 나오는 입김.

카스토르의 눈빛을 통해 로어는 자신이 어떻게 보이는지 알 수 있었다. 반쯤 미친 것처럼 보이겠지. 괴물처럼.

로어의 마음속에서 뭔가가 꿈틀거렸다. 화가 나는데 무섭기도 했다.

나뭇가지가 부러지는 소리에 로어는 벨런을 뒤돌아봤다. 그는 엎어진 채로 움직이며 어떻게든 두 발로 일어서려고 용을 쓰고 있었다. 호흡할 때마다 컥컥거리며 양팔을 가슴팍에 꼭 끌어안았다. 손에서는 아직도 피가 솟구쳐 흘렀다.

카스토르가 벨런을 쫓으려고 했지만 로어가 그의 앞을 막아섰다. 카스토르는 로어의 팔에 난 상처들을 하나하나 살펴봤다. 로어는 그중 절반쯤은 다친 줄도, 아픈 줄도 몰랐다. 카스토르는 로어의 상처를 치료하려고 손을 뻗었지만 로어는 뿌리쳤다. 그 순간엔 그가 건드리는 것이 싫었다. 부드럽거나 다정한 것을 가까이하고 싶지 않았다.

"다른 사람들은?" 로어가 물었다.

"다들 집에서 보기로 했어. 로어, 대체 레블러가 네게 무슨 말을 한 거야? 도대체 무슨 말을 들었길래…, 이 *지경*이 된 거야?"

그의 말에 벌컥 역정이 솟았다. "이 *지경*이라고? 실제로 행동에 옮기는 지경을 말하는 거지?"

"로어." 그가 다시 입을 열었다. 이번에는 좀 더 심각한 표정이었다. "무슨 일이 있었던 거야? 대체 왜 그러는 거야?"

로어는 아무 대꾸도 하지 않았다. 카스토르가 자기 옆으로 돌아가려고 하자 로어는 다시 그의 앞을 막았다.

"저 사람이 벨런 카드모스야? 왜 그냥 보내준 거야?"

로어는 다시 옆으로 움직여 세 번째로 카스토르의 앞을 막아섰다.

카스토르는 잠깐 충격을 받은 것 같더니 곧 화가 난 표정으로 바뀌었다. 로어가 한 번도 본 적 없는 모습이었다. "그를 붙잡아서 심문 같은 걸 할 수도 있었잖아. 대체 왜 그냥 보내준 거야?"

"시체로 보내는 것보다는 더 나은 메시지가 될 테니까." 로어가 말했다.

카스토르는 고개를 가로저으며 답답한 한숨을 내쉬었다. "괜히 래스를 들쑤셔서 위험에 빠뜨릴 사람이 너 하나뿐이 아니라는 것만 빼면 그렇지." 카스토르가 차분하게 말했다. "너는 우리 모두를 위험에 빠뜨리고 있는 거야. 마일스까지도."

로어의 머릿속이 다시 진동하며 그녀를 둘러싼 공기가 온통 잡음을 뿜어냈다. 시야가 멍해지면서 심장박동이 빨라졌다. *마일스….*

로어는 마일스 생각은 하지도 못했다.

"대체 레블러가 뭐라고 했는데? 아까 나한테 해준 이야기는 다 어쩌고 너야말로 왜 이렇게 화가 난 건데? 이건 진짜 네 모습이 아니야!"

"어쩌면 이게 진짜인지도 모르지." 로어가 쏘아붙였다.

"아니야. 멜로라 페르세우스, 넌 좋은 사람이야. 저들이 아무리 너를 그렇게 만들려고 해도, 아니 심지어 저들 때문에 네가 스스로 그렇게 되려고 해도 넌 그런 사람이 아니야. 너나 나나 그렇게 될 수는 없어."

"우리는 이미 저들이 만들어놓은 대로 되어버렸어." 로어가 말했다. 오랫동안 쌓여온 고통 때문에 한마디 한마디 내뱉을 때마다 목소리가 갈라지고 떨렸지만 개의치 않았다. "카스토르, 우리는 괴물이야. 성인군자가 아니라. 그래 맞아. 래스를 죽인다고 과거를 되돌릴 수는 없지. 하지만 그게 내가 유일하게 할 줄 아는 일이야. 우리 모두 배운 게 그것뿐이잖아."

로어의 손이 카스토르의 가슴을 할퀴듯 움켜쥐었다. 하지만 마음껏 그러라는 듯 카스토르는 로어의 손목을 느슨하게 잡고 있었다. 그에게서 나오는 열기가 서늘한 아침 공기와 풀 냄새를 데워 없앴다. 카스토르는 스스로 자기만의 일식을 일으키듯 나머지 세상을 모두 가려버렸다.

"나는 래스가 고통받으면 좋겠어." 로어가 속삭이듯 말했다. "나는 그자가 두려워하면 좋겠어. 내가, 그자의 몸에서 생명을 훔쳐내는 사람이 나이면 좋겠어."

"그자를 처리할 다른 방법을 찾자." 카스토르가 부드럽게 말했다. "더 나은 방법이 있을 거야. 저들에게 휘둘려서 네 마음속의 희망을 포기하지 마."

카스토르가 더 가까이 다가섰다. 이번에야말로 로어는 뒤로 물러섰다. 뜻밖의 반응에 카스토르는 그 어느 때보다 충격을 받은 것 같았다. 이제 카스토르도 뒤로 물러섰다. 로어는 이런 걸 원한 게 아니었는데… 아니 사실 로어는 자기가 뭘 원하는지 잘 몰랐다.

카스토르는 눈을 감았다. "로어…."

자신의 이름을 부르는 저 목소리….

로어의 가슴속에서 폭풍이 일었다. 로어는 팔로 카스토르를 내리쳤다. 그러자 카스토르는 오래전처럼, 로어의 예상을 벗어나지 않고 로어의 팔을 막으며 자신의 가슴을 무방비로 노출했다.

분노가 당혹감으로, 다시 본능으로 그리고 욕망으로 바뀌었다.

로어는 카스토르의 얼굴을 잡고 아래로 당기며 그의 입술을 자신의 입술에 맞췄다.

카스토르는 돌처럼 굳은 채 입술을 벌렸다. 하지만 망설임은 없었다. 로어도 마찬가지였다. 로어의 손가락이 카스토르의 무성한 머리칼을 가르며 그의 머리를 감싸 쥐었다.

"로어…."

자신의 이름을 계속 그렇게 불러주었으면, 마치 그것만이 그가 아는 유일한 단어인 것처럼.

로어의 몸짓은 서툴고 거칠었다. 하지만 카스토르도 마찬가지였다. 그의 손이 로어의 몸을 어루만졌다. 바닥에 쓰러진 로어를 셀 수도 없이 붙잡아 일으켰던 그 손, 그녀가 높은 곳에 올라갈 때마다 밑에서 받쳐줬던 그 손, 죽어가는 그의 옆에서 로어가 잡아줬던 그 손이었다.

로어는 아무 생각도 하고 싶지 않았다. 그냥 온몸을 자극해오는 카스토르와의 지금 이 순간 속으로 영영 사라져버리고 싶었다. 카스토르가 낮은 신음을 토해내자 짜릿한 전기가 로어의 등골을 타고 내려갔다.

카스토르의 격정에 완전히 사로잡힌 로어에게 세상은 온통 그의 입술과 자신을 만지는 그의 손길뿐이었다. 카스토르의 피부에 닿는 느낌을 그대로 받아들이면서 로어의 몸도 뜨거운 열기로 달아올랐다. 카스토르의 단단한 몸의 굴곡에 로어의 몸이 부드럽게 맞닿았다. 그의 혀가 로어의 혀를 부드럽게 어루만졌다. 카스토르는 로어를 더 가까이 끌어안았다. 몸이 완전히 밀착되자 로어는 자신을 원하는 그의 본능적 반응을 고스란히 느낄 수 있었다. 그에 대답이라도 하듯 로어의 아랫배도 묵직하게 당겼다.

몇 년을 함께 훈련을 받으면서 로어는 카스토르의 몸을 자신의 몸만큼이나 속속들이 알게 되었다. 하지만 지금은 달랐다. 그의 신체 모든 부위가 전혀 새롭게 느껴졌다. 자신에게 필요한 것이었는데 그동안 자신이 원하는지도 몰랐던 무언가처럼 느껴졌다. 두 사람은 또다시 힘겨루기를 하고 있었다. 서로 주도권을 잡으려고, 서로 자기가 키스를 주도하려고.

"로어." 그가 웅얼거렸다. "로어…."

카스토르가 갑자기 뒤로 몸을 빼는 바람에 로어는 균형을 잃고 휘청거렸다.

그러면서도 로어는 여전히 정신이 나간 듯 필사적으로 카스토르를 붙잡으려고 손을 내밀었다. 그때 카스토르가 한 손을 들어 로어를 막았다. 그 순간 카스토르는 간절하면서도 가슴 아픈 눈빛으로 로어를 바라보았다.

"정말 진심일 때 다시 해, 우리 금쪽이. 내 관심을 돌리려는 술수가 아니라."

카스토르는 거친 목소리로 말하고는 로어의 대답을 기다리지도 않고 바로 벨런을 쫓아 뛰어갔다. 로어는 양손으로 머리를 쓸어 넘기고 뒤로 움켜잡으며 숨을 골랐다.

"젠장…." 로어는 숨을 내뱉듯 조용히 외쳤다. *"젠장."*

로어도 카스토르를 쫓아 달려갔다.

벨런은 이미 남쪽으로 가로질러 공원을 벗어나 미드타운 쪽으로 향하고 있었다. 그는 로어가 생각했던 것보다 훨씬 빨리 움직이고 있었다. 하지만 다시 생각해보면, 우리 몸은 아드레날린이 솟구치면 놀라운 일을 해낼 수 있다.

두 사람은 벨런이 흘리고 간 혈흔을 따라 5번가에 다다랐다. 거리는 쇼핑하러 몰려다니는 관광객 무리도, 사무실 건물로 들락날락하는 뉴요커들도 없이 으스스할 정도로 텅 비어 있었다.

로어는 카스토르 옆에서 달리면서도 애써 그에게 시선을 주지 않았다. 조금 전에 자신이 한, 아니 두 사람이 한 행동이 너무 창피한데도 계속 욕망을 자극해대자 혼란스럽고 낯뜨거웠다. 마치 부러뜨린 뼈가 원래대로 맞춰지지 않은 기분이었다. 로어는 혹시 앞으로 평생 둘 사이가 그렇게 느껴지면 어쩌나 하는 생각에 순간적으로 겁이 났다. 자신이 절대 되돌릴 수 없는 잘못을 저질렀다는 생각이 들었다.

벨런은 여전히 비틀거리면서도 네 블록이나 앞서 있었다. 그의 손에서 휴대폰이 번쩍거렸다. 벨런은 다친 손으로 어떻게든 휴대폰을 제대로 잡으려고 기를 썼다.

카스토르가 한 손을 세게 움켜쥐자 그의 주먹에 힘이 쏠리며 빛을 내뿜었다. 카스토르는 벨런을 향해 불덩이를 발사하려는 듯 주먹을 들어 올렸지만, 곧 동작을 멈췄다. 그가 주먹을 풀자 파지직거리던 불빛도 사그라들었다.

"왜 멈춰?" 로어가 카스토르의 뒤에서 주저하며 물었다.

"너무 멀리 있어." 카스토르가 대답했다. "내가… 이 지대를 통째로 날려버리지 않으리라는 확신이 서지 않아."

카스토르가 걱정할 만도 했다. 두 사람이 록펠러 센터에 가까워지자 벌써 거리엔 일하러 가는 몇몇 사람들의 모습이 눈에 띄었다. 아니면 밤교대를 마치고 퇴근하는 길이거나. 양어깨에 세상의 무게를 떠받들고 서 있는 아틀라스의 거대한 청동상이 거리를 오가는 사람들을 지켜보고 있었다.

그때 가까이에서 마치 벌이라도 날아다니는 것처럼 희미하게 윙윙거리는 소리가 들렸다. 로어가 몸을 돌리자 바로 길 맞은편에 벨런이 서 있었다.

"어이, 멜로라!" 벨런이 제대로 나오지도 않는 목소리로 외쳤다. "혹시 스팀팔로스의 새(그리스신화에 나오는 스팀팔로스 호숫가에 서식하는 괴물 식인 새. 떼를 지어 하늘을 날며 청동 깃털을 던져 사람을 죽이거나 독성을 가진 배설물로 농사를 방해하는데 헤라클레스에 의해 제압당했다.-역주) 이야기 들어본 적 있어?"

드론 하나가 갑자기 두 사람의 눈앞에 나타났다. 은빛 날개에 깃털들이 촘촘하게 새겨져 있었다. 그 날개 아래로 조그만 팔이 하나 나오더니 무언가를 떨어뜨렸다. 어떤 물체가, 순간 은빛을 번쩍거리며 떨어졌….

로어를 둘러싼 공기가 우르릉 포효하더니 쾅 폭발하며 어마어마한 열기와 압력의 파문을 토했다. 그리고 곧 모든 것을 집어삼키며 로어가 서 있던 땅마저 무너뜨렸다.

로어는 카스토르 앞에서 펄쩍 뛰었다. 폭발이 사정없이 로어를 후려쳤다. 로어는 날고 있었다. 아니 로어는 추락하고 있었다. 아래로 아래로, 맹렬한 섬광 속으로.

31

어딘가에서, 로어의 귀 언저리에서 고음으로 끼익거리며 울려대는 소리 바로 너머에서, 모래가 세차게 흘러내리는 것 같은 소리가 들렸다. 로어는 숨을 들이쉬며 자신이 아직 살아 있음을 깨달았다. 등짝이 미친 듯이 쓰라리다는 사실도 함께.

로어는 헐떡거리며 웅크린 몸을 일으켰지만, 그녀의 머리 위를 감돌며 둘러싸고 있는 불길의 벽에 부딪혔다. 온갖 색깔이며 불빛이 마구 뒤섞여 번쩍거리며 로어의 시야로 들이닥쳤다.

폭발이 있었지….

"로어." 위에서 숨 가쁜 목소리가 들려왔다. "다… 괜찮아…."

정신이 퍼뜩 들면서 고통도 한꺼번에 몰려왔다. 손바닥은 다 까지고 청바지와 티셔츠는 너덜너덜 찢겨 있었다. 온몸이 욱신거렸지만, 머리가 아픈 것에 비하면 아무것도 아니었다. 머릿속이 계속 둥둥거리고 두개골이 빠개진 것처럼 고통스러웠다.

"이게 다 무슨…?" 로어의 입가는 온통 재와 먼지 범벅이었다. 로어는 캑캑거리며 뒤에서 널름거리는 열기를 피해 어떻게든 똑바로 서 있으려고 애썼다. 눈앞에 보이는 광경이 뭐가 뭔지 이해가 되지 않았다.

로어를 중심으로 붕괴된 거대한 원, 그 안으로 무너져 내린 짙은 아스팔트 더미들과 노란색 쇠붙이가 짓이겨진 택시, 콘크리트 덩어리들이 보였다. 하지만 그 모든 난리는 둥근 빛 바로 밖에서 벌어지는 것이었다. 강렬한 빛이 지지직거리며 마치 보호막처럼 로어를 둥글게 감싸고 있었다.

로어는 고개를 들었다. 그녀는 뭔지 깨달았다.

"카스?" 로어가 겨우 소리를 내뱉었다.

카스토르가 온몸으로 로어를 감싸듯 팔을 위로 올려 손바닥을 활짝 펼치고 서 있었다. 카스토르는 자신이 내뿜는 보호막을 뚫고 아래로 곤두박질하려고 안달 난 거대한 콘크리트판을 들고 있었다.

그 판은 아래에서 쏘아 올리는 열기와 불빛에 올라탄 채 기우뚱거리고 있었다. 로어가 조금 전 들었던 모래 소리가 바로 저 판에서 나오는 소리였다. 불과 열기에 탄 콘크리트가 흙먼지와 재가 되어 로어를 감싸고 있는 보호막을 타고 쏟아져 주변에 쌓였다.

"가만히 있어." 카스토르가 이를 악물고 간신히 말했다.

사력을 다해 자기 힘을 최대한 안정적으로 유지하려는 카스토르의 목에 힘줄이 불뚝 솟아 있었다. 콘크리트판이 점점 불에 타 크기가 줄어들자 자욱한 연기와 아침 하늘의 모습이 카스토르의 넓은 어깨 너머로 조각조각 모습을 드러냈다. 카스토르의 몸은 정말로 등 뒤에 온 하늘을 떠받치고 있는 것처럼 중압감으로 팽팽했다.

그의 얼굴에서 땀이 줄줄 흘러내렸고 그제야 로어는 자기 몸도 카스토르의 땀으로 흠뻑 젖어 있다는 걸 깨달았다.

단어 하나가 속삭이듯 로어의 머리를 스쳤다. *'신의 힘.'*

로어는 시선을 들어 카스토르를 봤다. 머릿속은 온통 뒤죽박죽이었다. 카스토르도 아주 잠깐 로어의 눈을 마주 봤다. 그의 눈 속에서 이글거리는 힘의 불꽃은 그 어느 때보다 강렬하게 빛났다. 카스토르는 두 눈을 꽉 감더니 얼굴을 들며 말했다.

"가까이— 붙어 있어."

뜨겁게 타는 빛의 보호막이 점점 줄어들면서 로어 쪽으로 거리를 좁혀왔다. 마치 불꽃이 꺼져버릴 때처럼 깜박거렸다.

로어는 카스토르를 마주 보고 더 가까이 다가가 그의 어깨에 얼굴을 기대고 양팔로 카스토르를 안았다.

벨런.

그를 뒤쫓지 말았어야 했다.

"아무 죄도 없는 저 사람들은…." 로어는 입을 열었지만, 목이 메어 말을 잇지 못했다.

로어의 머릿속에서 폭발 순간의 섬뜩한 장면들이 번쩍 떠올랐다. 길을 지나가다 드론을 보느라 걸음을 늦췄던 사람들, 마치 찢어진 상처처럼 쩍 갈라지며 솟아오른 땅, 산산이 깨져 떨어지는 유리 파편들, 짓이기고 우그러지며 울부짖는 쇠붙이들.

카스토르는 고개를 저으며 대답했다. "할 만큼 해봤지만…."

두 사람을 둘러싼 빛이 다시 깜박 흔들리며 점점 더 가까이 좁혀 들었다.

"넌 괜찮아?" 로어가 물었다. "안 다쳤어?"

"괜찮아." 카스토르가 단호하게 대답하며 한쪽 얼굴을 로어의 머리 위에 기댔다.

로어는 억지로 숨을 들이쉬며 쿵쾅거리는 심장을 가라앉혀 보려고 애썼다. 어쩌면 지금 로어의 가슴을 두들기는 건 카스토르의 심장일까? 두 사람을 보호하기 위해 미친 듯이 고동치는 그의 심장인가.

자신이 살아 있다니. 분명히 카스토르가…. 로어는 상황을 다시 그려봤다. 카스토르가 몸을 날려 폭발뿐만 아니라 추락에서도 그녀를 보호하는 모습을, 하지만 다시 생각하고 또 생각해봐도 점점 더 말이 안 되는 일이었다.

모래알들이 여전히 빛의 보호막을 타고 흘러내렸다. 멀리서 요란한 사이렌 소리가 들렸다. 로어는 익숙한 그 소리에 귀를 집중하며 현실 감각을 되살리려고 했다. 구조대원들이 도착하기 전에 얼른 이곳을 빠져나가야 한다.

두려움이 그래도 쓸모는 있었다. 가슴을 옥죄고 있던 공포가 마침내 느슨해지자 로어는 두려움을 디딤판으로 활용했다.

"더는 못 하겠어." 카스토르가 고통스럽게 말했다. "제발."

약 1미터 남은 마지막 콘크리트 덩이가 두 사람 머리 위에서 반으로 갈라지며 주변에 쌓여 있는 파편 무더기 위로 쏟아져 내렸다. 그리고 마지막 빛의 보호막은 마치 숨결처럼 공기 중으로 사라졌다.

카스토르는 앞으로 고꾸라졌다. 양팔은 로어를 감싸듯 축 늘어졌고 얼굴은 로어의 머리 위로 떨어졌다. 그의 무게를 그대로 받은 로어의 몸이 휘청거렸다.

"더 이상." 카스토르가 힘없이 말했다.

"카스?" 로어가 불렀다. 목이 따가웠다. 카스토르가 대답이 없자 로어는 그를 세차게 흔들며 다시 외쳤다. *"카스!"*

꺾이는 무릎을 간신히 다시 세우며 로어는 어떻게 하면 무너진 돌덩이들 틈을 빠져나가 거리 위로 다시 올라갈 수 있을지 열심히 궁리했다.

"덩치도 큰 주제에 내가 널 끌고 가야겠어?" 로어가 쉰 목소리로 말했다.

로어는 카스토르를 다시 흔들어봤지만, 그는 의식이 전혀 없었다. 순간적으로 공포가 밀려들자 로어는 아까 자신이 감탄했던 그 신의 힘이 카스토르의 인간 몸을 완전히 소진해버린 것은 아닌지 걱정이 됐다.

카스토로의 몸은 말도 안 되게 무거웠지만 로어는 다른 선택의 여지가 없었다. 로어는 그를 끌고 왼쪽으로 향했다. 그쪽에 무너진 돌무더기들이 쌓여 있어서 일단 보기에는 발을 디디고 위로 올라갈 수 있을 것 같았다. 실제로 밟아봐야 알겠지만.

가끔 엉성한 시멘트 파편들이 아래로 구르며 먼지를 일으켰지만 로어는 한발 한발 신중하게 내디뎠고 카스토르를 붙잡고 있는 손의 힘도 흔들리지 않았다. 로어가 온 힘을 다해 카스토르를 끌었다 밀었다 들어 올렸다 하면서 마침내 구덩이 가장자리에 거의 다다랐을 땐 온몸이 후들후들 떨렸다.

로어는 구덩이 밖을 내다봤다.

열 걸음쯤 밖에 아테나가 양팔을 머리 위로 올린 채 서 있었다. 그녀는 팔로 근처 건물의 정면에서 쪼개진 거대한 돌덩이를 받치고 있었다. 그 돌덩이 아래에서 사람들이 폭발 현장에 있던 희생자들과 부상자들을 열심히 옮겼다. 저런 어마어마한 괴력은 누가 봐도 그냥 지나치기 힘든 기이한 일인데도 사람들은 살아 있는 것만으로도 감지덕지한 듯 사고 현장을 빠져나가느라 정신이 없었다.

주변으로는 차도와 인도 할 것 없이 사방에 시체들이 널려 있었다. 기괴한 모습으로 몸이 터져버린 사람들, 자신이 흘린 피 웅덩이에 아무렇게나 뻗어 있는 사람들. 전쟁터나 다름없었다. 공기를 자욱하게 뒤덮은 재와 시멘트 먼지가 애도라도 하듯 서서히 소용돌이치며 시체들 위로 내려앉았다. 마치 수의를 입히듯.

아테나는 마지막 부상자가 옮겨질 때까지 기다렸다가 연기가 피어오르는 돌덩이를 조금의 동요도 없이 안정감 있게 인도 위에 내려놓았다.

도시의 수호신. 그런 생각이 떠오르자 로어의 가슴에서 뭔가 불편한 감정이 꿈틀거렸지만 그것이 미처 형태를 갖추기도 전에 떨쳐버렸다.

로어는 여신이 쏟아낼 분노에 단단히 마음의 준비를 했다. 자신의 목숨뿐만 아니라 여신의 목숨마저 위태롭게 한 이기적인 행동에 한소리 들을 각오를 하고 있었다. 하지만 뿌연 연기의 장막을 뚫고 두 사람에게 다가온 여신은 마치 듣지 않아도 다 안다는 듯 회색 눈으로 로어를 바라보며 말했다.

"그자는 내가 데리고 가겠다. 어서 이곳을 떠나자."

여신의 뒤로 이제 막 도착한 제복 입은 경찰들과 소방대원들이 길을 헤치며 희생자들과 폭발의 잔해 속으로 몰려갔다. 생존자들은 태고의 공포에 휩싸인 채 달아났다. 흙먼지와 파편 가루들을 잔뜩 뒤집어쓴 사람들은 흡사 유령 같았다.

아테나가 카스토르를 번쩍 들어 올려 어깨에 둘러메자 두 사람은 바로 출발했다. 그들은 로어의 몸이 견딜 수 있는 최대한의 속도로 달려서 사고 현장 주변의 건물 숲 가장자리에 둘러친 바리케이드 밖으로 간신히 빠져나갔다.

"마일스는요?" 로어가 갑자기 놀란 듯 물었다.

"그는 집으로 돌아갔다." 아테나가 대답했다.

로어는 고개를 끄덕이며 치밀어 오르는 신물과 입속에 가득한 먼지를 목구멍으로 삼키려 애썼다.

"무슨 일이 있었는지 말해보라." 여신이 다급하게 물었다. "네가 쫓던 사람이 누구였지?"

로어는 중간중간 멈칫거리며 이야기를 이어나갔다. 그러고는 다시 한 번 자신의 행동에 쏟아질 여신의 비난과 분노를 받아들일 마음의 준비를 했다. 카스토르도 벌써 무모한 행동이었다고 말하지 않았나. 그런데 아테나는 오히려 고개를 끄덕였다.

"너는 해야 할 일을 한 것이다. 그것이 가짜 아레스 놈의 화를 돋울 수는 있겠지만 동시에 그를 충동적으로 만들 수도 있다. 그리고 멜로라, 우리는 그 점을 유리하게 활용할 수 있을 것이다."

"카스토르는 내가 우리 모두의 등짝에 훨씬 더 눈에 잘 띄는 과녁을 붙인 거래요." 로어가 카스토르를 힐끔 바라보며 말했다.

"그렇다면 지금이 우리가 나머지 사람들과 갈라서야 할 때일 수도 있겠군. 우리가 지금 반드시 해야 할 일을 그들은 이해하지 못할 것이다. 내가 보니 너는 방금 일어난 일에 대해 자신을 탓하는 것 같군. 하지만 그 비난을 짊어져야 할 자는 가짜 아폴론 아닌가? 벨런 카드모스를 뒤쫓은 사람은 네가 아니니까."

"그건…." 로어는 무슨 말이라도 하기 전에 숨을 한 번 들이쉬어야 했다. 머릿속에 떠오르는 생각으로 가슴이 너무 답답했다. 공원에서 자신이 더 세게 맞서 카스토르의 마음을 바꿀 수도 있었는데. 아니, 그랬어야 했는데.

이 모든 일은 불운한 선택들이 이어진 결과였다. 그리고 로어 자신도 일정 역할을 했다는 건 부인할 수 없는 사실이었다.

"그리고 가짜 디오니소스는?" 아테나가 다그쳐 물었다. "그가 너한테만 말하겠다고 한 것은 무엇이었지?"

머릿속에 뒤엉킨 생각들은 이제 감당하기 힘들 정도로 곤두서 있었고 머리는 여전히 망치로 두들기는 것 같았다. 로어는 그 얘기까지 꺼냈다간 얼결에 진실을 말해버리지 않을 자신이 없었다. "나중에, 꼭 말해줄게요."

여신은 퉁명스럽게 고개를 끄덕이고는 다시 거리로 시선을 돌렸다.

"아까 당신한테 한 얘기 사과할게요. 당신이 아무것도 신경 안 쓴다는 말요. 저기 있던 사람들 도와줘서 고마워요."

아테나가 자신을 거부한 인간들을 증오한다는 게 진심일지라도 여신은 자신의 신성한 역할을 내팽개치지는 않았다. 팔라스 아테나, 무자비할 정도로 자신의 도시를 지켜내는 수호신.

"나는 내게 주어진 일을 항상 행할 것이다. 이제 남은 질문은 이것이다. 너는 어떤가?"

절대 그 사람들이 끌고 가는 대로 끌려가지 마. 카스토르가 그녀에게 경고했다. *이 안에서 너를 기다리고 있는 건 어두운 그림자뿐이야.*

하지만 카스토르는 로어가 마침내 무엇을 해냈는지 이해하지 못했다. 그 어두운 그림자 속에는 괴물들이 살고 있다. 그들을 사냥하려면 그들 뒤를 쫓는 것을 두려워해선 안 된다. 그들을 부숴버릴 유일한 방법은 그들보다 더 날카로운 이빨과 더 어두운 심장으로 무장하는 것뿐.

32

세 사람이 브라운스톤에 도착했을 땐 이미 해가 뜨고도 한참 지난 후였다. 아침 출근 시간으로 접어드는 데다 구조 차량들이 미드타운으로 한꺼번에 몰려드는 바람에 도로가 꽉 막혀서 택시를 잡거나 호출하는 것은 꿈도 못 꿀 일이었다.

길을 지나가는 사람들이 자신들을 쳐다보며 무슨 생각을 할지는 상상만 할 뿐, 특히 카스토르를 짊어지고 가는 아테나의 모습은 더욱 사람들의 눈길을 끌었다. 하지만 지금 로어는 그런 것에 신경 쓸 여력이 없었다. 아니 심지어, 자신들이 미행당하는 건 아닌지, 나중에 추적당하지는 않을지 같은 걱정조차 끼어들 공간이 지금 로어의 의식엔 없었다.

사람들 눈을 피해 얼른 안으로 숨어야 하는데도, 집이 있는 동네로 들어서자 로어의 발걸음은 점점 더 무거웠다. 그리고 마침내 자신이 지난 3년을 보낸 집이 아침 안개 너머에 모습을 드러내자 로어는 발걸음을 멈추고 말았다.

낡은 브라운스톤 벽돌, 계단마다 줄지어 있는 화분들, 창문으로 보이는 레이스 커튼, 눈앞에 보이는 모든 것들이 구역질 날 정도로 역겨웠다. 이제 이 집을 보니 테티스 저택에서 카스토르의 즉위식 때 봤던 가짜 신전이 문득 떠올랐다. 전기신호와 거짓으로 만들어진 환영. 로어가 이 집과 함께했던 모든 추억이 더럽혀졌다. 저 문을 넘어 집 안으로 들어간다는 생각만으로도 한순간 마음이 버거웠다.

하지만 이번만큼은 로어도 자신의 분노에 반기를 들지 않았다. 대신 분노가 하는 말을 잠자코 들었다.

집을 이용해. 헤르메스가 너를 이용하려 했던 것처럼 너도 집을 이용하라고.

"왜 그러고 있지?" 아테나가 물었다.

로어는 고개를 저으며 대답했다. "아무것도 아니에요. 얼른 들어가요."

문에서 세 사람을 맞이한 밴이 걱정스러운 표정으로 그들을 안으로 들였다. "카스는 괜찮은 거야?"

로어는 고개를 끄덕였다. 지금으로선 괜찮길 바라는 수밖에. 그러고는 곧 집에 누가 없는지 눈치챘다. "마일스는?"

밴은 한숨을 내쉬었다. "인턴십 상사한테 임시 출근하라는 호출이 와서 시청으로 갔어. 폭발 관련해서 방송국들 상대하고 브리핑하는 거 보조하라고. 몇 시간 있다가 다시 돌아온대."

텔레비전은 켜져 있었지만 무음으로 되어 있었다. 화면이 계속 바뀌면서 록펠러 센터 근처에서 있었던 폭발에 대한 뉴스가 이어졌다. 하지만 로어의 시선을 붙잡은 건 거실 테이블 위에 놓여 있는 밴의 노트북 화면이었다. 화면에서는 영상들이 연속으로 재생되고 있었는데, 몇 초마다 장면이 다른 각도로 바뀌었다. 선명하게 보이는 장면들도 있었고 흐릿한 영상들도 있었지만 모두 열심히 어딘가로 걸어가고 있는 한 사람을 쫓고 있었다.

마일스였다.

"저게 대체 뭐야?" 로어가 밴에게 따지듯 물었다.

밴은 뜨끔한 표정으로 컴퓨터 쪽을 돌아봤다가 다시 로어를 바라봤다. 그러더니 어깨를 축 늘어뜨리며 노트북을 닫아 집어 들며 말했다. "일단… 카스토르부터 위층으로 데려가자. 그런 다음에 다 설명할게."

아테나는 카스토르가 벽에 부딪히지 않도록—분명히 그러고 싶지 않았을 텐데—매우 조심하며 밴이 부탁한 대로 그를 위층으로 옮겼다. 여신이 카스토르를 로어의 침대 위에 내려놓자 로어는 카스토르의 무거운 팔다리를 움직여 좀 더 편안한 자세로 만들어주었다. 그의 긴 다리가 로어의 침대 밖으로 튀어나와 허공에 떠 있었다.

"이건 '아르고스'라는 프로그램이야." 밴이 로어의 서랍장 위에 노트북을 올려놓으며 말했다. "내가 몇 년 동안이나 공들여서 코딩한 프로그램이지. 원래는 프로그램에 내장된 안면인식 시스템으로 신이나 적들을 추적하는 용도로 만든 거야. CCTV나 백업 시스템이 인터넷에 연결되기만 하면 이 프로그램으로 모든 감시 카메라 영상과 실시간 연동할 수 있어."

아테나가 노트북 모니터에 얼굴을 들이대고 지하철 승강장에 서 있는 마일스의 조그만 이미지를 들여다보더니 손가락으로 콕콕 찔러봤다. 혹시 잘못 건드려서 여신이 스크린을 깨뜨리기라도 할 것처럼 밴은 노트북을 뒤로 살짝 밀었다가 여신의 싸늘한 눈초리를 받았다.

"그러니까 네 말은," 로어는 이제 얼마 남지도 않은 인내심의 한계를 넘지 않으려고 최대한 애쓰며 말했다. "그 프로그램을 사용해서 바로 레블러를 찾을 수 있었는데도 우리가 괜히 빵빵이 돌면서 그 긴 시간을 낭비했다는 거네? 네가 또 뒷북으로 보여주고 싶은 다른 비밀 프로그램은 없고?"

"완벽한 프로그램은 아니야." 밴이 말했다. "프로그램이 제대로 작동하려면 사진을 먼저 업로드해야 하는데 내가 가지고 있던 레블러의 인간 시절 사진은 그렇게 선명하지 않아서 사용할 수 없었어. 그리고 네가 물어볼까 봐 미리 말하자면 벌써 래스도 프로그램으로 돌려봤어. 혹시라도 그자가 직접 도시를 왔다 갔다 한다면 마스크를 쓰고 다니는 게 분명해. 프로그램으로는 추적할 수 없었어."

로어는 마음을 진정시키려고 숨을 한 번 들이쉬고 말했다. "뉴스에서는 공격에 대해 뭐라고 해?"

"테러리스트의 공격으로 추정된다는 것 말고는 별다른 얘기 없었어. 자, 이제 말해보시지? 무슨 일이 있었는지 말하기 딱 좋은 타이밍 같은데? 메신저들끼리 주고받은 내용은 레블러가 죽었다는 것과 프릭 컬렉션, 공원, 록펠러 센터 주변의 감시 카메라 영상들이 모조리 삭제되었다는 소식뿐이거든."

당연히 그랬겠지. 그뿐만 아니라 카드모스는 센트럴파크에 있는 카메라 영상도 빠짐없이 확보해서 몽땅 삭제해버렸을 게 틀림없다. 로어는 프릭 컬렉션에서 있었던 일, 벨런과의 싸움, 시내에서의 폭발에 대해 설명하려고 애써 봤지만 마치 생각을 말로 바꾸는 능력을 상실해버린 것 같았다.

"에반드로스, 지난 몇 시간 동안 무슨 일이 있었는지 내가 설명해주겠다." 아테나가 말했다.

로어는 여신에게 고마움의 눈길을 보내며 말했다. "나는 카스토르를 돌볼게요."

여신이 고개를 끄덕이며 말했다. "그리고 너 자신도 돌보라. 좀 쉬어라."

로어는 일정한 리듬으로 계단을 울리며 내려가는 여신의 무거운 발소리가 사라질 때까지 기다렸다가 통로에 있는 화장실로 향했다. 화장실에 들어가 손으로 세면대를 짚고 양손에 말라붙은 피딱지와 시커먼 검댕을 한참 응시했다.

그리고 마침내 용기가 생기자 고개를 들어 거울 속에 비친 자신의 모습을 봤다.

마구 헝클어진 머리는 온통 희뿌연 먼지를 뒤집어쓰고 있었다. 피부는 원래 색깔이 남아 있는 부위가 거의 없었고 양쪽 눈은 시뻘겋게 충혈된 데다 눈가엔 멍이 들어 있었다. 마치 밤이라는 놈과 한바탕 주먹질이라도 한 끝에 패배하고 돌아온 사람 같았다. 이런 꼴을 보고도 어떻게 지나가던 사람들 중 아무도 119에 신고를 하지 않았는지 놀라울 따름이었다. 평생을 살면서 자신의 모습이 이렇게까지 무서워 보였던 적은 없었다.

아니, 이제야 헌터처럼 보이는 건가.

로어는 대충 세수를 하고 빗을 적셔 헝클어진 곱슬머리를 빗고 다시 머리를 땋았다. 그러고는 팔에 난 상처를 씻어 소독하고 깊은 상처엔 붕대를 감았다. 마지막으로 잠깐 사이에 걸레가 되어버린 수건을 옆으로 던져버리고 새 수건을 꺼내 물에 적셔서 카스토르에게 가져갔다.

방으로 들어서자 두 사람에게서 풍겨 나온 연기 냄새가 코를 찔렀다. 로어는 잠자코 서서 침대에 누워 있는 카스토르를 바라봤다. 침대를 가득 채운 거대한 몸을 살폈다. 얼굴의 굵은 선과 각진 턱에도 불구하고 카스토르의 모습이 어린아이처럼 보였다. 금방이라도 다칠 것 같은 아이.

로어는 젖은 수건으로 카스토르의 팔과 다리를 닦았다. 그의 능력 때문에 고맙게도 팔다리를 할퀸 상처들은 벌써 아물고 있었지만, 몸은 여전히 먼지와 검댕을 뒤집어쓰고 있었다. 로어는 차분하고 꼼꼼하게 카스토르의 몸을 닦으며 자신의 머릿속에 뒤엉킨 생각의 타래가 차근차근 풀려 밖으로 줄줄이 빠져나가게 했다. 그래야 다시는 뒤얽힌 덩어리를 마주하지 않아도 될 것이다. 발을 닦고 다리를 닦고, 그다음엔 손, 그리고 팔을 닦았다.

지금 이 순서는 테티스 저택에서 대련이 끝난 뒤 수없이 반복했던 과정이었다. 그땐 그저 친구이자 훈련 짝꿍을 챙기고 보살펴주는 것 그 이상도 이하도 아니었다. 하지만 지금, 수건을 카스토르의 목과 얼굴에 갖다 대면서 로어는 이 모든 것이 그때와 완전히 다르다는 걸 깨달았다. 갑자기 마음속의 어떤 끈이 끊어진 것 같았다.

그의 입술 주변을 닦는 로어의 손이 떨렸다. 억누르려고 해도 자꾸만 뜨거운 열기가 온몸을 휘감으며 달아올랐다. 로어는 카스토르에게 키스한 자신에게 화가 치밀었다. 로어는 선을 넘었고, 카스토르의 마음을 힘들게 했고, 둘 사이의 모든 것을 변질시켰다.

"제발 날 미워하지 마. 미워하지 말아줘, 제발…." 로어가 속삭였다.

그렇게 정성스럽게 닦아주고 나니 카스토르는 다시 제 모습으로 돌아왔다. 로어는 침대 옆 바닥에 쭈그려 앉아 등을 기대며 무릎을 끌어안았다. 머리를 매트리스에 기대고 눈을 감자, 마치 매트리스 속에서 경고하는 듯한 아테나의 목소리가 울리는 것 같았다.

우리가 지금 반드시 해야 할 일을 그들은 이해하지 못할 것이다.

로어가 다시 눈을 떴을 땐 어느새 방 안의 기운이 바뀌고 밤의 어스름이 스며들었다.

잠깐 멍한 기분이었다. 자신이 왜 여기 앉아 있는지, 몸은 왜 이렇게 뻣뻣한지, 한참을 생각했다. 어깨에 가볍게 내려앉은 따뜻한 무게가 느껴졌다. 침대 밖으로 미끄러져 나온 카스토르의 손이었다. 아주 깊은 잠에 빠져 있으면서도, 로어가 여전히 그곳에 있다는 걸 꼭 확인해야겠다는 듯 카스토르의 손은 로어를 향해 있었다.

로어는 머릿속에서 여전히 꾸물거리는 졸음을 떨쳐내기라도 하려는 듯 카스토르의 손을 잡아 자기 이마에 대고 눌렀다.

엄지손가락으로 카스토르의 손마디를 어루만지자 묘한 기분이

들었다. 이게 도대체 무슨 기분일까…. 조금 전까지만 해도, 순수한 애착과 욕망, 보호 본능이 고통스럽게 뒤섞여 자기 마음속을 휘저어대던 그 새롭고 복잡한 감정은 어린 시절 둘 사이에 존재했던 감정과는 전혀 다른 것이라고, 변질된 것이라고 확신했다. 하지만 정말 그럴까? 정말 다른 것일까? 아니면 그 감정은 어린 시절부터 자신의 마음속에 원래 있었는데, 오랜 세월 카스토르와 떨어져 지내고 나서야 자신이 이해할 수 있는 방식으로 모습을 드러낸 것일까?

로어에겐 가족이 있었다. 자기 가문과 자신의 이름이 있었다. '아곤'이라는 단어를 알게 된 바로 그 순간부터 로어는 가족과 가문과 이름에 대한 무거운 책임감을 지니고 살았다. 하지만 카스토르는 그 무엇과도 달랐다. 카스토르와 로어는 신이 서로에게 내려준 선물 같았다.

그런데 이제 그 신에게 카스토르를 뺏겨야 하다니. 이런 생각을 하자 로어의 목구멍이 조여들었다. 카스토르가 이번 아곤에서 죽든, 아니면 최종 승리자가 되든, 로어에게 어차피 마찬가지일 것이다. 앞으로 다시는 지금처럼 둘이 함께하지 못할 테니까. 그의 손목에서 팔딱거리는 맥박을 다시는 느끼지 못하겠지. 그의 가슴에 귀를 대고 카스토르의 심장이 로어 자신의 심장을 두드리는 소리를 듣지 못하겠지.

로어는 그의 손을 움켜쥔 손에 힘을 주었다. 카스토르는 잠결에도 마치 대답이라도 하듯 희미한 소리를 내뱉었다. 카스토르가 자신을 향해 얼굴을 돌리자 로어는 심장이 터질 것 같았다. 그의 하얀 얼굴 위에 짙은 속눈썹이 선명하게 드리웠다. 로어는 카스토르의 팔을 살그머니 들어 그의 가슴 위에 조심스럽게 올려놓으며 억지로 몸을 일으켰다. 그렇게라도 하지 않으면 자신이 지금까지 외면했던 신들에게 염치없이 자비를 구걸하며 어린애처럼 징징 짜고 싶은 욕구를 참지 못할 것 같았다.

로어는 조용히 옷을 챙겨 나와 화장실에서 옷을 갈아입었다. 그때 1층 문이 열렸다 닫히는 소리와 함께 마일스의 숨찬 소리가 들렸다. "집에 누구 있어?"

로어는 마일스를 보고 싶은 마음에, 그가 무사한지 얼른 확인하고 싶은 마음에 계단을 서둘러 내려가다 주방에서 찬장이 열리고 닫히는 소리와 함께 시작된 조용한 대화에 걸음을 늦췄다.

"문제는 없었고?" 밴이 물었다.

"어차피 관심도 없으면서 왜 물어?" 마일스가 쏘아붙였다가 금방 다시 덧붙였다. "미안, 내가 좀 심했다. 지하철은 엉망이었는데 그래도 다른 것들은 그럭저럭 괜찮았어. 근데 로어랑 다른 사람들은?"

"잠깐 쉬고 있어."

로어는 마지막 계단 몇 개를 내려가며 항상 끽끽거리는 칸을 조심스럽게 건너뛰었다. 주방으로 이어지는 통로로 천천히 들어서자 주방 창문에 비친 둘의 모습이 보였다. 밴은 식탁에 앉아 노트북을 들여다보고 있었고 마일스는 가스레인지 앞에 서 있었다.

"난 차 한잔 마실 건데, 너도 뭐 마실래?" 마일스가 물었다. "로어가 가끔 마시는 이상한 차도 만들어줄 수 있어."

"넥타르? 됐어. 내가 진짜 싫어하는 맛이야." 밴은 노트북에서 고개도 들지 않고 대답했다. 키보드 위에서 손가락이 달가닥거리는 소리가 들렸다. "따뜻한 우유 한잔 정도라면 모를까."

둘 사이에 긴 침묵이 이어졌다. 그리고 마침내 밴의 타이핑 소리가 멈췄다.

"왜?" 밴이 입을 열었다.

"따뜻한 우유 한 잔이라고?" 마일스가 재미있다는 듯 말했다. "네네 어르신, 얼른 만들어 대령하겠습니다요."

밴은 코웃음을 치고는 원래 하던 일에 다시 집중했다. 로어의 뒤로 보이는 거실엔 TV가 켜져 있었지만, 소리를 낮춰놓아 조그맣게 중얼거리는 정도였다. 로어는 가슴을 들락날락하는 호흡을 가라앉히며 TV 소리에 귀를 기울였다.

몇 분 뒤 로어가 이제 주방으로 들어서려는데, 마일스가 머그잔 두 개를 식탁에 올려놓으며 자기 노트북을 꺼내 열었다. 이미 밴을 간파한 마일스는 밴을 놀려먹으려고 작정한 듯 바로 옆에 자리를 잡고 앉았다. 당연히 밴은 참지 못하고 마일스의 노트북 화면을 슬쩍 훔쳐봤다.

"도움이 필요하면 훔쳐보지 말고 말로 하지?" 마일스가 노트북을 멀리 떨어뜨리는 시늉을 하며 말했다.

"설마 지금… 위키피디아에서 '그리스신화'를 검색하는 거야?" 밴이 어이없다는 표정으로 물었다.

"그게 뭐 어때서?" 마일스가 방어적으로 대꾸했다. "우리 모임에서 내가 제일 시대에 뒤처졌으니까 그렇지. 마지막으로 신화를 배웠던 게 6학년 때란 말이야."

"뭐든 알고 싶은 게 있으면 그냥 나한테 물어봐." 밴이 말했다.

"아이고 진짜?" 마일스가 뒤로 기대앉으며 차를 홀짝거렸다. "정말 뭐든지 물어봐도 돼? 그러면 네가 다 대답해준다고?"

"아무거나 *뭐든지*가 아니라," 밴이 평소답지 않게 당황하며 말했다. "아곤과 관련된 건 뭐든지 대답해주겠다고."

"좋아, 그럼 첫 번째 질문." 마일스가 말했다. "너희 가문에서 그렇게 많은 헌터들이 카스토르에게 등을 돌렸는데, 왜 너는 그 친구에게 그렇게 충성하는 거야?"

예상과 달리 밴이 실제로 대답을 하자 로어는 꽤 놀랐다.

"카스토르만 나한테…" 밴은 적당한 단어를 찾으려고 고심하는 것 같았다. "나한텐 카스토르 말고 다른 친구가 없어. 무슨 말이냐면, 유일하게 나와 친구가 되어준 녀석이라고."

"그렇구나." 마일스가 온화하게 말했다.

"그러지 마." 밴이 말했다. "불쌍한 놈 취급하지 말라고. 그냥 원래 그런 거니까. 카스토르는 다른 애들과는 달랐어. 내가 싸우고 싶어 하지 않거나 남들보다 싸움을 못한다고 나를 무시한 적이 없거든. 그 녀석 자체도 싸움을 좋아하지 않았고. 지금도 마찬가지지만."

"체육 과목이라면 나도 열등생이었다고 고백하고 싶지만 비교하는 것 자체가 무리겠네. 너희 체육 시간엔 '사람 죽이기' 과제가 포함되어 있으니." 마일스가 말했다.

마일스의 말에 밴은 살짝 웃음을 터뜨렸다. "내가 너무… 야속하다고 생각하는 거 알아. 하지만 나한테 중요한 건 오로지 카스토르를 보호하고 그 녀석이 어떻게든 이번 주에 살아남는 거야. 옛날에 그 자식 병이 재발해서 다시 암에 걸렸을 땐 내가 도울 수 있는 게 하나도 없었거든. 기껏해야 전화 통화밖에 할 수 없었어. 그때도 카스토르는 훈련으로 완전히 나가떨어질 지경이었는데 내가 아무리 수업에 나가지 말라고 해도 말을 들어먹지 않았어."

"그 정도로 힘들었는데 카스토르는 왜 계속 훈련을 받았어?"

"로어 때문에. 로어를 실망시키지 않으려고. 카스토르가 훈련에 나가지 않으면 로어는 훈련 파트너가 없어서 쫓겨나게 될 테니까. 하지만 그런 이유가 아니더라도 카스토르는 항상 로어를 보고 싶어 했어. 로어가 가는 곳은 어디든 따라다니려고 했지. 말썽의 구렁텅이로 빠져들 게 뻔한데도."

"잠깐, 그만." 마일스가 말했다. 그의 목소리에서 묻어나는 날카로운 경고의 뉘앙스에 로어의 심장이 따뜻해졌다. "내 친구에 대해 너무 함부로 말하는 것 같다?"

밴은 길고 긴 한숨을 푹 내쉬더니 말했다. "난 카스토르의 관심을 독차지하는 로어에게 항상 질투 같은 걸 느꼈어. 이제 다 큰 마당에 그런 얘기가 좀 바보같이 들리긴 하지만…."

"아하!" 마일스가 말했다. "그러니까 너 카스토르를 사랑하는구나?"

밴은 우유를 마시다 사레가 들렸는지 캑캑거렸다.

마일스는 손으로 턱을 괴고 잔뜩 기대하는 표정으로 눈을 치켜뜨고는 밴의 다음 말을 기다렸다.

"카스토르랑은 그런 거 아니야." 밴이 말했다.

"남몰래 짝사랑에 빠진 남자가 세상에 너밖에 없는 줄 알아?" 마일스가 말했다. "내 짝사랑은 고등학교 때 쿼터백이었는데 정말 내 억장이 무너질 정도로 올곧은 이성애자였어. 거의 연필만큼 올곧았다고나 할까? 뭐, 자기를 '짜샤'라고 불러주는 사람한테는 아무거나 다 대답해주는 울퉁불퉁한 근육이 달린 연필이긴 했지만."

밴이 웃자 마일스는 함박웃음을 지었다.

"난 카스토르한테 그런 감정은 없어." 밴이 마침내 말했다. "한 번도 그런 감정을 느껴본 적도 없고."

"흐음." 마일스는 알겠다는 듯 부드럽게 내뱉었다. 밴이 우유를 한 모금 마시자 마일스도 차를 한 모금 마셨다.

"그러는 너는? 왜 그렇게 로어한테 충성하는데?" 이번엔 밴이 따지듯 물었다. "로어의 과거에 대해 아는 게 거의 없었던 건 둘째치고, 그나마 알고 있던 것도 거짓이었잖아."

"전부 거짓은 아니었지. 로어 가족이 다 죽었다는 건 처음부터 알고 있었으니까. 물론 가족의 죽음에 대해 자세한 내용이나, 그 후로 몇 년 동안 로어에게 무슨 일이 있었는지는 전혀 몰랐지만. 로어가 나한테 마음을 여는 데만도 얼마나 오래 걸렸는지 몰라. 길 할아버지가 나한테 방을 세주고도 거의… 몇 달이나 지난 후였으니까. 아주 조금씩 조금씩 파고들어야 했지만 그래도 가치 있는 일이었어. 저 까칠한 표면 아래 있는, 내가 힘들게 발견한 로어의 여린 심장이 난 정말 좋아. '*그것만은*' 거짓이 아니거든. 자기를 있는 그대로 온전히 받아들여 주는 누군가를 찾는 건 정말 평생에 한 번 있을까 말까 할 정도로 힘든 일이야. 그래서 나도 로어에게 똑같이

해주려고 노력하는 거고."

"그러니까 너도, 나를 이해하는 거지?" 밴이 조용히 말했다.

마일스는 고개를 끄덕였다. "네가 나를 무모하게 덤비는 멍청이로 생각하는 거 알아—"

"그게 아니라—"

마일스는 밴의 말을 가로막았다. "어쩌면 진짜 멍청이일지도 모르지. 하지만 이건 로어를 위한 거야."

로어는 벽에 등을 기대고 눈을 감았다.

"아주 훌륭한 연설이었다." 밴이 미소가 묻어나는 목소리로 말했다.

"고마워." 마일스가 차를 홀짝거리며 대답했다. "네가 좋아할 거라고 짐작했지. 너희 세계는 온통 살고 죽는 얘기투성인 데다 뭔가 좀 서사적이어야 쳐주는 것 같아서. 나도 너희 수준에 맞추려면 노력 좀 해야지."

"그보다는 우리가 네 수준에 맞추면 훨씬 더 좋은 세상이 될 텐데." 밴이 말했다.

TV 소리가 바뀌더니 점점 커지면서 말소리가 더 선명하게 들렸다. 떠들썩하게 뉴스 속보라도 알리는 말투였다. 그리고 잠시 후 마일스와 밴의 휴대폰 진동과 함께 알림이 울렸다.

로어는 곧장 거실로 들어가 커피 테이블에 놓인 리모컨을 집어 들었다. 계단을 울리는 발소리와 함께 위층에서는 카스토르가 내려오고 지하실에서 아테나가 올라왔다.

지역 뉴스 채널을 내보내는 화면이 번쩍거리고 있었다. 낯익은 중년의 백인 남자 기자가 서 있는 곳은 록펠러 센터 주변을 두른 경계선 앞이 아니라 아주 멋진 석조건물 앞이었다. 기자의 주변으로 몰려든 사람들은 눈물을 흘리고 있거나 완전히 망연자실한 표정이었다. 근처에 있는 경찰차의 경광등 불빛에 사람들의 얼굴이 빨강 파랑 빨강 파랑으로 번쩍거렸다. 어두운 허공을 배경으로 마치 은빛 뱀들처럼 연기가 구불구불 공중으로 피어올랐다.

로어는 화면 가까이 다가갔다. 화면을 지나가는 자막을 읽는 순간 온몸의 피가 그대로 얼어붙었다.

'돌진하는 황소상'의 파손된 동상 안에서 두 어린아이의 시체 발견….

마일스는 천천히 소파에 주저앉으며 한 손으로 입을 막았다. 앵커가 읽어나가는 뉴스를 듣는 그의 얼굴은 완전히 넋이 나간 표정이었다.

"목격자들이 동상 밑에서 연기와 함께 곧바로 불이 난 것을 발견하고 119에 신고했고, 잠시 후 출동한 경찰은 끔찍한 현장을 발견했습니다. 그것은… 그것은 바로, 텅 빈 동상 속에 들어 있는 두 아이의 시체였습니다. 범인은 시체를 숨기기 위해 동상에서 금속판을 잘라낸 것으로 보입니다. 불이 붙자마자 비명 소리가 들렸다고 진술한 목격자들도 있었지만, 아직 공식적으로는 확인되지 않았습니다. 이 아이들이 동상에 갇혔을 시점에 아직 생존해 있었는지는 뉴욕 경찰에서도 확답을 내놓지 못하고 있습니다."

계단에서 내려온 카스토르는 멈칫하더니 뉴스 화면을 보지 않으려고 고개를 돌렸다. 하지만 로어는 외면하지 않기로 했다. 저 아이들이 누구든, 헌터 가문이든 일반 인간이든 한 가지는 이미 짐작이 되고도 남았다. 분명히 둘 다 여자아이들일 것이다.

"어떻게 저럴 수가! 저 아이들은… 쟤네들은 어린애들이잖아!" 마일스가 말했다.

로어는 자기가 벨런을 그렇게 돌려보내면 당연히 래스가 보복을 할 거라고는 예상했지만, 이런 식일 거라고는 생각지 못했다. 그가 로어 본인에게 직접 물리적인 공격을 해올 거라고 완전히 잘못 생각하고 있었다. 이렇게 간접적이고 감정적인 방식이 아니라.

로어는 같은 실수를 절대 반복하지 않기로 다짐했다.

아테나가 TV로 다가가 화면 전체에 번쩍거리는 이미지들을 유심히 살폈다. 하지만 어느새 로어의 시선에 잡힌 여신의 모습이 뭉개지더니 뉴스 진행자의 목소리도 로어의 귓속을 울려대는 쿵쿵 소리에 파묻혀버렸다. 로어의 온몸은 분노로 불같이 타올랐다.

마일스는 아마도 모를 테지만, 이 방에 있는 나머지 사람들은 래스와 카드모스들이 월스트리트 근처에 있는 저 유명한 동상을 고대의 화형 기구인 놋쇠 황소로 둔갑시켰다는 사실을 알고 있었다. 청동 황소의 배 속에 사람을 산 채로 가두고 불로 익혀 죽이는, 말로 다 할 수 없을 정도로 악마적인 고문 도구였다.

"경찰은 범죄 현장을 차단하기 위해 가림막을 세웠습니다. 하지만 경찰이 현장에 도착하기 직전에 목격자 한 명이 찍은 이 특별한 사진을 저희가 입수했습니다." 앵커가 계속 보도했다. *"이 사진이 혐오감을 줄 수 있음을 미리 알려드립니다. 뉴욕 경찰에서도 더 자세한 정보를 확보할 때까지는 가해자가 남긴 이 메시지를 비공개*

처리해달라고 저희 채널에 요청했습니다.”

곧 화면이 바뀌고 작은 불씨들과 연기에 뒤덮인 동상의 이미지가 나타났다. 몇몇 사람들이 소화기를 들고 몰려든 가운데 한 여자가 멈춰 서서 황소 동상 근처 건물 벽에 적힌 무언가를 읽고 있었다.

로어가 감시 카메라에 잡힌 영상을 확인할 수 있는지 물어보려고 밴을 돌아보는데, 그 역시 같은 생각을 하고 주방에서 노트북을 챙겨왔다. 그는 새로 데운 따뜻한 우유 한 잔을 마일스에게 건네며 다른 손으로는 노트북 프로그램으로 검색을 시작했다.

마일스는 놀란 눈으로 밴을 올려다보며 우유 잔을 받아 들었다.

“마시면 좀 괜찮아질 거야.” 밴이 말하며 마일스의 어깨에 손을 올렸다가 마일스가 채 알아채기도 전에 얼른 뗐다.

“이 모든 게 게임이 아니라는 건 알지만, 그건 알지만… 도대체 왜 이런… 짓을, 왜 이렇게까지 한 거지?” 마일스가 말했다.

로어는 피 비린 맛이 날 때까지 입안을 세게 깨물었다.

터치패드 위에서 손가락을 움직이던 밴은 방금 본 영상을 뒤로 돌렸다.

“뭔데? 뭐 찾은 거야?” 로어가 물었다.

밴은 노트북 화면을 사람들 쪽으로 돌리고 ‘재생’을 눌렀다. 야간 식별용 영상이라 선명하지 않았고 높은 각도에서 촬영된 것이었다. 녹색의 색감 때문에 카메라 아래로 보이는 광경에 으스스한 분위기가 더해졌다. 여섯 명의 헌터들이 동상 주변에 서 있었고, 얼굴에 쓴 뱀 마스크는 그들이 뒤집어쓴 후드 때문에 일부가 가려져 있었다. 헌터 한 명이 무릎을 꿇고 앉아 불을 붙이자 순식간에 불이 타올랐다. 동상 근처의 벽 가까이에 서 있던 다른 헌터는 작은 양동이에 붓을 넣고 뭔가를 적셔 희뿌연 벽 표면에 글자를 그려 넣었다. 진홍색 글자들이 마치 피눈물이라도 흘리듯 아래로 줄줄 흘러내렸다.

'그것을 가져오라.'

글자는 오직 한 사람, 로어에게 보내는 메시지였다.

"이 괴물을 당장 처치해야 해." 로어는 어느새 이렇게 말하고 있었다. "지금 당장!"

"잠깐 기다려봐. 그게 바로 저놈이 바라는 거야. 우리가 감정적으로 반응하는 거. 저 메시지가 대체 뭘 의미하는 건데?" 카스토르가 말했다.

아테나는 뭔가를 기다리듯 로어를 바라봤다.

하지 마, 로어의 마음이 속삭였다. *저들에게 말하면 안 돼….*

하지만 자신에게 달리 무슨 선택권이 있겠는가. 친구들에게 뭐든 말을 하긴 해야 한다. 완전히 진실까지는 아니더라도 저들이 믿을 수 있는 버전으로라도 들려줘야 한다. 특히 아테나의 의혹을 들쑤시지 않을 버전으로. 또는 로어 자신이 절대 하지 않겠다고 맹세한 것, 그것을 어떻게든 피해갈 수 있는 버전으로.

"레블러가… 레블러한테 들었는데, 래스가 나를 찾는 이유가 내가 아이기스를 갖고 있다고 생각해서래." 로어가 말했다. 심장이 너무 세차게 쿵쾅거려서 그 반동으로 몸이 흔들리는 것 같았다. 귀에서도 다시 이명이 커지고 있었다. 하지만 로어는 그 모든 것을 완강히 억누르고 목소리를 최대한 진정시키려고 애썼다. "레블러의 임무는 나를, 나와 아이기스를 찾아내는 것이었대."

밴이 눈을 깜박였다. "그냥 확실히 하고 싶어서 그러는데—"

"나한테 없어." 로어가 단호하게 말하며 자신에게 꽂혀 있는 카스토르의 걱정 어린 시선을 피했다. "카드모스 가문에서 우리 가문을 거의 절멸시킨 이후로 방패가 우리 가문의 수중에 다시 들어온 적은 없어. 레블러가 그랬는데 지난번 아곤 막바지에 방패가 없어졌대. 내 생각엔 카드모스 가문 내부에서 누군가 저지른 짓인 것 같아."

"나는 가짜 아레스의 추측도 합리적인 것 같은데." 아테나가 말했다.

"난 지난 아곤 때 겨우 열 살이었다고요." 로어가 여신에게 상기시켰다.

"어쩌면 네 부모님 중 한 분이 가져갔다고 생각할 수도 있겠네." 카스토르가 걱정으로 미간을 잔뜩 찡그린 채 말했다. "그리고 그분들이 방패를 숨겨둔 장소를 너에게 알려줬다고 말이야. 젠장, 그자가 강박적으로 너를 찾아다니는 이유가 있었던 거네."

"잘됐어." 로어가 말했다. "나를 찾으러 와준다면 오히려 고마울 지경이지. 우리가 기다리고 있을 거니까."

"아니, 전략을 바꿔야 해." 카스토르가 고개를 가로저으며 말했다. "너를 그자의 칼 앞에 갖다 바치지 않는 전략으로."

"그래!" 마일스가 카스토르를 가리키며 재빨리 덧붙였다. "나도 그 의견에 한 표."

"뭐 다른 아이디어라도 있어?" 밴이 물었다.

"아르테미스를 찾아야 해." 카스토르가 말했다. "우리와 동맹하자고 설득해야지."

아테나는 카스토르의 의견에 콧방귀를 뀌었다.

로어는 카스토르가 아르테미스를 찾으려는 데는 다른 이유도 있다는 걸 알고 있었지만, 그래도 자기를 죽이려고 혈안이 된 존재를 스스로 찾아 나서겠다는 생각에는 여전히 놀랄 수밖에 없었다.

"내가 다시 찾아볼게." 밴이 말했다. "아르테미스가 테티스 저택을 빠져나간 뒤로는 프로그램에 잡히진 않았어. 그런데 카스토르, 여신을 찾아도 정말 괜찮겠어? 아무리 생각해도 호의적인 용병이 되어줄 것 같지 않은데."

"여신이 내 심장을 갈가리 찢어서 먹어치우고 싶어 한다는 건 나도 잘 알고 있어. 하지만 사냥감을 추격하는 것만큼은 그 누구도 아르테미스의 실력을 따를 자가 없지. 컴퓨터 프로그램도 경쟁이 안 되는 건 마찬가지고. 네 프로그램엔 미안한 말이지만."

밴이 괜찮다는 듯 손을 저었다.

"래스에게 들키지 않고 그자를 추적해서 그자의 큰 그림이 뭔지 알아낼 수 있는 사람은 아르테미스뿐이야. 그리고 솔직한 심정으론, 그자와 맞닥뜨려 반격해야 할 때 우리 쪽에 신이 한 명이라도 더 있으면 좋고." 카스토르가 말했다.

"그전에 아르테미스가 너를 죽이지 않는다면 말이지." 로어가 카스토르에게 일깨웠다.

"나도 동의한다. 네 생각은 터무니없는 아이디어다." 아테나가 주장하듯 말했다. "쓸데없는 데 에너지 낭비하지 말고 당장 닥친 문제에 집중하는 것이 좋을 텐데? 가짜 놈을 처치하기 위해 굳이 아르테미스까지는 필요 없다. 아이기스와 거기에 새겨진 시를 찾는 데도 마찬가지고."

로어는 아테나가 반대하는 이유를 더 잘 알고 있는 터라 아무 말 없이 숨만 들이쉬었다.

"나는 아이기스 얘기를 꺼내지도 않았어요." 카스토르가 여신에게 말했다. "시는 말할 것도 없고요. 어쨌든 당신 여동생이 방패나 시를 먼저 차지하느니 차라리 죽는 게 더 낫다는 거죠? 당신 속마음을 확실히 말해줘서 참 고맙네요. 제우스의 따님, 아곤에서 단 한 명의 승자만 남는 게 정말 그렇게 무서운 겁니까?"

"장담하건대 아르테미스는 절대로 아폴론의 살해자와 협력할 리 없다." 아테나가 카스토르의 도발을 무시하며 말했다. "게다가 아르테미스가 자기 혼자 살겠다고 나에게 상처를 입혔으니 당연히 내가 먼저 나서서 그녀의 도움을 받고 싶은 생각은 없다. 하지만 적들의 계획을 방해하고 멜로라에 대한 추적을 저지하기 위해 새로운 전략이 필요하다는 데는 나도 동의한다." 여신은 밴을 돌아보며 물었다. "가짜 아레스 놈의 재산이나 소유지에 대한 추가 정보가 있는가? 그중 취약한 부분이 있을 텐데?"

"당연히 정보는 있죠." 밴이 대답했다. "모든 가문의 지도자들과 원로들에 대한 정보는 모조리 갖고 있어요. 믿거나 말거나지만, 나도 한때는 순진하게도 그들의 수상한 비즈니스 거래 같은 걸 세상에 폭로해서 그들의 자산이 몰수되고 지도자들도 구속되면 가문들을 무력화할 수 있다고 믿었으니까."

"근데 왜 안 했어?" 로어가 물었다.

"왜냐면 아곤은, 히드라(그리스신화에 나오는 아홉 개의 머리가 달린 괴물 뱀으로 머리를 하나 잘라내면 두 개가 자라난다. 헤라클레스가 퇴치했다.-역주)니까." 밴이 대답했다. "아무리 가문의 머리를 쳐내도 소용없어. 그들의 자리를 대신할 헌터들은 여전히 차고 넘치니까. 그리고 심지어 세상에 아곤의 존재를 폭로한다 해도 분명히 몇몇은 어떻게든 아곤을 계속할 방법을 찾아낼 거야."

로어는 갑자기 지금까지는 한 번도 생각해보지 않았던 어떤 깨달음 같은 것이 머릿속에 떠올랐다. 여기 있는 모든 사람은 진심으로 아곤이 끝장나길 바라고 있다. 하지만 각각 다른 이유로, 그리고 각각 다른 방법으로.

"네 말도 충분히 이해는 되네." 카스토르가 말했다. "그래도 혹시 미디어에 살짝 흘려서 래스에게 세간의 관심이 쏠릴 만한 게 없을까? 그자가 도시 일부나 경찰들 몇 명은 주무를 수 있다 해도 전체를 휘두를 순 없을 텐데—"

"그들의 무기고가 어디 있는지 아는가?" 아테나가 끼어들었다. 여신은 무서울 정도로 집중한 표정이었다. "그들의 금고가 어디 숨겨져 있는지?"

"몇 군데는 알죠. 카드모스 가문이 이 도시와 해외에 보유하고 있는 저장고는 내가 아는 것보다 훨씬 많겠지만요." 밴이 대답했다.

"몇 군데 정도면 충분하다." 아테나가 말했다.

"뭘 어쩌려고요?" 로어가 물었다.

"왕을 죽이는 방법이 한 가지만 있는 건 아니지." 아테나가 말했다. "그자의 몸에서 직접 피를 뽑아 죽여버리거나, 아니면 그자에 대한 부하들의 무조건적 신뢰를 약화하는 방법도 있다."

밴은 여신의 의도를 간파했다. "그들의 무기고를 공격하면, 래스를 가장 강력한 지도자이자 보호자라고 믿고 따르는 헌터들이 흔들릴 수도 있겠네요. 그러면 래스의 지배력도 타격을 받을 테고요."

"카드모스 헌터들의 상당수가 멜로라와 나머지 신들을 추적하는 데 집중하고 있으니, 금고와 무기고는 평소보다 경계가 삼엄하진 않을 것이다." 아테나가 말했다.

"아직 카스토르를 따르는 나머지 아킬레우스 헌터들도 사실 무기가 절실하긴 해요." 밴이 말했다. "그리고 이로를 포함한 오디세우스 헌터들도 같은 상황일 거고요. 내가 아는 장소들은 모두 경비 교대 시간이 똑같으니 이르면 내일 아침에 당장 공격할 수 있어요."

"무기는 다른 데서도 구할 수 있을 거야." 카스토르는 계속 고집을 부렸다. "래스는 기습 공격을 받으면 로어를 찾는 데 두 배는 더 집중할 것이고 자기 계획도 오히려 서두르려고 할 거야. 우리한텐 새로운 도움이 필요해. 아르테미스 같은 능력을 가진 사람이 필요하—"

"지금 당장은 아르테미스를 찾느라 시간을 낭비할 수 없어." 로어가 매섭게 끼어들었다.

카스토르는 깜짝 놀라 일그러진 얼굴로 어떻게든 로어와 눈을 맞춰보려고 그녀의 시선을 애타게 좇았다. 한 줄기 죄책감이 일순간 가슴을 꿰뚫고 지나갔지만 로어는 애써 감정을 밀어냈다. 아테나의 말이 맞다. 아르테미스를 찾는 건 지금 시점에선 헛짓거리일 뿐이다.

"다들 잠깐만." 밴이 말했다. "선택의 문제라기보다는 동시에 둘 다 할 수 있어. 아르고스 프로그램을 계속 돌려서 아르테미스를 추적하면 되잖아."

"네가 방금 전에 프로그램으로는 찾을 수 없다고 했잖아." 카스토르가 말했다. "일단 밖으로 나가서 직접 찾아봐야 해."

"너도 아르테미스의 타깃이라는 걸 자꾸 잊어버리는 것 같다?" 로어가 말했다. "그리고 너를 죽여서 신이 될 기회를 노리는 그 많은 헌터들은 또 어떡하고?"

카스토르의 턱이 경직됐다.

"일단 무기고부터 습격하고 그다음에 아르테미스를 찾아보자, 알았지?" 로어가 어조를 약간 누그러뜨리며 말했다. "습격을 당하면 카드모스들이 집중력을 잃고 재정비할 시간도 필요할 테니, 그때 밖으로 나가는 것이 너한테도 더 안전할 거야."

"내 안전 따위는 상관없어." 카스토르가 로어에게 말했다.

로어가 코로 거센 숨을 들이쉬며 말했다. "어쩌냐, 미안하지만 나한텐 상관 있는데." 로어는 밴을 돌아보며 말했다. "너희 아킬레우스 헌터들에게 어느 무기고를 공격할지 알려주고 나한테도 한두 군데 위치랑 시간을 알려줘. 나도 이로한테 문자 보낼게."

밴이 카스토르를 쳐다보자 그는 고개를 끄덕였다.

"아르테미스 추적도 계속할게." 밴이 카스토르에게 약속했다. "내 정보원들한테도 더 나올 게 있는지 알아보고—"

그때 테이블 위에 있던 밴의 휴대폰이 진동했다. 밴은 얼른 휴대폰을 집어 들었다. 밴이 새 메시지를 확인하는 동안 휴대폰 불빛이 그의 짙은 피부를 비췄다. "카드모스 가문에 있는 정보원인데 래스의 다음 작전에 대해 우리가 솔깃할 만한 정보를 갖고 있다네."

로어의 심장이 벌떡거렸다. "그런데?"

"더 이상 좋은 방법 같지가 않아." 밴이 말했다. "벨런 때문에 벌어진 일도 그렇고 지금 이 동상 사건도 그렇고, 뭔가 감이 안 좋아. 게다가 정보원이 마일스하고만 만나겠다고 고집을 부리고."

"그건 그 사람이 널 싫어하니까 그렇지." 마일스가 밴의 기억을 되살려줬다. "나 할 수 있어."

"할 수 있다고 다 해야 하는 건 아니야." 밴이 말했다.

"나에 대한 네 생각이 틀렸다는 걸 내가 얼마나 더 증명해야 하는 거야?" 마일스가 따졌다. "내가 할 수—"

"안 돼." 밴이 쏘아붙이며 마일스에게 벌컥 화를 냈다. "넌 우리랑 달라. 너한텐 발언권도 결정권도 없다고, 알겠어?"

마일스가 일어섰다. 냉기 서린 밴의 어조에 마일스의 얼굴은 당혹감에서 분노의 표정으로 일그러졌다. "너 역시 나한테 이래라저래라 할 권리는 없어. 나 아니었으면 여기까지 오지 못했을 거잖아. 그걸 꼭 내 입으로 말해야겠어?"

"래스는 방금 죄 없는 어린애를 둘이나 죽였어." 카스토르가 마일스에게 말했다. "이게 만약 함정이라면, 그자가 너한테는 무슨 짓을 할지, 아마 우리는 절대 상상도 못 할 수준일 거야."

마일스는 로어 옆으로 움직여 나머지 사람들의 맞은편에 섰다. "어차피 그 사람이 나를 못 잡을 거니까 잘됐네."

"이건 다 희생당한 여자아이들을 위해서 하는 거야." 로어가 주장했다.

카스토르가 꿰뚫어 보는 듯한 시선으로 로어를 마주 보며 말했다. "어떤? 오늘 죽은 아이들? 아니면 네 동생들?"

로어는 얼어붙었다. 그녀는 숨을 깊이 들이쉬고 그대로 참았다. 가슴이 아파왔다.

"내가 마일스와 같이 갈게. 누구든 마일스를 보호해줄 사람이 있어야 안심이 좀 될 것 같아." 카스토르가 말했다.

"왜, 나는 못 할까 봐?" 로어가 사납게 몰아쳤다. "꼭 가야 한다면 내가 갈 거야."

"싫어." 마일스가 말했다. "그러니까 내 말은, 둘 다 고맙지만 나 혼자 갈 거야. 그 스파이, 완전 까다로운 데다 내가 다른 사람을 데리고 왔다는 의심이 조금이라도 들면 분명 중간에 튀어버릴 거야. 그리고 우리한테 정말로 필요한 정보를 가지고 있을 수도 있잖아. 아니면 최소한 래스의 현재 위치에 대한 단서라도 얻을지 몰라."

밴은 계속 카스토르의 눈치를 살피며 말했다. "정보원은 내일 아침에 만나고 싶어 해. 우리가 무기고를 습격할 시간과 대충 맞아떨어질 것 같아. 헌터들이 경계 근무를 교대하는 시간이거든."

"영리한 마일스가 잘해낼 자신이 있다면, 너희가 그의 앞길을 막고 그의 말을 부정할 논리는 없다." 아테나가 말했다.

로어는 다시 자신을 쳐다보는 카스토르의 시선을 느꼈다. 마일스가 소심하게 "로어?"라고 부르는 소리를 듣기도 전에 그녀의 심장은 이미 마구 날뛰고 있었다.

어쩌면…, 정말 어쩌면, 래스가 잔뜩 약이 올라 있을 지금 정보원을 만나는 것은 너무 위험할지도 모른다. 조금이라도 일이 잘못되어서 마일스가 그자의 손에 붙잡힌다면, 로어는 자신을 절대 용서할 수 없을 것이다.

그쪽으로 점점 더 생각이 기울어질수록 로어는 무기고 습격을 거행하는 대신 잠시 몸을 숨기고 아르테미스를 찾아보자는 카스토르의 생각이 옳은 것은 아닌지 의심이 들기 시작했다. 여신이 우리와 동맹을 맺도록 설득할 수만 있다면, 물론 천만 분의 1의 가능성이긴 하지만 그래도 스파이의 정보에만 의존해서 위험을 무릅쓰고 접선하러 가지 않아도 될 것이다. 아르테미스는 사람이건 사물이건 추적할 수 있고 어떤 정보라도 알아낼 수 있다.

로어의 마음을 어지럽히는 폭풍을 감지하기라도 한 듯 아테나가 그녀에게 다가왔다. 여신에게서 냉철한 확신의 기운이 뿜어져 나왔다. 그렇게 옆에만 있는데도 모든 것이 맑아지는 것 같았다. 여신의 기운이 로어의 가슴속 욕망을 북돋웠다. 로어가 옳다고 생각하는 일, 반드시 해야 한다고 생각되는 과제 쪽으로 힘을 실어주었다.

희생된 아이들을 위한 거야, 로어는 생각했다. 래스가 저지른 짓은 벌을 받아 마땅하다.

"마일스는 정보원을 만나러 가." 로어가 마침내 입을 열었다. "우리는 아침 교대 시간에 맞춰서 계획대로 무기고를 공격하자. 스파이가 래스의 위치에 대한 정보를 모르면 오후에 아르테미스를 찾는 걸로 해. 됐지?"

하지만 말은 그렇게 했어도 로어는 아테나가 맞다는 걸 알았다. 아르테미스는 절대 우리와 협력하지 않을 것이다. 카스토르에게도 아폴론의 죽음에 대한 정보를 절대 주지 않을 것이다. 설사 알고 있더라도 절대. 하지만 어쩌면 그때쯤엔 래스도 숨어 있던 구멍에서 기어 나올 수도 있고, 그렇게만 되면 강철만큼이나 고집 센 집념으로 똘똘 뭉친 아르테미스를 설득하느라 카스토르가 위험을 무릅쓰지 않아도 되겠지.

밴은 자신의 감정을 애써 숨기지도 않고 고개를 끄덕였다. "그럼 이로에게 알려줄 정보를 너한테 문자로 보내줄게."

사람들은 남은 밤 동안만이라도 잠을 청하려고 위층으로 올라가며 자기들끼리 두런거렸지만 로어는 사람들의 말이 귀에 들어오지 않았다. 카스토르만 계단 밑에 여전히 남아 있었다. 그는 난간을 붙잡고 서서 로어가 휴대폰을 꺼내는 모습을 지켜보았다. 로어는 떨리는 손으로 이로에게 보낼 문자를 찍었다.

'네 도움이 필요해.'

마치 청동 황소상에서 피어오르던 연기처럼 로어의 마음속에서 격렬한 분노가 차올랐다. 심지어 입에선 탄내마저 느껴지고 머릿속은 자신을 향해 벽에 남겨졌던 핏빛 글자들로 온통 휩싸였다.

로어가 다시 고개를 들었을 땐 카스토르도 이미 자리를 뜨고 없었다.

33

습기를 잔뜩 머금은 늦은 오후의 공기는 무겁게 가라앉았다. 하지만 그것조차도, 브라운스톤을 통째로 집어삼킨 숨 막히는 공기에 비하면 아무것도 아니었다.

카드모스 가문의 무기고를 습격하러 갔던 아킬레우스 헌터들이 아무런 사상자 없이 수월하게 성공했다는 소식을 듣고 나서야 로어는 몇 시간 잠을 청했다. 이로에게 무기고 습격에 대한 지시 사항을 문자로 전달하고 'ㅇㅋ'라는 짧은 답장을 받은 뒤로는 그녀에게서도 더 이상 소식이 없었다.

그렇다고 걱정이 되는 건 아니었다. 특히 밴이 아킬레우스 헌터를 만나 카드모스 가문의 무기를 한 아름 받아온 것을 보고 더 마음이 놓였다. 아테나는 대놓고 신이 난 티를 내며 카드모스 가문의 무기를 펼쳐놓고 하나하나 유심히 살폈다. 그중엔 진짜 '도리'도 있었다. 그렇지만 성공했다는 기쁨으로 들떴던 로어의 마음은 카스토르와 밴의 침묵이 만들어낸 감정의 블랙홀 속으로 빨려 들어가 금세 사라지고 말았다.

카스토르가 틀어박혀 있는 방의 굳게 닫힌 문을 보는 것만으로도 괴로운데, 밴마저 아르고스 프로그램으로 마일스의 움직임을 좇으며 로어를 탓하는 듯한 얼굴을 하고 있어 더 견디기 힘들었다. 로어는 자기 방으로 돌아갔다. 서랍장 위에 마일스가 로어를 위해 놓아둔 것이 그제야 눈에 들어왔다.

목걸이에 달린 깃털 펜던트가 햇빛을 받아 잠깐 반짝거렸다. 로어는 손가락으로 깃털의 윤곽을 매만지며 잠시 망설였다.

결코, 자유로워진 게 아니었어.

결국 목걸이를 손으로 밀어 서랍장 옆에 있는 쓰레기통 속으로 떨어뜨렸다. 하지만 눈앞에서 사라졌는데도 목걸이의 존재가 느껴졌다. 치가 떨리게 싫었다. 이 집도 싫었다. 로어는 벗어나고 싶다는 간절함으로 창문을 열고 밖으로 빠져나가 외벽의 비상 사다리를 타고 지붕으로 올라갔다. 옥상에 서서 로어는 저 멀리에서 몰려오는 잿빛 먹구름을 지켜봤다.

그때 비상 사다리에서 인기척이 났다. 흠칫 놀란 로어는 어깨 너머로 돌아보고는 이내 누군지 확인하고 긴장을 풀었다. "여기 올라오면 안 돼요."

아테나는 브라운스톤의 황량한 옥상을 둘러봤다. 에어컨 실외기와 오래된 접이식 의자 두 개, 그리고 로어뿐이었다. 사실은 아무도 올라오면 안 되는데 마일스와 로어는 날씨가 좋을 때면 가끔 옥상으로 기어 올라와 함께 와인을 마시곤 했다. 그때마다 옥상에 뭐라도 하자고, 예를 들면 작은 정원이라도 꾸며보자는 얘기를 하곤 했다. 하지만 그것도 길 할아버지가 죽기 전의 이야기다.

아니지, 헤르메스가 떠나기 전이었지. 로어는 자기 혼자 속으로 정정하고는 양팔을 감싸 문지르며 동쪽에서 몰려드는 은색 먹구름 쪽으로 다시 시선을 돌렸다.

아테나는 비어 있는 의자를 놔두고 굳이 거친 옥상 바닥에 앉더니 카드모스 가문에서 탈취해 온 도리를 다리 위에 걸쳐놓고 부엌에서 가져온 숫돌로 창의 양쪽 끝을 날카롭게 갈기 시작했다.

"헤르메스였어요."

여신에게는 왜 이토록 쉽게 말이 나오는지 로어 자신도 의아했다. 어쩌면 뭉툭한 칼등만큼이나 무뚝뚝한 아테나는 로어를 위로하려 들지도, 로어에게 끝까지 주저리주저리 털어놓으라고 다그치지도 않을 것 같아서인지도 모른다.

"헤르메스가 왜?" 아테나가 숫돌을 옆에 내려놓으며 물었다.

"내가 간병인으로 일했던 할아버지요. 이 집의 주인이었다가 나한테 물려준 사람요." 로어는 침을 삼키고 계속 말을 이었다. "처음부터 헤르메스였어요. 처음 자취를 감췄을 때부터 이 집으로 온 거예요. 레블러가 미술관에서 말해줬어요."

"그랬군." 아테나는 곧 조심스럽게 덧붙였다. "그리고 너는 그 가짜의 말을 믿고?"

로어는 고개를 끄덕였다. "결국, 헤르메스도, 나한테 아이기스가 있다고 생각했나 봐요. 방패가 내게 없다는 걸 알았을 때 그 실망감이 장난이 아니었을 텐데. 나한테 그렇게까지…" 진짜 그러기 싫은데, 로어는 목이 메었다. "나한테 그렇게나 환심을 사려고 갖은 애를 다 썼는데 결국 헛수고였으니까요."

아테나가 입을 굳게 다물었다.

"근데 이해가 안 돼요. 레블러는 헤르메스가 내게 빚진 마음이 있었다고 했어요. 그리고 래스가 아이기스를 차지하는 걸 막으려고도 했다는데…."

"헤르메스도 새로운 버전의 시가 있다는 걸 알아챈 게 확실하군. 그리고 그 역시 그것을 사용해 아곤을 빠져나가고 싶었던 것이고." 아테나가 말했다.

"그럴지도요." 로어는 아테나의 말에 동의했다. "아니면 새로운 버전의 시는 전혀 모르고 그저 다음 아곤 때 방패를 무기로 쓰고 싶었는지도 모르죠. 나한테 좀 잘해주면 내가 자기에게 방패를 넘겨줄 거라고 생각했을 수도 있죠. 하지만 대체 왜 나한테 *'빚진 마음'*이 있었을까요? 내 인생에 끼어들려고 왜 그렇게까지 온갖 공을 들였을까요? 그리고 기껏 그렇게 해놓고 왜 내 과거에 대해 단 한 번도 묻거나 다그치지 않았을까요? 그뿐만이 아니에요. 다른 신들에게 들키지 말라고 부적까지 만들어주고, 게다가 이 집까지 물려줬어요."

"나 역시 궁금했다." 아테나가 천천히 입을 열었다. "이미 말했다시피, 나는 몇 년 동안이나 너에 대한 소문을 좇으며 너를 추적했다. 그러다 3년 전 드디어 이 동네 근처를 걷고 있는 너를 발견했지. 그리고 이 집까지 쫓아왔다. 하지만 그때 한 번뿐이었다. 다시는 네 모습을 볼 수 없었지. 이번 사냥이 시작되었을 땐 네가 아직

이곳에 있길 바라는 수밖에 없었지."

보이지 않는 여신과 한때 몇 걸음을 사이에 두고 지나쳤다는 생각이 떠오르자 낯설면서도 때늦은 공포가 로어의 가슴속을 채웠다.

"혹시 그때 내가 목걸이를 하고 있었나요? 금색 깃털 모양의 펜던트가 달린 목걸이요."

여신은 로어의 질문을 곰곰이 생각해보더니 대답했다. "아니, 목걸이는 없었다."

아마도 길 할아버지, 아니 헤르메스와 뉴욕으로 돌아온 직후였던 모양이다. 그러고 두 주가 지난 어느 날 아침, 로어가 눈을 떴을 때 침대 협탁 위에 그 목걸이가 놓여 있었다. 아마도 로어의 위조 여권에 적힌 날짜를 생일이라고 생각한 모양이었다. 진짜 생일이 지난 지 한참 후였지만.

"헤르메스가 왜 그따위 가면 놀이를 꾸며냈는지 묻는 건가? 그는 교활하고, 그런 걸 재미있어하지. 하지만 그렇다 해도 헤르메스는 절대 바보가 아니다. 그가 너에게 아이기스가 있다고 믿었다면 분명 그럴 만한 이유가 있었을 것이다. 그러니 내가 다시 묻겠다. 멜로라, 내 아버지의 방패를 가지고 있느냐? 그것이 혹시라도 가짜 아레스 놈의 수중에 넘어갈 위험에 처해 있는 것이냐?"

손바닥부터 손가락 끝까지 근육이 마비된 것처럼 저릿저릿했다. 머릿속에선 온갖 생각들이 고리와 고리로 얽혀 하나의 사악한 공포가 끊임없이 자기 앞의 공포를 뒤쫓는 것 같았다. 로어는 손톱으로 팔뚝 살을 힘껏 움켜쥐며 살을 찌르는 고통으로라도 마음속 고통의 사슬을 떨쳐버리려 했다.

"방패는 나한테 없어요. 어쩌면 아리스토스 카드모스가 우리 아빠한테 방패가 있는 곳을 신나게 떠벌렸다는 걸 헤르메스가 나중에 알게 되었는지도 모르죠."

"그럴 수도 있겠군." 여신이 나지막이 맞장구쳤다.

그때 로어의 머릿속에 벨런이 했던 말이 떠올랐다. *넌 방해꾼이야. 그 '물건'이 방해가 되고 있다고.*

로어는 양팔을 가슴 앞으로 포개며 몸을 숙여 무릎에 기댔다. "이 모든 게 단순히 '시' 때문만은 아니라는 생각 안 들어요? 어쩌면 어린 여자애가 그 물건을 훔쳐갔다는 오해 때문에 래스의 자존심에 금이 간 거 아닐까요?"

"그자가 그 물건을 탐하는 데는 여러 가지 이유가 있겠지. 아곤에서 승리할 수 있는 비밀을 알아내려고, 어린 여자애한테 상처 입은 자존심을 회복하고 싶어서, 아이기스가 상징하는 영광을 자기 팔에 두르고 싶어서 등등. 아울러 훌륭한 도구로도 사용할 수 있으니까. 아이기스는 천둥을 소환하고 번개를 칠 수 있다. 게다가 그 힘을 끝까지 다 쓰지 않고도 방패를 마주 보는 자들의 심장에 무시무시한 공포를 불러일으키지."

여신은 또 다른 생각이 떠올랐는지 이렇게 덧붙였다. "네가 스스로 그자에게 방패를 넘겨주지 않는다면, 그자는 자기 대신 네가 직접 방패를 휘두르게 해야 할 거다. 그렇게 만들기 위해 무슨 짓이든 할 것이고."

"꽤나 나를 생각해주는 것 같네요? 우리 계약 조건 이상으로 나한테 관심 있는 척하는 이유가 뭐예요?"

"여느 장인들처럼, 나 역시 원재료에서 가능성을 발견하면 그것을 훌륭한 작품으로 다듬고 싶은 충동을 느낀다." 아테나가 고개를 로어 쪽으로 기울이며 말했다.

"당신이 그런 말을 하니 웃기네요."

"비웃는 이유를 모르겠군." 아테나가 덤덤하게 말했다.

"지금까지 여자를 키워준 적 없잖아요. 당신이 그렇게 아끼는 남자 영웅들에게 해준 것만큼. 반면 여자들을 벌줄 땐 아주 신나 죽겠다는 것 같던데요?"

"여자들은 아르테미스 소관이다. 내 영역을 넘어서는 일이지. 나는 너에게 그 무엇도 해명할 의무가 없다." 아테나의 말은 로어에게 경고라도 하는 듯 날이 서 있었다.

아테나는 로어에게 '어디 계속해보시지'라는 표정을 지어 보였다. 하지만 로어도 오해의 소지가 있는 싸움에서 물러서는 사람은 아니었다.

"여자 헌터들이 왜 신의 능력을 차지해선 안 되는지 알아요? 그리고 그 원칙에 대해 가문의 원로들이 항상 들이대는 논리가 뭔지 아냐고요." 로어가 물었다. 오랜 세월 쌓여온 소리 없는 분노가 가슴속에서 수증기처럼 차올랐다. "그들은 제우스의 시를 근거로 내세워요. 하지만 여신님 당신 역시 그들에겐 좋은 핑곗거리죠. 당신은 언제나, 모험을 떠나는 남자 영웅들에게만 멘토가 되어주었으니까요. 오로지 남자들만 전쟁의 클레오스를 거머쥘 수 있게 도왔으니까요. 그리고 전쟁에서 얻은 클레오스야말로 원로들이 유일하게 인정하는 명예이니까요. 그자들에게 당신은 '제우스의 뜻'을 전달하는 분신이나 마찬가지였다고요."

"나는 내 아버지의 머리에서 태어났다. 그러니 나는 당연히 그분의 분신이다."

여신은 얼굴에 격노의 표정을 드리우며 입을 굳게 다물었다.

"내가 지금 이곳에 있는 이유는, 만물의 자연질서를 어지럽힌 자들, 내 아버지를 배반한 자들이 맞이할 최후를 보기 위함일 뿐이다."

"화 안 나요?" 로어의 목소리가 갈라졌다. "어떻게 열 받지 않을 수 있어요? 심지어 '신'인 당신조차도 자신이 어떤 존재가 되고 싶은지, 무엇이 되고 싶은지 완전히 자유롭게 결정할 수 없다는 거 말이에요."

여신은 잠자코 있었지만 뭔가를 골똘히 생각하는 표정이었다.

"당신은 남자들이 당신 이름과 당신 형상을 사용해서 자기들만의 규칙을 세우는 걸 그냥 보고만 있었어요. 당신은 그들이 애쓰고 노력하면 도달할 수 있는 존재의 상징이에요. 하지만 오로지 그들, 남자들에게만 허락된 존재죠. 그럼 우리는 어쩌라는 거예요? 우리 여자라는 존재들과 흑백처럼 선명하게 분류될 수 없는 나머지 사람들은 어떡하냐고요."

"나는 내가 인간에게 부여하는 솜씨와 기술이 남자들에게만 속한다는 걸 알지 못했다. 아울러 집 안에서, 그리고 가족을 돌보는 데 탁월한 여성들을 내가 미처 못 알아봤다는 점도 자각하지 못했군."

로어는 떨리는 호흡을 한 차례 들이쉬고 다시 말했다. "근데 있잖아요, 더 나쁜 게 뭔지 알아요? 당신조차 남자들이 당신을 위해 만들어낸 신화의 모습으로 자신을 바라본다는 거예요. 방금도 그랬잖아요. 당신 아버지의 머리에서 태어났다고. 하지만 당신한테도 어머니라는 존재가 있지 않았나요? 지혜의 신 메티스가 당신 어머니고, 지혜는 제우스가 아니라 어머니한테서 물려받은 거잖아요. 그런데도 제우스는 자기가 살겠다고 당신들 둘을 삼켜버리고는 나중에 모든 걸 자기 공으로 돌렸죠(제우스는 지혜의 신 메티스와 관계를 맺었지만, 메티스에게서 아들이 태어나면 제우스 자신을 능가하는 신이 될 거라는 예언을 듣고 메티스를 삼켜버린다. 하지만 그때 메티스는 이미 임신 중이었고 그 아이가 아테나였다. 어느 날 두통으로 괴로워하는 제우스의 머리를 쪼개자 아테나가 완전무장한 상태로 태어났다고 한다.-역주). 당신 어머니를 부정하는 건 당신 자신을 부정하는 거예요. 또, 남자라는 족속들이 무슨 짓까지 할 수 있는지를 외면하는 거라고요."

"페르세우스의 아이여, 나는 그들이 어디까지 할 수 있는지 정확히 알고 있다." 아테나가 차갑게 말했다.

로어는 자기 조상의 이름이 튀어나오자 움찔했다.

"너는 주워들은 이야기를 가지고 자신의 의견을 너무 확신하는군. 하지만 지금 네가 싸워야 할 대상은 내가 아니다. 네 분노는 나 때문이 아니라 너 자신 때문인 것 같은데, 왜지?"

로어는 머리를 뒤로 쓸어 넘겨 움켜잡았다.

"너는 화가 아주 많이 나 있다. 너를 처음 본 순간부터 그걸 느꼈지. 네가 그것을 억누르려고 애쓸수록 네 분노가 더 강력하게 자라나는 것 같더군. 내가 왜 네가 생각하는 그런 방식으로 내 능력을 쓰지 않냐고 물었나? 하지만 너 역시 너의 잠재력을 쓰지 못하고 주저하고 있지 않은가. 네가 겁쟁이일 거라고는 생각지 않았는데."

난 특별하지도, 선택받은 것도 아니야. 로어는 손으로 두 눈을 꾹 눌렀다. 이 사실을 깨달았을 때의 기억은 실제로 벌어졌던 일만큼이나 고통스러웠다. "주저하는 게 아니에요. 다만… 다만 이제는, 더 이상은 그 어떤 실수도 할 수 없어요."

아테나는 코웃음을 쳤다. "가짜 아폴론이 용케도 네 머릿속을 헤집어 네가 스스로를 의심하게 했군. 반드시 완수해야 할 일이 무엇인지 너는 알고 있다. 가짜 아폴론은 심지어 자신이 어떻게 그 힘을 갖게 되었는지조차 모르지 않는가."

로어는 아테나의 마지막 말에 고개를 홱 들었다.

"내가 진실을 간파해내지 못할 거라고 생각했나? 그자가 내 동생의 죽음에 대해 아무한테나 그렇게 대놓고 물어보는데도? 그게 아니면 왜 그렇게 자기 힘을 경멸하고 원망할까? 왜 그렇게 아르테미스를 찾고 싶어 하는 거지? 아르테미스는 오로지 그가 죽기만을 바란다는 걸 알면서도?"

"카스토르는…" 로어는 입을 열었지만 뭐라고 말해야 할지 알 수 없었다. 이 얘기는 하고 싶지 않았다. 카스토르를 배신하는 것 같았다. "카스토르는 내가 선을 넘을까 봐 걱정하는 거예요."

"너는 그 선을 스스로 결정할 능력이 없는 건가? 자신의 판단력보다 그의 판단력을 더 믿는 건가?"

"카스토르는 그냥 나를 보호하려는 것뿐이에요." 로어가 말했다. 카스토르가 항상 하던 일이었다. 로어가 자신만의 방식으로 그를 보호하려고 했던 것처럼.

"누구에게서, 무엇으로부터 보호한다는 거지? 너를 너 자신에게서 보호한다는 건가? 너 자신을 온전히 받아들임으로써 변하게 될 미래의 너로부터? 그 미래의 네 모습이 그자가 바라는 모습이 아니기 때문에?"

로어는 자기 생명만큼이나 카스토르를 믿었다. 그가 절대 고의로 로어에게 상처를 주지 않으리라는 건 알고 있었다. 하지만 센트럴파크에서 그가 뒤쫓아왔을 때 로어를 바라보던 표정은…, 그의 얼굴엔 충격과 혐오의 빛이 드리워 있었다.

어쩌면 정말로 카스토르는 이해하지 못하는지도 모른다. 잃어버린 7년이 더없이 길게 느껴졌다.

"난 아곤이 정말 싫어요." 로어의 말에 여신이 곧바로 끼어들었다.

"아니, 그렇지 않을걸? 넌 아곤 때문에 치러야 했던 대가가 싫은 것이지. 하지만 이 세계가 너를 낳았고 너는 이 세계에 속해 있다. 그것은 네가 태어나는 순간 네게 주어진 권리다. 넌 영광을 차지할 운명을 타고났지만, 그것을 빼앗겼다. 그리고 이제 원래 네 것이었던 것을 되찾을 때까지 너는 결코 만족하지도, 온전히 이루었다는 충만감을 느끼지도 못할 것이다."

가슴속에서 어린 시절 자기가 하던 말들이 다시 들리는 것 같았다. *내 이름은 전설이 될 거야.*

"원래 내 것이었던 것 따위의 문제가 아니에요." 로어는 억지로 한 마디 한 마디 내뱉었다. "난 저들처럼 그런 괴물이 되고 싶지 않아요."

"넌 괴물이 아니다. 너는 전사다. 네가 위대하게 쓰일 운명이 아니었다면 너 역시 네 가족과 함께 소멸했겠지."

"가족 얘기는 제발 하지 말아요." 로어가 속삭이듯 말했다. *제발 그 얘기는 하지 마.*

헛된 바람이 로어의 가슴을 갈기갈기 찢었다. 가족의 죽음이 자신의 잘못이 아니었다는 바람, 아무 의미 없는 허무한 죽음이 아니었다는 바람, 정말 그랬으면 좋겠다는 간절함에 마음이 통째로 쥐어짜였다.

"그리고 괴물이 되는 게 가장 나쁜 건 아니다. 그보다 더한 존재들도 있으니까." 아테나가 말했다.

"그런 말로 자기 위안을 삼으면서 아라크네의 자만심을 벌한 거예요? 메두사에게 저주를 내렸을 때도요?" 로어가 물었다.

여신은 로어의 질문에 어리둥절한 표정을 지었다. "메두사의 일은 내가 뭘 잘못했다는 거지?"

"포세이돈이 당신 신전에서 메두사를 강간했잖아요. 그런데도 포세이돈을 말리지는 않고, 그를 벌하는 대신 당신은—" 말이 마구 튀어나와 목이 메었다. "당신은 희생자가 된 것이 더 나쁜 범죄인 것처럼 만들어버렸어요. 메두사를 괴물로 만들고 그것도 모자라 나중에 누군가(메두사를 죽인 건 로어의 조상인 페르세우스-역주)를 시켜 그녀를 죽이기까지 했잖아요."

"너는 그렇게 믿고 있는 건가?"

"당신 아버지나 당신 형제들은… 수많은 여자를 강제로 범했어요. 당신도 헤파이스토스에게 강제로 당할 뻔했으면서 어떻게 메두사의 처지를 이해하지 못할 수 있죠?" 로어는 심호흡을 한 번 하며 흥분된 마음을 애써 진정시켰다. "그들은 원하는 건 뭐든지 다 차지했어요. 신들도 그러는데 하물며 아곤의 남자들이라고 자기들의 여자나 딸들을 왜 굳이 다르게 대접하겠어요? 그들은 우리 목에 슬쩍 목줄을 걸쳐놓고는, 마치 우리가 우리 마음대로 살 수 있는 것처럼 만들었어요. 심지어 길, 심지어 헤르메스도요. 그러다 언제든 자기들이 원할 때 목줄을 잡아당기죠."

"그것이 네가 전사로서의 운명을 저버린 이유인가? 통제당하고 싶지 않아서? 네 가족의 죽음 때문에 그런 결정을 내린 줄 알았는데 생각해보니 넌 그 후에도 훈련을 계속 이어갔다. 하지만 무언가가 너를 이 사냥에서, 이 세계에서 밀어냈군."

로어는 지금까지 어떻게 해서든지 그날 밤의 일을 떠올리지 않으려 했다. 언젠가 붙잡혀 가서 그 일을 해명하고 대가를 치러야 한다는 생각을 할 때마다 무섭고 고통스러웠다. 그래서 차라리 가슴속에 깊숙이 묻어놓으면 무섭거나 고통스럽진 않을 거라고 믿었다. 아니, 바랐다.

하지만 자신은 지금 말하고 있었다. 이야기가 폭포수처럼 쏟아져 이제는 로어가 멈추려고 해도 멈출 수 없을 것 같았다.

"이로의 아버지가 뉴아프로디테로 승격했을 때 그에겐 아들이 없었어요. 그리고 직계의 남자 형제도 없었고요. 그래서 그의 육촌 중 한 명이 오디세우스 가문의 임시 아르콘이 되었죠. 그자는 내가 그곳에서 지내던 처음 2년 동안 한 번도 그쪽 근거지에 온 적이 없어요. 그 기간 동안 나는 이로와 훈련에 집중했어요. 심지어 그때까지도 '이제 내게 남은 것이 아무것도 없어도 아곤은 있다'고 스스로에게 말하곤 했어요. 아곤이 있는 한 내 가족의 명예를 회복할 기회가 아직 있다고요."

아테나는 잠자코 로어의 이야기를 기다렸다.

"3년째가 되니 오디세우스의 새 아르콘이 그곳에 와서 머물렀어요. 어딜 가도 그가 보였죠. 그자의 눈이 끊임없이 우리를 따라다녔어요. 이로와 내가 훈련과 대련을 할 땐 창문으로 지켜봤고, 식사 시간엔 식탁 너머에서, 우리가 호수에서 수영할 땐…" 로어는 그때의 기억이 떠올라 저도 모르게 주먹을 움켜쥐었다. "아르콘은 어떻게 해서든 나를 건드릴 핑곗거리를 찾고 있었어요. 쓸데없이 내 자세를 바로잡아 주고, 옆을 지나가면서 내 팔과 다리를 쓰다듬기도 했죠. 하지만 훈련 교관은 이런 이야기를 그 누구에게도 하면 안 된다고 했어요. 내가 그의 호의와 관심을 저버렸다는 걸 알게 되면 나는 스스로를 방어할 칼 한 자루조차 없이 길거리로 쫓겨날 거라고요. 돈도, 미래도 없이요."

로어는 주먹을 더욱 불끈 움켜쥐었다.

"그러던 어느 날, 저녁 식사 후에 아르콘이 나더러 자기 집무실에 가서 기다리라고 하더군요. 아마 그 자리에 있던 사람들 모두 무슨 일인지 눈치챘을 거예요. 그런데도 그들은 아무 행동도 하지 않았어요. 하인들도 모른 척했죠. 이로만 완전히 신이 나 있었어요. 이로는 아르콘이 나에게 '리에나' 자리를 제안할 거라고 생각했거든요."

로어는 말을 하면서도 적절한 단어를 고르느라 심호흡을 해야 했다. 목구멍에서 신물이 올라왔다.

"아르콘의 집무실은 벽난로에서 피어오르는 불빛을 빼고는 온통 어두웠어요. 그자는 방문을 잠그더니 내가 더 이상 훈련을 받지 않을 거라고 말했어요. 이제부터 나는 오로지 자기만을 섬기게 될 거라고. 자기가 필요로 할 때마다."

아테나는 화가 난 듯 사나운 탄식을 내뱉었다.

"아르콘의 말이 맞았어요. 나에겐 아무도 없었죠. 가족도 없었고요. 그 순간 내 미래가 완전히 그자의 손에 달려 있다는 걸 깨달았어요. 아르콘의 손에…."

로어는 다시 숨을 깊이 들이쉬었다. "그자가 나를… 만지기 시작했어요. 강제로 키스를 하고 나를 책상 위에 눕혀 꼼짝도 못 하게 했죠. 아르콘은 너무 크고 너무 무거웠어요. 그때야 난 깨달았어요. *난 특별하지도, 선택받은 것도 아니라고.* 내가 뭔가 다른 운명을 타고났다는 확신, 그걸 방패 삼아 그 오랜 세월 동안 진실을 피해왔는데…. 하지만 그가 나를 덮치는 순간 드디어 그 세계의 실체를 알게 된 거예요. 그게 누구든, 내 아버지든, 아르콘이든, 남편이든, 내 운명이 항상 남자들에 의해 결정될 거라는 걸요."

여신의 눈이 이글거렸다. 그 안에서 불꽃들이 타오르며 난폭하게 소용돌이쳤다. 그 모습을 보자 그날 밤 아르콘의 집무실 벽난로에서 타오르던 불길이 떠올랐다. 공포가 짓눌러오던 그 순간 그 불길은 특히 더 밝아 보였다.

"내가 선택할 수 있는 건 아무것도 없었죠." 로어가 말했다.

설사 선택권이 주어졌다 해도 그 선택에서 비롯된 결과들은 로어가 도무지 이해할 수 없는 것들뿐이었다.

"그나마 마지막 남아 있던 환상마저 그자가 빼앗아갔죠."

아르콘은 로어가 상황을 알아차리는 모습을 지켜보며 더욱더 흥분해서 숨을 씩씩거렸다.

"내가 맞서 싸워야 할 적은 신들과 다른 가문들이었어야 했는데. 나를 받아주고 보호해준 내 어머니 가문의 아르콘이 아니라요."

책상 서랍의 손잡이에 로어의 엉덩이가 찔렸고, 비록 정신은 기능을 멈췄지만 로어의 몸은 스스로를 보호하기 위해 움직였다. 차가운 금속 손잡이를 움켜쥔 로어의 손가락이 서랍을 열어 그 안에 담긴 물건들을 뒤지는 동안 아르콘은 자기 몸으로 로어를 짓눌렀다. 그것은 로어가 경험했던 그 어떤 싸움과도 달랐다.

"마침내 손에 편지 개봉용 칼이 잡혔어요. 손을 베이면서 겨우 서랍에서 칼을 꺼냈죠. 그때 아르콘은 내 턱을 움켜잡고 자기 쪽으로 억지로 돌렸어요." 그가 로어의 셔츠 깃을 잡아당기자 옷은 저항 없이 찢어졌다. 하지만 그보다 더 힘없이 찢어진 것은 아르콘의 목을 감싸고 있던 살갗이었다.

"결국, 나에게도 언제나 선택권이 있더라고요. 눈에 보이지 않았을 뿐. 그 사실을 깨닫자마자 난 스스로 선택했어요. 그자에게 속하지 않기로, 그를 죽이기로. 그자가 다시는 나를, 그리고 다른 어떤 사람도 해치지 못하도록."

아르콘의 목에서 쏟아져 나온 피가 그의 하얀 피부와 로어의 옷을 적시던 모습, 죽기 직전의 극심한 고통 속에서도 한낱 복수심에 불타 로어를 죽이려는 시늉만 하다가 그녀 위로 고꾸라지던 그 육중한 몸, 그 모든 기억이 한꺼번에 싸늘하게 들이닥쳤다. 로어는 자기 얼굴에 남은 긴 흉터를 만져봤다. 로어가 아르콘의 몸 아래에서 빠져나올 때 그가 마지막으로 남긴 상처였다. 온몸에 식은땀이 배어 나오면서 몸이 마구 떨렸다. 숨도 간신히 쉬었다.

하지만 그날 밤의 기억 중 가장 확실한 것은 로어 자신이 느꼈던 분노였다. 분노가 그 순간의 두려움과 충격과 절망을 모조리 불사르자 로어에겐 생존에 필요한 본능만 남았다.

로어는 훈련받은 대로 실행했다. 아르콘의 육신이 잠잠해질 때까지, 그의 폐에서 공기의 움직임이 없어질 때까지 그의 몸을 찌르고 또 찔렀다. 로어가 거칠고 울퉁불퉁한 길과 허허벌판을 맨발로 헤치며 계속 나아갈 수 있었던 것이 바로 그 분노였다. 로어가 계속 움직이고 살아남을 수 있었던 것도 분노 덕분이었다. 배가 고플 땐 분노가 그녀의 배를 채워줬다.

그런 다음엔 어떻게 했더라? 차츰 그 분노를 억누르고 애써 작아지려고 했다. 사실은 그게 불필요한 감정이었다고, 자신은 분노를 느낄 자격이 없다고 비하하며 결국 분노를 밀어냈다. 바로 조금 전 아테나가 비난했던 그대로 말이다. 그런 다음에야, 그렇게 마음속이 텅텅 비워진 다음에야 헤르메스가 로어를 찾아낸 것이었다.

"내가…" 로어가 다시 말을 이었다. "내가 정말…, 참기 힘든 건 길 할아버지를 알아보지 못했다는 거예요. 내가 바보도 아니고, 게다가 아르콘한테 그런 일을 당하고서도 경계심을 풀었던 거요. 나는 내 뜻대로 결정하고 있는 줄 알았어요. 길 할아버지는 아곤에 있던 남자들처럼 나를 해치거나 조종할 수 없을 거라고 믿었으니까요."

"너는 그날 밤 아르콘에게 했던 행동을 후회하지 않는가?" 아테나가 물었다.

로어는 고개를 저었다. 이로를 남겨두고 왔다는 것 말고는 자신의 행동을 단 한 번도 후회한 적이 없다.

"정당한 행동이었기 때문이지. 너는 반드시 해야 할 일을 한 것이다. 그때와 마찬가지로 지금 우리 역시 반드시 해야 할 일을 하는 것일 뿐. 너는 우리가 가짜 아레스를 뒤쫓는 것을 다른 사람들이 비난할까 봐 두려워하고 있지만, 그자가 죽는 꼴을 보면 네 선택을 절대 후회하지 않을 것이다. 그런 두려움 때문에 스스로를 의심 속에 가둬둔다면 기회를 잃을 뿐이다."

"그게…, 그게 그렇게 간단하지 않아요. 나는 더…." 로어는 눈을 감았다.

목적이 있다는 게 얼마나 살맛 나는 기분인지를 아예 기억하고 싶지 않다고. 로어는 마음속으로 문장을 끝맺었다. *아곤만큼 내게 꼭 맞는 세계가 없다는 걸 알면서도 아곤을 떠나야 했잖아. 그 이유를 절대 잊어버리고 싶지 않아.*

자전거를 탄 아이들이 소리를 지르며 집 앞의 길을 쌩 하고 지나갔다. 아이들의 밝은 웃음소리가 고요 속에서 반짝거리는 것 같았다. 로어는 문득, 자신도 저렇게 마냥 태평했던 적이 있었던가 생각해봤다.

"나는 그녀에게 분노하는 능력을 줬다." 아테나가 조용히 말했다.

로어는 무슨 말인지 몰라 어리둥절한 표정으로 아테나에게 고개를 돌렸다.

"나는 메두사를 바꿔줬지. 누구든 그녀를 해치려는 자들에게 맞설 수 있는 보호막을 만들어준 것이다." 아테나가 말했다.

"말도 안 되는 헛소리. 메두사에게 스스로 선택할 권리도 안 줬잖아요. 안 그래요?" 로어가 쏘아붙였다. "덕분에 메두사는 죽어 마땅한 괴물로 역사에 남았죠."

"아니, 그것은 남자들이 지금까지 그림과 이야기에서 메두사를 그런 모습으로 그려냈을 뿐이다. 그들은 그녀를 흉측한 괴물로 상상했지. 여자의 진정한 눈빛을 마주 볼 배짱조차 없었으니까. 여자의 가슴속에 살아 숨 쉬며 때를 기다리는 맹렬한 폭풍을 직시하기가 두려웠으니까. 메두사는 내 삼촌의 만행으로 무너진 것이 아니다. 그 어떤 두려움도 없이 세상을 바라볼 수 있는 존재로 다시 태어난 것일 뿐. 그것이 바로 너의 가문이 수백 년 동안 해온 일이 아니었나? 그들도 메두사의 마스크 뒤에 얼굴을 숨기고 세상을 바라보지 않았던가?"

여신의 말이 의식 속으로 스며들자 로어는 움찔했다.

페르세우스 가문은 수백 년 동안 고르곤의 마스크를 썼다. 꿈틀거리는 뱀 머리카락과 결의에 찬 듯 입술을 굳게 다문 메두사의 얼굴. 로어의 부모님이 썼던 마스크는 그들의 아파트가 정리되고 시신이 매장되면서 빼앗겼다.

당시 로어는 아직 어려서 자기 마스크를 가질 순 없었지만, 실크천에 쌓여 있던 엄마의 마스크를 꺼내 자기 얼굴에 써봤을 때의 느낌만은 기억 속에 선명하게 남아 있다. 작은 손가락에 만져지던 청동 뱀들의 감촉과 거울에 비친 자신의 모습에 로어는 한껏 강해진 것 같은 기분이었다.

하지만 이제 느껴지는 것이라곤 위장의 뒤틀림뿐이다. 로어가 사랑했던 아빠를 포함한 수많은 남자가 그 마스크를 쓰고, 메두사의 노여운 시선으로 자기들의 얼굴을 가리고 그것을 본인들의 입맛에 맞는 무언가로 둔갑시켰다. 모든 가문은 자기 조상들의 가장 위대한 업적과 살육을 상징하는 마스크를 쓴다. 하지만 그것은 자기 조상의 업적이나 끔찍한 괴물들을 기리기 위함이 아니라 그저 트로피에 지나지 않았다.

"네 조상들은 메두사의 머리가 달린 방패를 들었다. 그들은 메두사의 힘을 휘둘렀고 결국 그녀를 잃어버렸지. 그 방패가 다시 누군가의 손에 들려야 한다면 그 사람은 바로 너여야 한다. 너야말로 남자들의 간악무도함을 알면서도 그것을 두려워하지 않기로 선택했으니까."

로어는 자신이 방패를 들고 있는 모습이, 방패에 박힌 메두사의 결연한 표정이 자신의 얼굴에 거울처럼 드리우는 모습이 아주 생생하게 그려졌다. 이런 상상을 하는 것이 두렵거나 부끄럽지 않았다. 지금껏 방패의 이름을 소리 내 말할 수조차 없었던 고통스러운 후회도 이제는 전혀 느껴지지 않았다.

아이기스는 로어가 들어야 한다. 물론 그것이 로어가 갖고 태어난 권리이기도 하지만, 그 이상의 의미가 있었다. 어릴 때부터 자신이 성취해낼 수 있으리라 믿었던 것들, 로어가 진정으로 되고 싶었던 모습, 그 모든 것을 상징하는 것이 바로 아이기스였다. 자신에게 필요한 것은 이러이러한 것이라고 헤르메스가 그녀의 마음속에 교묘히 심어놓은 거짓이 아닌, 로어의 내면에 아직도 살아 있는 거센 굶주림이었다.

아이기스를 사용해 래스에게 대적할 수 있다면, 그자의 생명이 빠져나가는 순간 그자가 마지막으로 보게 될 것이 로어의 얼굴과 메두사의 얼굴이라면, 그걸로 충분했다.

그러면 가족의 죽음도 헛되지 않을 거야.

가서 그것을 찾아와. 로어의 마음이 속삭였다.

"하지만… 그런데도 당신은 페르세우스가 메두사를 죽일 수 있도록 방패를 줬잖아요. 당신이 페르세우스를 인도하고 그에게 친구가 되어주었잖아요."

아테나는 다리 위에 놓은 도리를 뒤집었다. "나는 수많은 사악한 게임에서 내게 맡겨진 몫을 해내고 더 강력한 신들의 자비를 받으며 살아왔다. 성질이 불같아서 내 자존심과 명예를 해치는 자들을 벌주는 것도 망설이지 않고 즐겼지."

비가 몇 방울 떨어지며 지붕을 가볍게 튕겼다.

"당신이 멈출 수 있었잖아요." 로어가 속삭였다. "당신이 포세이돈을 막을 수도 있었잖아요."

아테나의 얼굴이 싸늘한 분노로 무시무시하게 변했다. "멜로라, 이것을 명심하라. 신들도 각자의 운명에 묶여 있다. 신들조차도 더 강한 신을 섬긴다. 나는 수없이 많은 일을 했다. 그러다 보면 나보다 더 강력한 누군가를 벌할 힘이 없어서 그 대신 더 약한 쪽을 후려쳐야 할 때도 있는 법."

아테나는 잠시 말을 멈추고 도리의 몸통을 부드럽게 어루만졌다.

"세상엔 우리 모두를 전부 뛰어넘는 거대한 이야기가 있다. 나보다 훨씬 강력한 손들이 베틀에서 짜내는 대로 끝없이 멀리, 한없이 넓게 펼쳐지는 이야기지." 아테나가 말했다. "너는 그것을 야합이라고 부를지도 모르겠군. 어쩌면 정말 그럴지도. 하지만 나는 그것을 생존이라 여긴다."

"당신의 방식이 자신만을 위해 쓰였다는 걸 어떻게 확신하죠?" 로어가 물었다. "항상 자신의 계획과 의지대로 살 기회가 있는데 단지 그걸 보지 못하고 있는 거라면 어떡해요?"

아테나가 비웃듯 코웃음을 쳤다. "나는 내가 태어나면서 부여받은 역할 외에 다른 것은 단 한 번도 원한 적이 없다."

"그게 뭔데요?"

"전사들의 열정과 철학자들의 정신과 장인들의 손을 인도하는 것이지. 그리고 내 보호 아래 있는 도시를 지켜내는 데 절대 실패하지 않는 것."

여신은 이제 우뚝 일어서서 멀리 보이는 건물들을 응시했다.

"마지막으로 한 가지 더, 네가 잘못 알고 있는 것이 있다." 아테나가 내려가려고 돌아서며 말했다. "나는 위대한 모험을 수행하는 여자들에게 멘토는 되어주지 않았지만, 그들에게 조언은 해주었다. 여자들에게 적대감을 가져서도, 여자들이 열등한 존재라고 믿어서도 아니었지. 그보다는 그런 식으로 다른 여성의 발전을 돕는 것이

내 유일한 친구를 욕보이는 일이라고 생각했기 때문이다. 살아서도, 죽어서도 그런 자격을 전혀 가져보지 못한 내 친구를 위해."

팔라스. 여신은 함께 자란 친구 이야기를 하고 있었다. 함께 대련하다가 아테나가 실수로 죽인 그 친구.

아테나는 뒤쪽에 있는 비상 사다리로 돌아가 창문으로 내려가기 시작했다.

"내가 제일 무서운 건 무력해지는 거예요. 내가 사랑하는 사람들을 지켜주지 못하는 거요. 하지만 지금 느껴지는 것들, 내가 하고 싶은 것들을 그냥 다 인정하고 받아들였다가 나중에 어떻게 될지 나도 정말 모르겠어요."

여신은 뒤돌아보지 않고 말했다. "너는 진화할 것이다."

빗발이 점점 굵어지며 로어의 살갗을 세게 때렸다. 하지만 로어는 움직일 수 없었다. 진이 빠진 기분이었지만 다른 때와 달리 마음마저 나약해지진 않았다. 며칠 만에 처음으로, 아니 어쩌면 몇 년 만에 처음으로 로어의 정신은 초롱초롱했다. 로어는 가슴속을 찌르는 날카로운 통증을 그대로 붙잡은 채 물러서지 않았다. 그대로 버티고 서서 자신의 발톱이 다시 제자리를 찾아 돌아오길 기다렸다.

천둥은 마치 방패와 방패가 부딪친 것처럼 크게 울리며 로어를 휘감았다. 옥상에 올라온 지 벌써 몇 시간이 지났고 이제 마일스도 집으로 돌아올 시간이다. 하지만 로어는 여전히 몸이 움직여지지 않았다. 아무것도 하지 못하고 그저 그대로 서서 자기 위로 퍼붓는 비를 맞고만 있었다.

그러다 로어는 주머니에서 울려대는 휴대폰 진동에 깜짝 놀라 상념에서 벗어났다. 휴대폰을 꺼내 보니 마일스에게 온 문자였다. 안도감에 가벼운 한숨을 휴 내쉬며 답장을 보내려고 비밀번호를 누르는데 곧바로 다시 진동이 울리고 한 번 더 진동이 울렸다. 같은 메시지가 연달아 들어왔다.

도와줘.

도와줘.

도와줘.

34

“대체 왜 안 되는 거야?”

로어가 떨리는 손으로 밴의 얼굴에 휴대폰을 들이대며 물었다. 밴도 애써 분노를 삭이며 로어의 손에서 전화기를 받아 들었다.

“마일스가 위치 공유 어쩌고 해놓은 거 아냐? 분명 그러기로 했는데—”

“네 위치를 마일스와 공유한 거지.” 밴이 매섭게 로어의 말을 끊었다. “그 친구가 자기 위치도 공유하는 걸 잊었거나 아니면 누군가 그걸 차단했을 수도 있어. 어느 쪽이든 일단은 우리도 당장 여기서 벗어나야 해. 그들이 마일스 전화기로 네 위치를 추적할 수 있다면 이 집도 위험해.”

카스토르는 계단 벽에 등을 기댄 채 로어의 뒤에 서 있었다. 그는 침묵했지만, 오히려 그의 침묵이 할 말을 다 한 셈이다. 카스토르도 밴도 로어와 눈을 마주치려 하지 않았다.

"우린 아무 데도 안 갈 거야. 마일스는 잡혀간 게 아닐 수도 있어. 그냥 다쳤거나 어딘가에 숨어 있거나 아니면—"

"죽었거나." 밴이 냉정하게 덧붙였다. "네가 마일스를 잘 설득해서 내보내지 않으면 이런 일이 생길 수도 있다고 내가 분명히 경고했잖아."

"그가 스스로 믿고 선택한 일에 대해 멜로라를 몰아세우지 마라." 아테나가 끼어들었다. "너야말로 그가 자발적으로 내린 결정을 실행하지 못하게 계속 비방하지 않았는가. 그가 무슨 일을 당하든 멜로라의 책임이 아니다."

로어는 여신의 말이 맞길 바랐다. 세상 무엇보다 여신의 말을 믿고 싶었다. "네가 마일스를 계속 보고 있었던 거 아냐?"

"보고 있었지. 그런데 전화가 와서…. 지금 누가 누구한테? 내 탓으로 돌릴 생각은 하지도 마. 나도 지금 완전히—" 밴은 갑자기 말을 멈췄다.

"일단 아르고스 프로그램으로 다시 한 번 마일스를 찾아보자. 나는 옥상에 올라가서 누구라도 오는지 지켜볼게. 래스나 헌터들이 공격해올 경우 우리가 집을 빠져나갈 시간은 조금 벌 수 있을 거야." 카스토르가 돌아서며 조용히 말했다.

아테나는 정면 창문 쪽으로 다가가더니 옆에 기대서서 블라인드를 살짝 들추고 밖을 내다봤다.

그리고 밴은 다시 주방으로 가서 노트북을 하나 더 꺼냈다. 다른 하나가 아르고스 프로그램으로 열심히 마일스를 찾는 동안 나머지 노트북으로는 그동안 저장된 영상 파일을 열었다.

"이건 몇 시간 전에 길에서 찍힌 CCTV 영상들이야." 밴이 말하며 영상들을 차례대로 재생했다. 마침내 두 사람은 지난 영상 속에서 마일스가 모퉁이 뒤로 사라지는 것까지 지켜봤다.

"약속 장소엔 카메라가 없어. 연결이 끊어졌어." 밴이 신경질적으로 말했다.

로어는 화면에 얼굴을 들이대며 물었다. "마일스가 스파이랑 실제로 만났는지 알아낼 방법은 없어?"

밴은 고개를 저었다. "지금으로선 만남에 무슨 문제가 있었다면 마일스가 나한테 문자를 보냈거나 곧바로 전화를 걸었을 거라고 짐작만 해보는 수밖에."

몇 분 뒤에 마일스가 영상에서 다시 모습을 드러냈다. 하지만 그의 얼굴엔 지난번 접선에 성공했을 때의 그 승리감이나 흥분 같은 것이 전혀 보이지 않았다. 오로지 잔뜩 겁에 질린 표정이었다. 프로그램은 곧바로 다음 카메라로 넘어가며 렉싱턴으로 들어선 마일스의 모습을 잡아냈다. 또 다른 카메라에는 여전히 주위를 두리번거리며 교통신호를 무시하고 길을 건너는 마일스의 모습이 잡혔다.

그러고는 영상이 완전히 끊겼다.

"끝이야?" 로어가 간신히 말했다.

밴은 단 한 번도 본 적 없는 암울한 표정을 지었다. "아르고스가 마일스의 모습을 놓친 지점이 바로 저기야. 어디 잘 숨어 있거나 아니면 누군가에게 잡혀간 거야."

"젠장." 로어는 숨을 내쉬듯 욕을 내뱉었다. 심장은 점점 쿵쾅거리고 호흡은 가빠졌다. 마일스에게 일어났을지도 모를 최악의 상황들이 머릿속에서 꼬리에 꼬리를 물고 이어지자 로어의 눈가에서 습관처럼 검은 점들이 어른거리기 시작했다.

그때 다른 컴퓨터가 삑삑거렸다. 밴은 재빨리 노트북을 끌어다 자세를 바로잡고 프로그램을 확인했다. 키보드를 누르는 손가락이 보이지 않을 정도로 빠르게 움직였다. *마일스가 아니길.* 로어는 혼자 빌었다. *제발 마일스는 안 돼. 마일스만은….*

새로운 CCTV 영상이 재생됐다. 영상 안엔 작은 형체 하나가 호수처럼 보이는 물속에서 무릎을 꿇고 있었다. 손은 등 뒤로 묶여 있었고 보이는 건 그의 옆모습뿐이었다. 하지만 로어는 마일스의 옷을 알아봤다.

"이건 언제 찍힌 거야?" 로어가 물었다.

"지금, 실시간이야." 밴이 시간을 흘끗 확인하며 대답했다. 저녁 6시 21분.

"확대는 못 하는 거야?" 로어가 애원하듯 말했다.

"확대는 안 돼. 여기가 어딘지 전혀 모르겠어?" 밴이 물었다.

로어는 화면 가까이 다가가 실시간으로 촬영되는 영상의 배경을 훑었다. 하지만 공포 때문에 뭐 하나라도 세부적인 것에 집중하기가 힘들었다. "뭔가 호수 같은데… 마일스 뒤로 폭포도 보이는 것 같고. 내 생각엔 모닝사이드 공원 같아. 여기서 멀지 않아."

"그곳에 미끼로 던져진 것이다." 아테나가 경고했다. "네게 마일스가 어떤 존재인지 가짜 아레스가 알아챈 게 틀림없다. 그를 구하려면 우리에게도 추가 병력이 필요하다."

로어의 머리가 미친 듯이 돌아갔다. "아킬레우스 헌터들은 얼마나 빨리 그곳으로 올 수 있어?"

"그 사람들은 브루클린에 있어. 차를 타고 와도 최소한 30분은 걸릴 거야. 혹시 오디세우스 헌터들이 아직 맨해튼에 남아 있지 않을까?"

로어는 재빨리 휴대폰을 꺼내며 말했다. "금방 알게 되겠지. 가서 카스토르 데리고 와."

아테나가 지켜보는 동안 로어는 이로에게 문자를 보냈다.

'이로, 도와줘. 모닝사이드 공원 연못으로 최대한 빨리.'

하지만 답장은 오지 않았다.

모닝사이드 공원은 30미터 절벽 위에 높이 올라앉은 모닝사이드 하이츠 지구와 땅에 바싹 붙어 있는 할렘 지구 사이의 좁은 경계선 역할을 하며 길게 자리 잡고 있다. 평소에 로어와 마일스는 123번가에서 110번가까지 이어진 긴 공원을 수없이 걸어 다니곤 했다. 가끔 마일스의 수업이 끝났을 때나 그가 점심을 쏘기로 했을 때 이 공원에서 만나기도 했다.

맨해튼에서 자연 그대로의 모습을 온전히 품은 채, 자기를 둘러싼 현대 건물들의 면전에서 저항하듯 버티고 있는 이곳의 경관을 마주할 때마다 로어의 마음은 동요되었다. 공원의 거친 지형은 개발자들의 손길을 완강히 거부했다. 여러 개의 도로를 뚝 끊어내며 걸터앉은 짙은 절벽들 때문에, 같은 길로 계속 이어서 가고 싶다면 무조건 공원을 가로질러야 했고 급경사로 뚝 떨어진 절벽의 경계선을 넘어가려면 수많은 계단을 올라가거나 내려가는 수밖에 없었다.

공원 입구로 들어서면서 로어는 근처에 있는 CCTV를 발견하고는 나머지 일행에게 손으로 가리켰다.

"공원 내에 있는 카메라는 전부 다 녹화 화면으로 대체되도록 프로그램을 해놨어. 일단 지금은 찍히지 않을 거야." 밴이 말했다.

저 멀리 높은 곳에 세인트존 더 디바인 성당이 어둠을 뚫고 희뿌연 모습을 드러냈다. 목숨을 걸고 대결할 싸움터에 이만큼 딱 들어맞는 경관이 있을까 싶었다.

아무리 폭풍 전야라고 해도 공원은 무시무시할 정도로 적막했다. 하지만 공원 게이트 바로 안쪽에서 첫 번째 시체를 마주하고 나서야 로어는 그 이유를 깨달았다. 등에 화살을 맞은 여자의 시체였다.

"오디세우스 후예들 쪽에서는 아무 소식이 없는가?" 아테나가 물었다.

"아직요. 하지만 더 기다릴 순 없어요. 올 테면 오라죠." 로어가 대답했다.

카스토르가 고개를 끄덕이고는 쭈그려 앉아 있던 몸을 일으키며 준비 자세를 취했다. "자, 가보자."

그때 개들이 울부짖기 시작했다.

사태를 알아차린 로어가 발걸음을 늦췄다.

"이런 젠장." 로어가 나지막이 말했다.

"왜? 뭔데?" 밴이 물었다.

"덫을 놓은 게, 래스가 아니야." 로어가 겨우 말했다.

"내 동생, 아르테미스다." 아테나가 도리를 단단히 움켜쥐며 덧붙였다.

35

"조심해!" 밴이 소리쳤다.

10여 마리가 넘는 개들이 저마다 날카롭게 짖어대며 길을 따라 껑충껑충 달려왔다. 모두 진흙 범벅이 되어 털이 덕지덕지 엉겨 붙어 있었다. 처음부터 떠돌이 개들도 있었지만 어떤 녀석들은 주인에게서 도망쳤는지 여전히 목줄이 걸려 있었다. 주둥이에서는 침이 줄줄 흘러내렸다.

"베이독이군." 아테나가 넌더리 치듯 말했다. 로어 일행은 카드모스 가문에서 훔쳐온 우수한 무기들로 무장하고 있었다. 로어는 겨우 단검 하나 들고 나왔지만, 여신은 작은 칼과 함께 챙겨 나온 도리로 개들의 접근을 막아냈다.

베이독은 헌터들이 애용하는 사냥견으로 사냥감을 추격해서 에워싸는 역할을 한다. 나중에 캐치독(사냥감을 물어서 제압하는 개-역주)이나 헌터가 도착할 때까지 사냥감을 한곳으로 몰아 도망가지 못하게 짖어대며 위협하는 것이다.

아테나의 머리 바로 뒤에 보이는 나무 위에 어두운 형체들이 모여드는 것이 로어의 시야 가장자리에서 얼핏 포착됐다. 나뭇가지마다 새와 다람쥐 떼가 모여 기괴하리만치 미동도 없이 나란히 자리 잡고 앉아 있었다. 동물들의 눈동자는 아르테미스의 힘에 영향을 받은 듯 황금빛으로 반짝거렸다.

로어 일행은 도망갈 수도 없었다. 조금이라도 뛰는 낌새를 보였다간 사냥개들이 완전히 흥분해서 자신들을 갈기갈기 찢어발길 것이 뻔했다.

"좋은 아이디어 없어?" 카스토르가 물었다. "아무도?"

한순간 개들이 조용해졌다. 보이지 않는 무언가가 자신을 둘러싸고 쳐다보는 듯한 느낌에 로어는 머리털이 오싹 곤두섰다.

이번엔 풀밭에서 고양이들이 모여들기 시작했다. 등의 털이 칼날처럼 쭈뼛쭈뼛 곤두서 있었다.

콘크리트와 철근으로 쌓아 올린 도시 안에서조차 야생의 생물들 틈에 몸을 숨길 수 있는 것이 아르테미스의 타고난 소질이라는 것을 진작 눈치챘어야 했다. 운이 좋을 때만 아르테미스의 화살이 자신들의 심장을 뚫고 지나가기 전에 공기를 가르는 속삭임이나마 들을 수 있을까 말까 했다.

사냥개들이 네 사람의 주위를 둘러쌌다. 개들은 한쪽에선 로어 일행을 향해 점점 거리를 좁혀오고 다른 쪽에선 네 사람이 움직이는 방향으로 몸을 돌려 함께 움직이기 시작했다. 하지만 개들은 이들을 어딘가로 몰고 가려는 게 아니었다. 로어는 깨달았다. 다만 자신들을 도망치지 못하게 하려는 것이었다.

"머저리들처럼 가만히 서서 아르테미스가 죽이러 올 때까지 기다릴 거야?" 로어가 말하며 다리에 묶어두었던 칼집에서 칼을 꺼내 들었다. "어서, 움직이자."

연못이 있는 공원 남쪽을 향해 서서히 움직이는 동안 로어의 귀에서는 자신의 숨소리가 시끄러울 정도로 크게 들렸다. 주변은 온통 아름드리 나무들과 빽빽이 줄지은 관목들로 가득했다. 길이 점점 좁아지면서 밀실 공포를 불러일으킬 만한 광경이 펼쳐졌다. 시체들이 길에 널려 있었다. 조깅을 하러 나온 남자들, 여자들, 출퇴근하던 사람들, 하교하던 학생들. 그 광경을 보자 로어의 온몸과 정신이 고통스럽게 뒤틀리며 분노가 치밀었다.

아르테미스는 이들의 죽음을 해명해야 할 것이다. 아테나가 옳았다. 그녀의 여동생에게 이미 이성 따위는 남아 있지 않았다. 카스토르가 노력은 해볼 수 있겠지. 희망을 품는 건 그의 자유다. 하지만 아르테미스는 결단코 우리와 손잡지 않을 것이다. 그리고 이제는 로어 역시, 설사 아르테미스가 먼저 제안한다 해도 그녀의 도움을 절대 받아들이지 않을 작정이다.

"가짜 놈, 지금이 네가 피할 수 있는 마지막 기회다. 나는 네놈을 보호하는 데는 손끝 하나 까딱할 생각이 없으니까." 아테나가 카스토르에게 경고했다.

로어는 카스토르를 돌아보며 말했다. "너는 그냥 피하는 게…."

당연히 카스토르는 로어가 말도 못 꺼내게 했다. "난 여기 마일스를 구하러 온 거야. 마일스랑 같이 가는 게 아니면 안 가."

"대체 아르테미스는 마일스를 어떻게 알아낸 거지?" 로어가 작은 소리로 물었다.

"뻔하지 않은가? 내 동생은 우리의 움직임을 계속 추적하며 지켜봤을 것이다. 우리를 밖으로 끌어낼 미끼를 찾으려고." 아테나가 말했다.

"어떻게든 말로 해결할 방법은 아예 없는 거예요? 당신 여동생이잖아요." 밴이 속삭였다.

그렇긴 하더라도, 로어는 이제야 아테나를 보면서 그녀를 이곳에 데리고 온 것이 실수가 아닐까 하는 생각이 들었다. 아테나는 로어의 목숨을 위험에 빠뜨릴 만한 짓은 절대 하지 않을 것이다. 그러면 자기 목숨도 위태로워지니까. 하지만… 여신은 자기 운명을 카스토르에게까지 결속한 건 아니다. 혹시라도 아테나가 여동생과의 동맹을 회복하기 위해 카스토르를 화해의 선물로 갖다 바치려 한다면, 그걸 막을 방법은 뭐가 있지?

바로 나다. 로어는 생각했다. 카스토르가 걸음을 옮길 때마다 그의 단단한 등 근육들이 씰룩거렸다.

"아르테미스는 달랠 수 있는 짐승 같은 존재가 아니다. 아폴론이 소멸했을 때 내 동생의 정신은 만신창이가 되고 영혼은 반쪽이 되어버렸지."

카스토르는 흐릿한 불빛이 비치는 공원만 응시할 뿐 아무 말도 하지 않았다.

뿌옇게 내리던 이슬비는 그들이 폭포가 있는 연못가에 다다랐을 때쯤 무섭게 쏟아지는 폭우로 변했다. 비가 풀색을 띤 연못을 세차게 때려대자 수면은 마치 광란의 춤이라도 추듯 일렁거렸다. 그리고 바로 그 한가운데 거의 앞으로 고꾸라질 듯 무릎을 꿇고 앉아 있는 마일스가 보였다. 마일스의 얼굴이 불어나는 물에 곧 잠기기 직전이었다.

로어가 곧바로 튀어 나가려고 했지만, 카스토르가 로어의 등을 붙잡아 다른 사람들과 함께 근처 벤치 뒤로 몸을 숨기게 했다.

로어는 주변을 살피며 조금의 움직임이라도 포착하려고 집중했다. 개들은 이미 물러나서 연못가에 줄지어 앉아 있었다. 마치 다음 명령이라도 기다리는 듯 순종적인 자세였다. 로어는 개들의 시선을 좇아 연못 건너편을 바라봤다.

"저기! 저기 있어!" 로어가 손가락으로 가리키며 말했다.

세찬 비에 가지를 잔뜩 늘어뜨린 수양버들과 폭포의 중간쯤 툭 튀어나온 작은 바위 위에 활을 든 사수가 서 있었다.

로어는 이마 위로 손 그늘을 만들어 맹렬하게 때리는 빗방울을 막고 시선을 집중했다. 아르테미스의 얼굴엔 흙으로 그린 줄무늬가 선명했고 옅은 머리 꼭대기엔 잎사귀와 가시로 만든 왕관이 놓여 있었다. 한때 하늘색이었던 여신의 튜닉은 이제 피와 먼지로 뒤덮여 거의 검은색이 되었다. 여신은 활을 들어 올려 시위에 걸린 화살 끝을 마일스에게 겨냥했다.

"안 돼!" 밴이 소리치며 벤치를 뛰어넘어 연못으로 달려갔다. 그가 축축한 물속으로 첨벙거리며 들어가는 순간 아르테미스의 시위에서 풀려난 화살도 공중을 날았다.

36

"카스토—" 로어가 입을 열었지만, 카스토르는 벌써 일어서 있었다. 그의 손이 쏘아낸 불에 마일스를 향하던 화살은 재로 변하고 폭포 주변에 울퉁불퉁 박혀 있던 돌들은 산산이 무너져 내렸다.

밴이 온몸을 던져 마일스를 막아서는 사이 아르테미스는 뒤로 펄쩍 뛰어 나무들 사이로 사라졌다. 카스토르와 아테나는 연못가를 따라 각각 반대 방향으로 뛰어가며 아르테미스의 뒤를 쫓았다. 개들도 이빨을 딱딱거리고 마구 짖으며 카스토르와 아테나의 뒤를 쫓았다.

이래선 사람들 눈에 띄지 않을 수가 없겠네. 로어는 생각하며 벤치를 넘어 연못 속으로 첨벙첨벙 뛰어 들어갔다. "마일스 괜—"

밴이 로어를 향해 손을 번쩍 들어 올리며 그녀를 막았다. 가라앉은 그의 목소리에선 분노가 느껴졌다. *"마일스를, 건드릴 생각도 하지 마."*

로어는 얼어붙었다. 가슴이 뒤틀리는 것 같았다. "하지만 빨리… 빨리 여기서 데리고 나가야지."

밴은 곧 폭발할 것 같은 낮은 목소리로 다시 말했다. 말을 내뱉을 때마다 힘을 줘야 하는 듯 그의 온몸이 떨렸다. "넌 항상… 넌 항상 이런 식이야. 항상 네가 원하는 것만 중요하지. 네가 원하면 다른 사람들은 그냥…, 아니 됐고… 마일스나 건드리지 마."

로어가 어쩔 줄 몰라 그냥 주저하고 있는 사이 밴은 마일스를 연못 밖으로 끌어내더니 그를 어깨에 들쳐 메고 공원 밖 안전한 거리를 향해 달려갔다.

"신 살해자!" 아르테미스가 어둠 속에서 울부짖었다. "이 순간을 기다려왔다!"

로어는 정신을 차리려는 듯 고개를 저었다. 마일스로 생긴 갈등은 나중에 풀면 된다. 마일스도 지금은 밴과 함께 있으니 안전하다. 당장은 더 시급한 문제가 눈앞에 닥쳤다.

로어는 일단 가장 가까운 계단을 뛰어 올라갔다. 좁은 산책로가 나오자 멈춰서 주위를 둘러봤지만 빽빽한 덤불과 쏟아지는 비의 장막 때문에 아무것도 보이지 않았다. 다만 절벽에 부딪혀 메아리치는 목소리만 들릴 뿐이었다. 로어는 계단을 더 올라가 새로 이어지는 산책로에서 다시 멈춰 나무 사이를 유심히 살폈다.

"당신은 꺼져!" 아르테미스가 아테나에게 외쳤다. "이놈 목숨은 내 꺼야! 다시 한 번만 나를 배신하면 다음엔 언니고 뭐고 당신부터 죽여버릴 거야!"

배신했다고? 어떻게 그럴 수 있지? 로어는 생각했다.

"감히 네가 배신을 말하는 건가?" 아테나의 목소리가 천둥처럼 울렸다. "나를 가짜 놈의 수중에 떨어뜨리고 혼자 도망갔으면서?"

"아폴론을 살해한 저놈이 숨을 쉬는 한 언니도 나를 배신하는 셈이야. 저놈을 진작 나한테 데려왔어야지. 나한테 넘기겠다고 약속했잖아!"

로어는 목소리가 들리는 쪽을 향해 달려가려고 했지만 허공을 울려대는 목소리들은 사방에서 동시에 들려오는 것 같았다.

"내 말 들어봐." 아테나가 아르테미스를 달래듯 말했다. "감정에 휘둘려서 망가지지 말고 네 감정을 다스려."

"그만, 그만! 그만해!" 아르테미스가 사납게 대꾸했다. "다시는 당신 말을 듣지 않을 거야. 당신이야말로 교묘하게 거짓말을 하고 애초에 지킬 생각도 없는 약속에 약속을 거듭했지. 당신이 우리를 이렇게 만들었어. 다 당신 탓이야. 우리 모두 당신 말만 믿고 따랐는데, 당신이 우리 모두를 망쳐버린 거야!"

"그래, 하지만 이제 이 사냥을 끝낼 수도 있어. 새로운 지침이 적힌 시를 찾게 우리를 도와주렴. 그러면 고향으로 돌아갈 수 있을 거야. 이 사냥도 다 끝날 거라고."

"우리는 '절대' 돌아가지 못해. 허락받지 못할 거라고! 그걸 아직도 모르겠어? 다시는 아버지의 따뜻한 빛을 누리지도, 아버지의 사랑을 느끼지도 못할 거야. 그나마 할 수 있는 거라곤 우리를 공격하고 살해한 가짜 신들과 헌터 놈들을 죽이는 것뿐이야. 믿음을 지키지 못한 그들을 처벌하는 것, 그것뿐이야. 어차피 내가 죽어야 한다면, 그들도 함께 죽어야 해. 그리고 그 시작은 '저놈'이 될 거야!"

로어는 공원이 더 잘 보이는 곳을 찾아 길고 긴 계단을 뛰어 올라갔다. 절벽을 보강하기 위해 쌓아 올린 벽돌 때문에 맨 꼭대기의 망루까지 마치 고대의 성벽을 올라가는 것 같았다. 로어는 벽돌 난간 너머로 몸을 내밀어 공원 안을 샅샅이 살폈다. 안개가 피어오르는 것처럼 로어의 가슴속에서도 공포가 차올랐다.

저기 있다. 아테나와 카스토르 둘 다 아르테미스의 뒤를 쫓고 있었고, 아르테미스는 낮은 산책로를 벗어나 그들을 유인하고 있었다. 세 명의 모습이 다시 우거진 나뭇잎 속으로 사라졌다.

로어는 다시 미끌미끌한 계단을 쏜살같이 달려 내려갔다. 온몸이 흠뻑 젖었지만 몸을 때리는 차가운 빗방울의 감촉이 더 이상 느껴지지 않았다. 로어는 부러지고 꺾인 나뭇가지들의 흔적을 이정표 삼아 신들을 향해 숲길을 헤쳐나갔다.

그들은 다시 폭포 근처로 되돌아가 있었다. 산책로에서 멀지 않은 폭포 꼭대기를 둘러싸고 무성하게 우거진 나무숲이었다. 위쪽에서 바라보니 폭포 양옆으로 연못을 향해 튀어나온 바위들은 마치 평평한 돌판들이 서로 연결된 것처럼 보였다. 작은 절벽처럼 바위마다 타고 흐르는 빗물이 폭포로 섞여 들어갔다.

다른 두 신과 약간 떨어져 있는 아테나는 자기 여동생이 가시덤불, 덩굴, 나뭇가지 따위를 아무렇게나 얽고 꼬아 만들어놓은 그물을 사정없이 뜯어내며 벗어나려고 안간힘을 쓰고 있었다.

육탄으로 맞붙은 카스토르와 아르테미스는 서로 주도권을 차지하려고 몸싸움을 벌이며 주변의 나무들을 몸으로 들이받았다. 간신히 활을 찾아 든 아르테미스는 뒤로 손을 뻗었지만 화살통에는 화살이 하나도 남아 있지 않았다.

결국 여신은 활을 옆으로 던져버리고 팔뚝에 묶어놓았던 조그만 사냥용 칼을 꺼내 쥐었다. 아르테미스가 무자비하게 휘둘러대는 칼을 피하기 위해 카스토르는 바쁘게 앞뒤로 움직였다. 그러다 여신의 칼이 그의 팔을 긋고 지나가자 짧은 신음을 내뱉었다. 여신은 여세를 몰아 카스토르의 목을 향해 칼을 뻗으며 곧바로 돌진했다.

"안 돼!" 로어는 아테나가 떨어뜨린 창으로 몸을 던져 아르테미스에게 창을 날렸다.

여신은 싸늘한 웃음을 내뱉으며 건성으로 창을 쳐냈지만 로어는 여신을 죽이려 한 게 아니라 카스토르가 움직일 수 있는 여유를 주려는 의도였다.

카스토르는 로어가 만들어준 틈을 타서 아르테미스가 창을 피하기 위해 몸을 뒤로 움직이는 사이에 그녀의 손목을 쳤다. 여신은 칼을 놓쳤고 카스토르는 여신을 땅에 때려눕혔다.

드디어 그물에서 빠져나온 아테나는 비틀거리며 아르테미스가 포악하게 울부짖는 소리를 향해 움직였다. 그 흉포한 소리에 근처의 새들도 날카로운 불협화음으로 응답했다. 아르테미스가 힘껏 걷어차자 카스토르는 진흙투성이 풀밭으로 나가떨어졌다.

그사이 아르테미스는 떨어져 있던 칼을 다시 주워 들고 카스토르와 자기 언니가 접근하지 못하도록 앞으로 휘둘렀다.

"내 말 좀 들어봐요." 카스토르가 자기 옆구리를 움켜잡으며 말했다. "제발… 당신 도움이 필요해요…."

아르테미스의 움직임엔 수사슴의 우아함과 맹렬한 멧돼지의 걷잡을 수 없는 분노가 동시에 깃들어 있었다. 아테나의 계략에서는 가끔 인간적인 면모를 조금이라도 엿볼 수 있었다면 아르테미스에게는 오로지 동물적인 본성만 남아 있는 것 같았다. 고대의 어느 작가가 '여신의 잔혹한 미스터리'라고 묘사했던 것처럼 그녀는 이해 불가의 대상이었다. 마치 자연 그 자체처럼 예측 불가능하고 가혹했다.

"아르테미스! 그만 멈춰라!" 아테나가 말했다. "헌터 놈들과 마찬가지로 이 사냥 자체도 우리의 적이다. 나와 함께, 우리가 이것을 끝낼 수 있다—"

"바보 멍청이 같으니!" 아르테미스가 비아냥거렸다. "진실이 코앞에 있는데도 보지 못하다니. 아곤은 끝나지 않아. 여기서 빠져나가는 건 불가능해. 아곤은 우리에게 타르타로스(하데스의 지하세계보다 더 깊은 곳. 한번 갇히면 빠져나올 수 없다. 제우스의 노여움을 산 신들이나 인간들이 타르타로스에 갇혔다.-역주)나 마찬가지라고!"

"난 그렇게 생각하지 않는다." 아테나가 여동생에게 한 걸음 더 다가서며 말했다. 아테나는 로어에게 손을 내밀어 더 이상 다가오지 못하게 제지했다.

로어는 불만이 튀어나오려는 걸 꾹 참았다. 아테나의 의도는 이해할 수 있으니까. 형세가 2대 1에서 3대 1로 전환되면 아르테미스가 더 동요할 것이다.

"너 자신을 다스려라." 아테나가 말했다. "지금 내가 하는 말 잘 들어. 너는 분노로 이성을 잃었다. 한 번만 더 내 뜻을 따라라. 네 마음은 이해하지만—"

"아니, 이해 못 해!" 아르테미스가 다시 폭발했다. "날 이해했으면 저놈을 진작에 끌고 왔겠지! 저들을 죽이기로 했잖아! 가짜 놈들 전부 다! 모조리!"

빗물이 로어의 발목을 지나 폭포를 향해 흘러갔다. 아르테미스의 움직임을 지켜보던 로어는 땅으로 쏟아진 빗물이 여신이 서 있는 바닥 근처에 뭉쳐 있는 나뭇잎과 진흙 더미 속으로 사라지는 것을 알아챘다. 흙더미가 빗물에 씻겨나가자 구덩이의 가장자리와 그 위를 아슬아슬하게 덮고 있는 얇은 나뭇가지 덮개가 드러났다.

그때 갑자기 옆에서 치고 들어오는 무게감에 로어는 헉 소리를 내뱉었다. 거대한 래브라도 한 마리가 로어를 덮쳤다. 그리고 한 마리가 더 있었다. 개들은 이빨을 드러내며 로어에게 으르렁거렸다.

"하지—마—" 사납게 달려드는 개들을 막으려고 낑낑대며 로어가 간신히 두 마디를 내뱉었다. 개의 입에서 침이 사방으로 튀었다.

한 마리가 로어의 팔을 물었다. 로어는 고통스러운 비명을 내지르며 팔을 휘둘러 래브라도를 떨쳐냈지만 개들이 점점 더 많이 모여들었다. 로어는 몸을 굴려 일어서며 가장 큰 가지를 하나 집어 들고 개 떼들이 자신과 세 명의 신들에게 가까이 다가오지 못하게 휘둘렀다.

"그래, 네 말이 맞다." 아테나가 자기 여동생에게 시선을 고정한 채 말했다. 아르테미스가 칼을 더 단단히 움켜잡는 중에도 아테나는 자신의 빈손을 내보이며 아르테미스를 향해 천천히 다가갔다. "설마 잊은 건 아니겠지? 심지어 지금 이 순간에도, 네 눈에 그 모든 게 보이지 않느냐? 저 구름 너머 드높은 곳에서 쏘아 내리는 하루의 첫 햇살, 그것이 고향에 있는 우리의 정원과 가장 순수한 황금으로 지어진 우리의 안식처를 비추는 모습이? 온통 향냄새와 연기로 달콤한 공기… 영원히 타오르는 벽난로… 무적의 존재인 우리 아버지, 그리고 다른 가족들….”

로어는 아테나의 말에 깃든 감정을 알아채고 정신적 충격을 받았다. 심연 깊숙이 사무친 근원적인 고통이 묻어났다.

아르테미스는 괴로움에 찬 신음을 내며 자기 얼굴을 쥐어뜯듯 부여잡고 고개를 저었다. 아르테미스의 얼굴에 드리운 통렬함이 서서히 무너지고 있었다. 아테나는 자기 동생을 무장해제하는 데 성공한 것이다.

하지만 갑자기 아르테미스는 자세를 바로 세웠다. 아테나의 모습을 바라보는 아르테미스의 눈동자엔 오로지 증오만이 남아 있었다.

“당신이, 당신이 그 모든 걸 빼앗아갔어.” 아르테미스가 말했다.

아르테미스가 잠깐 카스토르에게 등을 돌린 사이 카스토르가 아르테미스의 뒤로 다가갔다. 여신은 순식간에 뒤돌았지만 카스토르의 움직임이 더 빨랐다. 그는 아르테미스의 팔을 휘감아 꼼짝 못하게 제압했다.

개 한 마리가 로어의 경계를 뚫고 카스토르를 공격하려 했지만 로어는 나뭇가지로 개를 밀어내며 상황을 파악하려고 잠깐 신들을 향해 고개를 쳐들었다.

“놔라! 놔!” 아르테미스의 몸이 뒤틀리더니 카스토르의 손에서 벗어나려고 스스로 어깨를 탈골시키면서 역겨울 정도로 물컹한 툭

소리가 났다. 아르테미스의 정신은 이미 고통을 넘어서고 있었다. 여신은 다른 쪽 손에 쥐고 있던 칼에 온몸을 실어 카스토르의 허벅지를 찔렀다.

카스토르는 악 소리를 내며 뒤로 넘어지더니 얼굴을 잔뜩 찡그린 채 다리에서 칼을 뽑았다.

"네놈에게서 내 동생의 힘이 느껴지지만 왠지 아주 멀리 있는 것처럼 희미하군." 위협적으로 으르대는 아르테미스의 눈동자가 커졌다. 그녀는 폭포 쪽으로 물러서다가 함정으로 파놓은 구덩이에 한쪽 발뒤꿈치가 빠졌다. 아르테미스는 간신히 균형을 잡았다. "너는, 다른 가짜 놈들과 뭔가 다르다…. 넌 대체 뭐지?"

로어는 여신의 질문에 다시 신들 쪽으로 고개를 돌렸다. *뭐? 다르다고?*

카스토르가 아르테미스를 향해 천천히 다가갔다. 아르테미스는 카스토르에게서 눈을 떼지 못한 채 고개를 가로저으며 연못 쪽으로 솟아 있는 바위 끝으로 물러서고 있었다. 여신 옆으로 폭포가 아래로 쏟아지며 여신의 말을 함께 빨아들여 연못 속으로 가라앉았다.

"아폴론이 어떻게 죽었는지 봤어요?" 카스토르가 애원하듯 물었다. "당신도 거기 있었어요? 무슨 일이 있었는지 알고 있냐고요?"

천둥이 우르르 쾅쾅 공기를 울렸다. 아르테미스는 다시 한 번 카스토르에게 공격을 퍼부으며 그의 배와 옆구리며 손이 닿는 대로 주먹질을 해댔다. 카스토르의 다리에서 피가 뿜어져 나와 빗물에 섞여 흘렀다.

아르테미스는 발차기로 카스토르를 밀어붙였지만 카스토르는 한 손으로 아르테미스의 공격을 막아내며 다른 손으로는 다리에서 뽑아낸 칼을 여신의 어깨에 찔러 넣었다.

여신은 고통으로 비명을 내지르며 카스토르의 얼굴을 할퀴고는 어깨에서 칼을 뽑아 다시 카스토르에게 달려들었다. 하지만 카스토르가 여신의 손을 후려치자 그녀의 손을 벗어난 칼은 부메랑처럼 빙그르르 돌며 공중을 날아가 연못 아래로 떨어졌다.

두 신이 대치하고 있는 폭포 꼭대기의 지형은 연못으로 떨어지는 가장자리 쪽으로 아주 살짝 기울어진 내리막이었다. 아르테미스는 높은 부분에 서 있었고 카스토르는 흐르는 물과 몰아치는 바람에 벼랑 밑으로 떨어지지 않으려고 신중하게 발 디딜 곳을 찾아야 했다.

"다가오지 말아요." 카스토르가 아르테미스에게 경고했다. "제발— 아폴론은 이런 걸 원치 않을—"

"내 동생의 이름을 다시 한 번만 그 입에 올리면 네 머리통에서 그 혀를 뿌리째 뽑아버리겠다!" 아르테미스는 격분해서 카스토르에게 다가갔다.

"제발 더 이상 오지 말아요!" 카스토르가 다시 경고했다.

"멈춰요!" 로어가 외쳤다. "제발 멈춰!"

"로어! 물러서!" 카스토르가 비를 뚫고 외쳤다. "물살이 너무 세서—"

아르테미스가 힘겹게 호흡을 이어가자 그녀의 몸도 함께 들썩거렸다. 어깨에서 탈골된 팔 한쪽은 쓸모없이 매달려 있었다.

"네가 무엇이든 상관없다." 아르테미스가 말했다. "네가 누구였든, 무엇이 되든, 다 상관없다. 어쨌든 지금은, 죽을 테니까."

"아르테미스!" 아테나가 동생을 불렀다. "한낱 이놈 때문에 너 자신을 망가뜨리지 마라!"

로어는 사냥의 여신의 얼굴에 드리운 표정을 알아챘다. 불타오르는 결의를. 아르테미스는 때때로 자신이 좋아하는 님프들과 사냥개 무리를 데리고 야생의 세계를 누비고 다녔지만 그럼에도 불구하고 그녀는 항상 고독한 존재였다. 로어는 그제야 그 아픔이 느껴졌다. 그 고통이 메아리치며 자신의 온몸을 훑고 지나가는 것 같았다. 어둠과 적막으로 둘러싸인 자연 속에서 그녀는 독립적인 존재였다. 그리고 이제 쌍둥이 형제마저 없는 지금은 완전히 혼자였다. 아르테미스에겐 더 이상 잃을 것이 없었다.

"강 속에 괴물이 있어." 광란으로 치닫는 아르테미스의 목소리는 점차 날카로워졌다. "신과 인간을 죽이는 괴물이지. 그것이 모두를…, 심지어 언니까지 다 집어삼킬 거야."

"괴물이라고? 나한테 자세히 말해—" 아테나가 입을 열었지만 아르테미스는 곧바로 카스토르를 향해 외쳤다.

"가짜 놈, 네 죽음은 이미 정해져 있다. 나는 정의를 실현하는 것이다."

카스토르는 아르테미스를 향해 밝은 불덩이를 발사하고 한 번 더 발사하며 그녀를 절벽 가장자리에서 산책로 안쪽으로 유도했다. 전후좌우에서 바람이 그들을 후려쳤다. 카스토르는 폭포 아래로 떨어지지 않기 위해 무릎을 꿇고 손바닥을 짚어 몸을 지탱했다.

아르테미스는 바닥에 떨어져 있던 활을 발로 차 올려 마치 곤봉을 잡듯 앞으로 내밀었다. 그러고는 다시 카스토르에게 달려들었다. 카스토르는 마지막으로 한 번 더 불덩이를 날렸고 여신은 그것을 피하려고 왼쪽으로 움직였다.

"안 돼!" 로어가 외쳤다.

아르테미스의 발이 그녀 자신이 파놓은 함정 언저리를 밟자 경계가 허물어지며 흙더미가 구덩이 속 삐죽삐죽 솟아 있는 나무 꼬챙이들 위로 쏟아졌다. 아테나가 아르테미스를 향해 손을 뻗었지만 아르테미스는 몸을 돌려 아테나와 함정에서 멀리 피했다.

"저놈은 내 꺼야!" 아르테미스가 울부짖었다. "저놈 목숨은 내 꺼라고! *내가* 죽일 거라고!"

그 작은 움직임으로 아르테미스는 거세게 폭포로 빨려 들어가는 빗물의 물살에 발을 빠뜨렸다. 그녀의 울부짖음이 다시 한 번 허공을 울렸다. 여신은 역겹다는 듯 이를 드러내며 자세를 바로잡더니 카스토르가 버티고 앉아 있는 돌출부와 폭포의 시작점 사이의 빈 공간으로 몸을 날렸다.

그곳에 완연히 자라 부풀어 오른 관목은 절벽의 진짜 경계선을 감추고 있었다. 아르테미스가 나무 덤불을 밟고 아래로 미끄러지는 순간 로어의 모든 근육이 한꺼번에 수축했다. 카스토르가 손을 내밀어 여신이 연못으로 추락하기 전에 붙잡으려 했지만 아르테미스는 그의 손길을 피했다. 혐오스럽다는 듯.

그러고는 아래로 떨어졌다.

37

언젠가 생명이 자신의 몸을 떠나 마침내 저 아래 컴컴한 지하세계에서 눈을 뜨는 그날이 올 때까지 로어는, 목이 졸리며 내뱉는 외마디 비명과 뼈가 부러지는 소리, 뒤이은 적막의 순간을 결코 잊지 못하리라.

카스토르는 무릎을 꿇은 채 절벽 밑을 내려다보며 머리를 움켜쥐고 절망스럽게 울부짖었다. 로어도 길을 헤치고 나가 나무와 바위를 단단히 잡고 폭포의 경계까지 기어갔다.

아르테미스의 화살통에 달린 끈이 폭포 위로 길게 늘어진 나뭇가지에 걸리면서 순식간에 올가미로 둔갑해 아르테미스의 목을 부러뜨린 것이었다.

그리고 아르테미스의 얼굴은….

충격으로 인한 비명이 아직도 로어의 목구멍에 가시처럼 걸린 채 밖으로 기어나오려고 했다. 숨이라도 들이켜면 목에 걸려 있는 비명 때문에 질식할 것 같았다.

아테나가 로어 옆에 와 서더니 나뭇잎과 가시덤불로 만들어진 아르테미스의 왕관을 내려다봤다. 아테나의 얼굴에 나타난 감정의 징후라고는 꽉 다문 턱뿐이었다. 그것은 전사의 표정이었다. 비탄의 감정에 휘둘리기엔 수 세기 동안 너무 많은 죽음을 봐온 탓에, 이제는 지나치게 무감각해진 것이리라.

"저기…." 하지만 로어는 뭐라고 말해야 할지 몰랐다. 미안하지도, 안됐다는 생각도 들지 않았다. 하지만 그래도…. "어떻게 할까요? 일단 끈을 잘라서 아르테미스를 아래로 내릴까요? 그래야…, 그래야 아곤 동안 땅에 묻기라도 하죠."

"신을 어떻게 묻지? 아르테미스는 살덩이가 아니라 힘 자체다. 저 몸은 조잡한 껍데기보다 그저 조금 나은 정도일 뿐. 이제 내 동생은… 자유로워진 것이다."

그리고 로어는 깨달았다. 이제 아테나가 아홉 명의 고대 신들 중 아곤에서 살아남은 마지막 신이라는 것을.

공원에 있는 개들이 여신의 죽음을 애도하듯 낑낑거리고 울부짖기 시작했다. 이번 주 들어서 별의별 일을 다 겪었지만, 로어는 지금 이 순간만큼 온몸이 당장이라도 갈가리 터져버릴 것 같은 감정을 느낀 적이 없다. 마치 삶과 죽음과 부활을 되풀이하는 영겁의 바퀴처럼 여신의 몸은 허공에서 돌고 돌았고, 그때마다 끼익거리는 화살통의 흐느낌은 개들의 울부짖음에 묻혀버렸다.

로어는 카스토르가 있는 폭포 옆의 완만하게 경사진 작은 절벽 쪽으로 움직였다. 카스토르는 자기 다리를 치료하느라 그 자리에 그대로 남아 있었다. 마침내 일어서는 그의 표정은 여전히 고통스러워 보였지만 분명히 다리 통증 때문은 아니었다.

"괜찮아?" 로어는 카스토르가 아슬아슬한 돌출부의 마지막 몇 칸을 안전하게 디디고 넘어올 수 있도록 그에게 손을 내밀었다.

"그랬으면 좋겠다." 카스토르는 솔직히 대답하며 로어를 향해 손을 뻗었다.

갑자기 로어의 귀에 '휭' 소리가 들렸다. 처음엔 '바람이 다시 부나 보네'라고 생각했다. 바람이, 나뭇가지와 바위 사이를 스치는 소리라고. 하지만 곧바로 타는 듯한 고통이 왼쪽 어깨를 강타했다.

로어는 얼떨떨한 기분으로 막 찢어진 티셔츠 부위를 살펴봤다. 어깨에서 피가 흘러나왔다. 그리고 그녀의 뒤로 화살 하나가 나무에 박힌 채 떨리고 있었다.

"로어—"

카스토르의 표정은 고통과 공포 그 자체였다. 로어는 여전히 그를 향해 손을 뻗은 채 카스토르의 왼쪽 가슴에 뻥 뚫린 구멍에서 뿜어 나오는 피가 축축한 티셔츠 위로 번져나가는 모습을 바라봤다. 그의 심장에서 뿜어 나오는.

로어는 비명을 지르며 카스토르의 팔을 붙잡으려고 앞으로 달려 나갔지만 그녀의 움직임은 여전히 너무 느릴 뿐이었다. 카스토르의 입술이 마지막, 소리 없는 한 마디를 내뱉었다.

로어.

그의 눈은 생명력을 잃었고 힘의 불꽃도 소멸했다. 카스토르의 몸은 절벽의 경계 너머로 떨어졌다. 저 아래 물속으로.

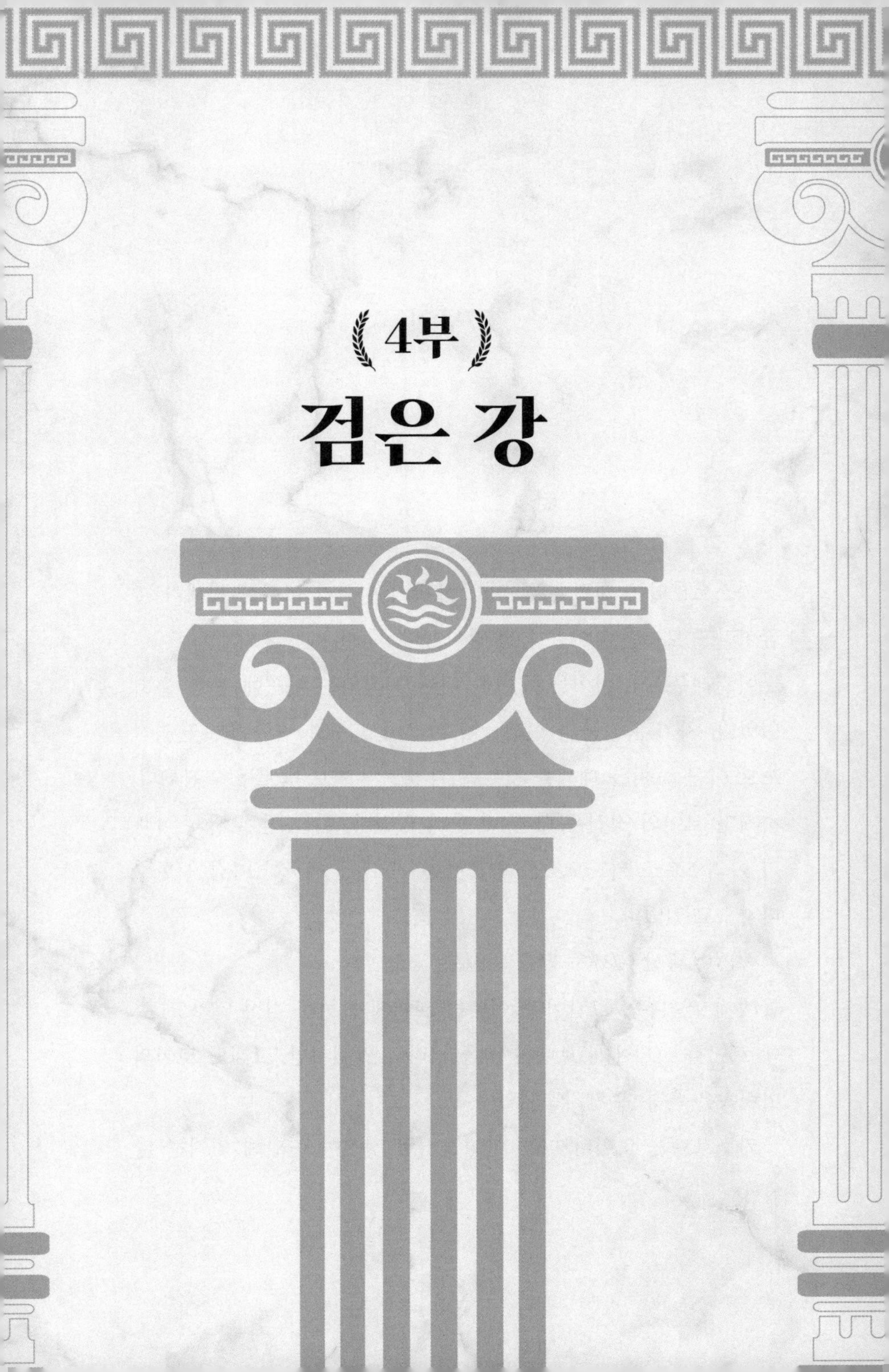

4부

검은 강

7년 전

카스토르와는 대련을 할 만큼 해봤기에 뭔가 이상한 낌새가 조금이라도 보이면 로어는 금방 알아챘다.

아킬레우스의 아이들은 이틀 뒤에 시작되는 아곤에 온통 들떠 있었다. 자기네 가문의 헌터들이 마침내 도시로 집합해서 본격적으로 아곤을 치를 태세를 갖추는 과정을 지켜보며 모두 열광했다. 하지만 로어의 정신은 다른 데 쏠려 있었다. 이틀 전 로어와 아빠가 아리스토스 카드모스를 방문했을 때 그가 제시한 마감 시한이 다가오고 있었다.

아곤이 끝날 때까지 답을 주시오.

이제 9일 후면 그날이다. 아빠는 로어에게 아무 걱정 말라고, 절대 로어를 그자에게 보내지 않을 거라고 말했지만, 그래도 로어의 머릿속은 온통 그 생각뿐이었다.

카스토르는 로어나 다른 아이들처럼 정신이 산만해 있지는 않았다. 그저 갑자기 감당할 수 없을 정도로 자기 몸이 무거워지기라도 한 것처럼 허공에서 둔하게 허우적거릴 뿐이었다. 평소엔 속도만 놓고 보자면 로어와 카스토르는 거의 막상막하였다. 아니, 최소한 카스토르는 로어보다 뒤지진 않았다. 그리고 로어도 강도 측면에서 카스토르와 대등해지려고 노력했다.

하지만 오늘은 카스토르의 얼굴이 심상치 않아 보였다. 마치 구름이 햇빛을 가려 세상을 온통 어둑하게 물들인 것처럼, 카스토르의 얼굴 전체에 그늘이 드리워 있었다.

탁, 탁, 탁!

로어는 마지막 타격에서 훈련용 막대기를 좀 더 세게 내리쳤다. 카스토르가 한 발 물러나면서 자기 밑에 흥건히 고인 땀에 발뒤꿈치가 미끄러졌다.

"다시!" 훈련 교관이 명령했다. "더 빨리!"

로어는 다시 막대기를 들었다. 카스토르는 머리를 떨며 허리를 약간 구부렸다. 눈은 어떻게든 로어의 얼굴에 초점을 맞추려고 정신없이 깜박거리고 있었다.

로어는 고개를 갸우뚱하며 소리 없이 물었다. *준비됐어?*

카스토르도 막대기를 들어 올리고 입술을 앙다물며 소리 없이 대답했다.

로어는 공격 자세를 다시 시작했다. 위에서 *탁*, 중간에서 *탁*, 아래에서 *탁*, 다시 반복, 그리고 또 반복. 카스토르는 로어의 공격을 막아내고는 있었지만 점점 움직임이 느려졌다. 로어도 그에 맞춰 공격 속도를 늦출 수밖에 없었다.

수십 개의 막대기가 빠르게 탁탁거리는 소리는 같은 공간에서 창과 칼이 서로를 때리며 만들어내는 멜로디를 성실하게 받쳐주는 드럼 소리 같았다. 다른 반 아이들의 형체가 흐릿해지고 땀 냄새와 오일, 고무 매트 냄새가 뒤섞인 악취가 로어의 폐를 묵직하게 채웠다.

로어는 자신의 짐작을 확인해보려고 마지막 타격에서 카스토르를 필요 이상으로 세게 때려봤다. 그러자 카스토르는 균형을 잃고 힘없는 신음을 내뱉으며 아래로 꺼지듯 무릎으로 바닥에 내려앉았다.

로어는 교관을 흘낏 쳐다봤다. 교관은 등을 돌린 채 아이들의 자세를 지적하거나 성의 없는 칭찬을 하고 있었다.

"아브레아스, 좋아. 테론, 좀 더 세게—"

카스토르가 다시 일어서는 사이 로어는 바싹 다가가 씨름 자세로 전환하며 힘겨루기를 하는 척 짝꿍에게 이마를 맞대고 한 손으로 그의 목덜미를 잡았다. 수업 중에 카스토르와 대화를 나누기 위해 로어가 고안해낸 자세였다.

"너 괜찮은 거야?" 로어가 속삭였다. "아프면 얼른 조퇴했어야지."

"응, 괜찮아." 카스토르가 딱 잘라 말했다. "지금까지 받은 감점만으로도 내 등수는 벌써 밑바닥이야. 게다가 밴도 런던으로 돌아갔으니 나까지 빠지면 너랑 훈련할 사람이 아무도 없잖아."

밴—에반드로스는 카스토르의 먼 사촌이다. 가문 구성원들이 다 같이 모여 아곤을 준비하는 몇 달간 에반드로스도 부모님을 따라 뉴욕에 와서 테티스 저택에 머물렀다. 하지만 훈련 시간마다 처참할 정도로 형편없는 솜씨를 뽐내는 밴을 보다못한 그의 부모님이 런던으로 돌려보냈다. 로어는 자신이 카스토르와 단둘이 보내야 할 시간에 밴이 자꾸만 끼어드는 것이 화가 치밀 정도로 싫었다. 그것도 모자라 훈련 수업 때도 교관은 밴과 카스토르를 대련시키고 로어는 벤치로 내보내곤 했다.

로어는 억울하고 분했다. 에반드로스는 공격을 제대로 막지도 못하고 움찔거리며 자기 머리를 가리기에 급급했다. 로어가 아킬레우스 가문의 자식이 아니라는 것을 감안하더라도 밴보다는 자신이 훈련 수업에 참가할 자격이 더 있었다.

"다들 물 마시고 와라!" 교관이 말했다. "신속히 움직여! 마지막으로 검술 훈련을 하겠다."

카스토르가 미처 저항할 새도 없이 로어는 카스토르의 막대기를 뺏어 들었다.

얼른 가, 로어가 눈으로 카스토르에게 명령하며 방 뒤편에 물병이 죽 놓여 있는 기다란 벤치 쪽으로 고갯짓을 했다. 하지만 먼저 간 카스토르는 로어가 올 때까지 물을 마시지도 않고 기다렸다.

"카스토르 공주님, 이제 그만 포기하시지." 비열한 목소리가 들려왔다. "이제는 여자애한테도 상대가 안 되잖아."

"왜, 부러워? 오레스테스?" 카스토르는 여전히 숨을 헐떡거리면서도 매섭게 쏘아붙였다. "교관님도 그러셨잖아. 우리는 자기 짝꿍 수준만큼만 실력이 느는 거라고. 네 짝꿍 사배스는 불쌍해서 어쩌냐? 앞으로도 영영 실력이 늘 가망이 없으니."

"뭐가 돼도 병들고 나약한 벌레랑 붙는 것보다는 낫지." 오레스테스가 말했다. "얼른 빨리 뒈져버리기나 해라, 제발 좀. 네 엄마가 그렇게 겁쟁이만 아니었어도 너를 벌써 산에 갖다 버리고 왔을 텐데 말이야."

그때 로어가 벤치에 물병을 탕 내려놓고 오레스테스에게 덤빌 듯 다가섰다. 카스토르는 로어의 손목을 간신히 붙잡고는 제지했다.

"용감한 걸로 치면 네가 일가견이 있지." 카스토르가 말했다. "뇌가 반쪽밖에 없는데도 참 겁 없이 잘 사니까. 아 참, 걱정 마. 네가 아직 기초 검술도 다 못 뗀 건 아무도 모르니까. 그래도 우리 모두 너를 열심히 응원하고 있어. 화이팅!"

나머지 아이들이 셋을 둘러싸고 자기들끼리 수군거리며 혹시 교관이 와서 말리지 않을까 눈치를 흘깃흘깃 살폈다. 하지만 교관은 다른 교관과 이야기를 나누느라 정신이 없었다. 아이들은 곧 시작될 싸움의 전조를 느끼고 소리 없이 히죽거렸다.

"그래도 난 뱀의 신부로 팔려가진 않지!" 오레스테스가 발끈하며 말했다.

순간 로어는 짧은 숨을 들이켰다. 카스토르는 로어를 바라보며 짙은 눈썹을 잔뜩 찡그렸고 오레스테스는 이제 벌레를 포획한 까마귀의 표정을 짓고 있었다.

"얘가 너한테 아직 말 안 했나 봐?" 오레스테스는 나머지 아이들과 훈련 매트 쪽으로 돌아가며 말했다. "오늘이 쟤가 우리랑 훈련받는 마지막 날이야. 쟤네 찌질한 아빠가 카드모스 아르콘한테 쟤를 신부로 넘겨준다고 하는 바람에 우리 대부님도 완전 열 받으셨잖아. 어젯밤에 원로님들이 모여서 재를 훈련에서 쫓아내기로 이미 결정했대. 우리 아빠한테 들은 거야. 근데 왜 오늘 아침에 바로 안 쫓아냈는 줄 알아? 재네 아빠가 오늘 딱 하루만 더 있게 해달라고 애걸복걸해서 그런 거야."

대답을 기다리며 로어를 바라보고 있는 카스토르의 얼굴엔 상처받은 표정과 혼란스러운 표정이 뒤범벅되어 있었다. 로어의 얼굴은 온몸의 피가 쏠린 듯 뜨겁게 달아올랐다.

"거짓말이야." 로어가 카스토르에게 말했다. "그게 아니라고!"

로어는 카드모스 가문에 갔던 일을 카스토르에게 말하지 않았다. 왜냐하면… 왜냐하면 로어 자신도 뭐가 어떻게 된 건지 아직 잘 이해가 되지 않았기 때문이다. 하지만 어쨌든 아빠는 아리스토스 카드모스의 제안을 거절할 게 분명하다. 아빠는 절대로 로어를 그자에게 넘겨줄 리가 없다.

"카스모스 가문의 아르콘을 거부할 수 있는 사람은 아무도 없어." 오레스테스가 득의양양하게 말했다. "그자가 너를 신나게 덮치는 동안 어쩌면 너를 반쯤 죽여놓을 수도 있겠—"

카스토르가 오레스테스의 옆통수를 주먹으로 가격하자 오레스테스는 그대로 쓰러졌다. 하지만 금세 오레스테스가 카스토르에게 반격하자 아이들은 신이 나서 들썩거렸다.

카스토르가 평소만큼의 힘만 있었더라도 지금처럼 저렇게 쓰러지진 않았을 텐데.

"그만!" 교관이 외쳤다. "각자 자리로! 다시 수업을 시작—"

하지만 카스토르는 미동도 하지 않았다. 움직이지 못했다.

"카스?" 로어가 불렀다.

대답이 없었다. 카스토르의 눈동자는 뒤로 완전히 뒤집혀 있었고 몸은 격하게 경련을 일으켰다.

로어는 카스토르 옆에 무릎을 꿇고 앉아 친구의 몸을 진정시키려고 꽉 붙잡았다.

"대체 무슨 짓을 한 거야?" 로어가 오레스테스에게 소리 질렀다. 하지만 오레스테스도 잔뜩 놀란 표정이었다. 카스토르의 머리가 나무 바닥을 쿵쿵 찧어대자 교관이 카스토르의 머리를 손으로 받쳤다.

"근무 중인 힐러를 데려와!" 교관이 학생 한 명에게 고함을 질렀다.

"카스토르한테 무슨 짓을 했냐고!" 로어가 오레스테스에게 다시 물었다. 로어가 달려들어 아이의 배에 주먹을 날리자 오레스테스는 뒤로 휘청했다. 그것이, 로어가 완전히 정신을 잃기 전의 마지막 기억이었다. 다음 순간 의식을 차려보니 훈련 교관이 자신의 허리를 끌어안아 오레스테스에게서 떼어내는 중이었다. 아이의 얼굴은 피범벅으로 곤죽이 되어 있었고 로어의 손 역시 피투성이였다.

"죽여버릴 거야!" 로어는 맹세하듯 외쳤다. 오레스테스는 캑캑거리며 콧물과 피를 토해내고 있었고, 그의 훈련 짝꿍은 아이 옆에 무릎을 꿇고 앉아 겁에 질린 눈으로 로어를 바라보았다.

"꼬마 고르곤 녀석, 오레스테스를 죽이려면 앞으로 7년은 더 기다려야 한다." 교관이 꾸짖듯 말했다. "카드모스의 뱀이 너를 자기 구덩이 밖으로 내보내주어야 가능한 일이지만."

로어는 교관의 손에서 벗어나려고 몸부림을 쳐봤지만 사부의 빈

틈없는 결박을 무너뜨리는 건 불가능했다. 로어는 카스토르를 향해 힘껏 손을 뻗었다. 하지만 카스토르의 모습조차 보이지 않았다. 보이는 거라곤 그의 주변으로 몰려든 아이들 틈으로 삐져나온 양쪽 발뿐이었다.

몇 시간 뒤, 칼리아스 힐러가 안 좋은 소식을 전하고 간 뒤에야 로어는 마침내 카스토르와 그의 아빠가 함께 지내는 방에 들어갈 수 있었다.

로어는 카스토르의 침대 왼쪽에 서서 친구의 가슴이 오르락내리락하는 걸 지켜보며 마치 훈련 때 발놀림을 세던 것처럼 카스토르의 호흡에 맞춰 속으로 숫자를 셌다. 케이론이 카스토르의 발치에서 자고 있었다. 로어가 머리를 다정하게 긁어주자 개는 로어의 손을 핥았다.

"너도 내가 잘못했다고 생각해?" 로어는 개에게 속삭이듯 묻고는 케이론의 짙은 눈동자가 '아니'라고 대답하자 안도했다.

로어가 오레스테스를 때리던 주먹질이 메아리치는 것처럼, 로어의 가슴속에서 심장이 쿵쾅거렸다. 로어는 카스토르의 아빠가 자기 손에 서투르게 감아준 붕대를 만져봤다. 칼리아스 힐러는 로어를 치료하는 걸 거부했는데 알고 보니 오레스테스가 그녀의 조카였다.

살짝 열린 침실 문틈으로 로어는 자기 부모님이 도착하는 소리를 들었다. 건물 관리를 담당하고 있는 카스토르의 아빠는 후문과 화물 엘리베이터를 통해 최대한 아킬레우스 사람들에게 들키지 않고 로어의 부모님을 몰래 데리고 들어왔다. 로어는 당장 엄마에게 달려가 칼리아스 힐러의 말이 머릿속에서 사라져버릴 때까지 그저 엄마 품에 안겨 있고 싶었지만 그 생각에 곧바로 부끄러움을 느꼈다.

더 이상 할 수 있는 게 없습니다. 일반 의술로는 아이를 살릴 수 없어요.

숨죽여 얘기를 나누는 부모님들의 말이 조각조각 방 안으로 흘러 들어왔다. 카스토르의 침대 근처에 세워져 있는 희한한 의료기기가 나지막이 윙 하고 작동하는 소리와 기계가 삑삑거리며 내보내는 신호음에 부모님들의 대화가 간간이 묻혔다. 로어는 살그머니 문 쪽으로 다가가 부모님들의 이야기에 귀를 쫑긋 세웠지만 절반 정도는 그들의 입술을 보고 읽어야 했다. 로어와 카스토르가 원로들의 말을 훔쳐 듣기 위해 터득한 기술이었다. 라디오가 지직거리는 것 같은 이명이 로어의 귀에서 점점 커졌다.

"내가 어떻게 해야 할지 모르겠어요." 카스토르의 아빠가 속삭였다. "내가 아이를 놔주지 않아서 아이가 더 고통받는 걸까요? 이미 정해진 결과를 바꿀 수 있다고 믿는 게 나의 오만인 걸까요?"

"절대 아니에요." 로어의 엄마가 카스토르 아빠의 손을 부여잡으며 위로하는 목소리로 나지막이 대답했다. "반드시 희망은 있어요."

"그 희망이 결국 우리를 저버린 것 같아요." 카스토르의 아빠 클레온이 말했다. "가문에서 더 이상 아이의 치료비를 대주지 않겠다는 이야기를 원로들한테 들었어요. 게다가 해외 어딘가에 치료법이 있다 해도 아이가 너무 약해서 데리고 갈 수조차 없어요."

로어는 똑바로 선 채 두 주먹을 움켜쥐었다. 온몸이, 피부 표면부터 몸속 깊숙한 곳의 영혼까지, 로어의 전체가 분노로 떨리기 시작했다. 이건 옳지 않았다. 세상이 이러면 안 되는 거였다.

"더 이상 해볼 수 있는 게 없어요. 운명의 여신들이 내리는 처분을 받아들이고 아이가 명예롭게 죽을 수 있도록 해주는 수밖에는요." 클레온이 말했다.

"안 돼요!" 로어가 문을 벌컥 열어젖히며 외쳤다. 케이론은 로어의 갑작스런 움직임과 외침에 깜짝 놀라 로어의 뒤에 서서 짖었다. 클레온에게 달려드는 로어의 온몸은 금방이라도 터져버릴 것 같았다. 카스토르의 아빠라는 사람이 저렇게 한심한 핑계나 들먹이다니. 저 사람은 카스토르가 죽기를 바란다. 카스토르를 그냥 떠나보내려 하고 있다. 헌터라면, 전설 속의 영웅들처럼 끝까지 싸워야지! 포기라는 건 절대 해서는 안 되는 일이다.

"멜로라, 그만해라." 로어의 아빠가 로어를 팔로 안아 뒤로 당기며 명령했다. "당장 멈춰!"

"이 겁쟁이!" 로어가 아빠의 손에서 벗어나려고 낑낑대며 클레온을 향해 사납게 소리쳤다. "하데스가 당신을 데려갈 거야. 이 약해빠진 개 같으니라고! 당신이야말로 죽어야 해. 카스토르가 아니라!"

"멜로라!" 로어의 엄마가 기겁하며 불렀다.

하지만 카스토르의 아빠는 그저 눈물만 흘리고 있었다. "제발 그랬으면, 제발 하데스가 나를…."

"지금 당장 사과드려라." 로어의 아빠가 로어의 몸을 클레온 아킬레우스에게로 돌리며 말했다.

로어는 입을 꽉 다물고 고개를 돌렸다. *싫어*. 신들은 겁쟁이를 싫어한다. 그건 로어도 마찬가지였다.

"차분해질 때까지 방에 들어가 있어라." 로어의 아빠는 매서운 어조로 말하며 로어를 침실로 밀어 넣었다.

문이 닫히자 로어는 두 주먹으로 문을 쾅 때렸다. 뜨거운 눈물이 뺨을 타고 줄줄 흘렀다. 로어는 가슴속에서 당혹감과 고통이 마구 날뛰어 견딜 수가 없었다.

훈련 선생님이 항상 말했다. 비겁함보다 더 큰 불명예는 없다고. 설사 카스토르의 아빠가 포기한다 해도 로어는 절대 포기하지 않을 것이다. 필요하다면 카스토르를 등에 업고라도 도시의 의사들을 전부 찾아다닐 생각이었다. 지쳐 쓰러질 때까지 계속 싸울 것이다. 그러다가 지쳐 쓰러지면 기어서라도 다닐 거야.

"로어, 우리 아빠는 슬퍼서 그러는 거야."

카스토르의 목소리가 거의 속삭임처럼 로어의 귀에 와 닿았다. 로어는 쏟아지는 눈물을 얼른 팔로 훔치고 고개를 들었다. 그리고 카스토르에게 다가가 좁은 침대 위로 기어 올라갔다. 카스토르는 로어에게 자리를 만들어주려고 간신히 옆으로 조금 움직였다. 로어는 가만히 누웠다. 배 위에 올려놓은 손은 여전히 덜덜 떨리고 있었다. 로어의 발에 자리를 침범당한 케이론도 투덜거리듯 끙끙대며 몸을 뒤척였다.

"그러든 말든." 로어는 고개를 돌려 카스토르를 바라보며 속삭였다. 카스토르의 피부는 너무 창백해서 거의 반투명처럼 보였다. 양쪽 콧구멍에는 산소 튜브가 꽂혀 있었다. 카스토르가 빙그레 웃어 보이자 로어는 그제야 기분이 아주 조금 풀렸다.

"넌 나을 거야. 언제든 다른 방법은 있으니까."

"아닐걸? 이번엔 아닌 것 같아." 카스토르가 말했다.

로어는 손의 떨림을 진정시키려고 양손을 배에 대고 꽉 눌렀다. "나 있잖아, 아무도 모르게 개곤을 구경할 수 있는 좋은 방법이 떠올랐어."

"칼리아스 힐러 님이 침대 밖으로 나가지 말라고 했어. 내가… 쉬어야 한다고."

"그런 다음엔," 로어가 일어나 앉으며 말을 이었다. 제멋대로 주절거리듯 튀어나왔지만 상관없었다. "그런 다음엔, 우리 아파트 근처에 있는 가게에 가서 아이스크림을 사 먹자. 그 가게는 항상 장사를 하거든. 우리 동네에 어떤 아줌마가 멀리 갈 때마다 대신 화분에 물을 주고 받은 돈이 좀 있어—"

"로어." 카스토르가 로어를 불렀다. 그러고는 로어가 세상에서 제일 싫어하는 말보다 더 싫어하는 그 단어를 내뱉었다. "그만해… 나, 진짜 괜찮아."

로어는 숨을 깊이 들이쉬었다. 아주 난폭한 무언가가 로어의 가슴속을 할퀴고 헤집었다. "하나도 안 괜찮아! 넌 나을 거야. 칼리아스 힐러는 바보 멍청이야. 아는 게 아무것도 없다고!"

"정말 괜찮아." 카스토르가 부드럽게 말했다. "엄마도 다시 만날 수 있잖아. 혼자가 되는 게 아니야. 난 무섭지 않아."

"내가 너 못 가게 막을 거야." 로어는 낮은 목소리로 결연하게 말했다. 절대 보내주지 않을 테다. 카스토르는 자신의 친구이자 훈련 짝꿍이었고 모든 것을 함께한 동무이자 단짝이었다. 카스토르가 쓰러지면 자신이 나서서 보호해주리라. 카스토르를 위협하는 것은 사람이든 생물이든 무엇이든 무참히 베어버리리라. 로어의 검은 곧 카스토르의 검이었고 카스토르의 것도 마찬가지였다.

"야." 카스토르가 다시 온화하게 말을 꺼냈다. "너 춤추는 개들 이야기 들었어?"

로어의 마음속을 휘젓던 생각이 갑자기 끊겼다. 로어는 이마를 찌푸렸다. "무슨 얘기?"

카스토르의 미소는 희미했지만 분명히 미소였다. "아무도 그 개들이랑 댄스 파트너가 되려고 하지 않았대. 왠지 알아? 그 개들은 다 왼쪽 다리가 두 개씩 있었거든."

로어는 어이없다는 듯 고개를 저었다. 심지어 케이론조차 구시렁대는 것 같았다. "카스토르 아킬레우스, 지금까지 들은 농담 중 제일 용서가 안 된다."

카스토르는 어깨를 살짝 들썩였지만 적막감이 내려앉자 카스토르의 힘겨운 미소마저 사라졌다. 카스토르의 호흡이 점점 더 가빠졌다.

"넌 안 죽어." 로어가 속삭였다. "절대. 그리고 혹시라도 네가 죽으면 내가 지하세계까지 쫓아가서 널 다시 끌고 나올 거야. 나도 안 무서워. 난 아무것도 안 무서워."

로어는 마치 자신의 의지만으로도 카스토르를 계속 살아 있게 할 수 있다는 듯 카스토르의 가느다란 손목을 꽉 잡았다. 손가락

아래에서 카스토르의 맥박이 파닥였다.

카스토르가 로어를 바라봤다. 핏기 하나 없는 창백하고 얇은 입술이 다물어져 있었다. 카스토르는 거의 탈진해버린 몸에 저항이라도 하듯, 그것에 빨려 들어가지 않으려는 듯 눈을 깜박거렸다. 로어는 그 모습이 너무 싫었다. 그래서 자기 말을 확언이라도 하듯 억지로 고개를 끄덕였다.

"안 돼." 카스토르가 말했다. "로어, 그러면 안 돼. 그러지 않겠다고 맹세해."

로어가 대답이 없자 카스토르는 로어의 목덜미를 움켜쥐며 로어와 이마를 맞댔다. 카스토르의 손이 사정없이 떨렸지만 로어는 모르는 척했다.

"빨리 맹세해." 카스토르가 속삭였다. 눈을 감고 있는 카스토르의 짙은 속눈썹이 창백한 뺨 위에 선명하게 드리웠다. 곧 카스토르가 스르르 잠들면서 몸의 긴장도 무너지는 것 같았다. 하지만 로어는, 로어의 마음은, 로어의 영혼은, 여전히 활활 타올랐다.

"난 내 운명을 잘 알아." 로어가 카스토르에게 속삭였다.

그리고 내가, 네 운명도 바꿀 거야.

38

그 끔찍한 몇 초간, 로어는 움직일 수도, 생각할 수도, 아무것도 할 수 없었다. 조금 전까지 카스토르가 서 있던 바위 위를 그저 멍하니 바라보고 있을 뿐이었다. 바닥에 고여 있던 카스토르의 피가 쏟아지는 비에 씻겨 내려가 저 아래 연못을 물들이듯 서서히 퍼져 나가더니 핏물 속으로 빨려 들어갔다.

죽었다.

저편 연못가에 10여 명의 헌터들이 서 있었다. 몇몇은 마스크를 쓰고 있었지만 이로는 맨얼굴이었다. 그녀 옆에 서 있는 키 큰 헌터도 마스크가 없었다. 그는 여전히 석궁을 로어에게 겨눈 채 서 있었다.

비를 뚫고 허공을 넘어 로어의 시선이 친구의 시선에 가 닿았다. 이로가 로어를 올려다봤다. 이로의 눈빛은 도전적이었고 표정은 차가웠다.

"엎드려!" 아테나가 로어에게 소리쳤다. "멜로라!"

화살이 또 날아왔다. 이번엔 다른 헌터가 쏜 화살이었다. 화살은 로어의 팔뚝을 스치고 지나갔다. 쓰라린 신체의 고통이 정신적 충격을 후벼파고 지나갔다.

이로가 자기 헌터들에게 뭐라고 고함을 치자 몇몇은 흩어져 공원 밖의 거리로 후퇴했다. 나머지는 로어에게서 활을 거두더니 나무 뒤에 숨어 있는 아테나를 겨냥했다.

더 많은 화살이 날아들자 아테나는 몸을 더 낮췄고, 화살을 맞은 나무 둥치들이 쪼개지며 흩날리자 조심스럽게 머리를 감쌌다.

로어의 온몸이 심장박동에 맞춰 고동쳤다. 정신이 로어의 몸을 완전히 빠져나간 것 같았다.

죽었다.

"이곳을 피해야 한다!" 아테나가 로어에게 다시 소리쳤다. 여신이 축축한 바닥 위로 로어에게 무언가를 세게 밀어 보냈다. 은색으로 빛나는 아르테미스의 사냥용 칼이었다. 로어는 빗물이 칼을 때리고 흘러가는 모습을 물끄러미 바라봤다.

죽었다.

로어의 가슴 한복판에서 작은 불꽃이 타오르기 시작했다. 로어는 그것에 매달렸다. 불꽃이 그냥 타오르게 내버려두었다. 의식도 감각도 없이 모든 것이 텅 비어버린 지금, 뭐라도 붙잡아야 하니까. 마침내 로어는 불꽃의 정체를 깨달았다.

분노.

로어는 칼을 잡고 일어서며 덤불 사이로 몸을 낮췄다. 온몸은 얼른 달려나가 살인자의 목을 당장 베어버리라고 아우성치고 있었다. 이로를 벌하라고. 그래도 정당하다고. 아니, 아곤의 규칙에 따르면 심지어 그렇게 해야 한다고.

카스토르의 심장에 화살을 날린 헌터는 쏟아지는 비의 장막을 헤치며 이로와 함께 연못의 경계를 넘어 물속으로 천천히 걸어 들어갔다. 그러고는 활을 버리고 천천히 검을 꺼내 들었다. 그러면서도 물속에 엎어져 있는 카스토르의 어두운 형체에서 눈을 떼지 않았다. 이로는 바닥이 보이지 않는 연못을 헤치고 나가며 손에 들고 있던 도리로 바닥을 짚어 몸의 균형을 잡았다.

로어가 우겨서, 카드모스 가문에서 탈취해낸 바로 그 무기들이었다.

그리고 그들은 '이런 식으로' 로어에게 보답했다. 로어에게서 카스토르를 빼앗아가는 것으로.

맹렬하게 휘몰아치는 생각들로 머릿속이 마구 울렸다. 로어는 뒤섞여 흐르는 진흙과 빗물과 구르는 자갈에 몸을 맡기며 미끄러지듯 공원 저지대, 연못 가장자리로 내려갔다.

"이로 오디세우스!" 로어가 소리쳤다. 목소리가 갈라졌다.

로어가 연못 속으로 뛰어들자 이로는 몸을 돌리며 도리를 들어올렸다. 그러면서 연못 밖에서 맴돌고 있는 다른 헌터들에게 물러서라는 손짓을 했다. "로어! 비켜!"

"네가 어떻게, 어떻게 이럴 수 있지?" 로어가 사납게 울부짖었다. "우리가 너한테 어떻게 해줬는데!"

한쪽 발이 보드라운 연못 바닥에 있는 길고 얇은 물체를 밟고 미끄러졌다. 그것의 정체를 깨닫자 등골에 짜릿한 전율이 일었다.

아테나의 창이다.

로어는 반가워하며 창을 발로 건져 물속에서 꺼냈다. 이 정도 길이라면 칼밖에 들지 않은 헌터에 비해 로어가 훨씬 유리했다.

"우리 가문에도 신이 필요해." 이로가 소리쳤다. "너는 이 세계에 등을 돌리고 떠나버렸지만 우리는 아니라고! 래스가 우리 가문에 한 짓을 갚아주려면 우리만의 수호신이 필요하단 말이야!"

로어는 손으로 창을 휙휙 돌리며 이로를 향해 물을 헤치고 나아갔다. 이로의 옆에 서 있던 헌터가 어쩔 줄 몰라하며 자세를 약간 움직였다.

"더러운 일은 네가 직접 하지도 못하는 거야? 그래서 너 대신 남자 놈을 시켜 카스토르를 죽인 거야?" 로어가 매몰차게 비난했다.

"물론 아르테미스나 아테나였다면 더 좋았겠지." 이로가 차분한 목소리를 내려고 애쓰며 대답했다. 로어가 왼손에 들고 있던 칼을 던져 이로의 옆에 서 있는 헌터의 목을 찌르는 순간에도 이로는 피하지도, 물러서지도 않았다.

하지만 칼을 맞은 헌터가 충격의 탄식과 함께 자기 피에 질식해 컥컥거리며 쓰러지자, 이로는 경악한 표정으로 로어를 향해 획 돌아섰다.

"로어, 이제 네가… 네가 승격할 거야." 이로가 가까스로 말을 이었다. "근데 왜 아직… 너한테 아폴론의 힘이 승계되지 않는 거지…?"

이로의 말은 마치 이해할 수 없는 외래어처럼 로어의 의식을 파고들지 못하고 그냥 스쳐 지나갔다. 지금 이 순간 로어의 의식 세계에는 손에 들린 무기와 이로 외에 아무것도 보이지 않았다.

로어가 휘두른 창끝은 이로의 턱밑에서 얼굴 오른쪽을 긁고 지나갔다. 이로가 뒤로 피하면서 자기 창으로 로어의 창을 쳐내지 않았다면 이로의 눈이 찔려 포도알처럼 터져버렸을 것이다.

내게서 카스토르를 빼앗아가다니. 고통이 가슴속에서 터질 듯 차오르는 증오에 불을 붙였다. *감히 카스토르의 몸에 손 하나 까딱하지 못하게 해주지.*

"아직 안 죽었을지도—" 이로가 얼굴을 따라 흐르는 피를 손으로 누르며 입에서 피 한 덩이를 뱉어냈다. "로어! 우리는 적이 아니야!"

"네가 적으로 만들었어!" 로어는 머리 위에서 창을 휘둘러 이로가 자신의 공격을 막도록 유도하면서 이로의 가슴에 발차기를 날렸다. 연못 덕분에 이로는 간신히 균형은 잡았지만 동시에 로어에게 반격하는 데는 장애물이 됐다.

이로가 창으로 찌르려고 덤벼들자 로어는 오른쪽으로 피하며 창끝으로 이로의 발을 겨냥했다. 하지만 잠시도 쉬지 않고 요동치는 물속을 눈으로 확인하는 건 거의 불가능했다. 하늘에선 그야말로 비가 억수같이 퍼부었다. 이로는 몸을 굽혀 헌터의 목에 박힌 칼을 뽑아 로어에게 던졌다. 로어가 창의 금속 부분으로 날아오는 칼을 세차게 걷어내자 불꽃이 일었다.

싸움은 이제 리듬을 타기 시작했다. 로어는 신체의 본능 속으로, 과거 속으로 빠져들어, 승리를 차지하기 위해 서슴지 않고 상대의 심장을 무자비하게 도려냈을 어린 소녀를 끄집어냈다.

그런 다음 자기 안에 숨어 있던 모든 종류의 흉포함을 해방시켰다. 가슴 아픈 이별들, 숱하게 당한 치욕들, 아무런 희망도 보이지 않았던 숨막히는 절망의 기억들이 사나운 폭풍처럼 로어의 가슴속에서 맹렬히 휘몰아쳤다.

이로도 자기 가슴을 노리고 들어오는 로어의 창끝을 쳐내며 마침내 공격에 성공해 로어의 팔뚝에 깊은 상처를 남겼다.

이로는 죽어 마땅하다. 저들 모두 죽여야 한다. 로어의 머릿속은 잔혹한 생각뿐이었다.

그래, 원한다면 저들의 전설 속을 떠도는 괴물이 되어주리라. 로어의 클레오스는 악명으로 얻은 영광이 되리라.

로어는 물속에 잠긴 칼을 다시 꺼내려고 밑에서 이로의 복부를 공격하는 척하면서 손으로 물밑을 훑었다. 칼이 이로의 허벅지에 박히자 이로는 순간 흰자위를 치떴다. 로어는 이로의 목을 향해 뾰족한 창끝을 들이댔다.

연못가에 아테나가 나타났다. 얼마 떨어지지 않은 곳엔 오디세우스 헌터들의 시체가 여기저기 널려 있었다.

이로는 다리를 절룩거리며 로어에게서 피해보려고 힘겹게 움직였다. 그녀는 눈을 바삐 움직이며 가장 수월한 탈출 경로를 모색하고 있었다. 이로의 얼굴에서 피가 흘러내렸다. 이로의 얼굴에 난 저 상처가, 과거의 그날 오디세우스의 아르콘이 죽으면서 로어의 얼굴에 남겼던 흉터와 쌍둥이가 될 수도 있겠다는 생각이 로어의 머릿속에 어렴풋이 떠올랐다.

로어는 다시 이로 쪽으로 움직였다. 이로의 상처는 흉터로 남을 기회조차 갖지 못할 것이다.

이로는 어떻게든 똑바로 서려고 안간힘을 쓰며 앞으로 창을 내밀어 로어가 다가오지 못하게 휘둘렀다.

그때 이로의 무기가 마치 곧 녹아내릴 것처럼 시뻘겋게 변했다. 열기는 창끝에서 방출되는 것 같았다. 창끝을 적시는 빗물이 수증기로 변했다. 이로는 열기가 점점 번지는 자기 무기를 내려다봤다. 쇠가 손안에서 휘어지고 있었다. 그리고 그 쇠가 손을 태우기 전에 이로는 창을 재빨리 물속으로 내던졌다.

로어가 뒤로 돌아섰다.

카스토르가 물에서 천천히 일어서고 있었다. 표정 없는 얼굴과 황금빛 이글거리는 눈으로.

39

카스토르를 에워싼 공기가 마치 그의 힘을 받아 살아 있는 것처럼 희미하게 일렁거렸다.

로어의 몸에서 모든 감각이 빠져나갔다. 창이 로어의 손가락에서 힘없이 미끄러졌다.

현실이 아니야. 이건… 이건 있을 수 없는 일이다.

분명히 카스토르가 죽는 걸 두 눈으로 똑똑히 봤는데. 로어의 시선이 그의 가슴으로, 화살이 그의 심장을 뚫고 지나간 바로 그곳으로 향했다. 피로 얼룩져 찢어진 티셔츠 안으로, 구멍이 뚫려 있어야 할 바로 그 자리에 매끈한 새살이 드러나 있었다. 그렇다는 건….

카스토르를 둘러싼 빛과 에너지가 더 강렬해졌다. 그는 죽은 헌터를 쳐다보고는 이로에게 시선을 던졌다.

"당장 떠나." 카스토르가 이로에게 말했다.

"이게… 대체… 뭐지." 이로가 숨을 헐떡이며 겨우 말했다. "너는 대체 뭐지? 넌 분명히….”

“*떠나.*” 카스토르가 큰 소리로 반복했다.

그제야 이로는 정신을 차리고 도망가기 시작했다. 다친 다리를 움켜잡고 비틀거리며 비와 연못을 헤치고 나갔다. 카스토르의 눈은 이제 연못 속에 죽어 있는 헌터로 향했다.

“네가 이런 거야?” 카스토르가 낮은 어조로 로어에게 물었다.

괴로움이 묻어나는 카스토르의 목소리에 로어는 턱이 아프도록 입을 악다물었다. “내가 그랬어. 다시 돌아간다 해도 똑같이 할 거야.”

카스토르는 눈을 감았다가 마치 꿈속에서 깨어나는 것처럼 천천히 다시 떴다. “나한테 무슨 일이 생기든 상관없이, 너는 너 자신에게 이러면 안 돼.”

로어의 가슴에 잠깐 피어올랐던 기쁨은 순식간에 산산이 부서져 내렸다. 감히 나한테, 감히 자기가 뭐라고 나를 심판하는 거지? 어렸을 때도 그러더니, 뭐가 옳고 그른지 분간도 못 하는 인간 취급을 하는 거야?

“내가 하고 싶은 대로 할 거야.” 로어가 차갑게 말했다.

“하지만 넌 그런 사람이…, 사람들을 죽이고 헌터가 되는 것이 네가 진짜 원하는 거라고 생각하지 않아.”

“내가 뭘 할지는 내가 결정해. 다른 사람들이 다 같이 그렇게 하자고 한 걸 왜 너만 안 지키려고 하는 거야? 그건 야합 같은 게 아니야. 생존을 위한 거지.”

카스토르는 믿기지 않는다는 표정으로 로어를 쳐다봤다. “네가 지금 무슨 말을 하는지 알기나 해? 네 부모님이 정말 그런 걸 원하실 거라고 생각해? 자신들의 원수를 갚겠다고 네 본모습을 잃어버리는 걸 정말 바라실까?"

"다시는 우리 부모님을 가지고 공격하지 마!" 로어가 위협하듯 말했다.

카스토르가 뭐라고 대답을 했지만 아테나가 두 사람을 향해 돌진하듯 다가오는 바람에 그의 목소리가 묻혀버렸다.

"가짜 놈, 네 정체가 뭐냐?" 아테나가 물었다. "네 몸은 죽는 몸이 아니다. 그렇다는 건 네가 신도 아니라는 뜻이지. *넌 대체 뭐지?*"

"나는…." 카스토르는 자기 손을 내려다봤다. 그의 힘에서 뿜어내는 빛의 줄기 같은 것들이 마치 황금 고리들처럼 아직도 카스토르의 손을 휘감고 있었다. 카스토르는 화살이 뚫고 지나간 자리를 다시 한 번 만져봤다.

아르테미스도 같은 질문을 했다. *넌 대체 뭐지?*

"어떻게 아직 살아 있는 거지?" 아테나가 또 물었다. "우리한테 뭘 숨기고 있는 것이냐?"

"숨기는 거 없어." 카스토르가 로어를 바라보며 대답했다. "나도 설명할 수 없어. 그날 일이 정말 기억이 안 난다고."

"넌 아곤에 대해 뭘 더 알고 있는 거지?" 아테나가 계속 말했다. "아무것도 기억나지 않는다는 네놈 말은 믿을 수가 없다. 네놈이 이번 7일을 불사의 몸으로 넘길 수 있다면, 분명 무언가 알아냈거나 어떤 다른 일을 했기 때문일 것이다. 그리고 넌 그 정보를 같은 편인 우리에게도 숨겼다."

"그게 아니라…" 카스토르는 나지막이 말했지만 목소리는 흔들렸다. "*정말 기억이 안 나요.* 굉장히 아팠고, 그리고 깜깜해졌고… 그리고 어느 순간 내가 깨어나 있었어요."

"거짓말이다." 아테나가 말했다. "넌 여기 있지만 아곤에 완전히 속해 있지 않아. 네 정체를 밝혀라. 아르테미스의 말이 맞았다. 네 힘은 뭔가 다르다. 힘이 항상…, 네 안에서 흐르듯 움직이고 있지만, 네놈 자체에서 나오는 힘은 아니다."

로어는 깜짝 놀라 아테나에게 고개를 돌렸다. "그게 무슨 말이에요?"

하지만 여신은 카스토르를 가만히 응시할 뿐이었다. 결국 로어도 다시 카스토르를 쳐다봤다. 가슴속에서 선명한 목소리가 들리자 맥박이 빨라지면서 로어는 갑자기 자신이 공기 속으로 빨려 들어가는 것 같았다.

이 모든 건 다 진짜가 아니야.

"신이 아곤에서 탈출하는 방법을 알아냈다면, 기억상실은 그 진실을 감추기에 참 편리한 거짓말일 뿐이지. 그래서 네놈이 지난 7년간 육신을 드러내지 않았던 건가? 아니, 애당초 이 속계에 머무르고 있었던 건 맞나?" 아테나가 말했다.

이 모든 건 다 진짜가 아니야.

길 할아버지도, 로어 자신의 삶도, 심지어 카스토르마저, 그리고 로어에게 너무나 익숙한 그의 존재가 자신의 가슴속에 만들어준 안식처조차 진짜가 아니다.

카스토르는 여신의 말에 아무런 반응도 하지 않고 그저 로어의 시선을 열심히 좇았다. "너도 내 말 안 믿는구나."

또다시 신의 속임수에 넘어갈 순 없다. 자기 의지와 상관없이 움직이는 게임판의 말이 되기는 싫다. *하지만 이 신은 카스토르잖아.*

카스토르 맞잖아. 맞지?

"우리는 뭐가 어떻게 된 건지 이해하고 싶은 것뿐이야." 로어가 말했다.

카스토르는 로어를 가만히 응시했다. 참담한 표정이 역력했다.

"'우리'라…." 카스토르가 로어의 말을 확인하듯 그대로 받았다.

로어는 자기가 방금 했던 말을 속으로 되새겨봤다. 뒤에서 아테나가 든든히 버티고 서 있었다. 그것이 조금이나마 힘을 불어넣어 자꾸만 흔들리는 로어를 붙잡고 지지해줬다.

"그래, 우리." 로어가 단호하게 대답했다.

래스의 육신이 마지막 숨을 내쉬는 그날이 올 때까지 로어와 아테나는 정당하기만 하다면 무슨 일이든 할 것이다.

카스토르는 애초부터 로어와 아테나의 계획을 돕고 싶은 생각이 없었다. 카스토르가 정말로, 자신이 어떻게 신으로 승격했고 왜 죽지 않는지 정말로 모른다면…, 어떤 숨겨진 다른 동기를 가지고 우리와 함께하는 게 정말로 아니라면…, 카스토르는 어떤 식으로든 자신의 진심을 로어에게 증명해야 한다. 로어는 그 증거가 필요했다. 함께하든지, 아니면 떠나든지. 이것이 로어가 그에게 주는 마지막 기회였다.

카스토르는 마지막으로 로어를 한 번 더 바라보고는 그대로 뒤돌아 걸어갔다.

그는 고개를 숙이고 어깨를 움츠린 채 연못 밖으로 나갔다. 카스토르의 뒷모습이 점점 작아져 빗속에서 희미해지자 로어는 갑자기 공포에 휩싸였다.

로어가 앞으로 한 발 나섰지만 아테나가 팔로 가로막았다. 어딘가에서 긴급 출동 사이렌 소리가 요란하게 울렸다. 가까워질수록 소리도 더 커졌다.

"가짜 아폴론은 필요없다. 우리가, 너와 내가 이 일을 위해 선택받았다."

고요한 모닝사이드 하이츠를 향해 계단을 올라가는 내내 로어는 온몸이 나무 막대처럼 뻣뻣하게 느껴졌다. 마침내 맨 꼭대기 망루에 다다랐을 때 아테나는 갑자기 뒤로 홱 돌아 공원 쪽을 바라보더니 긴장한 얼굴로 시선을 집중했다. 공원을 향해 쏜살같이 달려오는 출동 차량들이 드디어 시야에 들어오자 여신은 빨강 파랑으로 빛나는 경광등을 유심히 살폈다.

"빨리 출발해야 해요." 로어가 말했다.

아테나는 조용히 하라는 듯 한 손을 들어 올렸다.

마치 뱀이 모래를 헤치고 기어가는 것처럼, 발밑을 지나가는 떨림이 느껴졌다. 진동이 로어의 다리를 타고 올라와 척추까지 훑고 지나가자 온몸의 신경이 날카롭게 곤두섰다.

천둥이 불만 섞인 신음을 우르르 토해냈다.

다만, 소리의 주인이 천둥이 아니었을 뿐.

그것은 괴물처럼 포효하며 도시의 거리를 휩쓸고 몰려와 계속 돌진하며 모든 것을 집어삼켰다. 그 파괴적인 잔혹함에 로어는 폐

속에서 모든 공기가 빠져나간 듯 몸서리쳤다.

시커먼 물이, 어마어마하게 많은 물이, 로어가 평생 살면서 본 것보다 많은 물이, 근처의 강에서 흘러나와 맹렬히 돌진하며 모든 거리를 헤집어놓았다. 공원을 따라 서 있던 구급차와 경찰차들은 갑자기 밀려든 파도에 장난감처럼 휩쓸려 물밑으로 사라지고 경광등 불빛도 더 이상 보이지 않았다. 경찰들과 구급대원들은 물을 피해 뛰기 시작했지만 물의 속도를 이기지 못하고 물살에 휩쓸려 사라졌다.

그런데도 물은, 여전히 직성이 풀리지 않았다.

물살은 매 초마다 눈에 띄게 수위를 높이면서, 신호등을 덮치고 가로등과 건물을 집어삼키며 도시 전체를 수장했다.

40

로어는 망루에 서서, 죽일 듯 달려드는 물살이 돌벽을 뚫어버릴 것처럼 때리고 파편을 전리품 삼아 실어가는 모습을 힘없이 지켜봤다. 그때 누군가의 비명이 들리자 로어는 계단으로 향했지만 아테나의 무쇠 같은 힘에 손목을 붙잡혀 멈춰 섰다.

"사람들을 도와줘야죠!" 로어는 아테나의 손을 뿌리치려 했지만 소용없는 몸부림이었다.

여신은 점점 더 차오르는 물을 내려다보며 제멋대로 휘몰아치는 물살을 시각과 후각으로 흡수하는 것 같았다.

로어는 눈을 감았다. 창문을 깨고 들이닥치는 세찬 물소리, 차의 경적 소리, 자동차들이 충돌하는 소리, 멀리서 도움을 요청하는 사람들의 아득한 외침이 한꺼번에 머릿속으로 들이닥치자 마구 소리를 질러대고 싶었다. 그냥 그렇게 해서라도 저 모든 소리를 듣지 않을 수만 있다면.

아테나는 뜻 모를 표정을 짓고 있었다. 여신의 얼굴엔 로어가 느끼는 공포나 무력감 따위는 없었다. 굳이 해석하자면 뭔가를 인식하는 듯한 표정이랄까. 여신은 이보다 더 거대하고 극단적인 홍수를 많이 봐왔을 테니. 지구상에서 인간들을 모조리 쓸어버리는 홍수, 은의 시대와 청동시대(그리스신화의 시대 구분은 황금시대, 은의 시대, 청동시대로 나눠진다. 황금시대는 풍요와 평화의 시대, 은의 시대는 계절이 생기고 인간이 노동을 해야 하는 시대, 청동시대부터는 인간들 사이에 땅을 차지하기 위한 전쟁이 시작된다.-역주)의 인간들을 심판해 멸종시키고 지구상에 새로운 생명을 탄생시키기 위해 일어났던 홍수도 목격했을 테니.

"이건 폭우 때문에 일어난 홍수일 리 없어요." 로어가 외쳤다. "물이 너무 많은 데다 멈추지도 않잖아요. 분명히 자연현상이 아니에요. 그리고 건물 저층이나 주택에 사는 사람들은…."

로어는 말을 잇지 못했다. 도저히 말로 표현할 수가 없었다. *모두, 빠져나갈 새도 없이 당했을 것이다.*

맨해튼 전체와 주변 자치구들까지 전부, 허리케인과 슈퍼 태풍을 대비해 마련해놓은 대피 구역들도 모두 물에 잠겼을 것이다. 맨해튼은 내륙일수록 지대가 높다. 두 개의 강을 따라 늘어선 저지대의 동네들은 물론이고 강 하류가 만나는 맨해튼 남쪽 구역도 34번가 정도까지는 수몰될 것이다.

여기도 상황이 이렇게 심각한데….

그 많은 사람들은 다 어떡하지…. 절망감이 들었다.

그때 갑자기 엄습한 공포에 살이라도 베인 것처럼 가슴이 쓰라렸다. 밴이 마일스를 데리고 멀리 피하지 못했으면 어쩌지, 높은 곳으로 피하지 못했으면….

로어는 얼른 휴대폰을 꺼내 들었지만 신호가 잡히지 않았다. 젠장.

"이건 강이 아니다." 아테나가 어두운 표정으로 말했다. "이건, 신이다."

"타이드브링어." 로어가 나지막이 말하자 여신이 고개를 끄덕였다.

"아킬레우스의 후손 에반드로스의 정보가 잘못됐군. 가짜 포세이돈은 살아 있을 뿐만 아니라 우리의 적과 손을 잡았다."

로어는 시커먼 물이 거리로 쏟아져 나와 돌격하듯 흐르는 광경을 바라보며, 아곤이 자신의 도시에 몰고 온 파괴적 재앙을 마주하며, 가슴속에서 타오르는 독기 어린 분노에 부채질을 했다.

"정말 가짜 아레스가 아이기스를 찾아내지 못했다고 확신하는가?" 아테나가 다시 물었다. "페르세우스의 후손으로서 가짜 포세이돈 역시 방패에 새겨진 시를 해독할 수 있을—"

"당연하죠. 그러니까 내 말은, 당연히 확신은 못 하죠." *아차.* 항상 조심해야 한다고 생각했는데도 엉겁결에 진실이 튀어나오자 로어는 슬며시 두려움이 일었다. "하지만 상황이 그보다 더 안 좋을 수도 있어요. 타이드브링어는 심지어 신의 지위에서 래스를 위해 아이기스를 사용할 수도 있으니까요."

그리고 어쩌면 이 홍수는 래스가 아곤에서 승리하려는 계획의 첫 단계에 불과할지도 모른다.

로어는 억지로 심호흡을 한 번 하고 말했다. "내 생각엔 래스가 아직 아이기스를 찾지 못한 것 같아요. 아직은요. 그러니까 그자를 죽이고 이 모든 걸 끝낼 기회는 아직 있어요."

마음 한구석에서는 다시 운명의 여신을 받아들이게 된 것 같았다. 이 모든 일에 반복되는 패턴이 있는 것 같았다. 자신과 아테나가 힘을 합쳐 과업을 완수하라고 요구하는 어떤 패턴이.

로어는 모닝사이드 하이츠 방향으로 몸을 돌렸다. 움직여야 한다는 의무감에 몸이 겨우 말을 들었다. "자, 이제 사냥하러 가죠."

"사냥을 시작한다." 아테나가 로어의 말을 되받으며 뒤를 따랐다.

눈에 보이진 않아도 항상 살아 움직이는 자신의 도시에서 로어는 어떤 위안을 얻곤 했다.

하루를 일찍 시작한 택시 몇 대 외에는 개미 한 마리 없는 텅 빈 거리에서도 로어는 고동치는 도시를 느낄 수 있었다. 땅 밑에서 수많은 관을 타고 흐르는 물줄기, 텅 빈 객차를 매달고 역에서 역으로 통과하는 기차들, 땅속에 묻힌 송전선들이 시멘트만 들을 수 있게 흥얼거리는 노래 소리.

하지만 이제 움직임을 멈춘 도시는 시체처럼 부패하기 시작한 것 같았다.

6층에서 내려다보자 물에 잠긴 구역과 용감하게 밖으로 나와 허리까지 차오른 물을 힘겹게 헤치며 움직이는 사람들의 모습이 훤히 눈에 들어왔다. 공공기관의 종사자들이 나와서 거리에 넘쳐 흐르는 물을 퍼내려고 애썼지만 이스트강과 허드슨강은 여전히 강물을 토해내고 있었다. 어떤 곳은 고인 물이 너무 깊어서 뉴욕 경찰과 해안경비대가 보트와 헬리콥터를 동원해 갇힌 사람들을 구하거나 긴급 구조물품을 전달했다.

이제 더 이상 도시의 심장박동이 느껴지지 않았다.

로어와 아테나는 천천히 도심 쪽으로 이동하면서 사람들이 주고받는 소문의 파편들을 모으고 연결해 '도시에 무슨 일이 벌어진 건지' 총체적인 그림을 파악했다. *역대급 폭우, 완전히 빗나간 기상예보, 해수면 상승, 기이하게 속출하는 이변들.* 사람마다 생각하는 이론들이 각자 달랐다.

기지국들도 고장이라 구조대원들과 공무원들은 라디오를 통해 지시 사항들을 전달해야 했다. 병원들은 예비 발전기마저 하나둘씩 멈추자 가장 먼저 대피 절차를 밟았다. 센트럴파크는 전체가 구호 공간으로 전환됐다. 적십자 자원봉사자들이 주방위군을 도와 열심히 구호품들을 나눠주고 있었지만 시간이 지날수록 점점 더 밀려드는 난민들에 속수무책이었다.

편의점과 식료품점 대부분은 벼랑 끝에 몰린 사람들의 약탈 대상이 되었지만 아무도 그들을 막을 수 없었다. 아니, 막을 생각도 하지 않았다. 지하철 터널은 접근이 불가능했고 당연히 전철이나 기차도 도시로 들어오거나 빠져나갈 수 없었다. 도시 밖으로 나가는 다리들도 모두 통행이 차단되었다. 경찰과 방송국의 헬리콥터들이 하늘을 꽉 채우며 머리 위에서 끊임없이 소음을 쏟아내고 있었다.

뉴요커들은 세상에서 뒤지지 않을 정도로 훌륭한 시민들이었지만 그들도 참는 데 한계가 있다는 것을 로어도 인정할 수밖에 없었다. 고립은 너무 갑작스레 찾아왔고 극도로 파괴적이었다.

이게 바로 래스가 의도한 거야. 로어는 문득 생각했다. 도시를 한계까지 몰아붙이고 도시가 가진 자원을 모두 소진하는 것.

로어는 물에 잠긴 거리에서, 부상을 당하고 흐느껴 우는 사람들에게서 자신의 머리와 가슴을 닫아버렸다. 지금 당장 해야 하는 일 외에는 모든 것으로부터 마음을 차단했다.

로어와 아테나는 밤새도록 래스의 헌터들을 추적하는 데 집중했고 아침이 밝아온 후에도 계속 움직였다. 그리고 마침내 10시쯤, 로어가 엠파이어 스테이트 빌딩 근처에서 카드모스의 여사자를 포착했다. 얼마 전 오디세우스 가문의 근거지 이타카 저택에서 봤던 여사자였다. 두 사람은 북쪽 외곽으로 움직이는 여사자를 쫓아가 그녀가 어퍼이스트 사이드에 있는 작은 비즈니스 호텔 안으로 사라지는 걸 마지막으로 보았다. 지금은 맞은편 건물 옥상에서 호텔 입구를 주시하며 여사자가 다시 나타나길 기다리는 중이었다.

"너는 이 도시를 진심으로 좋아하는군. 네가 이 도시를 자랑스러워하는 게 느껴진다." 아테나가 말했다.

정오의 태양 아래 여신의 모습은 광채를 내뿜었다. 금방 다시 물에 발을 담가야 하니 아무 의미 없는 짓이었지만 그래도 둘은 잠깐 한숨을 돌리는 사이 신발과 옷을 햇볕에 말렸다.

로어는 어깨를 으쓱하며 말했다. "물론 800만 명의 사람들과 이 도시를 나눠 써야 하지만, 그래도 내가 관계를 맺은 것 중에 내 속을 가장 덜 썩이는 상대라고나 할까요?"

"흠."

아테나의 존재는 여러 가지 방식으로 로어에게 압박감을 주었지만 최근 몇 시간 사이 뭔가 변한 것 같았다. 여신은 그 어느 때보다 열의가 넘쳤다. 아니 어쩌면, 벌써 수요일 오전이 지났고 이제 과업을 완수할 시간이 절반도 남지 않았다는 사실에 그냥 단순히 초조해진 것일 수도 있다.

"네 고향을 위하는 그 감정을 단단히 간직해라. 도시를 진심으로 존중한다면 도시도 널 절대 버리지 않을 것이다. 인간들처럼 변덕스럽진 않으니까."

로어는 카스토르의 얼굴이 떠올랐지만 얼른 지워버렸다.

"정말 그런 것 같아요." 마침내 로어가 대답하며 옥상 난간 위로 몸을 내밀어 재빨리 호텔 앞의 인도를 살폈다. "여사자는 대체 어디 있는 걸까요?"

아테나는 마지막 남은 물을 마시고 물병을 멀리 던졌다. 로어는 다시 무릎을 꿇고 앉았지만 처음으로 자신들의 계획에 의심이 들기 시작했다. 여사자가 호텔에서 쉬든 아니면 누구를 만나든 이렇게 밖에서 마냥 기다리기만 해도 되는 걸까? 다른 단서를 쫓을 필요가 있었다.

"아르테미스가 말한 게 뭐였죠? 강 속에 괴물이 있다고 했잖아요. 신과 인간을 죽이는 괴물이라고."

"내 동생의 말에 너무 큰 의미를 두고 싶지 않다. 아르테미스는 불안한 상태였고 제정신도 아니었으니까."

하지만 로어는 뭔가 있는 것 같았다. 콕 집어 말할 순 없지만 분명 어떤 의미가 있는 것 같은데….

"그것 말고도 우리가 모르는 게 여전히 많다. 마치 진실의 파편들이 우리 앞에 제멋대로 흩어져 있는 것 같군. 헤르메스도 그렇고, 가짜 아레스의 아이기스에 대한 집착도, 그리고 가짜 아폴론도." 여신의 눈빛이 날카로웠다. "어쩌면 가짜 아폴론은 일종의 진정한 신이거나 아니면 다른 신이 변장한 것일 수도 있다. 그리고 원하는 정보를 캐내기 위해 이 아곤에 끼어든 것일지도 모르겠군."

"그는 카스토르가 맞아요." 로어가 말했다. 카스토르가 자기 앞에 서 있을 때보다 오히려 지금 더 확신이 들었다. "뭐가 어떻게 됐든… 카스토르인 건 틀림없어요. 다른 사람이라면 절대 알지 못할 내 과거를 너무 많이 알고 있어요."

"그런 정도는 신이라면 누구나 알 수 있다. 그들은 온갖 감언이설과 술수로 네 삶에 끼어들어 자신들이 선택한 길로 교묘하게 이끌지. 너는 전혀 눈치채지 못하게 말이다. 우리는 네게 필요한 모습으로, 또는 네가 바라는 모습으로 네 앞에 나타난다."

"헤르메스처럼요." 헤르메스는 로어가 믿을 수밖에 없는 사람의 모습으로 나타났다. 아곤의 세계와는 완전히 동떨어진 인정 많은 친구의 모습으로. 그는 로어의 두려움과 괴로움에 맞춰 연기를 한 것이었다.

"어쩌면 네 말이 맞을 수도, 가짜 아폴론은 정말 아킬레우스의 후손 카스토르일 수도 있지. 아폴론은 분명 소멸했으니까. 가짜가 아폴론의 힘을 지니고 있는데도 그 느낌은 완전히 낯설다. 나로서는 이해도 안 되고 논리적으로도 설명이 안 되는군."

로어는 고개를 저었다. 수많은 생각들이 머릿속을 휘저었다. 끓임없는 의심과 우연들이 어떻게든 자기들끼리 나름의 논리를 찾아 연결 고리를 이어보려고, 마치 하늘을 가르는 번개들처럼 머릿속에서 번쩍거렸다.

"심지어 여기에서도 배울 수 있는 교훈이 있지. 이 문제에 대해서는 내 조언을 받아들여라. 혼자가 되는 것도 그런 대로 괜찮다. 아니 오히려 더 좋을 수 있다. 네 주변의 모든 이가 네 앞길을 방해하거나 너를 속이려 할 땐 더더욱. 인간들 중에서도 특출한 자들은 언제나 혼자일 것이다. 그들의 과업을 감당할 자는 이 세상에 오직 그 자신뿐일 테니. 이 사실을 굳게 믿고 그 믿음이 네 두려움을 격멸하게 하라."

여신의 얼굴에 작은 미소가 드리웠다.

"왜 웃어요?" 로어가 물었다.

"이게 어떤 기분인지 오랫동안 잊고 있었군. 누군가에게 멘토가 되어주는 것이." 아테나가 대답했다.

로어가 여신의 말을 제대로 깨닫는 순간 무의식적으로 심장이 떨렸다.

"하지만 더 이상의 변장은 금물이에요." 로어가 옥상 난간으로 다시 몸을 내밀며 여신에게 말했다. 주방위군 순찰대가 이 건물을 한눈에 볼 수 있는 거리에서 천천히 길을 따라 움직이고 있었다. 로어는 얼른 뒤로 물러섰다.

"물론." 아테나가 대답했다. 여신의 말에선 즐거운 기운마저 풍겼다. "다른 누군가의 얼굴을 뒤집어쓰는 건 나도 피곤하니까. 하지만 남자들은 대부분 같은 남자들의 말만 귀담아들으니."

로어는 눈썹을 치켜올렸지만 여신의 말에 반박할 순 없었다. "당신도 여전히 당신 도시로 돌아가기도 해요? 당신 이름으로 지어진 그 도시요."

"나는 항상 그곳으로 돌아간다. 영원히 돌아갈 것이다. 나를 부르는 마지막 목소리가 시간의 힘에 무너지는 그 순간까지."

"그다음에는요?"

"내 아버지에게, 내 고향으로 돌아가기 위해 멈추지 않고 매진할 것이다. 내가 지금 바라는 것은 그것뿐이다." 아테나가 대답했다.

나긋한 표정이 여신의 얼굴에 잠깐 드리웠다 순식간에 씻은 듯이 사라졌다. 그 찰나의 변화에 로어는 꼬리뼈가 서늘하게 찌릿했다.

"멜로라, 네게 할 말이 있다." 여신의 회색 눈동자 속에서 불꽃이 이글거렸다. "일종의 경고처럼 들릴 수도 있겠군. 나는 가짜 아레스를 혼자 대적할 수 있으리라는 확신이 점점 줄어들고 있다. 가짜 아폴론과 달리 나는 죽임을 당할 수 있으니까. 내가 강할수록 우리의 적도 더욱더 나의 힘을 제거하려고 할 것이다. 내가 그자를 제압하려면 네 도움이 필요할 것이다. 물론…, 네가 그의 힘을 직접 차지하고 싶은 게 아니라면."

로어는 아테나의 마지막 말에 숨을 꼴딱 삼켰다. "아니요, 싫어요."

로어는 절대로 다시는 사냥을 당하고 덫에 갇히는 기분을 느끼고 싶지 않았다. 아레스의 힘은 분명 로어의 정신을 벼랑으로 몰고 갈 것이다.

하지만 무적의 존재로도 만들어주겠지. 로어의 마음이 속삭였다.

아니, 아레스의 힘은 아주 유용하면서도 동시에 저주였다. 아무리 수많은 헌터들에게 클레오스를 안겨줬다 해도 그것은 저주였다. 그리 오래 살지도 않은 로어도 이미 너무 많은 상처와 죽음을 초래하지 않았는가. 하지만 가슴속엔 아직도 그 아이가 있었다. 여전히 배고픈 채로. 이 세상에서 자기 가문의 이름을 지닌 마지막 인간. 이제는 누가 그녀를 기억해준단 말인가.

로어는 자기 몸을 감싸며 고개를 저었다. 자신은 지금 그대로의 모습으로 가족의 명예와 영광을 되찾기 위해 싸울 것이다. 그 어떤 존재도 아닌 멜로라 페르세우스의 자격으로 가족의 원수를 갚아주리라.

그걸 가져와. 따뜻하고 강력한 목소리가 머리를 울렸다. *원래 네 것이잖아. 그자를 제압하는 데 그 유산을 사용해.*

설사 아이기스를 휘두른다 해도 로어는 래스에게 상대도 안 될 것이다. 하지만 그것이 더 강력한 누군가의 손에 들려진다면… 이미 그것을 잘 휘두를 줄 아는 누군가의 손에 들려서 방패에 깃든 최고의 기량이 발휘될 수만 있다면….

"혼자서는 그자를 제압할 수 없을 것 같다는 말 진심이에요?" 로어가 천천히 물었다. 아이기스를 다시 차지한 아테나가 맹렬히 포효하며 싸움터로 돌진하는 모습은 상상만 해도 무시무시한 일이었다.

"모이라이(운명의 여신)만이 확답을 줄 수 있겠지. 그런 일을 나 스스로 인정하는 것은 고통스러운 일이다. 다시는 그 질문을 하지 마라."

"하지만 그 기울어진 운동장을 수평으로 만들어줄 무언가가 있다면요…?" 로어는 자기가 말을 꺼내놓고도 목소리가 긴장됐다.

여신이 다시 로어에게 시선을 돌렸다. "그런 것이라면 뭐든 환영이지."

로어의 귀에서 다시 잡음이 들리기 시작하자 맥박이 빨라졌다.

하지만 제우스의 시는 어쩌지…. 로어는 고민했다.

아테나가 마지막 승자가 되는 것이 정말 그렇게 나쁜 일일까? 그렇게 해서 아곤이 완전히 끝날 수 있다면, 그래도 아테나여서는 안 되는 걸까?

수 세기 동안 사냥을 당해온 아테나는 그저 이 세계를 벗어나 자신의 영역인 신의 세계로 돌아가고 싶은 것뿐이다. 자신이 직접 그렇게 말하지 않았나. 아르테미스에게도 그랬고 방금 로어에게도 그러지 않았는가.

아테나에게 방패를 준다고 과거가 달라지진 않겠지. 하지만 어쩌면 로어를, 그리고 아테나도 마찬가지로, 마침내 해방의 길로 이끌어줄지도 모른다.

그 순간 로어의 시야 끝에 움직임이 잡혔다. 여사자가 노란색 봉투를 들고 드디어 호텔 밖으로 나왔다. 그녀는 파크 애비뉴를 따라 북쪽으로 출발하더니, 물 밖으로 조금씩 모습을 드러낸 차와 파편들 사이를 헤치며 움직였다.

아테나가 로어에게 고갯짓을 했다. 두 사람은 비상 사다리를 타고 내려가 차가운 물에 착지했다. 물소리 때문에 여사자에게 들킬까 봐 어쩔 수 없이 천천히 움직였다. 여사자와의 사이가 점점 벌어지긴 했지만 길을 지나다니는 사람들이 거의 없어서 그녀의 뒤를 쫓는 게 그리 어려운 일은 아니었다.

여사자는 78번가에 다다르자 갑자기 오른쪽으로 방향을 꺾었고, 로어는 그대로 멈춰 섰다.

그동안 잊고 있었다. 오래전 로어와 카스토르는 각 가문이 뉴욕에 보유하고 있는 비밀 은신처를 찾아내는 게임을 하곤 했다. 은신처 대부분의 위치는 공공연한 비밀이었지만 그보다 더 많은 곳들이 사실과 소문의 경계 어디쯤에 있었다. 지금 이 부근은, 로어와 카스토르가 훈련 교관 한 명의 어림짐작을 우연히 듣고 찾아낸 카드모스 가문의 은신처였다.

아테나가 로어를 바라보며 걸음을 늦췄다. 78번가를 그대로 따라가면 끝에 이스트강이 나온다. 그리고 전쟁 전 지어진 아이보리색의 멋진 아파트 건물이 강에서 내륙 쪽으로 쭉 늘어서 있다.

"카드모스 가문이 소유한 부동산이에요." 로어가 설명했다. "까맣게 잊어버리고 있었어요. 사람들의 왕래를 제대로 감시할 수 있는 지점을 찾아보죠."

건너편에 있는 공립학교 창문이 가장 적합한 감시 장소로 발탁됐다. 요크 애비뉴 쪽의 입구를 따고 들어가 학교 안을 이리저리 헤매다가 드디어 카드모스 건물이 바로 보이는 교실을 찾아냈다.

채 몇 분도 지나지 않아 검정색 헌터 로브를 입은 세 명의 형체가 건물과 건물 사이의 좁은 사잇길에서 물을 헤치며 나타났다.

사잇길 입구의 울타리 문이 열려 있는데도 여사자는 헌터들이 길가로 나올 때까지 기다렸다. 헌터 중 한 명이 여사자가 건넨 봉투를 열고 안에 들어 있던 내용물을 꺼냈다. 열쇠 꾸러미 같았다. 그는 열쇠를 여사자를 포함해 모두에게 하나씩 나눠줬다.

여사자는 곧 그곳을 출발해 자신이 왔던 길로 되돌아갔고 나머지는 잠깐 서서 로브를 벗은 다음 그녀의 뒤를 따랐다. 로어는 그들이 모두 어느 정도 멀어질 때까지 기다렸다가 입을 열었다.

"저 건물이 테티스 저택이랑 비슷하다면, 정문은 진짜 입구가 아닐 거예요…."

로어가 막 말을 마침과 동시에 헌터들이 몇 명 더 나타났다. 건물 사이의 비좁은 사잇길을 지나 거리로 나오고 있었는데, 모두 온몸에서 물을 뚝뚝 흘리고 있었다. 입구는 저 좁은 진입로 안쪽 어딘가에 있는 게 틀림없었다. 그리고 저렇게 흠뻑 젖어 있는 걸 보면 분명 지하일 것이다. 지하실이 입구인가?

로어와 아테나가 다가가 보니 건물에 이름과 번호가 새겨진 황동 명판이 붙어 있었다.

리버하우스 3호(RIVERHOUSE No.3).

"강 속에 괴물이 있다." 로어가 말했다.

아테나는 로어를 바라봤다. '가볼까?'라고 묻는 눈빛이었다.

그리고 당연히 로어는 아테나의 초대에 응했다.

7년 전

엄마와 아빠가 아곤이 끝나지도 않았는데 하루나 일찍 집으로 돌아왔을 때 로어는 저녁 식사를 마치고 한창 설거지를 하고 있었다.

문 앞에 여행가방을 내려놓은 아빠는 경직된 얼굴로 희미한 아파트 안을 눈으로 훑었고 엄마는 아빠를 격려하려는 듯 그의 팔을 힘껏 잡았다.

로어는 자기 눈앞에 보이는 장면을 이해할 수 없었다. 부모님은 분명 7일 내내 떠나 있을 거라고, 집에 위험이 닥칠까 봐 아곤 동안 시내 호텔에 머무를 거라고 말했다.

그동안 로어는 최선을 다해 집안일을 살폈다. 매일 밥 먹은 접시를 치우고, 다마라와 올림피아의 알록달록한 장난감들을 서랍에 정리하고, 할머니의 검을 날카롭게 갈아서 다시 상자에 넣고 꽁꽁 잠가두었다. 동생들은 둘 다 너무 어려서 할머니의 검을 만질 수 없었지만 로어는 아니었다. 로어는 칼자루에 새겨진 모양을 손가락으로 어루만지며 눈을 감고 상상의 나래를 펼치는 걸 좋아했다.

한 회기만 더 기다리면, 그때까지 인내심을 가지고 더 열심히 훈련하기만 하면 돼. 엄마가 로어에게 말했다.

한 회기만 더 기다리면, 로어는 스스로를 증명할 수 있다.

한 회기만 더 기다리면, 로어는 카스토르를 구할 수 있다. 카스토르는 아직 살아 있고, 절대 삶을 포기할 리가 없다. 로어는 마음속으로 확신했다. 자신의 도움으로 아빠가 신을 죽일 수 있다면 로어의 가족에게도 돈이 생길 테고, 그러면 카스토르를 위해 더 훌륭한 의사와 의료 기술을 찾을 것이다.

한 회기만 더 기다리면.

로어는 일주일 내내 동생들과 집에서만 지냈다. 온갖 게임과 놀이를 개발해 동생들이 딴생각을 하지 못하게 막았다. 오늘 밤도 그러려고 했다. 접시를 정리하고 냉동 피자를 버리고 이를 닦고 요람에 있는 다마라에게 뽀뽀를 해준 다음, 올림피아를 데리고 침대로 올라가 엄마의 오렌지꽃 향수 같은 냄새가 나는 담요를 함께 덮으려고 했다.

"엄마 아빠, 지금 여기서 뭐 하시는 거예요?"

로어의 목소리에 부모님은 뒤돌아보았다.

"어머나, 아직 깨어 있을 줄 몰랐는데." 엄마가 로어를 향해 다가오며 말했다.

로어는 의자에서 폴짝 뛰어내리며 엄마가 활짝 펼친 팔을 피해 뒤로 물러났다.

"지금 여기서 뭐 하시는 거예요?" 로어가 다시 물었다.

부모님은 서로 눈빛을 주고받았지만 로어는 그 의미를 알 수 없었다. 아빠는 며칠 동안 면도를 못 했는지 얼굴이 수염으로 꺼끌꺼끌했다. 아빠의 왼쪽 눈 위에는 칼에 베인 상처가 있었고 걷는 모양은 약간 절뚝거리는 것 같았다. 로어는 엄마의 모습도 살펴봤다. 볼에 멍이 들고 손목에 붕대가 감겨진 것 말고는 괜찮아 보였다. 부모님 둘 다 사냥을 중간에 멈추고 후퇴해 수치스러운 선택을 마주해야 할 정도로 심각한 부상을 입은 건 아니었다. 적어도 로어의 눈엔 그렇게 보였다.

"동생들도 잘 보살피고 있었단 말이에요! 착한 아이처럼, 엄마 아빠가 부탁한 대로 다 잘하고 있었어요." 로어가 주장하듯 말했다.

"엄마도 알고 있단다." 엄마가 온화하게 말했다.

그런데 왜?

아빠가 로어를 마주 보며 무릎을 바닥에 대고 로어를 끌어안으려고 했다. 로어는 아빠의 팔을 피하려다 싱크대에 부딪혔다. "아빠한테 뽀뽀 안 해줄 거야?"

로어는 아빠에게서 고개를 돌렸다. 심장이 마구 쿵쾅거렸고 머릿속 생각들은 한꺼번에 백만 개의 다른 방향으로 튕겨나갔다. "아직 집에 오면 안 되잖아요. 아직 안 끝났잖아요."

"우리한테는 끝났다." 아빠가 다정하게 말했다.

한 회기만 더 기다리면.

로어는 숨을 죽이고 아빠를 다시 돌아봤다. 로어는 목소리가 떨리는 것을 정말 싫어하는데 지금은 어쩔 수 없었다. "다음 회기 때까지요?"

"아니, 앞으로 계속이란다, 크리사페니아 무." 엄마가 대답했다. "아빠랑 엄마는 몇 년 전에 했어야 할 결정을 이제야 내렸단다. 우리는 더 이상 사냥을 하지 않을 거야."

로어는 아무 말도 듣지 않으려고 귀를 막으며 고개를 저었다. 엄마와 아빠가 다시 한 번 시선을 주고받더니 아빠가 자리에서 일어섰다.

"우리도 할 수 있는 만큼 최대한 버틴 거란다." 아빠가 말했다. "하지만 상황이 너무 나빠져서, 다른 사람들이 아곤에 정신이 팔려 있는 동안 도시를 떠날 수밖에 없었어. 오늘 밤엔 일단 필요한 물건만 챙겨서 짐을 싸고 내일부턴 다른 곳으로 가서 새로운 삶을 살 거란다."

이해할 수가 없다. 대체 뭐가 바뀐 거지? "아빠는 아리스토스 카드모스가 무서워요? 우리 페르세우스는 아무것도 겁내지 않는다고 아빠가 그랬잖아요. 페르세우스 가문이 모든 가문 중에서 가장 위대한 후예라고 아빠가 그랬잖아요. 아빠가… 아빠가 그래 놓고…."

다른 가문들은 로어의 아빠가 동맹을 부탁할 때마다 침을 뱉고 비웃었다. 로어의 가문은 유산을 모두 빼앗겼고 어쩔 수 없이 다른 가문이 갖다 버린 망가진 무기를 들고 싸웠다. 하지만 로어는 자기 가문이 자존심까지 버리리라고는 생각하지 않았다. 명예야말로 자신들에게 남은 가장 중요하고 유일한 것이었다.

가슴으로 들이쉬는 숨보다 더 중요한 것이라고, 명예 없이는 생존도 없다고, 그러길 바라서도 안 된다고, 훈련 교관이 말했다.

"멜로라, 아빠도 네게 한 말은 기억한단다. 하지만 더 이상 계속 할 수는 없단다. 우리는 이 세계를 버텨낼 수가 없어. 아리스토스 카드모스는 이제 아레스의 힘까지 차지했단다. 그게 뭘 뜻하는지 이해하겠니?" 로어는 아빠가 마치 배려라도 하듯, 로어가 진실을 감당할 수 없을 거라는 듯 잠시 말을 멈춘 것이 화가 났다.

로어는 자격도 없는 아리스토스 같은 인간이 불멸의 힘을 가졌다는 생각을 하자 마음속에 두려움이 치밀었지만 애써 외면했다. 당연히 뭘 뜻하는지 안다.

7년 후 로어가 그자의 인간 육신에서 피가 줄줄 흐를 때까지 칼자국을 낸 다음 아빠가 그자를 죽여버릴 수 있도록 사로잡아 아빠 앞에 데려다 놓으리라는 것을 뜻한다. 그것뿐이다.

"이게 다 너와 네 동생들을 위해서야." 아빠가 계속 말했다. "우리는 아곤에서도, 이 도시에서도 떠날 거야. 바람이 데려가는 그 어디든 최대한 멀리 멀리 떠날 거란다."

난 영영 사냥을 할 수 없을 거야.

이 말이 로어의 가슴속 구멍에 서늘하고 소름 끼치는 기운을 불어넣었다. 이제 자신은 그 이상의 존재가 될 수 없을 것이다. 밖으로 나갈 수 있는 열쇠도 없이 영원히 비밀 세계의 문턱에 서 있을 것이다.

"싫어." 로어가 말했다. 할머니의 검이 아직도 자신을 기다리고 있는데, 지켜야 할 약속이 있는데…. "엄마 아빠는 겁쟁이야. 겁쟁이라고! 엄마 아빠가 싸우지 않겠다고 해도 난 싸울 거야!"

로어의 엄마는 너무나 고통스러운 표정으로 입을 막으며 고개를 돌렸다.

"멜로라, 엄마 아빠한테 한 번만 더 그런 식으로 말하면 용서하지 않겠다." 아빠의 분노는 로어를 오히려 더 구역질 나게 할 뿐이었다.

"둘 다 미워요." 로어가 이를 꽉 다문 채 나지막이 말했다.

"로어야, 제발." 엄마가 말했다.

"엄마 아빠 미워요. 평생 미워할 거예요!" 로어가 다시 말했다.

"좋다." 아빠가 로어를 내려다보며 말했다. 아빠의 얼굴이 어두웠다. "우리를 미워하는 동안 최소한 살아는 있을 테니."

로어는 아빠를 밀치고 발을 쿵쾅거리며 동생들과 함께 쓰는 침실로 뛰쳐 들어갔다. 어두운 방 안에 서 있는 로어의 눈에서 눈물이 왈칵 쏟아졌고 몸은 미친 듯이 떨렸다. 건너편 방문 앞의 마룻바닥이 삐걱거렸다. 로어는 부모님이 두런대는 소리를 들었다.

부모님과 말도 하기 싫고 얼굴도 보기 싫어서 침대로 올라가 올림피아 옆에 누워 이불을 머리까지 뒤집어썼다.

"헬레나, 그냥 내버려둬요." 아빠가 엄마에게 말했다. "성질이 나를 닮았으니, 시간이 해결해주길 기다리는 수밖에."

"하지만 로어를 이해시켜야 해요." 엄마가 나지막이 대답했다.

"나는 우리 애들이 두려움 속에 떨면서 살아가게 하고 싶진 않아. 평생 그것에 쫓기며 살지 않게 할 거요." 아빠가 말했다.

엄마는 끈질기게 고집했다. "로어도 그자가 승격했다는 사실을 알아야 해요. 우리는 벌써 일주일 전에 떠났어야 한다고."

"우리도 최소한 시도는 해봐야 했으니까. 혹시 우리 둘 중 한 명이라도 신으로 승격할 수 있다면 최소한 아이들을 보호할 수는 있을 테니까." 아빠가 말했다.

"로어도 이 모든 것이 어떤 상황인지 알아야 해요. 그자의 눈을 피해 숨는 건 불가능하다는 걸요. 그자가 로어만 노리는 게 아니라 우리 모두를 뒤쫓을 거라는 걸 말이에요. 그 물건 때문에라도…." 엄마가 말했다.

부모님의 발소리가 멀어지면서 그들의 목소리도 희미해졌다. 로어는 주먹을 움켜쥐고 눈을 질끈 감았다. 분노로 온몸이 떨렸다. 소리라도 지르지 않으면 온몸이 터져버릴 것 같았다.

올림피아가 돌아눕더니 졸린 강아지처럼 몸을 웅크리며 짙은 곱슬머리를 로어의 가슴으로 들이밀었다.

뜨거운 눈물이 계속 솟구쳤다. 눈이 따가웠다. 눈물은 시작도 끝도 없는 강물처럼 끊임없이 흘러나와 로어의 뺨과 베개와 침대를 적셨다.

부모님이 자신에게서 모든 것을 빼앗아갔다. 단지 자기들이 겁난다는 이유만으로.

로어는 신도, 죽음도, 아리스토스 카드모스나 그의 뱀들도, 그 무엇도 겁나지 않았다.

"롤로 언니, 싸우지 마." 올림피아가 로어의 잠옷 앞섶을 끌어안으며 속삭였다. "싸우지 말고 얼른 자, 언니."

하지만 로어는 할 줄 아는 게 싸움밖에 없었다.

로어의 부모님은 오랜 세월 동안 굴욕과 멸시를 당했다. 그들은 그저 먹고사는 문제만으로도 이미 오랜 시간을 고생했다. 로어 역시 테티스 저택에서 훈련을 받는 동안 아킬레우스 가문이 마침내 그녀를 쫓아낼 핑계를 찾아낸 마지막 그날까지 매일 비웃음과 놀림을 당했다. 하지만 로어는 부모님이 일을 하며 돈을 버는 동안 끊임없이 훈련에서 배운 기술을 연습하고 또 연습했다. 왜냐하면 로어는, 부모님이 잊고 있는 게 뭔지 알았으니까.

이것이야말로 그들에게 정해진 삶이라는 걸.

클레오스를 성취하고 영원한 삶을 얻는 것이 자신들에게 주어진 삶이라는 걸.

그들은 마지막 페르세우스가 되지 않으리라는 걸, 그리고 로어는 카스토르를 죽게 내버려두지 않으리라는 걸.

부모님은 그냥 이런 사실들을 다시 떠올리기만 하면 되는 거다. 그저 아곤을 믿고 자기들의 능력을 다시 확신할 수 있는 새로운 이유만 깨달으면 된다. 원래 우리 것이었던 것을 되찾기만 하면.

부모님의 소리가 들리는지 귀를 쫑긋 세웠지만 주방에서 돌아가는 에어컨 소리 말고는 사방이 조용했다. 로어는 올림피아의 팔에서 조심조심 빠져나와 잠옷을 벗고 옷을 갈아입었다. 운동화 끈을 매는 동안 심장이 목구멍으로 튀어나올 것 같았다. 준비를 마치고 일어서서 여동생의 이마에 가볍게 뽀뽀하고 다마라의 요람으로 다가가 아기에게도 뽀뽀했다.

세 들어 사는 아파트라 창문을 벽돌로 막을 수는 없었기에 로어의 아빠는 창문에 보조 잠금장치와 경보장치까지 설치했다. 그리고 몇 달 전 로어는 자기 방 창문의 경보장치가 테티스 저택의 경보장치와 같은 방식으로 작동한다는 것을 알아냈다. 냉장고에 붙은 자석 하나를 떼어 경보장치 센서에 붙여놓기만 하면 된다. 그러면 창문을 열어도 경보가 울리지 않는다. 그래서 로어는 자석 하나를 서랍장 밑바닥에 숨겨뒀다.

창문을 열고 그 틈으로 몸을 내밀어 건물을 둘러싸고 있는 작은 마당을 내려다봤다. 로어의 집은 6층이었지만 벽에 튀어나온 벽돌 장식 덕분에 손으로 잡고 내려가도 별문제 없을 것이다. 굳이 비상사다리까지 필요 없었다. 그리고 부모님이 깨기 전에만 돌아오면 된다.

그때의 부모님 얼굴을, 그들이 로어가 해낸 일을 보고 어떤 표정을 지을지 상상하자 로어는 함박웃음을 지었다. 덩달아 신이 난 심장도 쿵쿵 뛰어댔다.

"롤로 언니?" 올림피아가 눈을 비비며 불렀지만 거의 비몽사몽인 목소리로 보아 잠이 깨진 않을 것 같았다.

"너 지금 꿈꾸는 거야." 로어가 속삭였다. "올림피아, 자, 이제 다시 잠든다…."

올림피아는 곧바로 베개를 껴안으며 다시 잠들었다. 로어는 살며시 창문을 닫다가 살짝 틈을 남겨두었다. 조금 있다 다시 돌아올 때를 대비해서.

그리고 건물 아래로 내려갔다. 마지막 몇 걸음쯤 남았을 때 그대로 땅바닥에 뛰어내려 어두운 거리를 뛰어갔다.

41

리버하우스의 두 건물 사이를 통과하는 진입로에는 아무것도 없었다. 쓰레기통도, 자동차도, 심지어 양쪽 건물이나 지하실로 통할 것처럼 생긴 문도 하나 없었다. 길은 그냥 78번가에서 79번가로 이어져 있었고 진입로 양쪽 끝이 울타리 문으로 막혀 있을 뿐이었다.

"뭐지." 대체 뭐가 어떻게 감춰져 있는 것일까. 로어는 시야를 최대한 넓혀보려고 건물 벽에 등을 붙이고 섰다.

아테나는 몇 걸음 떨어져 선 채로 바닥의 더러운 물 위를 유심히 훑었다.

"그냥 가야 될 것 같아요. 누가 오기라도 하면—" 로어가 말했다.

여신은 한자리에 그대로 서서는 바닥에 발을 쿵 굴렀다. 살짝 휘청하더니 같은 행동을 반복했다.

벽에 기대고 있던 로어가 급하게 튀어나왔다. "지금 뭐 하는 거예요?"

"여기다." 여신이 말하며 물속에 그대로 무릎을 꿇었다. 그러더니 잠시 후 바닥에서 해치를 들어 열었다. 해치 뚜껑은 위장용 시멘트로 얇게 덮혀 있었다.

"솜씨 좋은데요?" 로어는 여신에게 칭찬을 날리고는 구멍 아래로 빨려 들어가는 물살에 힘겹게 몸을 지탱하며 고개를 숙여 터널 아래를 살펴봤다.

"빨리." 여신이 재촉했다.

로어는 고개를 끄덕이고는 미끌미끌한 쇠사다리를 타고 아래로 내려갔다. 터널 바닥에 물이 빠르게 차오르고 있었다. 아테나가 안으로 들어와 해치를 닫을 즈음엔 로어의 무릎까지 물이 차올랐다. 그런데 물이 움직이고 있었다. 기나긴 터널 어딘가를 향해 흘러가고 있었다.

일단 휴대폰 손전등 앱을 켜서 보니 사람이 지나다닐 만한 길이 있었다. 급조한 티가 났지만 생각보다는 넓었다.

터널은 쓸데없이 오른쪽으로 꺾였다 왼쪽으로 꺾였다 하며 끝없이 이어지더니 마침내 두 갈래로 나눠지는 갈림목이 나왔다. 로어는 휴대폰 손전등으로 한쪽 터널을 비춰보고 다른쪽 터널도 비춰봤다.

"어느 쪽으로 가야 하지?" 아테나가 조용히 물었다.

로어가 뭐라고 대답을 하려는데 어딘가에서 소리가 들렸다. 아득히 들리는 *둥—둥, 둥—둥, 둥—둥.* 마치…

심장이 뛰는 것처럼.

로어는 칼자루를 바싹 움켜쥐고는 오른쪽 터널로 진입했다. 그러고도 몇 번을 더 꺾고 여러 번의 갈림길을 지나면서 소리가 나는 곳으로 계속 전진했다.

대체 얼마나 멀리 뻗어 있는 거야? 이스트강까지 쭉 이어지는 건가?

초조해질 때쯤 길이 갑자기 끊어지더니 직각으로 꺾였다. *퉁—퉁* 소리는 멈추지 않고 끈기 있게 울리며 점점 더 커졌다. 거의 다 온 것 같았다.

로어는 휴대폰 손전등을 끄고 카메라 앱을 켰다. 그리고 길이 꺾어지는 모퉁이 뒤에 웅크리고 앉아 렌즈를 모서리 밖으로 살짝 내밀었다. 헌터의 모습이 휴대폰 화면에 나타났다.

낯익은 모습인데 이름까지 알 정도는 아니었다. *퉁—퉁.* 헌터는 의자에 앉은 채 조그만 고무공으로 바닥을 튕겨 정면에 보이는 철문을 때리는 동작을 반복하고 있었다. 랜턴 모양의 손전등이 헌터의 발치에 환하게 켜져 있었다.

로어는 어이없어하며 벽에 머리를 기댔다. *심장 소리도, 괴물도 아니었잖아.*

아테나가 로어 위로 다가와 휴대폰 화면을 보았다. 로어는 카메라를 끄고 휴대폰을 다시 주머니에 넣은 다음, 입술에 손가락을 대며 여신에게 잠깐 기다리라는 손짓을 하고 모퉁이 밖으로 나섰다.

"저기요." 로어가 크게 외쳤다. "저기 혹시 자유의 여신상 가려면 어느 쪽으로 가야 하는지 좀 알려주실래요?"

깜짝 놀란 남자는 의자에서 벌떡 일어서며 짧은 숨을 들이쉬었다. 로어가 그의 심장을 향해 칼을 막 던지려는데 카스토르의 얼굴이 떠올랐다. 마지막 순간 손이 움찔하며 칼이 날아가 남자의 어깨에 박혔다.

"너—" 헌터는 길게 울부짖는 듯한 소리를 냈다.

로어는 몸을 날려 남자가 앉아 있던 의자로 그의 머리를 후려쳤다. 헌터는 앞으로 고꾸라지며 바닥에 고여 있는 물웅덩이에 얼굴을 처박았다. 로어는 남자가 익사하지 않도록 그의 몸을 뒤집어놨다.

아테나가 다가와 헌터의 어깨에 박힌 칼을 뽑아 로어에게 다시 건네줄 때까지도 그녀의 심장은 벌떡거렸다. 그 순간 엄마가 자신과 동생들에게 해주던 이야기가 떠올랐다. 두 사람 사이에 칼이 건네지면 둘 사이에 갈등이 일어난다는 오래된 미신이었다.

"그를 죽여라. 안 그러면 말썽이 될 테니." 아테나가 말했다.

로어는 인상을 썼다. 남자는 완전히 뻗어 있었다. "어제 죽인 사람 숫자만으로는 성에 안 차는 거예요?"

"그런 숫자 따위 일일이 세지 않는다." 여신은 말하더니 근처 벽에 세워져 있던 헌터의 도리를 발견하고는 갑자기 방향을 틀었다. 도리를 들고는 무게와 균형을 시험해보던 아테나는 무기가 마음에 드는지 흡족한 탄성을 내뱉었다.

로어는 헌터가 지키고 있던 철문으로 다가가 차가운 표면에 귀를 갖다 댔다. 아테나가 로어의 등을 옆으로 밀더니 커다란 자물쇠를 한 손으로 잡아당기자 힘없이 위아래가 끊어져 쿵 떨어졌다.

여신이 문을 밀어 열자 문이 꺼억거렸다.

내부 공간은 밖에서 짐작했던 것보다 더 넓었다. 안에는 몇 가지 도구와 함께 철제 선반 받침대 여러 개가 널려 있었다.

로어는 밖에서 랜턴을 가지고 들어왔다. "이상하네요. 아무것도 없는데 뭐하러 보초를 세워놨을까요?"

하지만 아테나는 로어보다 먼저 어떤 소리를 알아차리고 고개를 돌려 문 쪽을 다시 바라봤다.

"여보세요?" 희미한 목소리가 들렸다. "혹시 누구 있어요?"

아드레날린이 갑자기 솟구치며 로어의 맥박도 빨라졌다. "거기 누구 있어요?"

문밖으로 나간 아테나가 헌터를 넘어 반대쪽 벽에 있는 문으로 다가갔다. 헌터가 등을 기대고 있을 때는 그 문을 미처 보지 못했다. 로어는 여신의 뒤를 바짝 쫓으며 칼을 들고 방어 자세로 몸을 낮췄다. 아테나가 자물쇠를 부수고 육중한 문을 열었다.

공간 맨 안쪽에 여자가 웅크리고 있었다. 몸은 온통 먼지와 얼룩으로 뒤덮여 있었다. 깜짝 놀란 로어가 랜턴을 들어 올리자 여자의 짙은 피부가 얼룩과 함께 번들거렸다.

일어나려고 온몸을 휘청거리던 여자는 불꽃으로 이글거리는 두 눈을 가리며 마침내 우뚝 일어섰다.

이번에도, 낯익은 얼굴이었다. 그리고 이번엔, 이름도 아는 얼굴이었다.

타이드브링어.

42

“너, 대체 여기 왜 온 거야?”

타이드브링어는 거칠게 쉰 목소리였지만 그래도 여전히 낮은 선율을 품고 있는 듯했다. 단어 하나하나가 영원히 고동치는 바다의 물결처럼 오르락내리락 리듬을 타고 나왔다. 그녀의 시선이 로어에서 아테나로 옮겨 가는 동안 짙은 눈동자 속에서 이글거리는 불씨들이 번쩍거렸다. 혼란스러운 듯 타이드브링어는 얼굴을 찡그렸다. 헛것을 보는 줄 알고 겁먹은 걸까? 로어는 궁금했다.

“우리는….” 로어는 말꼬리를 흐리며 타이드브링어를 마주 봤다.

로어가 인간으로는 마지막 남은 페르세우스의 후예이지만, 타이드브링어도 한때는 레아 페르세우스였다. 자기 가문을 파멸시킨 장본인. 로어의 의식은 타이드브링어를 실체로 받아들이는 데 약간의 시간이 필요했다. 지금까지 그녀는 본보기로나 언급될 뿐이었고, 로어나 다른 헌터들 모두가 깔아뭉개고 무시했던 존재였다.

바로 지금 자기 앞에 실제로 살아 숨 쉬는 그녀의 존재를 단숨에 실감할 수는 없었다.

“이쪽은 멜로라 페르세우스다.” 아테나가 말했다. “그리고 나는—”

“당신이 누군지는 나도 안다.” 타이드브링어가 쏘아붙였다. 그녀가 힘겹게 발을 내밀자 발목에 묶여 있는 사슬이 축축한 바닥을 쓸며 끌려왔다. 타이드브링어는 이번엔 로어를 바라봤다. 마치 로어에게 ‘네가 누군지도 알아’라고 말하는 것 같았다.

로어가 타이드브링어의 결박을 자세히 살펴보려고 움직이는데 아테나가 그녀 앞으로 끼어들었다.

“말하라. 너는 왜 가짜 아레스에게 충성한 거지?”

“바다에 주인이 없는 것처럼,” 타이드브링어도 위협적으로 대꾸했다. “나는 오로지 나 자신에게만 충성한다.”

“그렇다면 홍수는 왜 일으킨 거예요?” 로어가 따지듯 물었다.

하지만 타이드브링어는 로어의 질문을 아예 무시해버렸다. “페르세우스 가문은 나약하고 멍청해서 변화를 받아들이길 거부했지. 성장하길 거부하는 자는 스스로 멸망한다.”

“신세 한탄은 그만하고 내 질문에 대답해요.” 로어가 말했다.

타이드브링어는 코웃음을 치며 벽에 등을 기댔다. “내 입에서 뭐라도 나오길 바란다면 먼저 보초한테서 열쇠를 가져와라.”

로어는 아테나가 보내는 반대의 눈빛을 무시하고 타이드브링어가 요청한 대로 열쇠를 가지러 나갔다. 열쇠를 찾아 들고 좁고 어두운 감옥으로 다시 발을 들이는 순간 안에 있던 양동이에서 풍기는 인간 배설물 냄새에 정신이 혼미했다.

타이드브링어는 온몸을 덜덜 떨었지만 단 한 번도, 한순간도, 심지어 로어가 그녀에게 다가가는 동안에도 아테나에게서 눈을 떼지 않았다. 로어는 타이드브링어의 결박을 풀어주기 위해 그녀 앞에 무릎을 꿇고 앉다가 재빨리 다시 생각했다.

심지어 사슬에 묶여 있어도 타이드브링어는 위험한 존재다. 이 여자는 손에 미처 힘이 들어가기도 전에 로어의 목을 부러뜨릴 수도 있다.

로어는 새로운 신에게 열쇠를 건네주며 말했다. "직접 풀어야 제 맛이죠."

타이드브링어는 고개를 끄덕이며 대답했다. "고맙게 받아주지."

"자, 이제 이야기를 시작하지?" 아테나가 성질 급하게 다그쳤다.

타이드브링어는 벽에 등을 기댄 채 미끄러져 앉으며 로어에게 랜턴을 가까이 가져오라는 몸짓을 했다. 그래야 더 잘 볼 수 있을 테니까. 타이드브링어의 갈색 피부는 그녀의 근육에 바싹 오그라붙어 있었고 얼굴은 광대뼈 밑이 눈에 띄게 움푹 패여 있었다. 겉모습만 봐서는 대체 언제부터 음식이나 물을 먹지 못한 건지 짐작조차 할 수 없었다.

"개곤 때 카드모스의 헌터들이 벌떼처럼 나를 공격했지. 그 뒤로 나는 이곳으로 끌려왔고 아주 단순한 두 가지 조건 중 하나를 선택해야 했다. 죽거나, 아니면 래스가 필요할 때 내 힘을 그자를 위해 쓰는 것. 나는 일단 살아남아서 그자의 계획을 파악하고 다음번 아곤 때 다시 복수하는 게 최선이라고 생각했다."

"그리고 넌 멍청하게도 그자가 약속대로 너를 살려줄 거라고 믿었고?" 아테나가 말했다.

"그자는 자기 혼자만 신으로 남겠다는 게 아니다." 타이드브링어가 말했다. "단지 아곤을 완전히 끝내 버릴 존재가 되려는 것뿐이지. 그는 자신이 죽지 않고 영원히 신성을 유지할 수만 있다면, 그리고 자기 힘을 최대한 발휘할 수 있다면 자기가 새로운 시대를 열 수 있을 거라고 믿고 있어."

로어는 소름이 오싹 돋으려는 양팔을 손으로 문질렀다. 눈빛을 이글거리며 서로를 마주 보는 두 신들 사이에 서 있으려니 마치 곧 충돌하려고 서로를 향해 달려드는 두 별 사이에 갇혀버린 느낌이었다.

"그자는 내 아버지를 무너뜨리려는 것인가?" 아테나가 물었다.

"래스는 당신 아버지가 이 세계에서 손을 떼고 신들의 영역으로 완전히 물러났다고 생각해. 누가 됐든 아곤의 승리자가 이 세계를 차지하게 내버려뒀다고 믿고 있지." 타이드브링어가 말했다.

"말도 안 되는 소리!" 아테나가 매섭게 대꾸했다. "내 아버지는 세상 전체를 지배하는 게 아니다. 이 세상엔 수많은 땅과 수많은 신들이 있다."

"그중에 아직도 어딘가를 지배하는 신이 얼마나 되지?" 타이드브링어가 물었다. "래스는 전쟁을 일으켜서 자기 경쟁자와 그들의 숭배자를 모두 뭉개버리려고 열심히 움직이는 것 같더군."

아테나는 그 말에 반격이라도 하려는 듯 몸을 우뚝 세웠다. 마치 곧 공격하기 직전의 뱀 같은 자세였다. 혹시라도 정말로 그럴까 봐 로어는 얼른 끼어들었다.

"그건 그자가 아이기스를 차지했을 경우에 가능한 일이잖아요." 로어가 말했다. "그리고 절대 그럴 일은 없을 거구요. 혹시 당신도 방패에 새겨진 시에 대해 알아요? 그걸 어떻게 해독하는지요?"

타이드브링어는 잠시 로어를 보고만 있었다. 새로운 신의 얼굴에 천천히, 하지만 너무나 분명하게 떠오르는 공포의 표정을 보자 로어의 귀에서 다시 날카로운 이명이 울리기 시작했다.

"맙소사." 타이드브링어가 말했다. "설마 그자가 아직도 제우스의 시를 찾고 있다고 생각하는 거냐? 그자가 그걸 해독하지 못한 거라고?"

로어의 손에서, 온몸에서 감각이 전부 사라졌다.

"그들이 얼마나 오랫동안 그 방패를 갖고 있었는데, 정말 그들이 방패를 속속들이 들여다보지 않았을 거라고 생각하니? 제우스의 시는 방패 안쪽 가죽 안감에 새겨져 있었어. 그냥 떼어내기만 하면 쉽게 읽을 수 있지." 타이드브링어가 고개를 저으며 불만스러운 탄식을 내뱉었다. "어쨌든 넌 이미 너무 늦었어. 그자가 이번 주 내내 찾고 있던 건 방패가 아니거든. 그자는 벌써 자기 계획을 실행하기 시작했어. 며칠이면, 아니 몇 시간이면 이 아곤에서 승리할걸?"

"나는 그냥—" 로어는 머릿속으로 모든 것을 다시 재생해보았다. 이로가 했던 말, 벨런과 주고받았던 이야기들, 황소상 근처 벽에 새겨졌던 글귀. 목구멍으로 구역질이 치밀자 입안에 씁쓸한 맛이 감돌았다. 로어는 그것을 다시 삼켰다. 그리고 두려움도 삼켰다. "아니에요. 아직 늦지 않았어요. 그자는 아직 아이기스가 필요하다고요. 그렇지 않으면 그자가 나를 뒤쫓을 이유가 없잖아요."

"제발 네 말이 맞기를 나도 바란다." 타이드브링어가 말했다. "그는 네가 필요하지. 왜냐하면 나는 아이기스를 들 수도, 그것을 그에게 넘겨줄 자격도 없으니까. 심지어 내가 그러고 싶어도 불가능해. 방패의 통제권을 넘겨주는 건 가문의 이름을 지닌 인간만이 할 수 있으니까."

"하지만 래스가 왜 방패를 원하는지는 정말 몰라요? 뭔가 낌새 같은 거 전혀 없었어요?" 로어가 물었다.

타이드브링어는 고개를 가로저었다. "래스가 나를 발견했을 때도 이미 활동을 한참 개시한 후였어. 지금쯤 아마 수백 걸음은 더 앞서 있을 거다."

"우리가 아직 막을 수 있어요. 우리가 그자를 죽일 수 있다구요." 로어가 주장했다.

"그걸로는 부족해." 타이드브링어가 한쪽 발목의 사슬을 비틀어 풀며 말했다. "그가 죽는다 해도 그의 추종자들이 이 땅 밑에서 하던 작업을 멈추지 않고 수행할 테니까."

"작업이라고? 무슨 작업이지?" 아테나가 물었다.

"잘은 모르지만, 내가 주워들은 이야기나 냄새로 봐선 화학 성분이었어. 일종의 폭발물 같아." 타이드브링어가 다른 쪽 발목을 풀며 말했다. 그러면서 재빨리 아테나를 살피고 다시 로어를 바라보며 말을 이었다. "그게 뭐든 그걸로 작업하던 사람들이 벌써 몇 명이나 죽었어. 그리고 몇 시간 전에, 홍수를 일으키기 전에 그걸 터널 밖으로 가지고 나갔지."

아테나가 코를 벌름거리며 말했다. "네 정보는 전혀 쓸모가 없—"

그때 밖에서 겁에 질려 숨을 헐떡거리는 소리와 함께 첨벙첨벙 물을 헤치며 급하게 움직이는 소리가 들렸다.

보초다.

젠장. 로어는 속으로 욕을 내뱉었다.

로어가 문으로 가려는데 이미 아테나가 앞서 있었다.

"아니, 네가 실패한 골칫거리는 '내가' 처리하겠다." 아테나가 말했다.

아테나는 걸음을 뗐지만 굳이 뛸 필요도 없었다. 여유만만 뻔한 추적이 될 테니.

그때 손 하나가 로어의 손목을 확 움켜잡아 뒤로 비틀어 당겼다. 갑작스런 통증이 팔을 훑고 지나갔고 손목이 바닥에 부딪히며 꺾였다.

타이드브링어가 문으로 돌진해 막아섰다. 로어는 힘겹게 몸을 일으켰다. 칼을 찾아 손을 뻗는데 폐가 쥐어짜이는 것처럼 숨이 찼다.

"이 멍청한 녀석!" 타이드브링어가 사납게 말했다. "대체 저 여자랑 왜 같이 있는 거지?"

"나는…, 아테나와 거래를 했어요." 로어가 머뭇거리며 대답했다.

"저 여자가 네게 얼마나 대단한 걸 주겠다고 약속했는지는 모르지만, 네게서 빼앗아간 것을 되갚을 정도는 절대 아닐 텐데?" 타이드브링어가 고개를 저으며 말했다. "빨리 도망쳐. 저 여자가 다시 돌아오기 전에!"

"그게 무슨 말이에요?" 로어가 따져물었다. 서늘한 공포가, 첫날 자기 집 밖에서 죽어가는 여신을 처음 맞닥뜨린 순간 로어의 가슴 속에서 깨어난 그 공포가 이제 혈관을 타고 몸속을 차갑게 미끄러지며 속삭이고 있었다. *너도 알잖아.*

"네 가족 이야기를 듣고 나는 온 세상을 돌아다니며 너를 찾았어. 근데 넌 완전히 증발해버렸더군. 절대 찾을 수가 없었지."

"처음엔 오디세우스 가문의 은신처에서 지냈고 그다음엔 헤르메스가 준 부적을 차고 다녔어요. 신들에게서 나를 숨겨주는—"

타이드브링어가 포악스럽게 화를 냈다. "헤르메스 그 멍청한! 저 혼자서만 너를 보호하면 안 되는 거였어!"

"그러려고, 나를 보호하려고 찾아다닌 거예요?" 로어는 어떻게든 이해해보려고 했다. 그렇게 오랜 세월을 신으로 지낸 타이드브링어가 인간 시절의 일들을 아직도 마음에 담아두고 있다는 것 자체도 이미 충격적인데, 하물며 망해버린 자기 가문의 마지막 떨거지까지 신경 쓴다고?

"아니, 네게 *경고해주려고*. 내가 개곤에서 붙잡히지만 않았더라도 벌써 며칠 전에 너를 찾아갔을 거다. 내가 래스의 조건에 동의한 이유는 단 하나다. 어떻게든 살아남아 도망쳐서 너를 찾으려는 목적뿐이었지. 네게 말해줘야 했으니까. 그날 밤 헤르메스가 너를 봤다고, 그리고 그가 저 여자한테 다 말했다고. 저 여자가 그 물건을 얼마나 되찾고 싶어 하는지, 자기한테 그 물건이 꼭 필요하다며 집착하는 걸 헤르메스는 알고 있었으니까. 그래서 저 여자한테 다 말한 거야."

"뭐라고요?" 로어가 벌떡 일어서며 물었다. "그가 뭘 말했다고요?"

너도 알잖아.

타이드브링어가 갑자기 튀어나올 것처럼 눈을 부릅뜨더니 끈적끈적하고 축축한 신음을 내뱉었다. 뾰족한 창끝이 그녀의 가슴을 뚫고 나오자 입에서 피가 쏟아졌다. 그녀는 버텨보려고 했지만 마치 낚싯바늘에 걸린 물고기처럼 몸은 문간에서 앞뒤로 세차게 벌떡거렸다. 여전히 로어만 또렷이 바라보고 있는 그녀의 눈동자에서 힘의 불꽃이 사라졌다.

"전부 다." 아테나가 타이드브링어의 몸에서 창을 잡아 빼며 대답했다. 생명이 빠져나간 타이드브링어의 몸이 바닥으로 무너졌다. "헤르메스가 내게 모든 걸 말해줬다."

7년 전

수도 없이 상상해봤지만 상상했던 것보다 훨씬 쉬웠다.

로어는 지난 10년 동안 온갖 이유로 카드모스 가문을 싫어했다. 하지만 '페니키아' 식당의 작은 뒤꼍에 서 있는 지금 이 순간, 로어가 저들을 진저리 치게 싫어하는 가장 큰 이유는 저들이 굳이 애쓰지 않아도 뭐든지 될 것처럼 행동하기 때문이다. 자기들이 그 따위로 행동해도 감히 누가 그들에게 빼앗긴 걸 되찾을 생각이나 하겠냐는 듯 뻐기는 게 싫었다.

카드모스의 식당과 옆 건물 사이의 비좁은 사잇길은 울타리 문으로 막혀 있었다. 하지만 저들은 아침 수거를 위해 거의 1층 높이나 되는 쓰레기 더미를 길에 내다놓고는 고맙게도 울타리 문을 잠그지 않는 실수를 저질렀다. 그리고 로어는 바로 그 울타리 문 안으로 슬쩍 들어가 건물 뒷마당에 나란히 서 있는 쓰레기통 뒤에 웅크리고 앉아 헌터들이 벌떼처럼 자기들 벌집으로 들락날락하는 모습을 지켜봤다.

그들은 식당 뒷문으로 드나들 때마다 반드시 문을 잠갔다. 그리고 모두들 번호키에 같은 숫자를 입력했다.

3-9-6-9-3-1-5-8-2.

로어는 숫자를 머릿속으로 끊임없이 반복했다. 절대 잊어버려선 안 된다.

달이 거의 하늘 꼭대기에 다다를 즈음 로어는 목덜미가 약간 오싹했다.

고개를 돌려 숨을 만한 그늘이 있는지 뜰 주변과 근처 창문을 살펴봤다. 당장 눈에 띄는 CCTV는 식당 문 위에 달린 것뿐이다. 저거 하나쯤 따돌리는 건 식은 죽 먹기지. 로어와 카스토르는—아니지, 카스토르는 망을 봤으니까 거의 로어만— 테티스 저택에서 필립 아킬레우스의 방에 숨어 들어가기 위해 어마어마한 수의 감시 카메라를 피하는 방법을 훈련해왔으니까. 한 번도 걸린 적이 없었으니까 지금이라고 뭐 다르겠어?

자신은 곧 이야기 속의 영웅 같은 존재가 될 것이다. 절대 실패하지 않을 거다.

"그냥 해치워." 로어는 스스로에게 말하며 스웨터에 달린 모자를 뒤집어쓰고 마구 삐져나온 머리를 모자 속으로 쑤셔넣었다. 더 이상 아무도 들락거리지 않은 지 20분째, 로어는 CCTV를 피하기 위해 식당 벽에 등을 바싹 붙이고 문 쪽으로 다가갔다. 번호키에 숫자를 입력하고 카메라를 쏜살같이 지나쳐 식당 안으로 스윽 숨어들었다.

주방은 식기세척기에서 새어 나온 수증기로 자욱했고 공기 중엔 데친 양파 냄새가 맴돌았다. 젊은 남자 한 명이 로어에게 등을 돌린 채 싱크대에서 뭔가를 하며 라디오에서 나오는 노래를 따라 조용히 흥얼거렸다. 로어는 어두운 구석을 향해 천천히 움직였다. 발걸음은 가볍게, 그리고 호흡은 더 가볍게 유지하며.

갑자기 바로 가까이에서 왁자지껄 떠드는 목소리가 들렸다. 로어는 스테인레스스틸 작업대 밑으로 재빨리 기어 들어가 그늘 속으로 깊숙이 몸을 밀어 넣었다. 그리고 주먹으로 입을 막고 기다렸다.

헌터 몇 명이 떠들썩하게 웃으며 조용한 주방으로 들어섰다. 모두 마스크는 벗은 상태였지만 온몸은 여전히 빈틈없이 무장한 차림이었다. 다 같이 거대한 냉장고로 향하면서 그중 한 명이 싱크대에 있는 소년에게 손을 흔들어 인사했다.

"어떻게 됐어요?" 소년이 눈을 크게 뜨고 헌터들의 뒤를 따라가며 애절한 목소리로 물었다.

"아곤의 마지막 밤 치곤 너무 조용해서 재미없었어." 헌터 하나가 대답했다. "우리의 새로운 신께서 평소 그렇게 경쟁하던 신으로 승격해버렸으니 기분이 어떨지 궁금하긴 하지만."

로어는 그 역겨운 늙은이가 신이 되었다는 생각에 입술이 일그러졌다.

다른 헌터 한 명이 '쉿' 소리를 내며 그에게 주의를 줬지만 결국은 술 취한 웃음소리로 이어졌다.

"뭘?" 첫 번째 헌터가 말했다. "그분이 그렇게 바라고 바라던 신격을 얻긴 했지만 그렇다고 아무 데나 귀가 있는 건 아니잖나. 뭐, 아직까지는 아니라고 할 수 있지. 대체 그분이 어떤 명령을 내릴지 정말 기대되는군."

로어는 몸을 약간 앞으로 움직여 눈을 가늘게 뜨고 그들이 냉장고 오른쪽에 있는 번호키에 입력하는 숫자를 훔쳐봤다. 1-4-6-9-0. 로어가 소리 없이 히죽거리는 사이 그들은 냉장고 안으로 사라졌다가 몇 분 뒤 무장을 풀고 망토까지 벗은 모습으로 다시 밖으로 나왔다.

저것이야말로 로어가 가장 궁금해했던 질문의 대답이었다. 아리스토스 카드모스는 로어의 아빠를 조롱하면서 이 식당 지하 어딘가에 아이기스가 있다는 사실을 드러내고 말았다. 로어는 방금 전까지도 바로 그 보관소로 통하는 입구를 어떻게 찾을지 고민하던 중이었다.

"카레스, 얼른 가자. 집에 데려다줄게." 첫 번째 헌터가 주방에 있던 소년에게 말했다. 다른 헌터들은 이미 문 쪽으로 향하고 있었다. 그들이 로어가 숨어 있는 작업대 옆을 지나가자 로어는 몸을 뒤로 잔뜩 웅크리고 숨을 참았다.

"하지만 아직 설거지를—" 소년의 목소리가 갈라졌다.

"내일 아침 의식이 시작되기 전에 시간이 좀 있을 거야. 어차피 기념행사 때문에 식당 문도 닫을 텐데, 뭐." 남자가 다른 사람들쪽을 가리키며 말했다.

소년은 고개를 끄덕이며 앞치마를 풀어 재빨리 벽에 걸었다.

로어는 그들이 문으로 향하는 발소리를 세면서 차가운 타일 바닥을 움켜쥐듯 잡았다. 그리고 문이 탁 닫히고 달칵 잠기는 소리를 듣고도 숫자를 백까지 더 센 뒤에야 작업대 밑에서 빠져나왔다.

마침내 냉장고 문을 열고 차가운 안으로 들어서는 로어는 한껏 신이 나서 들떠 있었다.

로어는 퍼뜩 생각이 떠올라 냉장고 문이 닫히기 전에 얼른 붙잡아 문이 닫히지 않게 꽁꽁 언 고깃덩이를 문틈에 끼워 받쳐놓았다. 그리고 온기와 불빛도 좀 들어오면 좋으니까.

냉동실 안은 바닥이고 벽이고 모든 표면이 얇은 성에로 뒤덮여 있었다. 하지만 바닥 중앙에 놓인 고무 매트 주변은 성에 자국이 어지러져 있었다. 로어는 한 발로 매트를 살짝 들어 올려 그대로 걷어차 버렸다.

그 아래 드러난 비밀문을 보며 로어는 씨익 웃었다. 문은 잠겨 있지 않았다. 우리 가족은 절대 이런 실수는 하지 않을 거야.

로어는 해치 문을 열어둔 채 계단을 따라 아래로 내려갔다. 동작 감지 센서가 있는지 불이 켜졌다. 무기와 돈, 여러 가지 기계들이 잔뜩 놓여 있는 선반들이 줄지어 있었다. 아직 방의 중앙에 있는 진짜 보물은 보지도 못했는데 로어는 벌써 눈앞의 광경에 눈이 휘둥그레졌다. 첫 번째로 눈에 들어온 보물은 마네킹에 걸쳐져 있는 네메아 사자의 가죽이었다. 몇백 년 전, 무기가 절실히 필요했던 헤라클레스 가문이 카드모스에게서 무기를 받는 대가로 넘겨준 유산이었다. 그리고 바로 그 뒤, 유리 장식장 안에, 아이기스가 있었다.

머릿속에 맴돌던 갖가지 생각들이 순식간에 사라지고 자기도 모르게 온 머리털이 쭈뼛 곤두섰다.

심지어 금과 은으로 덮여 있는데도 메두사의 얼굴은 아직도 너무 생생해서 로어는 두 발이 바닥에 돌처럼 굳어버린 것 같았다. 고르곤이 숨을 쉬려고 잠깐 입술을 벌린 것 같아 로어는 흠칫 놀랐다. 하지만 그건 유리에 비친 로어 자신의 움직임을 착각한 것이었다.

메두사의 얼굴과 머리 위에 마구잡이로 얽혀 있는 뱀들이 방패 위로 살짝 돌출되어 있었다. 마치 신들이 단단한 가죽과 무쇠 속으로 그녀의 잘린 머리를 그대로 밀어넣은 것 같았다. 메두사의 얼굴 주변은 정교하게 세공된 번개와 덩굴이 둘러싸고 있었다. 방패에 달린 황금 술들은 수천 년이 지난 지금까지도 그대로 남아 처음 만들어졌을 때처럼 환하게 빛을 뿜었다.

네가 보인다. 고르곤이 그렇게 말하는 것 같았다. *멜로라, 나는 네가 보인다.*

로어는 몸속에서 뜨겁게 타오르는 불안함을 떨쳐버리려고 깊은 숨을 한 번 들이쉬었다.

“그만. 빨리 움직여.” 로어는 자신에게 명령했다. 이곳엔 분명 감시 카메라가 숨겨져 있을 것이다. 누군가 자신을 잡으러 올 것이 틀림없었다.

유리 장식장에는 문이나 걸쇠 같은 것이 없었다. 그렇다고 통째로 들어 올리기엔 너무 컸다. 아이기스를 해방시킬 수 있는 방법은 딱 한 가지밖에 없었다. 물론 아주아주 최악의 방법이었다.

로어는 장식장 둘레를 한 바퀴 휙 돌았다. 두께로 봐선 강화유리에 방탄 처리까지 된 것 같았다. 로어는 천장의 해치 문을 흘끗 쳐다봤다.

분명히 경보가 울릴 텐데. 로어가 도망칠 수 있는 시간은 겨우 몇 초뿐일 것이다.

로어는 뒤로 돌아가 근처 선반에서 가장 무거워 보이는 검을 하나 꺼내 해치 문 입구에 걸쳐놓았다. 혹시 어떻게 될지 모르니까.

그리고 더 이상 고민으로 시간을 지체하지 않고 곧바로 아이기스 앞으로 돌아왔다. 얼굴에 함박웃음을 지으며, 로어는 온몸과 온 영혼의 힘을 끌어모아 장식장을 통째로 밀어버렸다.

순식간에 온 방 안이 시뻘건 불로 깜박거리며 경보음이 시끄럽게 울려댔다. 갑작스런 '쾅' 소리에 간이 떨어지기 일보 직전이었다. 휙 돌아보니 경보가 켜지면서 해치 문이 쾅 닫혔다. 하지만 다행히 아까 걸쳐둔 검이 문이 밀폐되지 않게 받치고 있었다.

로어가 예상한 대로, 아이기스를 둘러싼 유리장은 바닥에 충돌하고도 깨지지 않았다. 로어는 근처에서 도리를 하나 가져와 유리와 대리석 받침대의 이음새 사이에 뾰족한 창끝을 들쑤시듯 박아 넣고 다시 온 힘을 다해 밀폐 부위를 후벼댔다. 그리고 마침내 유리와 받침대가 어느 정도 벌어지자 로어는 겨우 방패를 끌어냈다.

방패는 거의 로어만큼이나 컸다. 하지만 로어가 가죽끈을 팔에 둘러보자 크기와는 달리 꽤 가볍게 느껴졌다. 심장도 목구멍으로 튀어나오기 일보 직전, 로어는 얼른 방향을 돌려 위로 올라갔다. 하지만 해치 문은 계속 로어에게 저항하며 자꾸만 강제로 닫히려고 했다. 로어는 방패를 문 사이에 끼워 힘껏 밀었다.

그러자 방패가 한 줄기 빛과 함께 거센 압력 같은 것을 내뿜으며 해치 문을 무자비하게 후려쳤다. 엄청난 힘을 맞고 벌컥 열린 해치 문은 냉장고 바닥을 세차게 때리더니 전동 경첩에서 떨어져나가 냉장고 선반 밑에 처박혔다. 로어는 그 광경을 멍하니 바라보다가 아이기스를 쳐다봤다. 냉장고 문이 들썩거리며 고깃덩이를 때리는 둔탁한 소리에 로어는 다시 정신을 차리고 탈출 모드로 전환했다.

로어는 어두운 주방을 쏜살같이 가로질러 문에 다다랐지만 경보가 작동되면서 문도 잠겨버렸다. 하지만 재빨리 한 가지 아이디어를 떠올리고는 아이기스로 문을 때렸다. 뜯겨나간 강철문은 뒤곁의 울퉁불퉁한 아스팔트 위로 넘어졌다.

로어는 자신을 둘러싼 세상이 희미하게 번져 보일 때까지 달리고 또 달렸다. 뛰는 내내 방패가 로어의 한쪽 다리와 한쪽 턱을 계속 때렸지만 그녀는 마치 날개 달린 샌들을 신고 달리는 기분이었다. 그렇게 맨해튼 동쪽의 텅 빈 거리 곳곳을 휘저으며 신나게 달렸다.

온몸 구석구석, 뼛속부터 영혼까지 통쾌함과 자부심이 한없이 넘쳐흘렀다. 이제 아이기스는 원래의 자리로 돌아왔고 카드모스 자식들은 오늘 밤과 로어의 이름을 영원히 잊지 못할 것이다. 로어의 가족은 아곤도 이 도시도 떠나지 않아도 되고, 로어는 카스토르와 헤어지지 않아도 될 것이다.

하지만 센트럴파크에 다다랐을 즈음, 로어의 핏속에 흐르던 바로 그 맹렬한 통쾌함이 움직임을 멈추고 차갑게 식어갔다. 로어는 집으로 가려고 서쪽을 향해 방향을 틀었지만 어쩐지 발이 움직이지 않았다.

메두사의 시선을 맞닥뜨린 인간들이 돌로 변해가던 것처럼 어떤 깨달음이 로어를 점점 덮쳤다.

카드모스 사람들은 로어의 이름을 절대 잊지 않을 것이다. 왜냐하면 그들은 자기들의 자랑스러운 보물을 누가 훔쳐갔는지 알아낼 테니까. 보관실 안에 있는 감시 카메라를 주의 깊게 확인하지 않은 사실이 떠올랐다. 분명 몇몇 카메라에 자신의 얼굴이 찍혔을 것이다.

로어는 근처 벤치에 풀썩 주저앉았다. 온갖 생각들이 시커멓게 맴돌며 머릿속에 끔찍한 장면들을 그려냈다.

카드모스 사람들이 카메라로 그녀의 정체를 알아낸다면 방패를 되찾기 위해 어디로 쳐들어가서 누구를 지목하고 누구를 벌할지도 금방 알아내겠지. 게다가 이제는 그들의 아르콘이 신이 되기까지 했으니, 그 누구도, 그 무엇도 그들의 앞길을 가로막지 않을 것이다.

로어는 숨넘어갈 듯 한바탕 흐느껴 울었다. 쿵쾅거리는 심장이 갈비뼈를 쉴 새 없이 때려 결국 속을 게워낼 것 같았다. 카드모스 사람들은 너무 많고, 페르세우스 사람들은 몇 명도 되지 않는데….

태어나서 처음으로, 용기가 로어를 저버렸다. 돌담을 뛰어넘으며 공원의 낯익은 안전지대로 향하면서 주체할 수 없을 정도로 몸이 떨렸다. 숨을 곳이 필요했다.

아니, 그 정도로는 안 된다.

다시 갖다 놔야 해. 이 깨달음에 숨이 막혔다. *다시 갖다 놓으면 그들은 우리를 벌하지 않을 거야.*

하지만 아이기스는 원래 카드모스 가문의 것이 아니지 않은가. 방패는 그들의 것이 아니다. 이제 그들에게도 새로운 신이 생겼으니, 아리스토스 카드모스가 그의 인간 껍질을 벗어나게 됐으니 어쩌면 그자가 이제 방패를 사용할 수 있을지도 모른다. 로어의 아빠는 그렇지 않다고 말했지만 아빠는 그전에도 틀린 적이 있으니까.

로어는 더몰 근처에 있는 벤치 뒤에 몸을 웅크렸다. 너무 무서워 온몸에서 열이 났다. 로어는 더러운 손으로 얼굴의 땀을 닦았다.

그 모습을 메두사가 내내 지켜보고 있었다. *나는 네가 보인다. 나는 네가 한 짓을 알고 있다.*

아니, 아직 바로잡을 수 있다.

로어는 몸을 잔뜩 움츠리고 얼굴을 무릎에 묻은 채 그대로 앉아 있었다. 그리고 마침내 마음의 결정을 내렸다.

43

비명조차 나오지 않고 로어의 가슴이 새까맣게 타들어 가는 듯했다. 어떻게든 밖으로 내질러보려고, 가슴 깊은 곳에서 그것을 끄집어내 보려고 애썼지만, 입으로 내뱉은 것이라곤 오로지 낮은 탄식뿐이었다.

더 이상 자기 몸처럼 느껴지지 않았다. 로어는 갑자기 감각이 없어진 것처럼 벽 쪽으로 휘청거렸다.

"당신이…" 로어는 입으로 소리를 내보려고 애썼다. "당신이… 다… 알고 있었다고…?"

"이제 보이는가?" 아테나가 고대어로 말했다. 여신에게서 느껴졌던 일말의 온기도, 그 어떤 인간애의 징후도, 마치 물벼락을 맞고 한순간에 꺼져버린 불길처럼 완전히 사라졌다. "흔들림 없이 베를 짜고 있던 나의 손이?"

로어는 몸이 너무 세차게 떨려서 칼자루를 움켜쥐고 있기조차 힘겨울 정도였다. 눈앞이 캄캄해지기 시작했다. 로어가 아이기스를 훔쳐갔다는 걸 헤르메스가 아테나에게 말했다면… 아테나가 로어의 가족이 살고 있는 곳을 알고 있었다면, 아테나가 그날 밤 그것을 찾으러 로어의 집에 왔었다면….

진실의 깨달음이 독이 되어 로어의 온몸으로 퍼져나가 순식간에 몸속을 재로 만들어버리는 것 같았다.

로어의 생각을 꿰뚫기라도 한 듯 여신의 입술에 희미한 미소가 떠올랐다.

여신이 그들을 죽였다.

래스가 아니었다. 카드모스 사람들이 아니었다. 처음부터 쭉, 아테나였다.

충격이 서서히 가시면서 이번엔 흉악한 공포가 들이닥쳤다.

"나는—" 로어가 입을 열었다.

마일스와 밴을 집에 아테나와 함께 남겨뒀었는데…, 카스토르를 해치지 않겠다는 여신의 약속을 믿었는데… 자신은… 자신은….

여신을 진심으로 믿었다.

"너는 뭐? 내가 심장이라도 가지고 있을 거라고 생각했나? 심장은 근육 덩어리에 지나지 않는 것을."

"당신이 우리 가족을 죽였어요." 로어의 목소리는 이제 속삭임만큼도 나오지 않았다. "대체 왜."

"헤르메스가 자기가 본 것을 나한테 말해줬을 때 난 콧방귀도 안 뀌었지. 아이기스를, 내가 수백 년을 찾아다닌 그 보물을, 어린 애 따위가 찾아냈다고? *어린애가* 들고 갔다고? 나는 페르세우스의 마지막 후예가 어디 사는지 알고 있었다. 그들이 집이라 부르는 그 헛간 같은 곳을 정확히 알고 있었지. 그런데 고맙게도 그곳은 창문까지 활짝 열려 있더군. 마치 얼른 안으로 들어오라고 부르는 것처럼 말이야."

로어는 자신의 머리를 쥐어뜯었다. 호흡은 점점 들쑥날쑥하고 심장은 곧 갈비뼈를 뚫고 튀어나올 것처럼 심하게 날뛰었다. 어마어마한 절망이 혈관을 타고 흐르면서 온몸으로 퍼졌다.

제발 그만—

"하지만 방 안에 들어서자마자 생각했지. 분명 이 조그맣고 하찮은 생명체들이 도둑은 아닐 텐데. 그 둘은 방패보다 작았으니까." 아테나가 감옥 안으로 한 발 들어서며 계속 말을 이었다. "나는 그 조그만 인간들을 내려다보며 생각했다. 이것들을 그냥 먼저 질식시켜버릴까."

여신은 로어에게 한 발 더 다가왔다. "하지만 난 기다렸다. 네 부모가 그들을 들여다보러 올 때까지, 그리고 아곤이 끝나면서 내 힘이 완전히 회복되는 그 순간까지." 아테나가 로어 바로 앞에 멈춰서서 내려다봤다. "그리고 네 부모가 내 질문에 대답하지 않을 때마다 어린애들의 몸을 한 조각씩 떼어냈다. 나머지 한 명은 어디 있는지, 그 아이가 어디에 숨어 있을지 물었지."

여동생들이, 알아볼 수 없을 정도로 훼손된 그 모습이 떠오르자 가슴속에 갇혀 있던 감정들이 폭발했다. 분노와 슬픔이 온몸을 헤집고 밖으로 터져 나왔다. 세상이 축을 벗어나 제멋대로 흔들렸다. 로어는 공격했다.

로어는 아테나의 가슴을 향해 칼을 마구 휘둘렀다. 하지만 여신은 힘들이지 않고 창으로 로어의 칼을 옆으로 쳐냈다. 여신의 얼굴엔 아무런 표정이 없었다. 그리고 창으로 로어의 오른쪽 어깨를 후려쳤다.

"자제력도 없고, 규율도 없고, 전략도 없고. 있는 거라곤 오직 *분노*뿐. 너를 본 순간 바로 알아봤지. 마치 장인의 손길이 모양을 잡아주길 기다리고 있는 청동 쇳물처럼 말이야. 나는 그저 새로운 시가 있다는 약간의 암시만 심어주면 그만이었지. 그러면 너는 그게 어디 새겨져 있는지 알아낼 거고 결국 그것을 찾으러 갈 테니. 그 때부터 난 그냥 기다리기만 하면 되는 거고."

아테나의 공격에 로어는 뒤로 밀려났지만 그 틈을 타 칼을 왼손으로 옮겨 잡았다. 그리고 오른쪽으로 움직이는 척하면서 여신이 함께 움직이자 왼손으로 칼을 올려 베었다. 아테나는 뒤로 홱 피했지만 칼끝이 여신의 턱을 긁었다. 상처에서 흐른 피가 여신의 목을 타고 흘렀다.

아테나는 빈정대는 웃음을 한 번 내뱉고는 상처를 확인이라도 하듯 엄지손가락으로 베인 곳을 문질렀다. "그렇게 조그만 인간들의 문제는 몸속에 피가 너무 적다는 거지. 너무 빨리 죽어버리더군."

로어는 비명을 터뜨렸다. 찢기고 부서진 로어의 가슴을 헤치고 나온 소리조차 상처로 너덜너덜했다. 극심한 고통으로 거의 실성한 것처럼 로어는 정신없이 마구 찌르고 할퀴고 칼을 휘둘러댔다. 이제는 눈에 뵈는 것도 없고 남은 거라곤 동물 같은 원초적인 감정뿐이었다.

이번엔 창이 로어의 뒤통수를 때렸다. 앞으로 고꾸라지면서 그녀의 손에서 칼이 떨어졌다. 로어는 얼굴을 들어 여신을 마주 봤다. 그 순간 아테나는 로어를 다시 창으로 때리고 창끝을 로어의 허벅지에 찔러 박았다. 이 무자비한 한 번의 타격으로 여신의 창은 로어의 근육을 뚫고 뼈를 부러뜨리면서 로어를 그 자리에 못 박아버렸다.

극한의 고통으로 압도된 로어는 짧은 숨만 들이쉬고 외마디 비명을 질렀다. 아테나는 로어의 허벅지에 박힌 창을 나사처럼 돌리며 더 깊이 찔러 넣었다. 살려는 의지와 본능이 가슴속에서 맹렬히 타올랐다. 로어는 축축한 바닥을 한 손으로 철퍽철퍽 때리며 칼을 찾았고 마침내 손에 잡힌 칼을 만지며 속으로 회심의 미소를 지었다.

하지만 로어는 칼을 들어 올리지도 못했다. 아테나가 그녀의 손을 움켜잡고 사정없이 비트는 바람에 칼은 다시 바닥으로 떨어져 버렸다. 여신은 로어의 손을 그대로 감싸 쥐더니 그저 꽃송이 하나 정도를 뭉개버릴 듯한 힘으로 로어의 손가락 뼈를 모두 으스러뜨렸다.

로어는 호흡과 비명을 동시에 헐떡거리며 격렬하게 떨었다. 짓이겨진 손을 보자 고통과 함께 목구멍에서 구역질이 치밀었다.

"왜?" 로어가 애원하듯 물었다. *"대체 왜!"*

"널 찾더군." 아테나가 로어의 허벅지에서 창을 뽑는 순간 창끝이 로어의 다리에 그대로 박힌 채 자루가 부러졌다. "두 아이 모두.

그 아이들은 자기들이 너 때문에 죽는다는 걸 알고 있었을까? 어떻게 생각하나?"

그날 밤의 기억이 다시 로어를 습격했다. 그 장면을 떠올리기 위해 눈까지 감을 필요도 없었다. 벽과 바닥에 칠갑이 된 핏자국, 각자의 침대에 내던져진 동생들, 눈이 있던 자리에 시커멓게 뚫린 구멍들.

"그냥 어린애들이었잖아요." 로어가 흐느끼며 말했다. "다마라는 *갓난아기였다구*요. 그 아이들은 아무 죄도 없었잖아요!"

"너희들 누구도 죄 없는 사람은 없다." 아테나가 사납게 말했다. "특히 멜로라, 네가 가장 그렇지. 네 아비가 비굴하게 애원하다가 가장 먼저 죽었다. 그다음은 네 에미. 최소한 네 에미는 무슨 말을 해도 소용없다는 걸 알고 있더군. 그러고도 나는 몇 시간이나 네가 돌아오길 기다렸다. 하지만 네가 돌아왔을 땐 빈손이었지. 문 앞에서 있던 너를, 내가 남긴 선물을 감상하던 네 모습을 지켜봤다. 넌 울지 않았다. 심지어 단 한 마디의 소리도 내지 않더군. 지금보다 그때의 네가 더 강인했다."

"왜 나를 고문하지 않았죠? 그냥 고문해서 방패가 어떻게 됐는지 알아내면 됐잖아요!" 로어는 한 손으로 얼굴과 머리를 감싸 쥐며 외쳤다. "그냥 날 죽여버리지 그랬어요!"

"그걸 숨긴 장소를 네가 직접 알려줘야 하니까. 그리고 내게 기꺼이 넘겨줘야 하니까. 아 그리고, 내가 새로운 버전의 시에 대해 알게 됐을 때 너를 살려둬야 할 또 하나의 이유가 생긴 셈이지. 내가 그 시를 직접 읽어보기도 전에 네가 죽어서 방패도 사라져버리면 안 되니까."

로어는 자기 목을 움켜쥐었다. 겨우 1시간 전에, 거의 넘겨줄 뻔하지 않았나. 그러면서도 자기 스스로 결정한 것이라고 착각했다. 불가피한 일이라고.

"네가 오디세우스 후예들의 보호를 받으며 지내는 그 세월 동안 네 한심한 삶을 지켜보며 언젠가는 네가 그것을 찾으러 가길, 아니면 그걸 숨긴 장소를 어떻게든 드러내길 기다렸다. 헤르메스가 먼저 너를 찾아내지 않았더라면 아마 내가 끼어들어서 다른 모습으로 네 앞에 나타나 널 구워삶았겠지."

로어는 머리를 세차게 흔들며 여신의 말을 듣지 않으려고 애썼다.

"나는 헤르메스를 쫓아 이 도시로 왔다. 그가 왜 그런 가짜 얼굴을 뒤집어쓰고 있는지 무척 궁금했거든. 그리고 곧 이유를 알게 됐지. 헤르메스가 그 집에 씌워놓은 일종의 결계를 느낄 수 있었어. 내가 집 안에 들어갈 수도, 아예 접근조차 할 수 없었지. 헤르메스가 나를 거부하고 그렇게까지 수고를 마다하지 않은 이유는 단 한 가지밖에 없었다. 그렇게까지 하면서 보호하려고 했던 단 한 명의 인간. 내 눈으로도 너를 볼 수 없다는 사실이 내 짐작을 확인해줬지. 내가 할 수 있는 건 그저 너의 발소리를 듣고 너의 냄새를 맡는 것뿐이었다."

여신은 부러진 창끝을 살폈다. "헤르메스는 어처구니없는 죄책감 때문에 그 고생을 사서 한 거야. 왜인 줄 아나? 내가 가짜 디오니소스의 은신처를 찾아냈다는 걸 알고, 자기 애인의 목숨을 살리려고 나에게 너와 아이기스 얘기를 해준 거였거든." 아테나가 말을 이었다. "그리고 이번 사냥이 시작되면서 난 헤르메스가 죽는 걸 멀리서 지켜봤어. 드디어 내게도 기회가 온 거지. 헤르메스가 죽으면 그의 힘도 사라질 테니까. 마침내 나는 그 누구의 방해도 받지 않고 네게 접근할 수 있었지."

심장이 뛸 때마다 로어의 다리에서 피가 솟구쳐 줄줄 흘렀다. 벽에 등을 기대자 축축함이 티셔츠를 뚫고 스며들었다.

"하지만… 아르테미스가 당신을 공격했잖아요." 로어가 힘없이 입을 열었다.

"아르테미스가 내 허락도 없이 내게 그렇게 심각한 상처를 낼 수 있었을까. 우리는 이번 사냥에서 가짜 놈들을 전부 죽여버릴 계획을 세웠다. 아폴론을 죽인 그 아이와 너의 관계를 아르테미스에게 알려줬더니 흔쾌히 내 속임수 전략에 협조하겠다더군. 하지만 그 녀석은 참으로 특별하지? 나는 가짜 아폴론이 지닌 힘을 느낀 순간 우리가 그를 죽일 수 없다는 걸 깨달았다. 그놈의 정체를 알아내기 전엔 불가능한 일이지. 그게 아르테미스를 미쳐버리게 했지만, 나야 그 덕분에 다른 가짜 놈들에게 접근해 진정한 신의 자격으로 놈들을 죽여버릴 수 있었던 거고."

아르테미스는 아테나가 주장했던 것처럼 미쳐 날뛰고 있었던 게 아니었다. 아테나가 그녀를 배신하고 카스토르를 넘겨주겠다는 약속을 지키지 않은 것이었다.

"당신이 첫째 날 아르테미스에게 나를 뒤쫓으라고 말해줬군요. 내가 카스토르를 찾으러 갈 줄 이미 알고요?" 마침내 퍼즐의 조각이 맞춰지는 것 같았다. "그래 놓고, 나중엔… 아르테미스가 죽는 걸 그냥 보고만 있었고요?"

"우리 모두가 올림포스로 돌아갈 수 있는 건 아니다." 아테나가 차갑게 말했다. "우리 중 강한 자만이 호라이(계절의 여신들이자 하늘의 문을 지키는 역할을 맡고 있다.-역주)의 인정을 받고 다시 천상의 문 안으로 들어갈 수 있다. 아르테미스는 흔들렸다."

아테나의 손이 로어의 턱을 우악스럽게 움켜잡았다. "이제 함께 가서 물건도 찾고 네 고통도 끝내 볼까?"

로어는 여신을 올려다봤다. 치가 떨리는 분노를 전부 끌어모아 눈빛으로 쏟아냈다. 불신과 공포가 머릿속에서 휘몰아쳤다. "당신이 날 고문해서 얻어낸다면 그건 기꺼이 넘겨주는 게 아닐 텐데요. 당신은 그걸 쓸 수도 없을걸요?"

"물론 아직은 안 되겠지. 하지만 어쨌든 아버지의 시는 읽어볼 수 있겠지. 그리고 아곤을 끝낼 방법도 알아내고." 아테나의 손아귀에 잡힌 그녀의 턱뼈가 으스러지는 것 같았다. "그리고 내가 내 힘을 완전히 회복하면 예전처럼 다시 아이기스 방패를 휘두를 수 있을 것이다."

"하지만 래스도… 그걸 찾으러 올 거예요. 그자는 당신이 방패를 차지하는 걸 절대 보고만 있진 않을 거예요."

"시에 적힌 대로 내가 마지막 승리의 신으로 등극하면 그자는 내 발뒤꿈치에 밟혀 죽을 벌레 같은 존재가 될 것이다. 진정한 신에게 감히 등을 돌린 인간들도 똑같은 꼴을 맞게 될 것이다. 멜로라, 너에게도 경고 하나 하지. 나는 네가 사랑하는 모든 것과 모든 사람을 하나씩 차례차례 파괴할 것이다. 네가 내게 방패를 가져올 때까지."

가슴속에서 심장이 요동쳤다.

안 돼.

마일스는 안 돼. 카스토르도, 밴도, 이로도.

나의 도시도.

고요한 확신이 로어의 마음을 채웠다. 지금까지 어지럽게 휘몰아치던 수많은 생각들이 잠잠해지고 한 가지 선택이 모습을 드러냈다. 모든 이들의 얼굴을 떠올리며, 자기 가족을 생각하며, 이제는 결코 그들의 영혼이 안식을 찾지 못하리라는 것을 알면서도, 로어는 그 선택을 받아들였다.

그것이 로어가 할 수 있는 유일한 선택이었다. 그래도 최소한 로어 자신이 스스로 내리는 선택이었다.

미안해요. 로어는 생각했다. 그래도 카스토르가 상대해야 할 신이 한 명으로 줄어들 테니까. 그 누구도 아이기스를 영영 차지하지 못할 것이고.

로어는 아직 멀쩡한 손으로 창의 부러진 자루를 움켜쥐고 비명을 내지르며 다리에서 뽑아냈다. 로어는 여동생들을 생각했다. 두려움을 모르는 엄마를 떠올렸다. 캠프파이어 불꽃에 빛나던 아빠의 얼굴, 단검 자루 쥐는 법을 알려주던 모습을.

멜로라, 엄지손가락으로 칼자루의 등줄기를 받쳐라. 그래야 칼을 더 잘 쓸 수 있단다.

"아니요." 로어는 여신에게 잘 들릴 정도로 목소리를 높였다.

아테나가 콧방귀를 뀌었다. "건방진 계집 같으니—"

로어는 얼굴로 흘러내린 짙은 머리칼 사이로 여신을 올려다봤다. "결정은 내가 할 거예요."

그러고는 창끝을 돌려 자신의 가슴으로 밀어 넣었다.

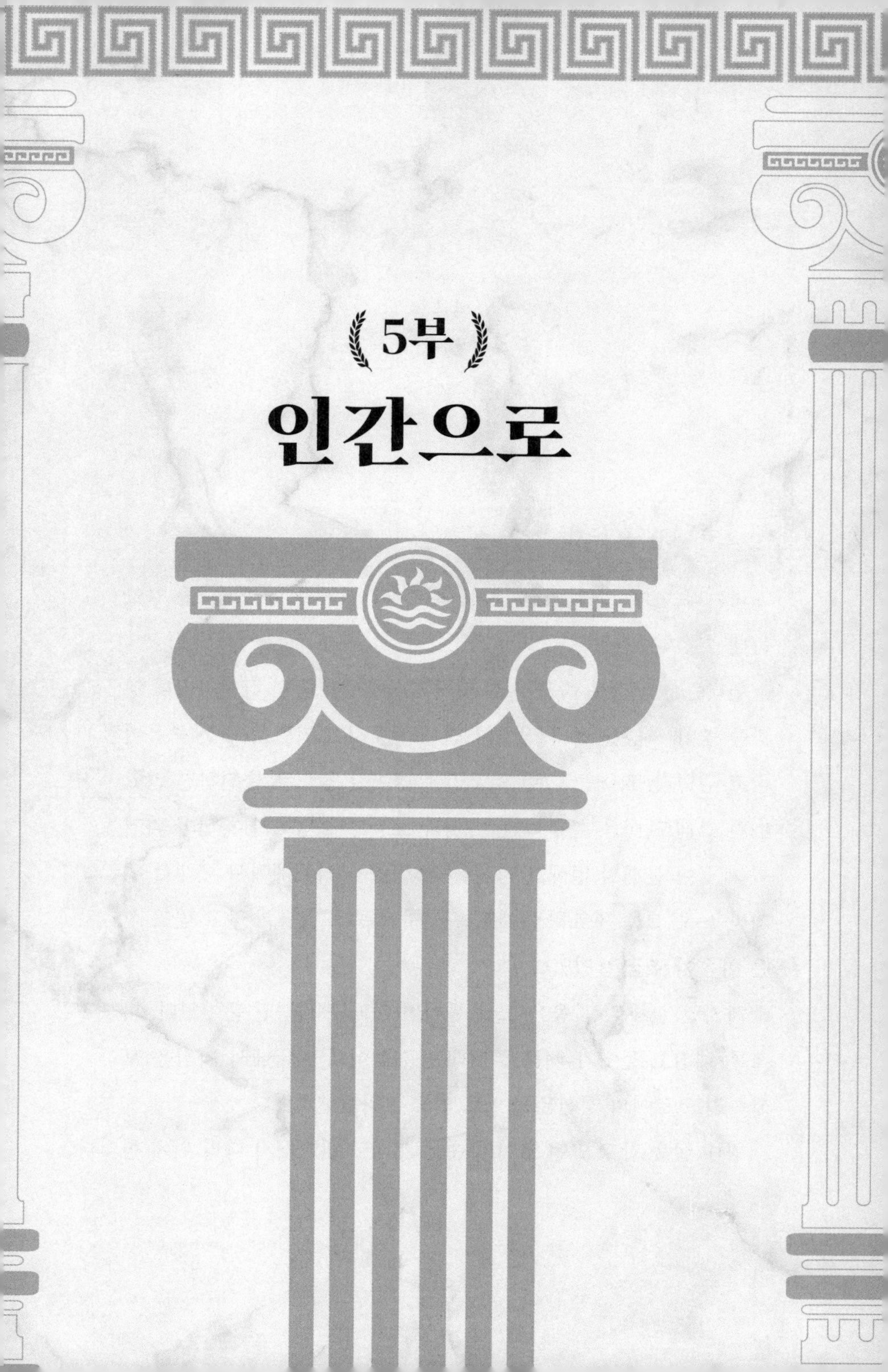

5부

인간으로

44

죽는다는 게 그냥 이런 건가? 뭔가 더 거창한 게 있을 줄 알았는데….

헌터들은 점잖은 죽음의 신 타나토스에게 조용히 끌려가느니 영광을 좇아 사냥을 하다 장렬히 전사하는 것이 가장 위대한 죽음이라고 믿었다. 로어는 그런 헛소리에 넘어갈 정도로 순진하진 않았지만 그래도 마음 한구석엔 '마지막 고통의 불덩이가 자신의 과거를 깨끗이 불태워 없애고 자신을 저 아래 지하세계에서 제대로 평가받을 수 있는 새로운 존재로 변신시켜 주지 않을까'라고 믿고 싶은 마음이 조금은 있었다.

하지만 실제로, 죽음은 그냥 몸이 마비되는 과정일 뿐이었다. 피부를 헤집고 들어가 뼈를 긁어대는 쇠붙이의 자극에서 자신을 보호하려고 로어의 정신은 스스로 기능을 차단해버렸다.

창대 끝을 잡고 있던 로어의 손은 그대로 미끄러져 다리 위에 힘없이 늘어졌다.

쇠가 쇠를 긁어대는 듯한 소름 끼치는 비명이 들렸다.

눈을 떠. 눈을 뜨라고. 로어는 생각했다.

회색 눈의 여신이 지른 비명이었다.

"이 멍청한!" 아테나가 매섭게 으르렁거렸다. "네 멋대로 이런 짓을 하게 내버려둘 줄 알아? 너는 나한테서 그걸 빼앗아갈 수 없어!"

"어차피 당신한테도 필요 없을 텐데…" 로어가 겨우 말을 이었다. "이제… 곧… 떠날 텐데…."

손 하나가 로어의 목을 움켜쥐고 부러뜨리기라도 할 것처럼 세게 압박했다. 엄혹한 얼굴로 아테나는 분노의 이빨을 드러내고 있었다. 곧 죽음이 닥치더라도 나약하게 굴하지 않는, 흔들림 없는 얼굴이었다.

"그걸 진짜로 다 믿다니." 아테나가 목구멍을 긁어내는 듯한 소리로 말했다. "정말로 내가 인간 따위에게 내 생명을 걸 정도로 멍청할 거라고 생각했나? '너'처럼 충동적이고 어리석은 인간에게? 이건 아무짝에도 쓸모없는 짓이다!"

공포가 가슴을 파고들었다. 로어는 여신을 향해 고개를 들어 눈앞에서 어른거리는 검은 점들을 뚫고 초점을 집중하려고 안간힘을 썼다. 눈에 보이는 거라곤 아테나의 눈동자에서 사납게 소용돌이치는 불꽃뿐이었다.

완전히 쓸모없는 건 아니지. 희미하게나마 이런 생각이 떠올랐다.

아테나를 죽게 하려는 의도만은 아니다. 로어는 앞으로 영원히 그 누구도 아이기스를 차지하지 못하게 만들고 싶었다. 적어도 그 소망은 이뤘다. 살면서 그렇게 많은 실수와 잘못을 저질렀지만 그래도 이거 하나만은, 제대로 해냈다.

여신은 숨을 들이쉬며 뒤로 물러났다. 그녀는 온 시선을 로어에게 쏟으며 그 자리에 서서 복잡한 머릿속 기계를 분주히 움직이더니 마침내 다시 이성을 찾은 것 같았다.

"가짜 아폴론을 불러서 널 치료하게 하겠다. 그런 다음 너는 나를 방패가 있는 곳으로 안내할 것이다."

싫어—

로어는 몸을 뒤로 밀어내며 손톱으로 거친 바닥을 긁어 움직이려 했다. 여신은 자기 창을 벽에 세웠다. 로어가 어떻게든 몸을 움직일 수만 있다면, 손을 뻗으면 창에 닿을 수 있었다. *내가 먼저 당신을 죽이기 전엔 안 되지—*

아테나가 로어의 머리를 한 움큼 휘어잡자 머리카락이 우수수 뽑혔다. 여신은 로어의 머리를 잡은 채 그대로 문밖 터널로 끌고 갔다.

하지만 어쩐 일인지 로어의 머리채를 곧 놔버렸다. 로어는 축축한 바닥에 철퍼덕 엎어지면서 턱이 깨지고 입에서 피가 쏟아져 나왔다. 차가운 피부를 적시는 따뜻한 피였다.

"아니…" 여신이 다시 걸음을 돌려 창을 들고 말했다. "생각이… 바뀌었다."

로어는 입을 열었지만 하고 싶었던 말들은 가슴을 차오르는 어둠 속으로 가라앉아 버렸다. 조금 전까지 로어의 피가 흐르던 혈관들은 이제 얼음처럼 차가워졌다.

"다른 방법도 있지." 마치 혼자만의 논리를 풀어내기라도 한 듯 여신이 천천히 말했다.

분노와 비통의 울부짖음이 로어의 입에서 맥없이 터져 나왔다.

여신은 뒤돌아 움직이기 시작했다. 그러더니 감방 문간에 멈춰 서서 마지막으로 어깨 너머를 돌아보며 위선적인 연민이 가득한 몇 마디를 내뱉었다. "심장을 찌를 용기조차 없다니, 참 애처롭군."

"내가 당신을… 죽일 거야…." 로어가 힘없이 말해봤지만 대답은 돌아오지 않았다.

앞으로도 대답은 듣지 못하겠지.

이제 남은 건 오로지 암흑과 적막, 그리고 마지막 기다림뿐.

7년 전

어쩐 일인지 시간이 꽤 지났는데도 달은 여전히 하늘 높이 떠 있었다. 물론 희미하게 밝아오는 새벽 여명에 흐려지긴 했지만. 로어는 동네 거리를 두리번거리지 않으려고 억지로 얼굴을 쳐들고 하늘에 떠 있는 우윳빛 초승달만 바라보며 걸었다. 그러다 결국 아파트 건물 앞에 다다른 로어는 내키지 않는 마음으로 몇 시간 전에 자신이 빠져나온 창문을 올려다봤다.

창문이 닫혀 있었다.

로어는 실망한 듯 얕은 한숨을 내쉬었다. 두려움이 다시 몰려왔다. 아빠랑 엄마가 벌써 일어났다는 뜻이었다.

로어는 움켜쥔 주먹으로 두 눈을 꾹 누르며 호흡을 가라앉히고 울음을 참았다.

쉽게 둘러댈 거짓말은 많았다. 카스토르를 보고 싶었다, 아곤의 마지막을 구경하고 싶었다, 가출하려고 했지만 다시 돌아왔다 등

등. 하지만 진짜 무슨 일이 있었는지 생각하면 스스로 자기 배를 칼로 찌른 듯한 기분이 들었다. 부모님에게 사실을 털어놔야 했다. 부모님이 로어에게 어떤 벌을 내리더라도 카드모스 가문의 벌보다는 나을 것이다. 그리고 부모님은 이 문제를 해결할 방법도 알고 있을 것이다.

로어는 다시 벽을 타고 올라갈 생각도 하지 않고 그냥 건물 정문으로 들어갔다.

어깨를 펴고 입안에서 맴도는 신물을 삼키며 수많은 계단을 오르고 또 올랐다. 전날 밤의 일들은 이제 기억이라기보다는 꿈을 꾼 것 같았다.

조용한 복도 맨 끝이 로어의 집이었다. 쿵쾅거리는 심장 소리가 귀까지 울렸다. 엄청 화가 나셨겠지. 부모님을 이해시킬 방법을 어떻게든 찾아내야 한다. 자신이 저지른 행동에도 불구하고 이 도시를 떠나지 말자고 부모님을 설득할 방법을. 로어는 뉴욕과도, 카스토르와도 헤어지고 싶지 않았다. 이런 식으로는 안 된다.

마침내 문밖에 가만히 서서 반질반질한 문에 이마를 대고 눈을 감았다. 부모님의 기척을 살피려고 귀를 기울였다. 커피를 만들고, 다마라에게 우유를 먹이고, 라디오 뉴스를 들으며 도란도란 이야기하는 소리를 들으려고.

그런데 아무 소리도 들리지 않았다.

로어의 낡은 운동화 속으로 발끝에 축축한 무언가가 스며들었다. 로어는 눈을 떴다.

검붉은 피가 문틈으로 새어 나와 로어의 발 주변에 고여 있었다.

45

캄캄한 어둠 속에서 올림피아가 로어를 기다리고 있었다.

올림피아는 둘이 함께 쓰는 침대 한쪽에 앉아 있었다. 자다 일어난 머리는 부스스했고 여전히 졸린 눈은 아직 초점이 흐렸다. 로어는 동생 옆으로 몸을 들이밀고 누워서 자신이 벽에 붙여놓은 올림피아의 그림들을 바라봤다. 창문으로 불어 들어온 산들바람에 그림이 나풀거렸다.

동생이 자신을 향해 고개를 돌리자 로어는 울음이 터져 나왔다.

"롤로 언니, 싸우지 마." 올림피아가 로어의 잠옷 앞섶을 끌어안으며 속삭였다. "싸우지 말고 얼른 자, 언니."

로어는 눈을 감았지만 눈물이 멈추지 않았다.

얼른 자….

이렇게 쉬운걸…, 그냥 눈만 감으면 되는걸. 하지만 막 잠에 빠지려는 순간, 코를 찌르는 쇠 비린내에 로어는 다시 의식의 세계로 끌려 나왔다.

싸우지 마.

눈을 뜨자 올림피아의 텅 빈 눈구덩이가 바로 앞에서 자신을 정면으로 바라보고 있었다.

로어는 소리치며 울부짖었다. 침대 위를 흥건히 적시고도 계속 흘러넘치는 피가 로어의 온몸을 뒤덮고 입안으로 쳐들어왔다. 로어는 몸을 굴려 침대 밑 바닥으로 떨어졌다. 하지만 바닥도 온통 피바다였다. 피는 다마라의 요람 다리 사이로 흘러갔다. 날카로운 통곡이 적막을 찌르고 들어와 로어의 날뛰는 심장박동에 맞춰 점점 더 깊숙이 그 칼날을 찔러 넣었다.

방문이 열려 있었다. 방문 뒤의 시커먼 공간에 불빛이 하나 보였다.

로어는 휘청거리며 앞으로 나아갔지만 차마 자기 주변을 돌아볼 수 없었다. 무엇을 보게 될지 이미 알고 있었으니까. 배에서 목까지 난도당한 채 문 옆에 쓰러져 있는 엄마, 그리고 주방에는 허리가 부러지고 두개골이 으깨진 채 죽어 있는 아빠가 있을 것이다. 로어는 이곳에 와본 적이 있다. 이 모든 걸 본 적이 있다.

저 불빛, 저 불빛에 가까이 갈 수만 있다면….

얼른 자….

침실을 나가는 동안 마음은 고요해지고 몸은 잠잠해졌다. 차가운 안개가 로어의 두 뺨을 어루만졌다.

빛은 아직 저 앞에, 은빛 안개 바로 너머에 있었다. 그런데 이제는 한 개가 아니라 일곱 개의 불빛이다. 형체가 있는 일곱 개의 불빛. 강 건너편에서 무표정하게 로어를 바라보는 일곱 개의 얼굴들이다. 그중 하나가 나머지 불빛에서 떨어져 로어를 향해 날아왔다. 로어의 심장이 더디게 뛸 때마다 불빛도 점점 커지며 환해졌다.

이 회색 지대는 마치 로어에게 억지로 숨을 불어넣으려는 듯 스스로 숨 쉬고 있는 것 같았다. 차가운 물이 로어의 발가락에 찰랑거렸다.

멜로라. 축축한 공기가 로어의 이름을 속삭이듯 불렀다. 그것은 점차 아무도 대답하지 않는 부름이 되어가고 있었다. *멜로라?*

무거운 손 하나가 로어의 어깨에 내려앉았다. 로어는 천천히 고개를 돌렸다.

그러자 온몸을 헤집는 고통에 몸의 감각이 되살아났다. 팔다리가 참담한 모양으로 뒤틀려 있었다. 로어는 숨을 들이쉬려고 꺽꺽대며 바닥을 할퀴었다. 너무 추웠다. 죽을 만큼 추워서, 얼음처럼 깨져버릴 것 같았다.

강물이 흐르는 어두운 세계와 지하 밀실 세계가 번갈아가며 눈앞에 나타났다. 잠시 후엔 뭐가 뭔지 분간조차 되지 않았다.

"멜로라, 진정해." 같은 목소리가 말했다. "미안하지만 가장 나쁜 일은 아직 오지도 않았단다."

눈앞에 환하게 빛나는 얼굴이 어른거렸다. 젊고 아름다운 얼굴엔 장난기 어린 입술이 있었고, 사랑스러울 정도로 귀여운 곱슬머리 위에 얹힌 모자 양옆에 달린 한 쌍의 날개가 로어의 맥박과 박자에 맞춰 펄럭거렸다.

"당신은…," 로어가 속삭였다. "그럴 리가…."

불빛의 형체가 이상한 빛으로 바뀌더니 마치 붕대가 풀어지는 것처럼 그를 감싸고 있던 껍데기가 서서히 벗겨지면서 그 안에 숨겨져 있던 모습이 드러났다.

다른 사람이었다.

로어는 뿌연 눈의 초점을 맞춰보려고 덜덜 떨리는 손을 들어 눈을 비볐다. 이제는 자기 앞에 한 노인이 서 있었다. 노인은 땅에 발을 딛고 있지도 않았다. 반짝이는 하얀 머리칼이 노인의 머리를 파도처럼 감싸며 긴 얼굴에 드리웠다. 노인의 흰 피부는 핏줄과 주름으로 골이 패여 있었고 어깨는 구부정했다. 로어를 바라보는 노인의 초록색 눈이 반짝였다.

"사랑하는 아가." 길 할아버지가 부드럽게 말했다. "괜찮은 게냐?"

"당신은 진짜가…." 할아버지의 모습에 이미 숨이 막힐 것 같은 로어는 말을 끝낼 수 없었다. 분명 길 할아버지였다. 낯익은 트위드 재킷이며 다 알고 있다는 저 표정까지.

"진짜가 아니라고? 어디 한번 일어나서 직접 알아보렴." 할아버지가 말했다.

하지만 로어의 눈꺼풀은 너무 무거웠다. 힘없이 고개를 한 번 젓는 사이 그녀의 눈꺼풀은 어느새 닫혔다.

"아가, 안 된다." 길 할아버지가 날카롭게 말했다. "나를 보렴, 얼른 눈을 뜨고 나를 봐."

로어는 온 힘을 다했다.

"살고 싶으냐?" 할아버지가 물었다. 그 두 마디가 로어의 가슴속을 울리며 과거의 기억들과 뒤섞였다.

로어는 숨을 조금 들이쉬었다. 다른 친구들… 이 도시…, 아직 할 일이 남았는데… 몸이… 도저히….

"넌 이미 충분하다는 걸 알고 있잖니. 자, 얼른 일어나라, 멜로라. 내가 널 제대로 봤다는 걸 증명해주렴."

로어도 자신이 충분히 사냥할 수 있다고, 충분히 자신의 도시를 지킬 수 있다고, 친구들을 보호하고 가족의 원수를 갚을 능력이 충분하다고 생각했다. 하지만 이제 남은 게 아무것도 없었다. 로어를 사랑했던 모든 사람들이 다 사라져버렸다.

아니, 다 사라져버린 건 아니지.

모든 게 다 거짓이었던 건 아니다.

"이젠 너 자신을 위해 하거라." 할아버지의 목소리가 로어의 혼란스러운 마음을 진정시켰다. "아테나에게 덤비기 위해서가 아니라, 분노를 풀기 위해서가 아니라, 너 자신을 위해서."

수치심과 분노와 배신감이 마음속에서 마구 뒤섞였다. 하지만 다른 것도 있었다. 자기 안에 아직 남아 있는 무언가가 있었다. *해야 할 무언가가….*

"네 힘으로 일어서야 한단다. 예전에 네가 날 도왔던 것처럼 나는 널 부축해줄 수가 없구나. 그리고 널 아주 멀리까지 데려다줄 수도 없단다. 그분이 허락한 경계선까지만 갈 수 있다. 내게 허락된 곳까지만. 오로지 네 힘만으로 일어서서 그곳까지 나를 따라와야 한다."

바로 그것, 그것이 로어 안에 아직 남아 있었다. 일어나서 친구들에게 돌아가는 것, 그리고 그들에게 경고해주는 것….

로어는 등 뒤로 팔을 뻗어 손으로 벽을 짚으며 지지할 만한 무언가를 찾아 더듬었다. 구멍이 덜 뚫려 움푹 팬 홈에 손가락을 고리처럼 걸어 넣었다. 몸을 들어 올리느라 어깨와 팔에 통증이 몰려들었지만 로어는 턱을 악다물었다. 쥐어짜는 듯한 비명을 내지르며 온 힘을 다해 발을 딛고 일어섰다.

"아주 잘했다. 아가야, 그렇게 하면 되는 거야." 길 할아버지가 한층 안도한 어조로 말했다.

로어의 오른쪽 다리는 괜찮았다. 하지만 아테나에게 찔린 왼쪽 다리는 부러진 상태였다. 아주 살짝만 무게를 실어도 불에 타는 듯한 고통이 다리를 뚫고 지나갔다. 로어가 시험 삼아 발을 디뎌보려고 하자 무릎이 곧바로 무너졌다. 결국 로어는 다리 대신 어깨로 벽을 짚었다.

몸을 웅크리자 가슴에 난 상처에서 뜨거운 피가 흘러나왔다. 로어는 출혈을 막아보려고 손으로 상처를 눌렀다. 오한으로 몸이 떨렸다. 고통이 너무 지독한 나머지 고통에 취해버린 것 같았다.

"아가야, 이제 나를 따라오너라. 불빛에서 눈을 떼지 말고." 길 할아버지가 말했다.

로어는 절뚝거리며 한 발을 내디뎠다. 온몸을 휘청이며 한 발, 그리고 또 한 발. 발밑에서 물이 철벅거렸다. 강과 터널이 서로 스며들듯 뭉개지더니 마침내 주변이 온통 암흑과 돌로 변했다. 하지만 이제는 저 앞에 불빛이 있었다. 로어는 그 불꽃을 보았다.

오른쪽 엉덩이가 열심히 씰룩거리며 앞으로 앞으로 나아갔다. 고된 동작에 근육이 뻑뻑해졌다. 앞으로, 앞으로. 두 사람의 움직임은 너무나 힘겹고 더뎠다.

할아버지는 언제나처럼 길을 알고 있었다. 갈림목이나 꺾이는 길마다 주저 없이 안내했다. 로어는 묵묵히 할아버지의 뒤를 따르며 오로지 불빛만 바라봤다. 이제야 그 불빛이 할아버지의 손에 들린 횃불에서 뿜어 나오는 불꽃이라는 걸 알았다.

불꽃은 최면을 걸듯 로어의 눈앞에서 마술을 부리며 실제 있지도 않은 것들을 보이게 만들었다.

길 할아버지의 트위드 재킷이 마치 공중으로 흩어지는 불씨처럼 순식간에 사라지더니 그 안에서 아이보리색 튜닉이 나타났다. 할아버지의 왼쪽 손에는 날개 달린 지팡이가 들려 있었고 황금 뱀들이 지팡이를 따라 몸을 휘감고 있었다. 뱀들은 비늘로 덮인 작은 머리를 서로에게 비비다가 머리를 돌려 로어를 바라봤다.

도와줘요. 로어는 생각했다. 왜냐하면, '나랑 같이 있어달라'고는 할 수 없으니까.

마치 로어가 그들에게 와달라고 부르기라도 한 것처럼 터널 벽을 따라 그림자들이 나타났다. 남자와 여자, 그리고 어린 여자애 두 명의 윤곽이 로어의 옆에서 미끄러지듯 움직였다. 로어의 고단한 움직임과 박자를 맞추며. 로어가 아는 얼굴들, 로어가 사랑한 얼굴들이었다.

로어는 여자를 향해 손을 뻗었다. 여자의 얼굴을 만지는 로어의 손가락이 허공을 움켜잡았다.

나랑 같이 있어줘요. 로어는 생각했다. *날 떠나지 마….*

눈앞이 흐려지면서 길 할아버지의 모습도 흐릿해졌다. 로어는 벽에 온몸을 기대고 손으로 벽을 짚으며 마지막 남은 힘까지 끌어 모아 몸을 앞으로 끌어당겼다. 차가운 물을 헤치고 서서히 움직이며 사력을 다해 머리를 지탱했다.

어쩌면 이것이 자신이 저지른 일에 대한 벌인지도 모른다. 영원히, 이 어둠의 길을 걸어야 하는 걸지도, 이 작은 영겁에 갇혀 영원히 살아야 하는지도 모른다. 다시는 터널 출구까지 되돌아가지 못할 거라는, 밖으로 나가는 사다리를 올라갈 힘조차 없을 거라는 깨달음과 고통 속에 영원히 갇힐지도 모른다.

뒤쪽 어딘가에서 가벼운 종소리 같은 것이 다정하게 울렸다. 그리고 또 울리고, 또 울렸다. 마치 아침에 지저귀는 새들의 노래 소리처럼.

길 할아버지가 걸음을 멈추고 뒤로 돌았다. "이 정도면 된 것 같구나."

로어의 호흡이 떨렸다. 로어는 거친 벽에 등을 붙였다. 그림자들을 잡아보려고 했다. 그들을 자기 쪽으로 끌어당기려고 허우적댔다. 하지만 시야가 흐려지면서 그림자들도 희미해졌다.

같이 있어줘.

"이 모든 비극 중 나로 말미암아 벌어진 일에 대해 정말 미안하구나." 길 할아버지의 목소리가 아주 가까이에서 들렸다. 그러고는 로어의 이마에 부드럽고 따뜻한 감촉이 느껴졌다.

로어는 자신이 눈을 뜨고 있는지조차 알 수 없었다. 마치 몸은 아래에서 흐느적거리고 정신은 어딘가로 벗어나 버린 것 같았다. 길 할아버지가 다시 말했을 땐 목소리가 더 깊고 선명했다. 그의 말 한마디 한마디가 로어의 마음에서 꽃처럼 피어올랐다. *신들이 너를 지켜보고 있단다.*

횃불의 희미한 불꽃마저 사라졌지만 그들의 존재감은 한동안 로어의 주변을 맴돌았다.

날 떠나지 마. 로어는 애원했다. 너무나 간절해서 가슴이 찢어질 것 같았다. *제발 가지 마… 같이 있어줘….*

그림자들이 로어를 휘감았다. 그리고 머릿속 생각들이 한 줌의 재로 변하고 세상도 암흑 속으로 사라졌을 때, 로어는 더 이상 두렵지 않았다.

46

어둠 속에서, 심장박동이 들려왔다.

저승에서 에우리디케를 데리고 나오던 오르페우스가 하염없이 위를 올려다보며 지상의 빛이 어서 나타나기를 간절히 바라는 마음으로 로어도 어둠 속의 그 박동 소리에 집중했다. 자기 뒤에서 맴도는 식어버린 존재들의 얼굴을 한 번 더 보려고 뒤를 돌아보는 순간 소리를 놓쳐버릴지도 모른다.

로어는 돌아보지 않았다. 대신 점점 강력해지는 온기를 향해 마음을 움직였다. 자신의 모든 감각을 둘러싼 낯익은 힘에 정신을 쏟았다.

때와 진물로 눈꺼풀이 들러붙어 눈이 떠지지 않았다. 로어는 힘껏 눈꺼풀을 치켜올렸다.

눈을 감고 있는 카스토르의 얼굴이 보였다. 고개를 약간 뒤로 젖히고 있어서 날카로운 턱선이 그대로 드러났다. 카스토르의 힘이 두 사람을 감싸고 고동치며 터널의 음침함을 환하게 태워버리고 있었다. 그의 힘 때문에 바닥에 고여 있던 물이 짙은 안개로 바뀌며 허공을 채웠다.

로어는 딱딱한 바닥에서 들어 올려져 카스토르의 다리 위에 걸쳐져 있었다. 카스토르의 한쪽 팔이 로어의 어깨를 감싸 받치고 다른 쪽 팔은 창에 찔린 다리에 놓여 있었다.

로어가 카스토르를 올려다보는 사이 눈에서 솟구친 눈물이 얼굴을 지나 머리로 흘러내렸다. 몸속이 마치 공기와 햇빛으로만 가득 찬 것 같았다. 몸의 실체가 사라져 움직일 수 없을 것 같은 느낌이었다. 카스토르는 거의 숨도 쉬지 않는 듯했다.

로어는 한 손을 들어 올려 카스토르의 뺨을 손끝으로 가볍게 어루만졌다. 카스토르가 로어의 손을 잡아 자기 가슴으로 끌어안았다. 그의 인간 심장이 뛰고 있는 자리 바로 옆, 가슴 한가운데.

카스토르가 로어의 눈을 마주 봤다. 그는 아무 말도 하지 않았다. 하지만 언제 그래야 했던 적이 있었던가. 카스토르의 얼굴은 언제나 로어만을 위해 쓰인 책이었다. 로어의 눈을 마주 보는 동안 그 책에 쓰인 이야기들이 펼쳐졌다.

하지만 카스토르가 찢어진 살갗을 이어붙이고 부러진 뼈를 맞추는 동안 그의 힘이 전해주는 온화하면서도 몽롱한 느낌이 온몸을 서서히 완화시키자, 로어는 기억이 떠오르기 시작했다.

수치심이 혼동과 분노 사이를 헤집고 지나가자 로어는 다시 울음을 터뜨렸다. 마음 깊은 곳에서 우러나는 정직한 울음이었다. 아테나의 실체를 알아보지 못한 것에 대한 뉘우침, 자신이 하마터면 사랑하는 모든 사람을 남겨두고 이 세상을 떠날 뻔했다는 아찔한 공포에 대한.

결코 되돌릴 수 없는 자신의 잘못과 그것이 앗아간 소중한 생명들에 대한.

로어는 주변의 벽을 다시 살펴보며 조금 전의 그 그림자들을 찾아봤다. 하지만 그들은 카스토르의 빛이 자기들의 자리를 대신할 때까지만 머무르다 간 모양이었다.

카스토르가 로어의 축축한 뺨에 들러붙어 있던 머리칼을 조심스럽게 걷어내며 귀 뒤로 부드럽게 넘겨주었다. 로어는 지금까지 있었던 모든 일을 말해주고 싶었다. 다 설명해주고 싶었다. 하지만 카스토르는 이미 알고 있었다. 로어가 그를 너무나 쉽게 읽을 수 있는 것처럼 카스토르도 항상 로어를 금방 이해했다.

"너 몸이 정말 얼음처럼 차가웠어." 카스토르는 말하면서도 자꾸 멈칫거렸다. "내가 과연…, 나도 확신이…."

로어는 카스토르의 어깨에 이마를 묻었다. "이것도 괜찮아. 아니, 아주 좋은 변화야. 보통은 너랑 내가 다시 만날 땐 거의 주먹질이었잖아."

"항상 그렇진 않았지." 카스토르가 소곤거리듯 말했다. "같이 적을 추격할 때도 가끔 있었잖아."

"적들도 참 가지각색이었지. 목숨을 건 전투에서 양념 같은 존재들이라고나 할까." 로어가 말했다.

카스토르가 거센 콧김을 내뿜고는 이내 약간 물러나 로어의 다리에 난 상처와 분홍빛 새살을 유심히 살펴봤다. 로어는 손을 올려 자기 갈비뼈 사이를 만져봤다.

심장을 찌를 용기조차 없다니, 참 애처롭군.

"로어, 아직 아픈 데 있어?" 카스토르가 다정하게 물었다.

로어는 고개를 저으며 그동안 있었던 일들을 어떻게 다 설명할지 고민했다.

"내가 그렇게 가버리는 게 아니었는데, 하지만 그래야만 네가 내 마음을 확실히 이해할 수 있을 것 같아서…. 절대 너를 그 여자와 단둘이 남겨두는 게 아니었는데…." 카스토르가 떨리는 숨을 내뱉으며 다시 눈을 감았다. 하지만 다시 눈을 떴을 땐 그의 눈동자에 냉혹한 결의가 담겨 있었다.

"아테나를 죽여버릴 거야." 카스토르의 나지막한 목소리에는 어떤 허식도, 조금의 주저함도 없었다. 너무나 카스토르답지 않은 모습이었다.

"안 돼." 로어가 말했다.

"그 여자가 너한테 한 짓은—" 카스토르의 말을 로어가 가로막았다.

"아니야. 내가 한 거야." 로어가 쉰 목소리로 말했다.

카스토르의 얼굴이 서서히 깨달음의 표정으로 바뀌었다. 그제야 로어의 말뜻을 알아차린 카스토르는 공포에 가까운 충격을 느꼈다.

"아테나 짓이었어. 우리 가족을 죽인 건, 처음부터 아테나였어."

"도대체 왜? 그 많은 가문들을 놔두고 왜 하필이면 너희 집을?"

"나 때문에. 지난번 아곤 때 내가 한 짓 때문에."

카스토르는 궁금한 표정으로 로어가 자세히 설명하기를 기다렸다.

"나는… 내가 아테나를 막을 수만 있다면, 그녀를 아곤에서 사라지게 할 수 있다면…, 그리고 아무도 아이기스를 차지하지 못하게 할 수만 있다면…. 그렇게 하려고 했는데." 로어는 고개를 저었다. "그런데 아테나가 내게 운명을 결속하겠다고 했던 맹세는 가짜였어."

카스토르는 로어의 손을 들어 올려 그녀의 거친 손바닥에 부드럽게 키스했다. 그는 자신의 몸을 휘감고 있던 힘이 서서히 약해지면서 마치 자신만의 생각 속으로 빨려 들어가는 것 같았다.

"설사 진짜였더라도, 네가 자살하는 대신 차라리 아테나를 찔러볼 생각은 안 했어? 여신의 힘을 빼앗아볼 수도 있었을 텐데." 카스토르가 마침내 물었다.

"아니, 내가 들은 이야기에 따르면 그렇게는 안 돼. 그러려면 여신을 칼로 공격해야 하는데 그러기엔… 내 상태가 좋진 않았어."

그 기억이 다시 떠오르자 로어는 손을 움켜쥐었다.

온몸의 신경이 살아나기 시작하고 정신도 회복되자 로어는 가장 먼저 물어봤어야 할 질문이 이제야 불현듯 떠올랐다.

"어떻게 날 찾은 거야?"

"네 휴대폰으로." 카스토르가 대답했다.

로어는 어리둥절한 표정으로 카스토르를 멀뚱히 쳐다봤다.

"마일스가 친구 추적… 어쩌고 하는 걸 해서?" 카스토르는 자기도 잘 모르겠다는 표정으로 대답했다. "물론 먼저 네 요청을 수락

해야 했지만. 홍수가 난 다음에 어찌어찌해서 다들 브라운스톤 근처에서 다시 만났어. 그리고 계속 너를 찾아다녔지. 통신 서비스도 30분 전에야 복구됐고. 밴이랑 마일스는 아킬레우스 헌터들이랑 다시 모여서 우리가 숨을 만한 안전한 장소를 알아보러 갔어."

그리고 넌 여기로 왔구나. 로어는 고마운 마음에 어쩔 줄 몰랐다. *나를 찾으러 여기에 와주었어.*

"마일스는 괜찮아? 너희들 모두 다친 데는 없는 거야?" 로어가 물었다.

"다들 괜찮아."

로어는 몸을 약간 들어 뒷주머니에서 휴대폰을 꺼냈다. 액정은 깨져 있었지만 그래도 문자 메시지와 부재중 전화 알림은 확인할 수 있었다. 겁에 질린 마일스의 문자들이 연달아 떠 있었다.

'괜찮아? 괜찮은지만 알려줘.'

로어는 간신히 휴대폰을 잡고 덜덜 떨리는 손으로 마일스에게 답장을 보냈다.

'괜찮아. 안전한 곳에서 문자해.'

곧바로 휴대폰이 진동과 함께 높은 음의 낯익은 종소리를 울렸다.

팅.

'ㅇㅋ 문자로 주소 보내줄게.'

팅.

'2시간 후 도착 예정. 먼저 보트부터 구해야 해서.'

팅.

'무슨 일이 있었던 거야?'

종소리. 아까 로어가 들었던 종소리는 환청이 아니라 진짜였다. 하지만 그렇다면….

다른 것들도 다 진짜였을까?

로어는 주변을 둘러봤다. 바로 몇 걸음 떨어진 곳에 지상으로 올라가는 사다리가 있었다. 더 깊은 곳에선, 밀실에선, 전화가 터지지 않았을 것이다.

카스토르는 로어의 시선을 따라 깊숙한 터널 안을 들여다봤다.

"타이드브링어의 시신이 저 안에 있어." 로어가 머뭇거리듯 말했다.

물론 그녀의 인간 육신은 아곤이 끝날 때 함께 사라지겠지만, 그래도 그냥 썩게 방치해두는 건 타이드브링어에게 너무한 처사라고 생각했다.

카스토르가 로어를 부축해 일으키며 고개를 끄덕였다. "내가 처리할게."

카스토르는 구불구불한 터널로 걸어가더니 첫 번째 꺾이는 곳에서 사라졌다. 로어는 벽에 등을 기대고 앉아 카스토르의 황금빛 파워가 타이드브링어의 시신을 재로 만드는 모습을 상상했다. 바닥에 아직 고여 있는 물을 첨벙거리며 자신을 향해 다가오는 카스토르의 발소리가 예상보다 훨씬 빨리 들려왔다.

카스토르는 고개를 저으며 말했다. "내 평생에 이런 일은 처음 봐…."

"앞으로 다시는 볼 일 없으면 좋겠다. 내가 다 말해줄게. 일단 여기서 나가자." 로어가 말했다.

"나도 완전 동감." 카스토르가 사다리 쪽으로 다가가며 말했다. "혹시 위에 누가 있을지 모르니까 내가 먼저 올라갈게. 물이 쏟아질 테니 뒤로 비켜 있어."

해치 문이 불평하듯 끼잉 소리를 내며 열리자 희미한 불빛과 물이 쏟아져 들어왔다. 로어는 고개를 돌렸다. 떨어진 물이 로어의 발 주변에 고였다.

"아무도 없어. 준비됐지?" 카스토르가 내려다보며 물었다.

로어는 고개를 끄덕이며 사다리의 가로대를 움켜쥐고 손이 떨리지 않을 때까지 기다렸다. 카스토르가 치료해준 다리에서 희미한 통증이 느껴졌지만, 로어가 한 칸 더 위로 손을 뻗고 카스토르를 향해, 그리고 마치 후광처럼 그를 감싸고 있는 붉은 노을빛을 향해 한발 한발 나아가는 동안 어느새 통증도 사그라들었다.

47

두 사람이 물에 잠긴 거리를 헤치고 센트럴파크를 가로질러 막 웨스트사이드로 건너가려는데 주소를 알려주는 문자 메시지가 왔다. 도착해보니 판자로 막혀 있는 옷가게의 위층 빈 사무실이었다. 링컨센터에서 그리 멀지 않은 곳이었다.

카스토르는 자물쇠를 녹여 문을 들어 올리고 안으로 들어간 다음 다시 자물쇠를 녹여 잠갔다. 내부를 둘러보니 유리창에 시청 로고가 찍혀 있었다. 일종의 공공기관 사무실로 만들려고 내부 공사를 하던 중인 모양이었다. 새로 칠한 페인트 냄새와 계단 난간을 덮고 있는 비닐 방수포를 보자 로어는 자기 짐작에 더욱 확신이 들었다. 심지어 위층엔 텅빈 사무용 책상들이 쭉 놓여 있었다. 바닥에서 천장까지 이어진 통유리는 전부 종이를 붙여 차단했다. 그 통유리 밖을 바라보며 앉을 수 있는 작은 휴게 공간이 마련되어 있었다. 소파와 의자, 테이블까지 갖춰진 공간이었다.

빈 사무실은 경비도 없고 아주 훌륭한 은신처였다. 이 모든 게 마일스가 인턴십을 하면서 얻어낸 정보였다. 로어는 밴과 마일스를 얼른 보고 싶었다. 둘 다 정말 괜찮은지 자기 눈으로 직접 확인해야 마음이 놓일 것 같았다.

카스토르는 로어를 소파로 데려가 소파에 덮여 있던 비닐을 벗겨냈다. 로어는 완전히 무너지듯 소파에 주저앉았다. 밤이 가까워오는데도 도시의 전력은 여전히 복구되지 않은 상태였다. 로어의 눈은 점차 짙어지는 어둠에 적응하기 시작했다. 카스토르가 한 손으로 주먹을 움켜쥐자 그의 손 주변으로 희미한 빛이 맴돌았다.

"어이 덩치, 대단한데!" 로어가 말했다.

"나도 힘을 사용하는 데 점점 더 익숙해지고 있어. 예전엔 0 아니면 100이었는데 이젠 30이든 40이든 힘의 세기를 조절할 수 있어."

카스토르가 싱크대 쪽을 뒤적거리다 그 뒤쪽으로 사라지는 모습을 바라보며 로어는 애써 짓고 있던 억지 미소를 지웠다. 카스토르가 다시 나타났을 땐 딱 봐도 냉각수 용도였던 것 같은 20리터짜리 물통 하나를 어깨에 짊어지고 다른 손엔 갈색 종이 타월을 한 움큼 들고 있었다.

카스토르는 로어 앞에 무릎을 꿇고 앉더니 종이 타월에 물을 묻혔다. 그리고 온 정신을 집중해서 로어의 손에 묻은 먼지와 검댕과 핏자국을 닦아내기 시작했다. 카스토르의 피부에서 전해지는 온기가 로어의 손으로 다시 퍼지자 로어는 그제야 자기가 얼마나 추웠는지 깨달았다. 카스토르가 로어의 티셔츠 소매를 어깨 위로 걷어 올리는 동안 로어는 조금이라도 보탬이 되려고 팔을 들어 올리려

했지만 마음뿐, 팔이 말을 듣지 않았다.

며칠 만에 처음으로 로어는 마음이 푹 놓였다. 아프고 힘들어도 물러서지 않고 맹렬하게 도전하는 그런 사람인 척 애쓸 필요가 없었다.

바로 이것 때문이야. 로어는 퍼뜩 깨달았다. 아테나는 로어를 회유하기 위해 아주 천천히, 그리고 치밀하게 파고들었다. 여신이 로어에게 심어 넣은 암시들은 모두 로어를 다른 친구들에게서 떼어내고 로어가 스스로를 더 강력하게 믿도록, 오로지 자기 자신만을 믿도록 설계된 것이었다. 다른 친구들이 여신의 계략을 눈치챌 위험을 차단하려는 의도였다.

카스토르는 마음 놓으라는 듯 살짝 웃어 보이며 종이 타월에 새로 물을 적셔 로어의 다른 쪽 팔을 닦았다. 아테나가 으스러뜨리고 자신이 치료해준 로어의 손을 들어 올리더니 종이 타월로 살살 문질러 시커먼 얼룩들을 닦아냈다. 그 모습을 바라보는 로어의 심장이 곧 터져버릴 것 같았다.

여신은 인간이 아니었다. 여신은 이 세상을 인간처럼 이해하지 못한다. 순수 이성에게 감정이란 성가신 방해물일 뿐이다. 하지만 그런 아테나마저 다른 사람들이 그저 로어 곁에 있는 것만으로도 위협이 될 수 있다는 걸 인지했다. 사람 하나쯤 움직이는 건 쉬운 일일 것이다. 하지만 그 사람을 사랑하는 사람들이 주변에 포진해 있는 한 언제나 그들의 보호를 받고 있는 것이다.

로어는 길고 긴 세월 동안 항상 화가 나 있었다. 이 세상에, 아곤에, 그리고 가장 크게는 자기 자신에게 화가 났다. 그 분노가 본질적으로 좋았는지 나빴는지를 따지려는 게 아니다. 다만 분노는 에너지와 동기와 집중력을 일으키기도 하지만, 해결되지 않은 채 너무 오랫동안 묵혀 있으면 결국 독이 되고 마는 것이다.

심지어 지금도 온몸의 신경은 당장 계단을 달려 내려가라고 아우성을 치고 있었다. 별처럼 불타 버려야 마땅한 그 신의 모습만 머릿속에 새기고 검 하나만 들고 도시 속으로 뛰어들라고, 사방에서 로어를 충동질했다. 로어가 충동을 억누르며 자기 몸을 제자리에 묶어두려고 안간힘을 쓰는 동안 온몸이 발작하듯 떨렸다.

카스토르는 종이 타월을 새로 적셔 로어의 목을 닦기 시작했다. 그가 로어의 턱선을 따라 차가운 물을 붓는 순간 그의 얼굴에 어두운 표정이 언뜻 스쳤다. 로어도 순간 떠오르는 생각이 있었다. 아테나가 턱을 부러뜨린 건가. 다른 상처들이 너무 지독하게 고통스러워서 턱의 통증을 미처 자각하지 못하고 있었던 건가.

카스토르가 장난치듯 로어의 얼굴에 물을 살짝 뿌리자 로어도 퍼뜩 생각 속에서 빠져나왔다. 로어는 피식 웃어 보였다. 카스토르는 돌연 로어의 머리를 만지기 시작했다. 물 묻은 손가락으로 로어의 마구 헝클어진 머리를 아주 조심스럽게 빗어 넘겨 어깨 위로 열심히 땋아 내렸지만 아쉽게도 꽁지를 묶을 만한 것이 없었다.

마지막으로 카스토르는 로어의 티셔츠 찢어진 부위를 유심히 살폈다. 로어가 스스로 무기를 찔러넣은 바로 그 부위를 중심으로 티셔츠 위에 피가 말라붙어 있었다.

로어는 양손으로 카스토르의 팔을 살며시 잡아 세우고 입을 열었다. "너한테 사과할게."

카스토르는 고개를 저으며 말했다. "로어, 그럴 필요—"

로어는 멈추지 않았다. "너를 그런 식으로 취급해서 미안해. 아르테미스를 찾자는 네 의견에 즉시 찬성하지 않은 것도 미안해. 네가 아르테미스를 찾고 싶어 하는 이유를 뻔히 알면서도 네 편에 서지 않았어. 그리고 너한테 무슨 일이 있었는지 함께 알아내자는 약속도 지키지 못해서 미안해."

"다 괜찮아." 카스토르가 조용히 말했다.

"아니." 로어가 다시 끼어들었다. "안 괜찮아. 내가 지금까지 살면서 단 한 번도 의심해본 적 없는 유일한 한 가지는, 네가 항상 내 편이 되어줄 거라는 믿음이었어. 무슨 일이 있어도 너만은 믿을 수 있다는 확신 말이야."

로어는 떨리는 호흡을 들이쉬고 계속 말을 이었다.

"며칠 전에 네가 한 말 중에 잘 이해되지 않는 게 있었어. 그땐 이해를 못 했어. 네가 아폴론을 어떻게 죽였는지 꼭 알아야 하는 이유 말이야. 네가 그랬잖아. 그 일에 어떤 의미가 있을 거라고. 그냥 우연이 아니라 다 그럴 만한 이유가 있어서 너한테 그런 일이 일어났을 거라고. 넌 그걸 확인하고 싶었던 거잖아."

카스토르의 손가락이 로어의 팔을 감싸고 부드러운 살갗을 살며시 어루만졌다.

"그런데 나도 그랬어. 그전까지는 운명의 여신 따위 믿지 않는다고 계속 고집을 부리느라 미처 깨닫지 못했던 것뿐이었어. 하지만 나 역시 가슴 한구석에선 운명이란 게 있다고 믿고 싶었던 거야. 그런 일이 일어난 건 운명의 여신이 그렇게 정했기 때문이라고 말이야. 그러면 내 가족의 죽음은 내 행동 때문이 아니라 운명 때문에 어쩔 수 없었던 일이 될 수 있으니까."

"그게 무슨 말이야?" 카스토르가 조용히 물었다.

"난 아곤을 탓하고, 아리스토스 카드모스를 탓하고 카드모스 가문 사람들을 원망했어. 하지만 사실 나였어. 다 내가—" 단어 하나 하나가 자기 심장에서 깎여 나오는 것 같았다. "다··· 내 잘못이야."

"그렇지 않아. 물론 그런 기분이 들 수도 있겠지만—"

카스토르가 위로했지만 로어는 머리를 세차게 흔들었다. 목이 메었다. "정말 내 잘못이야. 그날 부모님이 아곤에서 돌아오셔서 우리 가문은 아곤을 떠날 거라고 말씀하셨어. 우리가 이 도시를 떠날 거라고 말이야. 나는 도저히··· 도저히 이해할 수가 없었어. 그냥 우리 부모님이 나약한 겁쟁이라는 생각밖에 안 들었어. 하지만 그분들은—"

카스토르는 이야기가 어떻게 흘러갈지 벌써 눈치챘는지 짧은 신음을 내뱉었다.

"아빠는 아리스토스 카드모스가 신으로 승격하면 자신을 가만두지 않을 거라는 걸 알았어. 나를 그에게 넘겨주길 거부했으니까. 그리고 신이 되었는데도 아이기스를 사용할 수 없다는 것까지 알게 되면 그땐 수단과 방법을 가리지 않고 압박해서 우리가 그자를 위해 방패를 쓰게 하거나, 아니면 우리 손으로 그자에게 방패를 넘겨주게 만들 거라는 것도 짐작하셨겠지. 그래서 나도 생각했어. 아이기스는 그자의 것이 아니다. '우리' 것이다. 우리가 가져야 한다. 우리 부모님이 그걸 다시 손에 넣기만 하면, 그러면 부모님이 떠나지 않을 거라고 확신했어."

"그래서 그걸 훔쳤구나!" 카스토르는 입으로 말해놓고도 반쯤 경악한 표정으로 숨을 내쉬었다. "진짜 훔친 거야?"

로어는 고개를 끄덕이며 카스토르의 팔을 더 힘껏 잡았다. 후회와 슬픔의 소용돌이가 자신을 집어삼킬 것 같아 든든한 뭐라도 붙잡고 있어야 했다. "응, 내가 훔쳤어. 난 너무 어렸고 너무 멍청했어. 게다가 내가 뭔가 더 큰 일을 할 운명이라고, 더 나은 운명을 타고났다고 너무나 믿고 싶었으니까."

"그건 멍청한 게 아니야. 우리 모두 그렇게 배우고 자랐으니까. 더 이상 그러고 싶지 않다고 금방 털어버릴 수 있는 일은 아니지."

카스토르의 말에 고개를 끄덕이면서도 들이쉬는 호흡이 여전히 떨렸다.

"아이기스를 훔치고는 너무… 너무 신이 났어. 정말, 자랑스러웠어." 그때 느꼈던 감정이 이제는 몹시 부끄러웠다. "하지만 금방 다른 생각이 들기 시작했지. 카드모스 가문 사람들은 우리랑 비교할 수 없을 정도로 어마어마하게 많은데, 도둑질에 대한 벌이 얼마나 끔찍한지, 아리스토스 카드모스가 아빠를 얼마나 무섭게 대했는지…. 그래서 결국 생각했어. 다시 갖다 놔야겠다. 다시 갖다 놓고 내가 벌을 받아야겠다. 아빠, 엄마, 올림피아, 다마라 말고 내가 벌을 받아야 한다고. 하지만 도저히 그럴 수 없더라고. 우리 유산을 그들에게 다시 넘겨줄 수는 없었어. 그래서 결국 방패를 어딘가에 숨겨뒀어. 카드모스 사람들이 결코 의심조차 하지 않을 장소에."

속이 온통 울렁거렸지만 로어는 애써 말을 이었다.

"그러다 보니 아침이 되었고 아곤도 벌써 몇 시간 전에 끝나 있었어."

"그래서 집으로 돌아갔구나." 카스토르가 나지막이 말했다.

"그래서 집으로 돌아갔지." 로어는 머리를 저었다. "그리고 가족들을…."

눈이 뜨거워졌다. 로어는 손으로 눈을 꾹 누르고 이야기를 이어갔다. "나는 카드모스 사람들이 CCTV로 나를 알아보고 아곤이 끝났는데도 새롭게 승격한 자기들 신의 허락을 받아 우리 가족을 죽인 거라고 생각했어. 시간대가 맞지 않는다는 의심이 항상 들긴 했지만 그래도 래스라는 걸 단 한 번도 의심하지 않았어. 카드모스 가문의 짓이라고 너무 확신했어. 그런데, 아니었던 거야. 처음부터, 아테나가 한 짓이었어."

"네 가족에게 일어난 일은 너의 잘못이 아니야." 카스토르의 목소리는 결연했다. "너는 어린아이였어. 네가 뭘 알겠어?"

로어는 울기 시작했다. 눈물이 마구 흘러내렸다. "얼마나 고통스러웠을까. 어린 동생들이, 얼마나 무서웠을까… 그 생각을 떨쳐버릴 수가 없어. 언젠가 가족들 얼굴이, 가족들 목소리가 잊혀지면… 그날의 모습만 기억 속에 남게 될까 봐 겁이 나…."

가족의 소유물은 전부 파괴되어 사진도 문서도 가보도 아무것도 남아 있지 않았다.

카스토르가 로어를 감싸 안았다. 로어도 카스토르의 품에 기대며 창문을 후두두 두드리는 빗소리에 귀를 기울였다.

"지난 며칠 내내 너한테 아이기스에 대해 거짓말만 했어. 너희들 모두에게 숨겼지. 방패가 잘 감춰져 있기만 하면 래스는 원하는 걸 절대 얻을 수 없다고 나 자신에게 핑계를 대면서 말이야. 그리고 우리가 아이기스를 찾으면 무슨 수를 써서라도 너한테만 그 시를 보여주겠다고 다짐했어. 아곤에서 승리하고 이곳을 벗어나게 될 마지막 신은 네가 되어야 한다고 굳게 믿었는데, 막판엔 아테나한테 속아넘어가서 방패를 거의 넘겨줄 뻔했어. 그 정도로 나는 래스가 죽길 간절히 바란 거야."

로어는 고개를 들어 카스토르를 바라보며 떨리는 목소리로 말했다. "가족들이 나를 미워하지 않을까?"

카스토르가 고개를 저으며 로어의 이마 옆을 입술로 지그시 눌렀다.

"당연히 아니지." 카스토르가 단호하게 말했다. "그들은 널 사랑해. 언제나 널 사랑할 거야."

뺨으로 눈물이 흘렀다. 제발 카스토르의 말이 사실이면 좋겠다. "진작 너한테 방패를 갖다줬어야 했는데, 할 수가 없었어. 도저히 방패를 마주할 수가 없었어."

로어가 세상 무엇보다 갖고 싶어 했던 그 유산이 이제는 자신의 삶을 망친 무기가 되어버렸다.

"우리 둘 다 이미 벌어진 일을 되돌릴 순 없어." 카스토르가 속삭였다. "나도 모든 게 달랐더라면 좋겠어. 나 역시 '제발 그랬으면' 하는 생각을 지난 7년 동안 천 번도 더 했을 거야. 하지만 네 부모님이 아곤을 떠나려고 했던 이유는 네가 안전하길, 네가 행복하길 바라서였잖아. 너에겐 아직 기회가 있어. 지금이라도 네 가족에게 중요한 건 그것뿐이야."

로어는 카스토르를 붙잡은 손에 힘을 주었다. 자기가 저지른 잘못 때문에 가족이 음침한 잿빛 지하세계에 영원히 갇혀 있는 모습을 머릿속에서 지워버리려 애썼다. 로어는 카스토르의 체취를 들이마시며 다시 눈을 감고 심장과 머리를 쥐어짜는 듯한 고통이 사그라들길 기다렸다.

"내가 이번 주에 배운 게 하나 있다면 바로 이거야." 잠시 후 카스토르가 입을 열었다. "과거를 바꿀 수 없을 땐 앞으로 나아가는 수밖에 없다는 거. 나도 그래야 하고. 나도 이젠 내가 세상에서 가장 사랑하는 사람들을 지킬 수 있는 이 선물 같은 능력을 더 이상 의심하지 않을 거야."

로어는 카스토르의 품에서 벗어나며 말했다. "하지만 너한테 무슨 일이 있었는지는 너도 알아야지."

"그래 봤자 이기적인 신이 이미 되어버렸는데, 다 무슨 소용이야? 이기적인 건지 아니면 다른 어떤 건지는 모르겠지만."

"네가 아무리 노력해봐라. 이기적인 신이 될 수 있나." 로어가 말했다.

"그게 바로 네가 잘못 알고 있는 부분이지. 사실 나도 너한테 완전히 솔직하진 않았어. 아폴론이 어떻게 죽었는지 기억나지 않는 건 사실인데, 바로 직전에 있었던 일은 기억하거든. 그런데 그 시점 이후는 모두 싹 지워졌어. 그리고 다시 깨어났을 땐, 나에게 몸이 없다는 것과 내가 살았던 삶도 끝났다는 걸 깨달았지."

카스토르의 괴로운 목소리에 로어의 가슴도 찌릿했다.

"처음엔 아폴론을 보지도 못했어. 아폴론은 빛과 그림자를 가지고 노는 데 능숙했으니까." 카스토르가 숨을 한 번 들이쉬고 계속 말을 이었다. "나야 겨우 목숨만 부지하면서 누워 있을 때였고. 사냥 기간이었으니 테티스 저택은 텅 비어 있었지. 아빠는 심부름을 처리하느라 아주 잠깐 외출 중이었어. 잠에서 깨어났는데 아폴론이 내 침대 발치에 서 있는 거야."

로어는 놀라서 입을 떡 벌렸다.

"아폴론의 모습은…." 카스토르가 말꼬리를 흐렸다. "아폴론은 온통 피범벅이었어. 옆구리에 상처를 입었더라고."

"그래서 어떻게 했어?" 로어가 물었다. "넌 당연히 무기도 없었을 텐데."

카스토르는 고개를 저으며 자신의 양 손바닥을 펼쳐 내려다봤다. "당연히 없었지. 나는 신에게 '도와줄까요?'라고 물었어."

로어는 카스토르를 바라보기만 했다.

"나도 알아. 생각만 해도 어이없다는 거. 열두 살짜리가 신을 도울 수 있다고 생각하다니." 카스토르는 피식 웃었다. "겁에 질렸어야 하는 게 정상이지. 그 오랜 세월을 그들을 미워해야 한다고만 배워왔으니까. 그런데 그를 보면서 이런 생각만 들었어. *많이 아파 보인다.* 그에게서, 그의 얼굴에서, 눈에서 무언가 낯익은 게 보였어. 내가 거울에서 수도 없이 봤던 거. 아폴론도 아니아토스였던 거야. 나처럼."

'아니아토스', 불치의 환자.

"아폴론은 내 이름을 묻더니 알려주니까 웃더라. 웃음소리가 진짜 끔찍했어. 클라리온(오늘날의 트럼펫-역주) 소리를 내면서 웃더라니까. 그래도 신에겐 뭔가 끌어당기는 힘이 있었어. 뭔가… 그런 거 있잖아. 태양을 똑바로 쳐다보면 안 된다고 귀에 못이 박히도록 들었는데도, 딱 한 번만, 그냥 한 번 쳐다보기만 하라고 유혹하는 것처럼 말이야. 그가 왜 자기를 도와주겠다고 했는지 물어보더라. 그래서 내가 대답했지. 휴식이 필요한 것 같아서 그랬다고."

카스토르는 마침내 손바닥에서 눈을 들어 로어를 마주 봤다. "기억나는 건 그게 다야. 더 멋진 이야기였더라면 좋았겠지만. 난 힘도 세고 용맹했다고, 그러니까 이런 능력을 가질 자격이 있다고 말하고 싶지만, 그럴 수 없잖아. 이제는 다 떨쳐버려야 한다는 걸 알면서도, 생각할수록 너무 괴로워. 뭐든 해서라도 너에게 나를 증명해 보이고 싶은데."

"네가 나한테 증명할 게 뭐가 있어? 대체 왜 그런 생각을 하는 거야?" 로어가 말했다.

카스토르가 로어를 바라봤다. 얼굴에 옅은 미소가 드리웠다. 하지만 눈에서 이글거리는 불꽃들, 그리고 그 불꽃처럼 억누를 수 없는 격렬한 감정을 그대로 뿜어내는 카스토르의 눈빛에 로어는 빨려 들어갈 것 같았다.

"당연한 거 아니야?" 카스토르가 잠잠히 물었다. "너에게 어울리는 사람이 되고 싶으니까."

"나한테 어울리는 사람?" 로어가 곧바로 물었다. 종종 그녀의 말은 너무 빨리, 너무 투박하게, 너무 날카롭게 튀어나왔다. 로어는 그게 싫었다. 적어도 이번만은 그러고 싶지 않았다. "*카스.*"

"로어." 그는 여전히 부드러운 어조로 말을 이었다. "내가 태어날 때부터 이미 터득한 세 가지가 있어. 숨 쉬는 법. 꿈꾸는 법. 너를 사랑하는 법."

로어의 가슴이 마구 떨리기 시작했다. 불이 혈관을 타고 온몸으로 거세게 번져나가는 것처럼 맥박이 팔딱거리고 그에 맞춰 호흡도 가빠졌다.

어떻게 말해야 할까? 사람들은 이런 걸 뭐라고 부르지? 이것은 마치, 갑옷을 풀고, 검을 내려놓은 다음, 세상을 향해 자신의 연약한 부분을 전부 내보이는 것 같았다. 물론 카스토르가 이 말을 하는 순간 로어도, 두 사람이 오래전 그리고 최근 함께했던 모든 순간들이 얽히고설켜 이렇게 될 수밖에 없었을 거라는 느낌은 어렴풋이 들었다. 둘 사이를 묶어주는 끈에서 벗어나려고 뒷걸음질치다가도 로어는 항상 덤벙거리며 다시 카스토르에게로 돌아가지 않았던가.

로어의 뺨 위로 눈물이 흘러내렸다. 도시 구석구석을 헤치며 내달리던 로어는 언제나 바람에 머리를 마구 헝클어뜨린 채 자기 감정을 주체하지 못하는 그런 소녀였다. 그리고 카스토르는 언제나 그 소녀 옆에서 함께 달리던 소년이었다.

"브로드웨이에서 공연한다는 거북이들 얘기 들어봤어?" 카스토르가 손가락으로 로어의 눈물 자국을 어루만지며 부드럽게 말했다.

로어는 더 이상의 말 따위 집어치우고 카스토르에게 키스했다.

로어의 입술이 닿자 카스토르는 짧은 숨을 들이쉬었다. 순간 망설이는 것 같았다. 로어는 다시 얼굴을 떼고 손으로 카스토르의 얼굴을 부여잡고 찬찬히 살폈다. 그의 이목구비 하나하나, 환하게 이글거리는 눈동자까지. 이것이 자신의 마지막 키스가 될까? 아니, 지금 우리가 여기 이렇게 있는데 그딴 게 다 뭐가 중요할까. 점점 더 거세지는 바람이 도시의 거리 사이를 누비며 노래를 부르고 있었다.

카스토르가 한 팔로 로어의 허리를 감싸 안아 자신의 뜨거운 품 안으로 조심스럽게 끌어당겼다. 그러고는 고개를 숙여 로어에게 입을 맞췄다. 도전이라도 하듯, 카스토르의 미소 띤 입이 로어의 입술을 부드럽게 비벼댔다.

로어가 언제, 도전을 피한 적이 있던가?

로어도 그에게 키스했다. 그렇게 그의 도전에 응했다. 빠르고 느리게, 격렬하고 부드럽게 보조를 맞추며 로어는 그 흐름 속으로 완전히 빠져들었다. 두 사람은 밀고 당기며, 전진하고 후퇴하며, 파도에 오르내리듯 몸을 맡겼다. 며칠 전 공원에서의 키스는 카스토르가 끌어당기는 대로, 몸이 움직이는 대로 따라간 본능적인 행위였다. 하지만 지금 이것은, 그녀 자신의 의지다.

로어는 물론 키스를 해본 적이 있다. 거의 항상 어둠 속에서 술에 취한 채였지만. 기분 나쁜 감정을 아예 잊고 생각나지 않게 하려면 알코올의 힘을 빌려야 했다. 오디세우스 가문에서의 마지막 밤에 있었던 그 일은 마치 혼령이 깃든 파도처럼 로어의 마음속을 들락거리며 매번 밀려올 때마다 모래를 더 깊게 후벼팠다. 어떤 때는 그날의 기억을 떠올리지 않고도 몇 주를 무사히 보낼 수 있었지만 어떤 때는 그 기간이 며칠이 되고 또 겨우 몇 시간이 되기도 했다. 그러고는 금방 다시 들이닥쳐, 그때의 숨 막힐 것 같았던 무력감, 그렇게 열심히 단련했던 몸이 쓸모없게 느껴졌던 절망감이 되살아났다.

아마 그 일은 영원히 로어의 마음속에 남아 있을 것이다. 하지만 로어는 이제 그 상처를 헤치고 앞으로 나아가는 방법을, 그리고 스스로의 선택으로 자신을 되찾는 법을 배워가고 있었다. 카스토르와 함께하는 지금 이 순간은, 자신이 무력한 존재처럼 느껴지지 않았다. 로어는 승리감을 느꼈다. 그녀의 몸속에 있는 모든 것들이 갑자기 연결되어 전기가 흐르며 작동하기 시작한 것 같았다.

입술로 로어의 눈물을 훔치며 그녀의 입술 위를 부드럽게 부벼대던 카스토르의 키스는 점점 집요해졌다. 로어의 갈구하는 몸짓에 반응하듯 점점 강렬해졌다. 하지만 로어는 더 원했다. 카스토르의 온몸을 만지고 싶었다. 하체로 뜨겁게 쏠리는 욕망이란 것에, 심장이 아련하게 아파오는 사랑이란 것에 그대로 녹아버리고 싶었다.

그때 갑자기 하늘을 울리는 천둥소리가 두 육체를 마침내 떼어놨다. 로어가 뒷걸음질을 치려는데 카스토르가 그녀의 양팔을 어루만지며 로어의 감촉을 그대로 빨아들이려는 듯 잠자코 서 있었다.

로어는 카스토르의 따뜻한 어깨에 얼굴을 묻고 그의 체취를 빨아들였다. 로어의 손이 그의 가슴 주변을 맴돌다 화살이 뚫고 지나간 심장 위에서 멈췄다.

"아곤이 끝나면 넌 어떻게 되는 거야?" 로어가 속삭이듯 물었다.

머리 위로 카스토르가 미소 짓는 게 느껴졌다. "우리 금쪽이, 나 보고 싶을까 봐?"

"생각해보니까, 너를 옆에 놔두는 것도 좋을 것 같아. 눈요기하기에 딱 좋거든."

로어는 영원히 지금 이대로 있고 싶었다. 밖에서 들려오는 폭풍 소리를 들으며, 다른 삶을 꿈꾸며. 하지만 하늘을 뚫고 천둥이 다시 한 번 울리자 로어는 마음의 결정을 내렸다.

"나 '페니키아'에 갈 거야. 나랑 같이 갈래?" 로어가 말했다.

카스토르가 눈썹을 치켜떴다. "카드모스네 옛날 근거지? 거긴 왜?"

"왜냐하면, 내가 거기다 뭘 놔두고 왔거든. 이제 찾으러 갈 때가 된 것 같아."

48

"건물을 여기저기 손 좀 본 것 같네…."

로어는 카스토르를 흘깃 바라봤다. 이제는 살짝 웃음까지 나왔다. "여기 다시 올라오니 옛날 생각난다."

아빠와 카드모스의 '잘못된 만남'이 있었던 바로 다음 날, 로어는 같이 '페니키아'를 감시하자며 머리힐 부근까지 카스토르를 끌고 왔다. 그날도 오늘처럼 식당 맞은편 건물의 비상 사다리를 타고 옥상에 올라왔다. 그때 로어는 어떻게 이 장소를 알게 되었는지 카스토르에게 사실대로 털어놓지 않았다. 그냥 둘만의 사냥놀이를 하는 거라고만 말했다.

카드모스 가문이 건물을 팔아버린 뒤로 헬스장이 들어섰다가 그 역시 문을 닫은 것 같았다. 그때부터 지금까지 몇 달 동안 쥐새끼들의 성지가 되었다가 화학 방제 처리를 한바탕 치르고 곧 지중해 식당이 들어설 예정인 모양이었다. 뉴욕시도 자기 나름의 돌고 도는 인생을 산다고 해야 하나.

로어는 카스토르의 얼굴로 시선을 던졌다. 밤의 어스름을 흠뻑 먹은 구름을 배경으로 그의 눈부신 옆모습이 뚜렷한 윤곽을 드러냈다. 축축한 기운이 도시를 감싸듯 내려앉으며 미지근한 공기 중에도 나른함이 맴돌았다. 퀴퀴한 물 냄새와 부패의 악취만 풍기지 않았더라면 로어는 아마 자신이 꿈꾸고 있는 거라고 생각했을지도 모르겠다.

도시를 뒤덮은 강물은 타이드브링어가 죽은 뒤로 후퇴가 더뎠다. 수채 물감으로 문질러놓은 것처럼 눈에 보이는 모든 것들의 윤곽이 흐릿하고 색깔은 탁하게 물들었다.

지붕 가장자리에 배를 깔고 엎드려 있던 로어는 상체를 약간 들어 건물 주변을 다시 한 번 쭉 살폈다. 이제 곧 자정을 넘기면 아곤이 시작된 지도 닷새째가 된다. 거리에는 단 한 명의 뉴요커도, 아니, 단 한 명의 헌터도 눈에 띄지 않았다.

카스토르도 무슨 생각을 했는지 나지막이 '흠' 소리를 내뱉으며 머리를 곧추세웠다. 축축한 공기 때문인지 카스토르의 머리가 더 곱슬거리고 윤이 났다.

카스토르의 모습은, 눈부시다는 말로밖에 달리 표현할 방법이 없었다. 그가 어떤 존재가 되었는지 알게 된 그 순간부터 로어는 계속 궁금한 것이 있었다. 지금의 카스토르 안에 예전의 카스토르는 얼마나 남아 있을까. 누가 들으면 마치 로어 자신은 그와 떨어져 있던 세월 동안 부서진 곳도, 새로워진 것도 하나 없는 줄 알겠네. 로어는 신의 힘을 차지하면 신의 믿음이나 성격, 외모까지 물려받는 것이냐고 아빠에게 물어본 적이 있다.

힘은 너를 변화시키지 않는단다. 너를 더욱 두드러지게 할 뿐. 아빠가 말했었다.

지금까지 관찰한 것들을 종합해보면, 불멸성은 그것을 차지한 나이 든 헌터들의 시간을 되감아 그들의 몸을 전성기로 되돌리고, 그들을 더 강하고 더 아름답게 만들어주며 다양한 능력을 부여해준다. 하지만 그렇다 해도 그들의 내면적 결함이나 결핍까지 고쳐주는 건 아니다.

카스토르도 마찬가지였다. 하지만 그에게 깃든 신력은 그의 가슴속에서 좋은 것만 더 강화한 것 같았다. 로어는 카스토르의 시선을 마주할 때마다 자신이 그의 삶에서 빗겨나 있는 동안 어쩔 수 없이 놓쳐버린 것들을 그의 눈동자 속에서 전부 볼 수 있었다. 결코 다시는 가질 수 없으리라 생각했던 것들을.

하지만 아곤이 끝나면 다시 빼앗기겠지.

생각만으로도 가슴이 찢어질 것 같았다. 그래서 로어는 생각을 멈췄다.

"솔직히 말하면," 카스토르가 말했다. "없어져서 조금 아쉽네."

잠시, 로어는 그의 말이 무슨 뜻인지 이해하지 못했다.

"옛날에 너랑 여기 왔을 때, 우리가 좀 더 자라서 카드모스 사람들을 코앞에서 따돌리고 식당에 몰래 들어가서 음료수를 시켜 먹는 상상을 해봤거든. 카드모스 사람들이 식당 창문에 걸어놨던 그 뱀 마스크 기억나?" 카스토르가 말했다.

"데이먼 카드모스 거였다는 그 마스크?" 데이먼 카드모스는 첫 번째 뉴디오니소스였다. "기억나지. 그게 왜?" 로어가 물었다.

카스토르는 살며시 미소 띤 얼굴로 말했다. "너랑 나랑 그걸 훔쳐서 그 이야기가 맞는지, 정말로 그 마스크 안에 그자의 핏자국이 남아 있는지 확인하고 싶다는 생각을 했어."

"내가 정말 너한테 못된 것만 가르쳤구나." 로어가 말했다.

카스토르가 눈을 찡긋하자 로어는 얼굴이 화끈거렸다. 얼굴이 벌겋게 달아오르는 것을 들키지 않으려고 얼른 고개를 돌렸다. 로어는 다시 카스토르 옆으로 몸을 낮추며 카스토르의 손가락이 방금 전까지 잡고 있던 시멘트 틀을 손으로 문질렀다. 카스토르가 손을 움직이더니 자기 새끼손가락을 로어의 새끼손가락에 걸었다.

"진짜 그런 생각을 했다고? 너랑 나랑 둘이서?" 로어가 조용히 물었다.

그 당시 로어가 주로 생각했던 건, 저곳에 불을 지른 다음 카드모스 사람들이 쥐새끼들처럼 사악한 구덩이에서 정신없이 도망치는 꼴을 구경하는 것뿐이었다. 분명 열 살짜리 꼬마의 생각치고 아주 건전하다고는 할 수 없었다.

"말도 안 되는 생각이었지. 살날이 얼마 남지도 않은 주제에 꿈도 컸어. 하지만 심지어 그때도 넌 나한테 천하무적 같은 존재였어. 내 희망을 숨겨둘 수 있는 안전한 장소 같은 존재."

로어는 저도 모르게 입을 벌렸다. 몸에서 모든 감각과 갑작스런 각성이 폭주했다. 로어는 이런 경험에 익숙하지 않았다. 어찌할 바를 모른 채 다시 거리로 눈을 돌렸다.

"훈남 아저씨, 이제 가볼까요?" 로어가 말하며 몸을 일으켰다.

"제발 아직 거기 있어야 할 텐데."

두 사람은 다시 비상 사다리를 타고 땅으로 내려갔다. 로어는 주변의 경계를 늦추지 않고 길을 건너가면서도 한 손에는 단검을 계속 쥐고 있었다.

옛 식당의 뒤곁으로 통하는 작은 사잇길 입구는 여전히 울타리 문으로 막혀 있었다. 그 앞엔 쓰레기 봉지 더미와 공사장에서 쓰는 넓적한 판자 따위가 쌓여 있었다. 카스토르가 자물쇠를 가뜬히 부러뜨렸다.

사잇길을 따라 안으로 들어가는 동안 발목에서 더러운 물이 찰랑거렸다. 쓰레기 악취 때문에 다시 7년 전 그날로 되돌아간 기분이었다.

로어는 뒷마당에 쌓여 있는 건축용 도구 더미 쪽으로 움직이면서 축축한 바닥을 살폈다. 갑자기 겁이 나면서 목덜미가 싸늘하게 찌릿했다.

도대체 어디 있는 거지?

"뭐가 잘못된 거야?" 카스토르가 물었다.

"빗물 배수관인데—" 로어는 말을 꺼내자마자 곧바로 물길이 한 곳을 향해 흘러 내려가는 걸 발견했다. 식당 벽에 줄지어 세워놓은 합판 더미 쪽이었다. "좀 도와줘. 먼저 이 나무들부터 치워야 해."

둘은 신속하게 움직였다. 마지막 합판을 치우자 물이 로어의 발을 세차게 휘감고 지나가 격자무늬의 녹슨 배수로 덮개 밑으로 한꺼번에 빨려 들어갔다.

로어가 녹슨 덮개를 들어 올려보았지만 꿈쩍도 하지 않았다.

"어이 거기, 멋있게 보이느라 너무 바쁜 거 아니면 좀 도와주지?" 로어가 카스토르에게 손짓하며 말했다.

카스토르는 소매를 걷어 올리는 시늉을 하며 다가왔다. 그렇게 움직여봤자 그의 몸에 착 달라붙은 셔츠가 어깨와 가슴의 굴곡을 오히려 더 강조할 뿐이었다. 카스토르가 배수로 덮개를 잡으려고 허리를 굽히는 모습을 보고 있자니 로어의 아랫배에서 또다시 뜨거운 기운이 꿈틀거렸다.

카스토르는 발에 힘을 주며 끙끙거렸다. 그가 힘껏 당기자 양팔의 근육이 불끈 솟았다. 결국 그는 녹이 슬어 굳어버린 쇠틀을 자기 파워를 써서 녹였다. 그러곤 한시름 놓았다는 표정으로 덮개를 옆에 내려놓았다. "넌 대체 어린애가 이걸 어떻게 들어 올린 거야?"

"공포의 힘이지." 로어가 입구 옆에 쭈그려 앉으며 대답했다. 세차게 빨려 들어가는 물살이 거의 로어를 끌고 들어갈 기세였다.

로어는 배수로 안으로 발을 내리고 입구에 걸터앉았다.

"잠깐만." 카스토르가 갑자기 진지하게 말했다. "진짜 저 속에 들어가겠다고?"

사실 그렇게 깊진 않았다. 속이 깜깜해서 배수관이 실제보다 훨씬 깊어 보이는 것일 뿐. 물살이 로어를 지나 아래의 더 큰 배수로로 합류하기 위해 매섭게 쏟아져 내렸다. 그날보다 물이 더 차 있었지만 그래도 로어는 무섭지 않았다.

로어는 눈에 띄게 걱정스런 얼굴을 하고 있는 카스토르를 올려다보며 안심하라는 표정을 지어 보였다.

밑으로 내려간 로어는 위에서 쏟아지는 물살을 뚫고 물이 흐르는 쪽과 반대 방향으로 향했다. 배수관이 식당의 지하실 벽과 만나는 부분에 움푹 팬 선반 모양의 작은 공간이 있었다. 로어는 잠시 멈춰서 거기 놓여 있는 검은색 쓰레기봉투를 바라봤다. 자신이 놓아두었던 모습 그대로였다.

속삭임 같은 소리가 들렸다. 나긋나긋한 천 개의 목소리들이 서로 겹치며 로어에게 얼른 다가오라고 재촉했다.

그리고 마침내 로어가 다가가자 세상이 고요해졌다. 손으로 만지니 방패의 힘이 봉투를 그대로 뚫고 타올라 로어의 손가락에 불꽃을 일으키는 것 같았다.

"로어?" 카스토르가 불렀다.

로어는 고개를 저으며 상념에서 벗어났다. "방패를 올려줄 테니 위에서 받아."

로어는 물살을 헤치며 힘겹게 방패를 들어 올려 카스토르에게 건넸다. 카스토르는 허걱 짧은 탄식을 내뱉으며 팔에 힘을 줬다. 거의 배수관 속으로 빠질 자세였다.

"이 안에다 방패 말고 또 뭘 넣은 거야?" 카스토르가 방패를 힘겹게 끌어 올리며 물었다.

"하나도 안 웃기거든?" 로어가 자신을 끌어 올리는 카스토르에게 몸을 맡기며 말했다.

로어는 억지로라도 숨을 가다듬으려고 잠시 그대로 앉아 있었다.

"농담 아니거든?" 카스토르가 원망스러운 눈빛으로 방패를 바라보며 말했다. "적어도 400킬로그램 이상은 나갈 것 같은데, 이걸 대체 어떻게 든 거야?"

로어는 카스토르에게 의심의 눈초리를 보내며 쓰레기봉투의 매듭을 풀려고 손을 뻗었다. 봉투를 조금 당겨 내리자 둥근 방패의 윤곽과 함께 가죽 부분에 새겨진 황금 열쇠 모양이 드러났다.

로어는 숨을 한 번 더 삼키고 봉투를 완전히 잡아당겼다. 마침내 방패 중앙에 있는 메두사의 흉포한 얼굴이 두 사람을 마주 봤다.

너를 기억하고 있어. 그렇게 말하는 것 같았다.

로어가 처음 방패를 봤을 땐, 메두사를 신의 트로피로 전락해버린 괴물로만 여겼다. 하지만 이제 메두사의 앞 못 보는 눈동자를 마주하자, 그곳에서 시선을 맞받아치는 로어 자신의 모습만 보일 뿐이었다.

카스토르는 숨이 멎는 것 같았다. "제우스의 방패를 쓰레기봉투에 넣은 거야?"

"뿐만 아니라 빗물 배수관에 숨기기까지 했지." 로어가 대답했다.

"네가 그걸…." 카스토르는 다시 입을 열었지만 마치 목이라도 졸리는 사람처럼 "어떻게?"라는 한마디만 겨우 내뱉었다.

"내가 말했잖아. 그자들이 절대 찾아볼 생각조차 못 할 곳에 숨겨뒀다고. 방패가 원래 있던 바로 그곳. 물론 정확히는, 그곳의 벽 반대편이긴 하지만."

로어는 아이기스의 테두리를 어루만지며 방패에서 흘러나온 윙윙거리는 감각이 손가락을 통해 자신의 손으로, 그리고 심장으로 서서히 전달되는 걸 느꼈다.

방패는 자신의 것이다. 그걸 어떻게 사용할지는 이제 로어에게 달렸다. 오로지 로어만이 결정할 수 있다.

카스토르는 아무 말 없었지만 로어는 자신을 계속 지켜보는 그의 눈길을 느꼈다.

로어는 방패 안쪽을 보려고 휭 돌렸다. 오래된 부드러운 가죽이 방패 안쪽에 덮여 있었다. 로어는 가죽 면의 가장자리를 손으로 더듬어 작은 고리가 만져지자 잡아당겼다. 그곳에, 타이드브링어가 말한 대로, 시가 새겨져 있었다. 고대어로.

시를 본 카스토르는 작은 탄성을 지르며 그것을 읽으려고 로어의 어깨 너머로 가까이 다가왔다.

"우리가 알고 있는 시랑 거의 똑같은데—" 로어가 말했다.

마지막 몇 줄만 빼고.

"끝까지 살아남는 자가 새로운 존재로 재탄생하고," 로어가 대략적으로 번역하며 읽었다. *"최후의 가공할 승리의 값으로 쌓아 올린 제단에서 번제의 연기로 나를 부르는 그날이 올 때까지 사냥은 끝나지 않을 것이다."* 로어는 카스토르의 수심 어린 얼굴을 슬쩍 올려다보며 물었다. "무슨 뜻인 것 같아?"

"전혀 모르겠어. 하지만 *'최후의 가공할 승리'*라는 말은 어쩐지 좀 불안하네."

"*'나를 부르는'*이라…. 아테나는 아이기스가 번개를 만드는 능력도 있다고 했어. 혹시 래스는 제우스를 불러야 할 순간이 왔을 때 방패를 대비책으로 쓰려는 게 아닐까? 자기 전략이 빗나가면 방패라도 사용해서 제우스를 소환하고 자기의 원대한 계획을 신에게 보여주려고 말이야."

"그럴지도 모르지." 카스토르가 말하며 긴 한숨을 내쉬었다.

"왜?" 로어가 물었다.

"잘 모르겠지만… 막상 이 시를 보고 나니까 전보다 궁금한 것만 더 많아졌어. 정말 딱 한 명의 신만 살아남을 수 있는 건지도 이젠 더 헷갈리고. 게다가 신들이 육신이 아닌 신격으로 존재하는 동안에도 자기 전권을 다 쓸 수 없다면, 어떻게 '새로운 존재로 재탄생' 한단 말이지? 그리고 이 과업을, 과업이든 뭐가 됐든 아무튼 이 조건을, 오직 한 명의 신만 달성하고 아곤에서 승리할 수 있다는 건가? 아니면 몇 명이든 끝까지 살아남기만 하면 각자 과업을 달성하고 아곤에서 자신과 헌터들을 다 해방시킬 수 있다는 걸까?"

카스토르의 마지막 말이, 로어 자신이 이제는 거의 포기하다시피 했던 그 희망이 오히려 로어를 뜨겁게 할퀴었다. *자유로워진다.* 모두가.

아테나는 더 거창한 존재가 되고 싶었던 로어의 은밀한 욕심을 꿰뚫어 봤다. 로어가 이번 주를 간단히 따돌리고 새롭게 찾은 삶으로 되돌아갈 수 있다고 생각했던 건 애당초 말도 안 되는 자기기만이었다. 아곤은 중독적이었다. 그 중독에서 벗어나는 유일한 방법은 아곤 자체를 아예 없애버리는 것밖에 없을 것이다. 이것은 로어뿐만 아니라, 수 세기 동안 '더 거창한' 것을 얻기 위해 살육과 전쟁을 벌여온 사람들 모두에게도 마찬가지였다.

그렇게 되면 카스토르도 어쩔 수 없이 신의 영역으로 끌려 들어가 로어와 다시 헤어지겠지만, 그래도 살아 있지 않은가. 로어는 자신이 무엇을 얻고 무엇을 잃게 될지를 깨닫자 마치 가슴속에서 폐가 통째로 뜯겨나가는 듯했다.

하지만 때가 되면 받아들일 수 있겠지. 카스토르가 저기 어딘가에 살아 있다는 것만으로 만족할 수 있겠지….

아니, 그래도 *만족하지*는 못할 것 같다.

"네 말대로라면, 제우스가 조금 더 구체적으로 알려줬더라면 좋았을걸." 로어가 투덜거렸다.

"하지만 혹시라도 아곤에 처벌 이상의 뭔가 더 큰 뜻이 담겨 있다면, 너무 많이 알려주고 싶지 않겠지…." 카스토르가 말꼬리를 흐렸다. "됐다. 신경 쓰지 말자. 나도 내가 무슨 말을 하는지 모르겠다. 일단 밴하고 마일스한테 가져가 보자. 걔네들도 뭔가 생각이 있겠지."

로어는 고개를 끄덕였다.

"근데 있잖아." 로어는 또 다른 생각이 떠올랐다. "아테나는 네가 일종의 진정한 신이거나 아니면 다른 신이 변장한 게 아닐까 의심했거든. 하지만 그 말이 맞다면 네가 어떤 식으로든 아폴론의 힘을 빌려 쓰고 있다는 뜻인데, 그러려면 아폴론이 실제로는 살아 있어야 하는 거 아닌가?"

"아르테미스도 비슷한 말을 했잖아. 내가 그의 힘을 갖고는 있는데 느낌이 다르다고…. 하지만 그래도 나 역시 그들처럼 한계는 있어. 심지어 신으로 둥둥 떠다닐 때도 그랬어. 아폴론의 모든 능력을 받은 건 아니거든. 지금까지 내가 사용한 능력이 전부야."

로어가 사려 깊은 눈빛으로 카스토르를 바라보며 말했다. "혹시 아폴론이 이 모든 것의 의미를 알아내고 탈출한 걸까? 어쩌면 아폴론은 정말로 어떤 측면에서 네 도움이 필요했는지도 몰라. 그런데 너는 기억할 수 없는 거야. 왜냐하면 제우스는 신들이 각자 알아서 그 방법을 풀어내길 바라는데 너 때문에 비밀이 유출되면 안 되니까."

카스토르는 자기 손바닥을 내려다봤다. "그렇다면 아폴론만 빠져나가면 됐지 내가 왜 이 힘을 갖게 된 걸까? 아테나가 틀린 건 아니야. 내가 힘을 불러낼 때, 그 느낌이 꼭… 따뜻한 강물에 손을 담가 그 안에서 끌어내는 것 같다고나 할까. 아니면… 내 안에 양초 하나가 계속 타고 있는데, 내가 초를 향해 손을 뻗으면 초의 불꽃이 더 커지는 그런 느낌이야. 내 말 이해하겠어?"

"응. 무슨 말인지 알겠어." 로어가 확신시키듯 대답했다. "그나마 조금이라도 좋은 소식은 우리가 그 모든 걸 지금 당장 알아내지 않아도 된다는 거지. 일단은 래스의 꿍꿍이를 막는 데 집중해야겠어. 어쨌든 그자는 반드시 죽어야 해, 카스토르. 그자가 다시 불멸성을 회복하게 놔둘 순 없어. 그러면 다시 돌아와서 밴과 마일스와 다른 사람들을 전부 괴롭힐 거야."

"아테나도 문제인 건 마찬가지지." 카스토르가 말했다. "눈 하나 깜짝 안 하고 너랑 다른 사람들을 응징할 테니까."

로어는 이마를 문지르며 가족을 떠올리지 않으려고 애썼다. 여신이 그들에게 한 짓을.

"내가 할 수 있어." 카스토르가 말했다.

"카스—"

"내가 그들을 죽일 수 있어." 카스토르가 우겼다. "그렇게 하면 인간들이 그들의 힘을 차지하는 것도 막을 수 있잖아. 그리고 내가 정말로 죽을 수 없는 몸이라면—"

"그 이론은 이제 다시는 시험 안 하면 안 될까?" 로어가 물었다.

"다른 방법이 없잖아. 그 둘을 처리하고 이번 주가 끝나면 우리도 다음 아곤까지 7년 동안 이 시에 숨겨진 수수께끼를 풀어낼 수 있을 거야."

그리고 나는 그 7년 동안 너를 영원히 잃고 살아갈 방법을 찾아야겠지. 로어는 비참한 생각이 들었다.

카스토르는 로어의 손을 꽉 움켜쥐며 말했다. "아테나의 속셈이 뭔지 조금이라도 낌새 없었어?"

로어는 고개를 저었다. "아테나는 내가 살아 있다는 것도 모를걸?"

그때 하늘에서 천둥이 무섭게 울리며 주변 건물들까지 흔들렸다. 번개가 구름을 뚫고 떨어지며 카스토르의 얼굴을 밝혔다.

로어는 방패를 들어 안쪽의 가죽끈에 팔을 끼워 넣었다. 뭘 어떻게 해야 하는지 이미 저절로 알고 있었다.

로어는 방패 정면을 주먹으로 때렸다. 방패에서 천둥보다 깊은 울부짖음이 터져 나왔다. 그것은 태고의 포효였다.

방패의 울음이 공기를 뚫고 터져나가며 조용한 거리를 울렸다. 로어는 방패를 다시 치고, 또 쳤다. 귀가 울리고 마침내 머나먼 건물들이 되울리는 메아리가 들렸다. 강력한 힘이 온몸을 뜨겁게 태웠다. 로어는 무적의 존재가 된 것 같았다.

카스토르는 사방에서 울리는 소리가 마치 자신이 좇아야 할 괴물이라도 되는 듯 눈으로 열심히 허공을 두리번거렸다. 카스토르의 눈이 다시 아이기스의 모습을 마주했을 때 그는 하얗게 질려 방패에서 뒷걸음질쳤다. 로어는 방패를 더 가까이 끌어안았다.

그만. 다시는 카스토르가 겁내는 걸 원치 않아. 로어는 마음속으로 말했다.

그렇다—*그는 우리의 적이 아니다*—목소리가 로어에게 대답하듯 속삭이는 것 같았다.

카스토르는 손으로 자기 가슴을 쓰다듬으며 로어를 다시 마주봤다. 이번엔 자세와 표정이 한껏 진정되어 있었다.

고마워. 로어가 속으로 말했다. *마지막으로 하나만 더.*

로어는 단검을 꺼내 방패를 사선으로 그었다. 번개가 내리치는 순간 새하얀 빛이 시커먼 공기를 물들였다.

"이제 아테나도 알게 됐을 거야." 로어가 말했다.

49

두 사람이 다시 사무실 건물로 돌아왔을 때 마일스가 계단 꼭대기에서 그들을 기다리며 손으로 정신없이 휴대폰을 만지작거리고 있었다. 무슨 생각을 그렇게 골똘히 하는지 마일스는 한참 후에야 두 사람을 알아봤다.

그가 마침내 알아보고 발을 떼려는 순간 로어는 이미 계단을 단숨에 뛰어 올라가 친구를 와락 껴안았고 마일스는 쓰러질 듯 휘청거렸다.

마일스도 완전히 흥분해서 숨넘어가는 웃음을 내지르며 로어를 으스러지도록 껴안았다.

"너 괜찮은 거야?" 로어가 물었다. 친구를 다시 보게 된 안도감에 눈물이 글썽했다.

"나보고 괜찮냐는 거야, 지금?" 마일스가 되물으며 뒤로 물러서서 철두철미한 눈초리로 로어를 샅샅이 훑었다. 로어의 시선도 무지막지한 멍이 들어 있는 마일스의 이마에 가 닿았다.

"널 다치게 해서 정말 미안해. 스파이를 만나러 보낸 것도, 아르테미스 일도—"

"내가 원해서 간 거야." 마일스가 로어에게 대꾸하곤 소리 없는 질문이 담긴 표정으로 카스토르를 슬쩍 쳐다봤다.

"네가 말해준 그 장소에서 로어를 찾았어." 카스토르가 마일스의 표정에 대답했다.

"휴대폰 앱이 알려준 장소지." 마일스가 초라하게 정정했다.

로어는 마일스를 다시 끌어안았다. 격렬한 움직임에 갈비뼈 위로 돋아난 새살이 당겼지만 로어는 그대로 마일스에게 매달려 있었다. 마일스도 로어에게서 떨어지지 않았다.

"고마워, 친구." 로어가 말했다.

"감사 인사는 기적적으로 복구된 통신 서비스와 현대 기술에 해야지. 나는 걱정 말곤 할 수 있는 게 없었으니까." 마일스가 말했다.

"아니야, 네가 얼마나 많은 걸 했는데." 로어가 말했다.

"하긴, 그렇긴 해. 너무 스트레스를 받아서 하루치 식량으로 쟁여놓은 과자 한 상자를 다 먹어버렸거든. 그래서 결국 밴이 음식이랑 물을 구하러 다시 밖으로 나갔잖아."

"나 진지하게 말하는 거다." 로어가 말했다.

"아니, 진짜라니까. 그리고 우리 엄마한테도 전화가 장난 아니게 왔지. 그건 약간 재밌긴 했지만. 엄마가 당장 차를 몰고 이리로 오겠다는 거야. 그러면 안 된다고 아무리 말려도 전화를 끊어야 말이지. 그래서 내가 멀쩡하다는 걸 보여드리려고 난민 스타일 사진을 찍어서 보내드렸어."

마일스는 손으로 짙은 머리를 쓸어 넘겼다. 수염이 자라면서 얼굴에 약간의 음영이 드리웠고 눈 밑에도 시커먼 멍이 있었다. 하지만 마일스가 싱긋 웃자 지금까지의 모든 고난과 피로가 씻은 듯이 사라지는 것 같았다.

"갈아입을 옷 줄게." 마일스가 두 사람을 사무실 안으로 데리고 들어갔다.

지난 몇 시간 사이 밴과 마일스가 공간을 약간 개조해놓았다. 바닥엔 비닐 방수포가 깔려 있고 그 위에 여러 가지 보급품 따위를 담은 가방들이 여기저기 널려 있었다. 마일스는 가방 하나를 찾아 옷가지를 꺼냈다.

"구호소 물건들이 다 시원치 않더라고. 그렇다고 다시 브라운스톤에 갔다 올 수도 없고. 밴이 그건 위험할 것 같다고 해서." 마일스가 옷을 로어에게 건네며 말했다. "그래도 네가 딱 맞는 청바지를 좋아할 것 같아 신경 써서 구해온 거야. 청바지 워싱이 완전 두 시즌이나 유행이 지난 스타일이긴 하지만."

로어는 바지를 펼쳐 들며 물었다. "내 청바지 사이즈까지 알고 있는 거야? 좀 무서운 거 아님?"

"내가 짜증 내야 하는 거 아님? 빨래를 만날 세탁기에 그냥 처박아놔서 결국 내가 건조하고 개기까지 하게 만든 게 누구시더라?"

마일스는 스포츠 브라 하나, 알 수 없는 흐린 로고가 붙어 있는 검정색 티셔츠 하나, 그리고 새 양말 한 켤레를 로어에게 건넸다.

로어는 웃으며 대답했다. "고마워."

"별말씀을, 어차피 네 '아무거나' 취향 덕택에 별로 어렵지도 않았어."

티셔츠 주머니에 뭔가가 들어 있었다. 로어는 티셔츠를 기울여 손바닥으로 그 물건을 받았다. 그리고 잠시 손바닥에 놓인 금목걸이를 보고만 있었다. 헤르메스가 자신에게 준 목걸이. 깃털 펜던트는 차가웠다.

로어는 깃털을 손가락으로 가볍게 어루만졌다. *신들이 너를 지켜보고 있단다.*

"아까 처음 집에 들렀을 때 챙겨 왔어. 아무래도 네가 다시 갖고 싶어 할 것 같아서." 마일스가 조용히 말했다.

로어는 목이 메었다. 그저 고개만 끄덕이며 고리를 풀어 목에 걸었다. 이 목걸이에 깃들어 있던 힘이 무엇이었든 이제는 다 사라졌다. 남은 거라곤 미미한 무게, 그리고 로어가 그렇게나 애착을 가졌던 펜던트의 의미뿐이었다. 그 어느 때보다 지금 이 순간 더 중요해진 바로 그 의미.

버려진 게 아니라, 자유로워진 거야.

그때 로어 옆에 서 있던 카스토르가 잔뜩 긴장했다. 로어도 그의 눈을 따라 문을 바라봤다.

그곳에 이로가, 숨을 헐떡이며 서 있었다. 이로는 더 이상 헌터 망토를 입지 않았지만 망토 안에 입는 전형적인 옷차림은 그대로였다. 짙은 색 셔츠와 헐렁한 바지, 그리고 갑옷.

이로는 아무 말 없이 애원하는 듯한 눈으로 로어를 바라보았다.

로어가 카스토르 앞으로 나서며 물었다. "너 여기 왜 왔어?"

"이로도 우리를 도와주고 있어." 마일스가 말했다.

"그럴 리가 없을 텐데?" 로어가 차갑게 말했다.

로어의 말에 이로는 움찔했지만 시선은 카스토르에게 향해 있었다. "내가 잘못했다는 거 알아. 그때 일은 실수였어. 그래서 나는, 우리 오디세우스는 우리 실수를 보상하고 싶어. 래스를 막기 위해 우리도 함께 싸우고 싶어."

로어가 의심스러운 눈으로 이로를 바라봤다.

"정말이야." 마일스가 말했다. "밴이랑 내가 아킬레우스 헌터들을 만나러 가고 있는데 이로가 우리를 찾아와서 보급품이랑 정보를 나눠줬어."

로어가 입을 막 열려는데 카스토르가 조용히 끼어들었다.

"정말 진심인가? 그사이 무슨 일이 있었길래?" 카스토르가 이로에게 물었다.

"내가, 바뀌었어. 저 밖에 더 나은 세상이 있다고, 우리가 그 세상을 선택하기만 하면 된다고 누군가가 말해줬거든. 근데 그 세상은 래스의 계획이 실현되는 순간 사라져버릴 거잖아. 내가 무슨 말을 해도 믿지 못하겠다면 이거 하나만은 믿어줘. 난 내 아버지를 죽인 자가 아곤의 승리자가 되는 꼴은 절대 못 봐."

카스토르는 이로와 그녀의 말을 신중하게 생각해보는 것 같더니 마침내 말했다. "좋아."

로어가 몸을 홱 돌려 카스토르를 쳐다봤다. "뭐라고?"

"네 사과를 받아줄게. 아킬레우스 가문을 도와줘서 고마워." 카스토르가 이로에게 말했다.

로어는 얼굴 앞으로 흘러내린 머리카락 한 가닥을 입으로 훅 불어 넘기며 말했다. "이러니까 만날 내가 두 사람치의 원한을 다 품고 살아야 하는 거야! 심술부릴 용기도 없는 놈 같으니." 그러더니 로어는 이로를 바라보며 말했다. "이게 만약 다른 속임수라면…."

"속임수 같은 거 아냐." 이로가 재빨리 말했다. "지금 당장 너한테 맹세하는데—"

로어가 손을 쳐들며 말했다. "됐어. 맹세는 이제 지긋지긋해. 그냥 네 약속이면 됐어."

이로의 뒤에서 계단을 올라오는 묵직한 발소리가 들렸다. 다들 고개를 내밀어보니 밴이 약간 숨이 찬 듯 난간에 기대 있었다. 한쪽 손목엔 물병과 포장 음식이 가득 담긴 비닐봉지가 걸려 있었다.

"밴, 괜찮아?" 마일스가 물었다.

밴은 괜찮다는 듯 마일스에게 손을 저었다. 그는 고개를 돌려 계단 아래쪽을 바라보는 척했지만 로어는 그가 얼굴을 돌리는 순간 안도한 듯 입술을 다물며 눈을 질끈 감는 모습을 놓치지 않았다. 가슴이 저미는 그런 안도감이었다.

로어는 깨달았다. 이들이, 이제 자신의 가족이다. 로어가 과거를 좇으며 헤매는 동안 이들은 항상 로어 바로 앞에 있었다. 로어가 자기들을 알아봐 주길 기다리고 있었다.

모두가 있는 쪽으로 다시 고개를 돌린 밴은 인원수가 한 명 모자란다는 걸 금방 눈치챘다. "아테나는?"

그제야 마일스는 전혀 생각지 못한 듯 몸을 한 번 들썩였다. "잠깐… 나는 아테나가 그냥…, 아니 나도 내가 무슨 생각을 했는지 사실은 모르겠다."

로어는 숨을 길게 들이쉬고 말했다.

"내가 다 이야기해줄게." 로어가 쓰레기봉투에 담긴 아이기스를 벽에 기대놓으며 말했다. "그런 다음에 우리도 어떻게 할지 계획을 세우자."

"그러니까," 밴은 보급품 가방을 하나 뒤적거리며 고상하게 입을 열었다가 "헐, 대박."이라고 말을 맺었다.

그러고도 한참 동안 아무도 입을 열지 않았다.

"길 할아버지가… 헤르메스였다니…." 마일스가 말했다. 그는 자기 의자에서 곧 쓰러져 주저앉을 것 같은 모양새였다. 로어는 마일스 옆 바닥에 앉아 그를 진정시키려고 손으로 그의 다리를 잡아줬다. "신이… 내 속옷까지 빨아줬어…. 할아버지는 우리 학교에서 열리는 '가족과 보내는 주말' 프로그램에도 왔는데…. 그리고 우리 셋이 피자도 먹었잖아." 마일스는 믿기지 않는지 그 단어를 다시 한번 속삭여 말했다. *"신과 함께 피자라니."*

"진짜, 그랬지." 로어가 나직이 말했다.

"왜 나를 받아준 걸까? 왜 나한테 같이 살자고 한 거지? 물론 네가 그 집에 있다는 걸 숨기는 데는 도움이 됐겠지만, 그래도 어떻게 그럴 수 있었는지는 잘 모르겠어." 마일스가 말했다.

"아니면 헤르메스는 그냥 네가 마음에 들었는지도 몰라." 로어가 말했다. 어쩌면 헤르메스는 로어에게 마일스 같은 존재가 필요하다고 생각했는지도 모른다.

"네가 그렇게 화가 났을 법도 했네." 카스토르가 사뭇 진지한 어조로 말했다. "뭔가 아주 끔찍한 일일 거라고는 생각했지만, 이런 종류일 줄은 상상도 못 했지."

"그리고 아테나는…." 밴이 고개를 저으며 말했다. "내가 진작 알아봤어야 했는데. 아무리 그 여자가 우리와 동맹을 맺었어도 여신에 대한 다른 사람들의 이야기도 의심하지 말았어야 했어."

밴은 조그만 흰색 포장을 뜯더니 마일스가 앉아 있는 곳으로 성큼 다가가 그의 머리카락을 조심히 걷어내고 멍든 이마에 하늘색 얼음팩을 갖다 댔다.

마일스는 깜짝 놀란 눈으로 밴을 올려다봤다. 밴은 그제야 자기 행동을 의식한 듯 얼른 뒤로 물러나며 마일스에게 얼음팩을 건네줬다.

"자, 이거. 나는 그냥… 네 상태가 안 좋아 보여서…."

"도시 전체에 전기가 나갔는데 대체 어디서 얼음팩을 구한 거야?" 마일스가 소심하게 물었다.

"아직도 내 능력을 의심하는군. 난 원하는 게 있으면 반드시 구하고 만다니까." 밴이 대답했다.

"이마, 내가 치료해줄게." 카스토르가 일어서며 말했다.

마일스는 손을 휘휘 저어 카스토르를 거부하며 얼음팩을 자기 이마에 갖다 댔다.

"다른 사람은 몰라도 나는 간파했어야 했는데." 밴이 말을 이었다. "아테나의 속셈까지는 아니더라도, 래스가 시의 내용을 이미 알고 있다는 것 정도는 알아냈어야 했는데."

"래스는 시의 내용을 이미 알고 있다는 낌새를 전혀 보이지 않았어." 이로가 미안한 듯한 어조로 말했다. "내가 알았다면 절대 너한테 숨기지 않았을 거야."

"나도 알아. 이 모든 일에서 잘못한 사람이 있다면 그건 바로 나야." 로어가 모두에게 말했다. "너희를 이 지경까지 오게 만든 건 다 내 잘못이야. 아테나를 받아들인 것도 바로 나고."

"너 정말 괜찮아?" 마일스가 로어의 손을 잡으며 물었다.

"좀 나아졌어. 카스토르가 제때 나를 찾았기 망정이지."

밴은 이마에 휴대폰을 댄 채로 곰곰이 생각했다. "그리고 새로운 버전의 시는…."

그는 말을 맺지 못하고 다시 생각에 잠겼다.

"그리고 너는 진짜로 아이기스를 훔쳤으면서," 이로가 짙은 눈동자로 로어에게 부드러운 시선을 던지며 말했다. "지금까지 한마디도 하지 않다니… 심지어 우리가 같이 훈련하면서 아이기스에 대한 이야기를 나눴는데도."

"최대한 그 생각은 안 하려고 했거든. 하물며 말로 꺼내는 건 더더욱 못 하지."

"방패는 지금 어디 있어?" 이로가 물었다.

로어는 일어나 방패를 가지러 가면서 온몸 마디마디의 긴장을 풀었다. 이번엔 봉투를 묶어둔 매듭은 아예 거들떠보지도 않았다. 로어는 비닐을 그대로 찢어 발로 차버리고 방패를 들어 올려 친구들에게 보여줬다.

덜커덕 소리와 함께 밴의 손에서 휴대폰이 떨어졌다.

"내 말이 그 말이야." 카스토르가 밴에게 말했다.

밴과 이로가 감탄한 얼굴로 천천히 방패를 향해 다가갔다. 이로는 자기 입을 막으며 방패 앞에 쭈그려 앉았다.

"그러니까 이게—" 밴이 입을 열었다.

"맞아." 로어가 말했다.

"트로이전쟁에서 아폴론이 들었던—"

"맞아."

"헤파이스토스의 망치로 만든—"

"맞아."

"메두사의 머리가 달려 있는—"

"그냥 앉아서 천천히 봐." 로어가 진지하게 말했다. 밴은 방패로 손을 천천히 뻗더니 손끝이 메두사의 얼굴에 미처 닿기도 전에 손을 거뒀다. 마치 메두사한테 물리기라도 할 것처럼. 하지만 방패를 바라보면서 공포에 떠는 친구는 아무도 없었다. 방패를 마주하는 사람들의 심장에 무시무시한 공포를 불러일으키려면 로어 자신이 직접 방패를 들고 있어야 하는 건가? 그런 효과가 나타나라고 마음속으로 빌기라도 해야 하는 건가?

"대박, 멋지다!" 마일스가 방패 앞 바닥에 무릎을 대고 주저앉으며 말하더니 로어를 올려다봤다. "방패랑 같이 사진 찍어도 돼?"

"뭐? 당연히 안 되지!" 로어가 방패를 다시 당겨 들며 말했다.

"혹시 몇 시간 전쯤에 그 소리, 너였어?" 이로가 물었다. "처음엔 천둥소린 줄 알았는데, 뭔가…."

로어는 고개를 끄덕였다. "내가 살아 있다는 걸, 내가 방패를 찾았다는 걸 아테나한테 알려주려고. 그 여자가 무슨 계획을 꾸미고 있는진 모르지만, 이걸로 최소한 여신을 밖으로 유인할 순 있을 거야."

"아니 저기, 유인 안 하면 안 될까?" 마일스가 괴로운 얼굴로 물었다.

"응, 안 돼." 로어가 단호하게 말했다. "아곤을 끝장내려면 아테나도 살려둬선 안 돼. 그랬다간 세상 어디에 숨어도 우리는 아테나에게서 도망칠 수 없어."

카스토르가 불안한 어조로 끼어들었다. "우리가 뭔가 놓치고 있는 것 같은데."

"완전 놓치고 있지." 밴이 말했다. "넌 네가 어떻게 신이 되었는지 기억도 못 하고 게다가 보아하니 죽지도 않잖아. 대체 왜 그런 거지?"

카스토르는 친구들에게 아폴론과의 일을 사실대로 털어놓았지만, 오히려 궁금증만 더 많아졌다.

"어쩌면 전혀 연관성이 없는지도 몰라." 마일스가 지적했다. "어쩌면 아폴론의 힘이 카스토르의 몸에 남아서 상처를 입으면 목숨을 잃기 전에 재빨리 치료되는 게 아닐까?"

"그렇다면 아폴론부터 죽지 않았을 것 같은데? 그리고 화살이 카스토르의 심장을 뚫고 지나갔는데, 그걸 어느 틈에 치료해?" 로어가 말했다.

"한 번 더 미안." 이로가 카스토르를 보며 말했다.

카스토르가 대답하듯 어깨를 으쓱했다.

"래스가 시를 글자 그대로 해석하는 거면 어떡하지?" 밴이 말했다. "제우스를 기리기 위해 신자들을 모으거나 신전을 짓는 게 아니라, 실제로 동물이나 뭐 다른 걸 제물로 바쳐 정말 제우스에게 번제를 올리려고 하는 거 아닐까? *최후의 가공할 승리… 승리라…*. 혹시 래스가 지금 어디 있는지 알아?"

"월도프아스토리아 호텔로 돌아갔어." 이로가 이마를 치며 말했다. "깜빡 잊고 있었네. 애초에 그 얘기를 해주려고 여기 온 건데. 호텔 근처에 감시를 몇 명 붙여뒀는데 카드모스 헌터들이 다들 호텔로 돌아왔다는 보고를 받았어. 내 짐작으론 래스도 호텔로 돌아간 게 아닐까 싶어."

"그자가 월도프아스토리아에 있었다고? 나 없는 동안 무슨 일이 있었던 거야?" 로어가 친구들을 번갈아 보며 물었다.

"아 참, 넌 못 들었지!" 마일스가 말했다. "내가 카드모스 스파이를 만나러 갔던 바로 그날 들은 내용인데, 월도프아스토리아가 리모델링을 하느라고 몇 년 동안 영업을 안 하고 있었던 데다 앞으로도 몇 달은 오픈 계획이 없대. 그래서 카드모스 가문이 호텔 소유주한테 거의 천문학적인 돈을 주고 이번 주 동안 공사를 중단시키고 펜트하우스 스위트룸을 쓰고 있다는 거야."

미드타운 동쪽에 있는 최고급 호텔이 비어 있다는 사실은 둘째 치고, 카드모스 가문이 내부 공사 중인 일류 호텔을 근거지로 골랐다는 게 좀 이상했지만 로어는 그냥 털어버렸다. "그랬다가 래스가 그곳을 떠났었고?"

"홍수가 일어난 동안 카드모스 헌터들도 모두 대피했어." 밴이 설명했다. "호텔로 다시 돌아간 게 좀 이상하긴 하네."

"혹시 꼭 그 호텔로 돌아가야 했던 이유가 있었던 게 아닐까?" 마일스가 말했다. "생각해봐. 밴이 말한 대로 번제를 올릴 거라면, 거기에 이미 제물을 바칠 제단을 만들어놨을 수도 있잖아."

밴이 턱을 문지르며 말했다. "그럴 거면 타이드브링어를 시켜서 홍수까지 일으킬 필요가 있었을까? 그냥 사람들을 길에서 쫓아내면 됐을 텐데— 오, 이런."

"오, 이런 뭐?" 로어가 다그치듯 물었다. "오, 이런—'안 좋은 거'야?"

"그들은 월도프아스토리아를 태워버리려는 게 아니야." 밴이 마일스를 바라보며 말했다. "거기는 헌터들 말고 아무도 없잖아. 하지만 홍수 때문에 도시가 어떻게 됐지?"

"수도관이 터지고 전기도 끊기고 교통 시스템도 다 마비되고…, 오, 이런." 마일스가 일어났다.

밴이 고개를 끄덕였다. "사람들은 다 구호소로 모였지. 그게 이 모든 일의 핵심이었어. 사람들을, 그것도 아주 많은 사람들을 제한된 몇몇 장소에 몰아넣는 것."

"설마, *인간*을 제물로 바치려고?" 이로가 경악한 표정으로 물었다. "금지된 걸 알면서도?"

"최후의 가공할 승리의 값으로." 밴이 다시 반복했다. "이건 자기들의 경쟁 신을 섬기는 숭배자들을 상대로 승리하는 거야. 적어도 래스는 그렇게 생각할 수 있어."

"하지만 주중에 아무 때나 사무실 건물이고, 학교나, 기차나 지하철역에도 사람들은 많은데, 왜 굳이 타이드브링어를 이용해서 홍수를 일으킨 건데?" 로어가 물었다.

"공공 서비스를 마비시키고 모든 사람들이 이재민 구조에만 집중하게 하려고." 마일스가 말했다. "홍수랑 그 피해를 틈타 사람들의 이목을 끌지 않고 마음대로 도시를 돌아다니려고. 그들이 매수하지 않은 사람들은 도시를 안전하게 지키고 복구하느라 정신이 없을 테니까."

"가장 큰 구호소가 어디야?" 이로가 물었다.

"예전부터 쓰던 지정 구호소들 대부분이 홍수에 잠겼어." 마일스가 말했다. "그래서 지금은 규모가 큰 공간들을 쓰고 있어. 예를 들면 메디슨스퀘어가든(스포츠 경기장-역주)이라든가 센트럴파크, 그리고 그랜드센트럴 역…."

마일스의 얼굴이 갑자기 하얗게 질리더니 휴대폰으로 재빨리 시간을 확인했다.

"마일스?" 로어가 질문하듯 불렀다.

"왜 월도프아스토리아를 골랐는지 알 것 같아. 내 생각이 맞다면 우리에게 남은 시간은 아곤이 끝나는 일요일 자정까지가 아니야. 그자들을 막을 시간은 내일까지밖에 없어."

50

“그러니까 내 말은….” 마일스가 자기를 둘러싼 친구들의 얼굴을 하나하나 바라보며 말을 이었다. “내 생각이 틀릴 수도 있지만, 제발 내 생각이 틀리면 좋겠지만.”

“일단은 네 생각이 맞다는 전제하에 따져보자.” 밴이 마일스를 다시 의자로 데려가며 말했다.

“그랜드센트럴 역에 있는 이재민들을 내일 밤, 그러니까 금요일 밤부터 다른 임시 구호소 몇 군데로 나눠서 이동시킬 예정이거든. 그런 다음엔 퀸즈에 있는 좀 더 좋은 구호소로 다시 옮길 거고.” 마일스는 계속 말을 하면서도 점점 불안한 목소리였다. “하지만 공사 중이라는 이유 말고도, 래스가 월도프아스토리아를 고른 건 결코 우연이 아니야.”

“그게 무슨 말이야?” 로어가 물었다.

“혹시 61번 선로라고 들어봤어?” 마일스가 휴대폰으로 재빨리 무언가를 검색하며 말했다. "그 호텔 밑으로 지나가는 일명 '비밀' 터널이야. 루스벨트 대통령 때문에 만들어졌거든. 시어도어 루스벨트 말고, 프랭클린 루스벨트 말이야. 대통령이 걷지 못하는 모습을 사람들한테 보이지 않으려고 그랜드센트럴 역에서 월도프아스토리아까지 은밀하게 이동할 수 있는 지하 터널을 만든 거야. 예전에 인턴십을 할 때 상사가 견학을 시켜줘서 한 번 가봤어. 아마 사람들은 그 선로가 아직도 있다고는 생각 못 할 거야."

마일스가 로어에게 자기 휴대폰을 건넸다. 로어가 아래로 스크롤하며 검색 내용을 읽는 동안 카스토르도 로어의 어깨 너머로 들여다봤다.

"루스벨트 대통령을 태운 방탄차가 지하 터널로 이동해서 엘리베이터를 타고 올라가면 호텔 주차장에 도착하는 경로인 것 같네." 카스토르가 말했다. "카드모스들이 리버하우스에서 옮겨온 물건이 뭐든, 이 터널에 숨겨놓았을 가능성이 높아."

"근데 지하철 선로는 다 물에 잠긴 거 아냐?" 로어가 물었다.

"응, 몇 군데는 아직 잠겨 있어." 마일스가 대답했다. "출근해서 내가 직접 업데이트 상황을 알아볼 순 있어. 하지만 그 사람들도 꼭 지하를 이용하지 않고도 옮길 수 있는 그들만의 이동 수단이 있지 않을까? 그런데 그 물건이 뭘까? 폭탄?"

"신에게 제물을 바칠 땐 보통 불로 태워." 로어가 마일스에게 설명했다. "그러면 그 연기가 신들이 머무른다는 하늘 어딘가로 올라가는 거야. 폭탄이 아니라면, 다른 종류의 인화성 장치일 게 분명해. 다들 타깃이 그랜드센트럴 역이라는 데는 이견이 없는 거야?"

"일단 거기서 연결되는 지하철 노선들도 많잖아. 어느 쪽으로 가든 그랜드센트럴 역을 안 지나갈 순 없을 거야." 마일스가 말했다.

"근데 너희들 몇 단계 건너뛴 것 같아. 정식으로 제사 의식을 치르려면 먼저 신주(신에게 바치는 술-역주)부터 바치고 짐승의 목을 자른 다음 기도하는 게 순서야." 이로가 말했다.

"래스가 *'정식 절차'*를 존중할 정신은 아닌 것 같은데?" 로어가 말했다.

"하긴, 그렇긴 하네." 이로가 고개를 끄덕이며 동의했다.

"문제가 하나 더 있어. 우리 생각이 다 맞다 쳐도, 공격 시점을 최대한 비슷하게라도 알아낼 방법 없어?" 카스토르가 말했다.

"그건 오디세우스 가문이 알아서 할게. 공격 시간을 알아내는 김에 그 자식들 제대로 혼쭐도 좀 내주고." 이로가 말했다.

"남아 있는 아킬레우스 헌터들은 월도프아스토리아 쪽에 공격이 발생하면 그걸 처리할게." 밴이 말했다. "래스 쪽 전력에 비하면 우리가 심하게 밀리지만 그래도 어떻게든 그들의 허를 찌르고 계획을 미리 막을 수만 있다면, 기습 공격으로 우리의 취약점을 조금은 상쇄할 수 있을 거야."

"다들 좋은 의견인데," 카스토르가 말했다. "정작 래스는 어떻게 처리할 거야? 그리고 또 아테나는 어쩔 거고?"

"그거야말로 간단하게 해결할 수 있지." 로어가 말했다. "그 두 신이 탐내는 걸 내가 갖고 있잖아. 그리고 내가 갖고 있다는 걸 그들도 알고 있고."

카스토르가 한숨을 푹 내쉬었다. "아이기스를 미끼로 이용하겠다고?"

"나도 그건 좀…." 벤이 고개를 저으며 말했다. "래스는 방패를 '뭔가'에 이용하려고 하는 거잖아. 그걸 그자의 코앞까지 가져가는 게 좋은 생각일까? 그자가 너한테 무슨 짓이라도 해서 방패를 사용하게 만들면—"

"절대 그렇게 되지 않을 거야." 이로가 결연하게 말했다.

로어는 옛 친구의 무한 신뢰에 깜짝 놀라 이로를 쳐다봤다.

"절대로." 이로가 다시 딱 잘라 말했다.

"절대로 그럴 일은 없어." 로어도 단언했다. "래스와 아테나가 자기들이 불멸의 존재로 돌아가면 방패를 사용할 수 있을 거라고 생각하지만 둘 다 착각하고 있는 거야. 내 생각엔 절대 사용할 수 없어. 그리고 내가 그들에게 방패를 기꺼이 넘겨주는 일도 절대 없을 거고."

"우리 이 비슷한 미끼 작전 벌써 몇 번째잖아. 이번엔 잘될 가능성이 있는 거야?" 카스토르가 차분히 물었다.

"이번엔 아이기스가 있잖아. 이건 그냥 덫을 놓는 정도가 아니야. 래스와 아테나를 서로 맞붙게 만드는 거지. 래스는 방패를 차지하기 위해 혈안이 되어 있고 아테나는 일단 방패를 눈앞에서 보면 절대 래스에게 넘어가는 걸 가만히 보고만 있지 않을 거니까. 생각해 봐. 그 둘을 싸움 붙일 수만 있다면, 둘 중 한 명만 우리가 상대하면 되잖아."

벤은 머릿속으로 로어의 시나리오를 돌려보는 것 같았다. 어쨌든 즉각적으로 반대하진 않았다. 카스토르는 언제나처럼 걱정스런 얼굴이었다.

"계획에 추측과 변수가 너무 많아." 밴이 말했다. "하지만 지금 시점에서는 그게 우리가 생각해낼 수 있는 최선인 것 같다. 우리 목표는 래스가 폭탄이든 뭐든 절대 터뜨리지 못하게 막고 카스토르가 최후의 신이 되는 거야."

"그 정도로는 아곤을 완전히 끝장낼 수 없을 텐데? 그리고 새로운 시가 무슨 뜻인지도 아직 모르잖아." 마일스가 모두에게 상기시켰다.

"그건 나도 알아." 로어가 말했다. 그 생각이 떠오르자 이도 저도 아닌 불안감이 가슴을 채웠다. 하지만 당장 뭘 할 수 있을까. 자신들에겐 정작 가장 필요한 한 가지가 없었다. 바로 시간. "일단 오늘, 내일, 토요일까지 우리가 살아남을 수만 있다면, 그 문제는 다음 아곤 때까지 앞으로 7년 동안 생각해보면 돼."

이로가 의자에서 일어섰다. "내일 공격할 거면 나도 빨리 움직여야. 그자들의 계획을 알아낼 수 있을 거야."

"정확히, 어떻게 움직이겠다는 건데?" 마일스가 물었다.

이로가 눈썹을 치켜올리며 대답했다. "그 내용을 잘 아는 래스의 헌터를 찾아내면 되지. 그리고 아주 즐겁게… 대화를 나누면 돼. 몇 명이 됐든 아는 놈이 나타날 때까지."

"뭐든 알아내면 문자해." 로어가 말했다.

"그럴게. 아, 깜빡할 뻔했다." 이로가 말했다.

이로는 계단 쪽으로 가더니 무거운 검정 더플백을 들고 돌아왔다. 처음 들어왔을 때 그곳에 내려두었던 모양이다. "생각해보니 너희도 무기가 필요할 것 같아서…."

이로는 둘둘 감싼 포장을 다 뜯어내고 바닥에 무기를 펼쳐놨다. 밴이 칼을 하나 건네자 카스토르는 칼집에서 칼을 뽑아 찬찬히 살펴봤다.

"그 물건 어떻게 쓰는지 기억은 나는 거야?" 로어가 카스토르에게 물었다.

카스토르는 공중에 칼을 한 번 휙 긋는 시늉을 하며 완전무결하게 번쩍이는 은빛 칼날을 감탄스러운 듯 바라봤다. "그래도 감은 좀 남아 있는 것 같아."

카스토르가 들고 있는 사이포스는 고대인들이 전통적으로 선호했던 곧은 날의 단검이었다. 물론 이미 오래전부터 가문의 무기 제작자들이 원래 재료인 철과 청동을 버리고 훨씬 우수한 강철로 대체해버리긴 했지만. 칼자루에 은색으로 덩굴 모양 장식이 새겨져 있었다. 그런 소소한 예술적 기교로 장인들은 무기에 자신들의 표식을 남겼다.

"이 무기들 너희 가문에서 직접 가져온 거야?" 로어가 놀란 얼굴로 이로에게 물었다.

이로가 고개를 끄덕였다. "적들의 무기를 들고 싸우다니 안 될 일이지. 절대 믿음이 가지 않을 테니까."

이로가 자신의 사이포스를 로어에게 건넸다. 이건 어깨끈이 달린 칼집에 들어 있었다. 어깨에서 엉덩이까지 내려오는 긴 가죽끈 끝에 칼집이 매달려 있었다. 이로의 사이포스엔 장식이라고 할 만한 것이 없었지만 로어는 손에 감기는 느낌이 좋았다.

이로가 일어나 움직이자 로어가 계단까지 쫓아갔다.

"너 정말 괜찮겠어?" 로어가 물었다.

이로는 고개를 끄덕였지만 속으로 뭔가 고민하는 눈치였다.

"내 말은 '전부 다' 괜찮겠냐는 거야. 우리는 래스만 막는 게 아니야. 아곤도 완전히 끝장내고 네가 아는 모든 것도 다 없어진다는 뜻이야. 네가 원했던 모든 것들이."

로어 역시 그 모든 것을 받아들여야 할 것이다.

"우리 오디세우스 헌터들 전부 모여서 너를 도울지 말지를 놓고 투표했어. 그런데 만장일치의 결과가 나왔어." 이로가 말했다. "물론 그동안 아곤이 '친절한 주최 측'이었던 적은 단 한 번도 없었지만, 그래도 이번 사냥은 우리를 거의 파멸시켰어. 이제는 모든 것이 바뀌었어. 수 세기 동안 우리를 이끌어주었던 모든 규칙과 신념을 래스가 모조리 짓밟아버렸어. 그러면서 눈에만 띄지 않았을 뿐 항상 썩어 있던 부위가 이제야 드러난 거지. 우리가 아곤을 끝내지 않으면 아곤이 우리를 끝내버리고 말 거야."

로어가 단호하게 고개를 끄덕였다. "맞아, 바로 그거야."

"지난번엔 너한테 말 못 했는데," 이로가 출입문으로 다가서며 말했다. "우리 엄마 얘기를 물어봤잖아. 사실 엄마는 살아 계셔."

"뭐라고? 정말이야?" 로어가 놀란 숨을 들이쉬며 물었다.

이로가 끄덕거렸다.

"사실은 이번 아곤이 시작될 때 엄마한테 편지를 받았어. 엄마는 우리 세계에서 견딜 수가 없었대. 더 있었으면 아마 벌써 질식해 죽었을 거라고. 엄마는 나를 데려가면 우리 둘 다 헌터들에게 쫓길

것을 알았대. 난 이번 주가 닥칠 때까지도 엄마의 말을 이해 못 했던 것 같아. 아마 너희 가족도 똑같은 걸 원했다는 말을 들었을 때까지 몰랐던 것 같아. 나는 엄마가 자유를 얻은 게 아니라 수치를 선택한 거라고 생각했으니까. 어떻게 엄마를 그렇게 생각할 수 있었을까?"

로어가 가벼운 한숨을 내쉬었다. "남 일 같지 않다."

"지금 내가 할 수 있는 최선은 그동안 있었던 모든 일에 대해 너한테 사과하고 네가 부르면 달려오는 것뿐이야."

로어가 짧은 숨을 들이쉬며 말했다. "다른 가문들은 아곤을 순순히 포기하지 않을 거야."

"그럼 더 잘됐네." 이로가 살짝 웃으며 말했다. "너나 나나 언제 싸움을 마다한 적이 있었니?"

이로가 문을 열고 고개를 돌리며 말했다. "아 참, 그 검에 이름이 있어. 마크호메."

나는 전쟁을 일으킨다.

로어는 친구에게 싱긋 웃어 보였다.

51

로어는 꿈을 꿨다. 회색빛 죽음의 세상이었다.

강물은 느릿느릿 흘러가고 기억은 몽상 속으로 번지듯 스며들었다. 로어는 둑 비탈에 깔린 자갈밭을 걸어 앞으로 나아갔다. 공기가 팔과 다리의 맨살을 마구 때렸고, 폐 속으로 들어간 숨은 차갑게 얼어버렸다. 헌터들이 죽은 자를 화장할 때 입히는 민무늬 원피스가 까슬까슬 살갗을 긁었다.

그때 희미한 목소리가 들렸다. 로어는 자신의 이름을 속삭여 부르는 소리에 얼굴을 들었다. 강 건너편에 일곱 개의 황금빛 형체가 있었다. 바위투성이의 투박하고 황량한 풍경에 그들의 실루엣이 더욱 눈부시게 빛났다.

로어는 꿈의 장막을 찢어버리고 나오듯 벌떡 일어나 앉았다. 숫자 하나가 가슴을 울리고 지나갔다. *일곱.*

그들의 얼굴은 또렷하지 않았다. 얼굴 자국이라고 하는 편이 맞을 것이다. 그런데도 로어는 그들을 모두 알아봤다. 헤르메스, 아프로디테, 헤파이스토스, 포세이돈, 아르테미스, 아레스, 디오니소스….

이들이 아곤에 참여했던 신들이라면, 터널 안에서 봤던 그 일곱 형체도 로어의 망상이 아니었다면… 그렇다면 여덟 명이 보여야 하는 거잖아. 근데 뭐지? 로어의 생각이 맞았던 건가? 아폴론이 어떤 식으로든 죽음을 피한 걸까?

로어는 고개를 저으며 차가운 손으로 관자놀이를 꾹꾹 눌렀다. 지금 있는 곳이 어디인지 생각해내기까지 시간이 걸렸다. 로어는 사무실 공간을 눈으로 쭉 훑어보다가 에반드로스에서 시선을 멈췄다. 그는 혼자 의자에 앉아 있었다.

그 아래 바닥에 카스토르가 깍지 낀 손을 가슴 위에 살포시 얹은 채 잠들었다. 하지만 밴의 시선은 소파에 뻗어 잠든 마일스에게 꽂혀 있었다. 로어의 눈이 점차 어둠에 익숙해지면서 마치 암실에서 옛 사진이 인화되듯 밴의 표정도 정체를 드러냈다. 갈망하는 얼굴.

마침내 로어의 시선을 눈치챈 밴은 자세를 고쳐 잡았다. 잠시 후 무언가를 결심이라도 한 듯 일어서더니 로어에게 자기를 따라오라는 손짓을 하며 방을 가로질러 가장 멀리 있는 창가로 갔다.

로어는 천천히 다가가 밴을 마주 보고 서서 유리에 한쪽 어깨를 기대고 팔짱을 꼈다. 결국 먼저 입을 연 것은 로어였다.

"밴, 있잖아. 우리가… 우리 사이가 항상 껄끄러웠던 거 나도 알아."

"좋게 표현하면 껄끄러운 거지." 밴이 중얼거렸다.

"내가 원래 속마음 얘기 잘 못 하는데—" 로어가 진지하게 말을 꺼내는데 밴이 조용히 치고 들어왔다.

"듣는 것도 잘 못 하지."

로어가 밴에게 웃는 듯 찡그린 듯한 표정을 지으며 말을 이었다. "그래, 듣는 것도 못 하고. 아무튼 난 인간 대 인간으로 너를 존중해. 앞으로는 우리 둘 사이가 예전처럼 그러지 않으면 좋겠어. 네가 아끼는 사람들이나 내가 아끼는 사람들이 모두 같은 사람들이잖아. 네가 나를 어떻게 생각하든, 나는 너도 아끼고 좋아해. 그렇지 않은 것처럼 행동했다면 정말 미안해."

밴은 한숨을 쉬며 말했다. "뭐, 나도 너한테 중립적이진 않았으니 불평할 자격은 없지. 하지만 기왕 말이 나왔으니 정확하게 짚고 넘어가자. 너 아직도 골칫거리들이랑 불건전하게 어울리는 경향이 있어."

로어는 피식 웃고는 어딘가로 향하는 밴의 시선을 좇았다. 마일스였다.

"좋아하는 걸 갖고 싶어 하는 건 나쁜 게 아니야." 로어가 살며시 말했다. "너도 자신이 좋아하는 삶을 살 자격이 있어. 그런 생각을 하는 것도 나쁜 게 아니고."

밴은 왼손으로 의수를 조절하면서 천천히 고개를 저었다. "정말 그런지는 잘 모르겠다. 그런 건 꿈에서라도 생각 안 해봐서. 아니, 어쩌면 아곤이 정말 끝날 수 있을 거라고 믿었던 한때 그런 생각을 해봤을 수도 있지만, 다 부질없는 짓이더라고."

"나도 잠깐 맛만 본 정도이지만, 그 짧은 시간 동안 내가 행복했다는 걸 이젠 알아. 그전엔, 아곤 시절엔 항상 뭔가에 얽매여 있어서 내가 가진 것을 오롯이 받아들이지 못하고 그게 얼마나 좋은 건지도 제대로 알아보지 못했어. 너는 나처럼 그러지 않으면 좋겠다."

밴은 어깨를 으쓱했지만 그의 시선은 저도 모르게 자꾸 한곳으로 향했고, 그 끝엔 마일스가 잠꼬대를 웅얼거리며 잠들어 있었다.

"나 방금 희한한 꿈을 꿨어. 꿈이 아니라 그냥 기억일 수도 있지만." 로어가 조용히 말했다.

제우스는 예언이 새어 나가는 걸 아예 차단해버렸지만 헌터들은 아랑곳하지 않고 꿈을 통해 신의 계시나 예언이 전달된다고 믿었다. 그러니 밴이 진지하게 "무슨 꿈이었는데?"라고 묻는 것도 이상한 일은 아니었다.

로어가 꿈 이야기를 하자 밴이 물었다. "네 생각엔 그중에 없는 신이 아폴론이라고?"

"물론 어쩌면 그냥 아무것도 아닐 수도 있어. 터널에서 과다 출혈로 내가 잠깐 헤까닥했을 수도 있지." 로어가 말했다.

"나도 생각하던 게 있어." 밴이 말했다.

"마일스만 넋 놓고 보고 있더니? 사랑 고백이라면 난 별로 듣고 싶지 않은데…." 로어는 밴의 표정에 얼른 입을 다물었다.

"희생 제물이라는 거 말이야. 우리가 새로운 시를 제대로 해석하고 있는 걸까?" 밴이 말했다.

밴은 생각에 잠겨 턱을 이리저리 움직이더니 다시 입을 열었다. "*최후의 가공할 승리의 값으로 쌓아 올린 제단에서 번제의 연기로 나를 부른다*…. 희생이라는 건 어떤 의미가 있어야 하잖아. 나한테 꼭 필요한 것이라든가 뭐 그런…. 희생이 제 가치를 발하려면, 나한테 꼭 필요한 바로 그 무언가를 신을 위해 포기해야 하는 거 아냐?"

로어가 미처 대답하기도 전에 휴대폰 진동이 울렸다. 휴대폰은 마일스가 건네준 보조 배터리에 꽂힌 채 환하게 빛났다. 깨진 액정 사이로 이로의 문자가 보였다.

'공격 예정 시간 확인 - 내일 일몰.'

로어는 밴과 시선을 주고받았다.

"네가 결정해. 마지막으로 필요한 물건을 구하려면 몇 시간은 걸릴 거야." 밴이 말했다.

로어는 답장을 보냈다. **'내일 정오 기습.'**

시간은 흔들림 없이 천천히 흘러갔다. 로어는 그냥 시간이라도 때우려고 잠깐 눈이나 붙일까 생각했지만, 온몸의 신경이 피부 바로 밑에서 요동치고 있었다. 카스토르와 대련도 해봤다. 진짜 칼로 하는 거라 둘 다 조심스러웠다. 하지만 그러고도 로어는 진정되지 않았다.

드디어 10시 반쯤 마일스가 스스로 박박 우겨서 나갔던 심부름을 완수하고 돌아왔다.

"이거 네 거." 마일스가 밴에게 보조 배터리를 한 움큼 건네며 말했다.

그러더니 가방을 뒤져 이번엔 카스토르에게 긴 블랙 셔츠와 블랙 청바지를 건네고, 로어에게는 티셔츠 위에 덧입을 짙은 색 스웨터를 줬다. "아마 다 맞을 거야. 맞아야 할 텐데."

카스토르는 옷을 갈아입으려고 창고로 사라졌다.

그가 돌아오자 마일스는 카스토르와 로어에게 갑옷을 하나씩 건넸다. "혹시나 내가 무기상이나 마약상이랑 어울린다고 생각할까 봐 하는 말인데, 이것들 다 오디세우스 가문에서 협찬받은 거야. 이로가 보낸 사람한테 받아왔어."

로어는 마일스에게서 갑옷을 건네받자마자 되돌려주려고 했다.

"난 전혀 필요 없어." 마일스가 말했다. "나는 그랜드센트럴 역으로 들어가서 *'불이야!'* 하고 소리치고 사람들을 밖으로 대피시키면 임무 끝이야. 그러니까 난 괜찮을 거야."

로어는 밴에게 갑옷을 내밀었지만 그도 고개를 저었다.

"난 호텔에서 이로랑 다른 사람들하고 합류하면 그곳에서 따로 받을 거야." 밴이 말했다.

"오케이, 그럼." 로어는 찍찍이를 풀고 갑옷을 머리부터 끼워 넣었다. 카스토르가 다가와 로어의 몸에 딱 맞게 갑옷을 조여주었다.

"그리고…." 마일스가 가방에서 무선 이어피스 두 쌍을 꺼내 놓으며 말했다. "이건 노이즈캔슬링 이어폰이야. 오른쪽 이어피스에 있는 스위치를 눌러야 노이즈캔슬링 기능이 켜져. 그걸 안 쓰면 별 쓸모없는 보통 이어폰이나 마찬가지일 거야."

카스토르가 하나를 받아 들더니 그 조그만 기기를 유심히 살펴봤다. 하지만 로어는 여전히 어리둥절한 표정이었다.

"아, 래스가 힘을 쓸 때를 대비해서," 마일스가 일러줬다. "그자의 힘이 정확히 어떻게 작동하는지 나는 잘 모르지만, 어쨌든 그자의 소리를 노이즈캔슬링으로 차단하면 그자가 너희 머릿속에 침투해서 약하게 만드는 걸 방지할 수 있을까 싶어서."

"그랬지…." 로어는 그런 문제도 있다는 걸 완전히 잊고 있었다. "그렇겠네."

"이로한테 내 비상 금고에서 뭐 좀 대신 찾아달라고 부탁한 게 있는데, 혹시 그건 안 받았어?" 밴이 마일스에게 물었다.

"받았지." 마일스가 대답하며 로어와 카스토르에게 각각 조그만 펜치 하나와 펜 크기만 한 플래시를 건네줬다.

"이거 보기보다 훨씬 강력한 물건이야." 밴이 카스토르에게 준 플래시를 다시 가져가며 설명했다. "제일 높은 단계로 설정하면 순간적으로 상대의 눈을 멀게 할 수도 있거든. 낮은 단계는 그냥 플래시로 쓸 수 있고."

로어는 플래시와 펜치를 청바지 뒷주머니에 찔러 넣었다.

"가죽끈까지는 못 구했고 테이프는 여기 있으니까 손목하고 손 보호대로 써." 밴이 말했다.

어린 시절 주먹 대결 훈련을 할 때면 항상 히만테스를 둘렀다. 손 관절과 손목을 보호하기 위해 손부터 손목 위까지 가죽끈으로 둘둘 감아 만드는 일종의 수제 글러브였다. 가죽끈보다는 테이프가 훨씬 유연해서 칼을 잡기엔 더 나을 것이다.

"고마워." 로어가 테이프를 받아 들며 말했다.

"그리고 마지막으로, 강력한 거 하나 더." 밴이 열쇠고리 같은 데 달린 조그만 기구 두 개를 꺼내 보였다. 각각 금색과 은색이었다. 스피커처럼 생긴 무늬만 빼면, 차고 문을 여는 리모컨 키랑 거의 비슷했다. "이 기계에 달린 고리를 잡아당기고 스위치를 누르면

140데시벨(제트기의 이착륙을 바로 옆에서 들으면 130데시벨 정도-역주) 정도의 경보음이 울려.”

“후추 스프레이도 주지 왜?” 로어가 농담을 던졌다.

“아, 맞다! 그렇지 않아도….” 마일스가 재킷 주머니에서 작은 스프레이 통을 하나 꺼내더니 로어의 손바닥을 펼쳐서 놓고는 그녀의 손을 다시 꾹 감싸 주먹을 쥐어줬다. “네가 이걸 너무 쓰고 싶어할 것 같아서.”

“넌 날 너무 잘 알아.” 로어가 말했다.

“일단은 로어 휴대폰에 있는 위치 공유 앱으로 너희 위치를 추적할 수 있을 거야. 물론 너희가 얼마나 깊이 들어가느냐에 따라 통신이 끊길 순 있지만.” 밴이 말했다.

로어가 고개를 끄덕이며 말했다. “이런 거 다 준비해줘서 고마워.”

“이 정도로 충분하진 않겠지만, 우리 상황에선 이게 최선이야.” 밴이 말했다.

네 사람은 42번가와 11번가 교차로에 도착해서야 작별 인사를 나눴다. 마일스는 그랜드센트럴 역을 향해 동쪽으로 이동하고, 밴은 서쪽으로 이동해 선착장 근처에서 이로와 오디세우스 헌터들, 아킬레우스 헌터들과 합류할 것이다. 로어와 카스토르는 34번가 지하철역에서 출발해 7호선 선로를 따라 걸어서 그랜드센트럴 역까지 접근할 것이다.

각자의 길로 헤어지기 직전에 로어는 마일스를 따로 붙잡아 한 구석으로 끌고 갔다.

"역에서 사람들한테 경고를 해준 다음엔 곧바로 맨해튼 밖으로 최대한 나가. 알았지? 일이 잘못되기라도 해서 네가 폭발에서 빠져 나오지 못하면…."

"꼭 빠져나올게." 마일스가 말했다. "하지만 너야말로 괜찮을 거라고 약속해."

로어는 마일스를 꽉 끌어안았다. "나도 괜찮을게. 이번 일만 다 끝나면 내가 그렇게 싫어했던 재미없는 관광놀이 다 하자, 알았지? 그러니까 너도 꼭 무사해야 돼."

마일스가 간신히 웃어 보였다. "네가 코니아일랜드에서 파는 솜사탕을 꼭 먹고 싶어 하면 좋겠다."

로어는 그 생각을 하자 절로 얼굴이 찌푸려졌다. 마일스는 마지막으로 한 번 더 로어를 안아주고 돌아섰다. 카스토르와 밴은 길 건너편에서 서로의 팔을 움켜잡고 자기들 가문의 비밀 인사를 나누었다. 카스토르가 무슨 말을 했는지 밴의 얼굴이 심각해지더니 좀처럼 표정을 억누르지 못하는 것 같았다.

그 둘이 인사를 마치고 로어와 밴도 서로 손을 들어 작별 인사를 했다.

"젠장, 나도 모르겠다." 마일스가 중얼거리는 소리가 들렸다. "혹시 다들 죽게 될지도 모르니까—"

마일스는 뚜렷한 목적지라도 있는 사람처럼 성큼성큼 길을 건너 마주 오던 카스토르를 본체만체하고 지나쳤다. 카스토르는 계속 로어 쪽으로 걸어오면서 시선은 마일스를 좇아 뒤를 돌아봤다. 로어와 마찬가지로 카스토르도 얼떨떨한 표정이었다.

뱀은 모두에게 등을 돌린 채 가방 속을 뒤지며 무언가를 찾고 있었다. 마일스가 뱀의 뒤에 가서 멈춰 서더니 그의 어깨를 톡톡 두드렸다.

고개를 돌린 뱀이 마일스를 보고 눈썹을 치켜떴지만, 마일스가 뭔가를 말하자 곧 뱀의 얼굴에 기대감에 찬 엷은 미소가 떠올랐다. 잠깐의 정지 화면 같은 순간이 지나고 뱀이 마일스의 얼굴을 손으로 감싸더니 고개를 숙여 격렬한 키스를 퍼부었다.

로어는 입을 떡 벌린 채 두 사람의 뜻밖의 결실을 지켜봤다. "와."

"*우와,*" 카스토르도 뒤따라 놀란 소리를 냈다. "대박…."

뱀은 양팔로 마일스를 감싸며 온몸으로 휘감았지만 마일스는 마지못해 몸을 빼며 자세를 바로잡고 말했다.

"*이제 됐어.* 이제, 가도 돼."

마일스와 뱀이 마침내 반대 방향으로 움직이는 모습을 보면서 카스토르는 고대어로 기도 주문이라도 외는 것처럼 나직이 중얼거렸다. 이윽고 로어와 카스토르를 지나쳐 가는 뱀은 아직도 넋이 나간 표정이었다.

"우리도 슬슬 가볼까?" 로어가 말했다.

카스토르가 고개를 끄덕여 대답했다.

아이기스는 지금까지 걸어오는 동안 침대 시트에 둘둘 휘감겨 있었지만 이제 로어는 껍데기를 벗기고 방패를 단단히 끌어안았다.

로어는 카스토르를 바라봤다. 둘은 아직 거리에 남아 있는 물웅덩이를 헤치며 서로의 손을 깍지 껴고 말없이 나아갔다. 그리고 마침내 7호선이 지나가는 34번가 지하철역에 이르렀다.

카스토르가 셔터의 자물쇠를 부수자 두 사람은 셔터를 들어 올리고 안으로 들어갔다. 물은 여전히 계단을 따라 지하로 세차게 흘러 내려가고 있었지만 놀랍게도 승강장이 완전히 침수되지 않았다. 지하철 트랙 안에도 천천히 물이 빠지도록 배수 장치가 되어 있는지 물은 선로에만 대략 1미터 정도 차 있었다.

"들고 오든 실려 오든, 끝까지 함께 해야겠지?" 로어가 명랑하게 말하며 아이기스를 둘러멨다.

들고 오든 실려 오든, 네 방패와 함께 돌아오라. 스파르타의 수많은 여자들이, 전쟁터로 향하는 그들의 남편과 아들들에게 방패를 건네주며 한 말이다. '립스아스피데스', 즉 방패를 놓친 자들—싸움에서 비겁하게 방패를 버리고 도망쳤거나 싸우는 도중에 방패를 잃어버린 자들—은 사람 취급도 하지 않았던 그 사회에선, 전쟁에서 집으로 돌아오는 길이 두 가지밖에 없었다. 승리해서 방패를 들고 돌아오거나, 죽어서 자기 방패에 실려 오거나.

카스토르가 로어의 팔을 잡아 억지로 자기를 보게 했다. 어두운 승강장 안에서, 힘의 불꽃이 더욱 환하게 번뜩이는 눈으로 카스토르가 말했다. "그런 말 하지 마, 제발."

스파르타인이라고 해서 다 스파르타인다웠던 건 아니다. 아빠가 말했다. *항상 진실만이 살아남는 것은 아니란다. 그보다는 우리가 믿고 싶어 하는 이야기들만 전해질 때도 있어. 전설에도 거짓이 있다.*

"그래, 안 할게." 로어가 말했다.

우리가 '나중에 어떻게 기억될 것이냐'는 우리가 '지금 어떻게 행동하느냐'보다 결코 더 중요하진 않을 것이다. 이것 역시 아빠의 말이 옳았다.

두 사람은 승강장에서 트랙으로 첨벙 뛰어내려 물을 힘겹게 가르며 앞으로 나아갔다.

로어는 밴이 준 플래시를 낮은 단계로 설정해 불을 밝혔다. 앞으로 걸어가는 내내 마크호메 검이 로어의 엉덩이를 툭툭 쳤다.

로어는 견디지 못하고 카스토르 쪽을 건너다봤다. 등골을 타고 점점 거세지는 써늘한 기운을 떨쳐버리려고 카스토르의 모습을 눈으로 듬뿍 빨아들였다.

"네가 불사가 아니라면, 혹시 저들이 너를 죽이면, 죽음의 강에서 날 기다려. 내가 데리러 갈게." 로어가 카스토르에게 속삭였다.

"네가 나를 데리러 오는 걸 알면, 그리고 너를 마중 나가려고 나 역시 죽도록 싸울 거라는 걸 알면, 하데스도 문 앞에서 나를 그냥 돌려보내 줄걸?" 카스토르가 말했다.

로어는 자기 손을 맞잡은 카스토르의 손길을 좀 더 붙잡고 있다가 마침내 놓아주었다. 둘 다 서로의 손 대신 칼을 잡아야 하니까.

그리고 다시 아이기스를 앞으로 돌려 잡고 손전등으로 터널 정면을 비추며 나아갔다. 더딘 전진이었다. 터널의 분위기 때문인지 마치 암울한 영겁 속에 갇힌 채 영원히 도달하지 못할 어딘가를 향해 끝없이 걷고 있는 기분이었다. 신들이 매우 즐겨 쓰는 처벌 방식 중 하나처럼.

둘은 선로의 곡선을 따라 움직이며 타임스퀘어 역으로 향했다. 이제는 발목 높이의 물을 지르고 나아가며 좀 더 긴장된 침묵 속으로 빠져들었다. 터널 안은 묵직한 공기가 고여 있었고, 터널 벽은 축축한 습기로 번들거렸다. 로어는 귀에 온 신경을 집중하고 목소리든 발소리든 무슨 소리가 들리지 않는지 귀를 곤두세웠다. 하지만 후다닥 도망치는 쥐새끼들 소리와 사방에서 뚝뚝 줄기차게 떨어지는 물방울 소리뿐이었다.

"휴대폰 신호가 끊겼어." 카스토르가 로어의 휴대폰 화면을 가리키며 속삭였다. "그래도 브라이언트 공원 역 근처까지는 온 것 같아."

몇 분을 더 걸어가다가 갑자기 카스토르가 멈춰 서더니 로어의 플래시 쪽으로 손을 뻗었다. 그것을 비추라는 게 아니라 불을 끄라는 신호였다. 로어는 카스토르가 왜 갑자기 경계하는지 직접 확인하려고 바싹 긴장한 채 앞으로 한 발짝 나섰다.

로어의 눈이 어둠에 서서히 적응해가는 동안, 특히 더디게 흐르는 초침에 맞춰 섬뜩한 광경이 차츰 모습을 드러냈다. 주방위군 병사와 경찰의 시신들이 선로 위에 마구잡이로 널려 있었다. 마치 아주 높은 곳에서 땅으로 내던져진 것처럼 시신들은 끔찍할 정도로 고통스러운 자세였다.

신호탄이 하나 켜지더니 선로 아래 죽어 있는 여자의 등 위로 툭 떨어지자 시뻘건 불빛이 터널 안을 채웠다.

어두운 터널의 경계 너머에 수십 명의 헌터들이 모습을 드러냈다. 터널 양쪽에서 이어진 초라하고 좁은 승강장 경계면에 주르르 걸터앉아 있었다. 마스크를 쓴 얼굴이 로어와 카스토르를 향해 차례로 움직였다. 카드모스의 뱀 마스크, 오디세우스의 목마 마스크,

그리고 테세우스의 미노타우로스 마스크.

저렇게 양옆으로 줄지어 앉은 헌터들의 모습을 보고 있자니 로어는 마치 자신이 고대의 건틀릿 형벌(중세시대 군의 처벌 방식으로, 양쪽으로 줄지어 선 병사들 사이를 지나가며 곤봉이나 채찍으로 맞는 형벌-역주)을 받으려고 대기하고 있는 것 같았다. 헌터들이 내지르는 사나운 기합 소리가 메아리치며 유령처럼 공기를 타고 맴돌았다.

"새로운 신이여, 안타깝지만 너에게 승산 없는 싸움이 될 것 같은데." 헌터 한 명이 말했다.

"그런가?" 카스토르가 상대의 세를 한눈으로 훑으며 턱짓을 했다. "꽤 자신 있는 모양이군."

1초, 2초 흐르는 시간이 로어의 살갗에 칼자국을 남기고 지나가는 것 같았다. 로어는 카스토르 앞으로 한 발 나서며 아직도 시뻘겋게 공간을 밝히고 있는 불빛을 향해 아이기스를 들어 올렸다.

이자들이, 우리의 적이다. 로어는 생각했다.

그렇다! 사나운 목소리가 동조하듯 로어의 귀를 울렸다.

바로 가까이 있던 헌터가 충격으로 자기 마스크를 들어 올리며 욕을 내뱉었다. 다른 헌터들도 승강장 밑으로 떨어지더니 선로 위에서 몸을 웅크리고 덜덜 떨었다.

"진정해." 처음 말했던 헌터가 소리를 질렀다. "방패를 쳐다보지 마!"

뒤편에 있던 헌터들은 자기들 눈을 가렸다.

카스토르가 뭔가를 로어의 뒷주머니에 찔러 넣었다. 로어의 휴대폰이었다.

로어의 심장이 목구멍을 뚫고 나올 것처럼 쿵쾅거렸다. 로어는 깨달았다. 알고 있었다. 한순간도 멈출 수 없다는 걸. 지금 이렇게 카스토르와 함께 있지만, 둘에게 남은 시간이 얼마 없지만, 그래도 멈춰선 안 된다는 것을.

금방 따라갈게. 카스토르가 입 모양으로 말했다. 그의 몸이 워밍업이라도 하듯 단단하게 수축했다. 그리고 다른 헌터들을 향해 돌아서는 순간 카스토르의 눈동자는 이미 무섭게 빛나고 있었다. 아이기스를 마주 봤던 헌터들은 여전히 공포에 짓눌려 허우적거렸지만 나머지는 다시 정신을 차리고 각자의 방패에 칼이나 창을 두들겨댔다. 그들을 둘러싼 터널이 점차 좁혀 들어오는 것 같았다.

안 돼. 아직 아니야…. 로어는 생각했다.

카스토르를 저 많은 헌터들 사이에 남겨두고 떠나면…, 어쩌면 다시는 못 볼지도 모른다.

"얼른 가." 카스토르가 속삭였다. 그러고는 헌터들을 향해 큰 소리로 외쳤다. "지금이 살 수 있는 마지막 기회다. 지금이라도 자기 발로 걸어 나가고 싶은 사람?"

로어는 심호흡을 들이쉬며 방패를 바짝 당겨 들었다. 마치 머리카락을 태우는 것 같은 그윽한 불 냄새에 로어는 준비 자세로 몸을 낮췄다. 로어를 둘러싼 헌터들도 그녀가 자라면서 받았던 것과 똑같이 두려움과 고통에 대한 세뇌를 당했을 것이다. 하지만 그 모든 것이 무색하게도 그들은 겁에 질려 울음을 터뜨리고 비명을 지르며 달아났다.

로어는 마지막으로 한 번 더 카스토르를 돌아봤다. 결의와 자신감에 찬 그의 준엄한 표정을 기억 속에 영원히 새기려고.

누군가 비명을 질렀다.

로어 바로 근처에 있던 헌터 두 명이 마치 몸속에서 불이 난 것처럼 몸이 타기 시작했다. 카스토르가 뿜어낸 열기가 그들의 뼈를 태우고, 힘줄, 근육, 피부를 차례로 불살랐다.

울부짖으며 죽어가는 헌터들의 창을 칼로 쳐내며 로어는 앞으로 뛰쳐나갔다. 아이기스는 헌터들의 검과 단검의 무자비한 공격을 그대로 빨아들였고, 로어는 방패를 휘두르며 앞으로 나아갔다. 누군가의 창끝이 로어의 목덜미를 스치고 지나갔지만 그저 닥치는 대로 칼과 방패를 휘두르며 난전을 헤치고 앞으로 앞으로 나아갔다.

로어가 다시 뒤를 돌아봤을 때 재가 되어 무너지는 헌터들의 시체 사이를 뚫고 헌터 한 명이 몸을 날려 칼을 내리치고 있었다. 그의 칼이 카스토르의 갑옷 끈을 자르고 어깨까지 베었다.

카스토르가 뒤로 휘청하는 사이 집중력도 순간적으로 흐트러졌지만 그는 자기 칼을 휙 꺼내 들며 맞공격을 시작했다.

점점 더 많은 헌터들이 역 안으로 밀려들어 오면서 승강장 안이 빽빽하게 들어찼다. 로어의 마음이 '다시 돌아가라고' 애원하고 있었다. 하지만 로어는 정면에 보이는 시커먼 어둠에 시선을 고정한 채 달리고 또 달렸다. 등 뒤를 뜨겁게 달구던 카스토르의 존재가 더 이상 느껴지지 않을 때까지. 마치 죽어가는 별처럼, 시뻘건 불빛이 끝내 사그라들 때까지.

52

로어가 그랜드센트럴 역 밑에 있는 터널 교차로에 다다랐을 때 휴대폰 신호가 다시 잡혔다. 로어는 이곳에 도착하고 나서야, 이 아래로 지하철 노선이 세 개나 지나가고 게다가 광역 철도선까지 가로지르는 것이 얼마나 헷갈릴지 미처 생각하지 못한 걸 후회했다.

"젠장." 로어는 덜덜 떨리는 손으로 간신히 휴대폰 메시지를 열었다. 마일스에게 온 것이었다. 로어의 머리 위 건물에서 준비를 마치고 대기 중이라는 메시지였다. 이제 정오까지는 15분 남았다.

'카스토르 위험, 7호선 5번가 역. 나는 계속 진행 중.' 로어는 단톡방에 문자를 남겼다.

휴대폰 지도로는 정확히 어느 터널로 움직여야 할지 알 수 없었고, 로어가 제대로 가고 있다는 것만 겨우 알 수 있었다.

로어가 마침내 마지막 터널로 들어섰을 때 불안감으로 온몸이 뻣뻣하게 굳었다. 시커먼 입속 같은 터널을 들여다보고 있자니 불현듯 의구심이 들면서 망설여졌다.

그전에도 로어는 수없이 길을 잃었다. 심지어 지금 이 순간에도 '내가 어쩌다 지금 이 자리에 서 있게 된 걸까'라는 생각이 들었다. 짧은 순간, 로어는 테세우스가 크레타의 미궁 속에서 어떤 기분이었을지 공감할 만했다. 다만 로어에게는 미궁을 다시 빠져나올 수 있는 아리아드네의 실이 없었다.

로어는 억지로 호흡을 크게 한 번 하고 한 손으로 마크호메의 칼자루를 단단히 움켜쥐었다. 다른 손은 아이기스를 잡은 채 주먹을 부르쥐었다. 방패의 진동이 로어의 배 속에서 펄펄 끓듯 휘몰아치는 공포를 오히려 자극했다.

로어는 마치 컴컴한 물살을 헤치고 나가기라도 하는 것처럼 간신히 앞으로 한 발 내디뎠다. 지금 자신을 도와줄 기도도, 그 기도를 들어줄 사람도 생각나지 않았다. 공기의 움직임이 자신을 휘감는 것 같았다. 마치 보이지 않는 어떤 존재들이 자신을 지켜보며, 자신을 기다리며, 허공에서 움직이는 것 같았다.

로어는 아이기스의 둥근 테두리를 자기 이마에 대고 눈을 감았다. 그리고 목걸이의 깃털 펜던트를 손으로 꽉 움켜쥐었다. 손바닥에 깃털 자국이 새겨질 정도로.

자유로워질 수 있어.

로어는 미궁을 헤매는 테세우스도, 고르곤의 소굴에 들어선 페르세우스도 아니다. 로어는 자기에게 주어진 과업을 달성하는 헤라클레스도 아니다. 그녀는 페가수스를 타고 하늘을 날았던 벨레로폰테스도, 멧돼지를 사냥하는 멜레아그로스도, 괴물 뱀과 싸우는 카드모스도 아니다. 세상의 끝에서 승리하여 황금 양털을 손에 넣은 이아손은 더더욱 아니다.

운명으로 정해진 것은 아무것도 없다. 로어는 이 일을 위해 선택된 것이 아니다. 자신이 스스로 이곳에 오기로 선택한 것이다. 자신이 걸어온 모든 길, 자신이 저지른 수많은 실수들이 로어를 이곳으로 이끈 것이다.

로어가 지금 이곳에 있는 이유는 아버지가 그녀에게 검을 잡으라고 가르쳤기 때문이다. 어머니가 그녀를 강하고 자랑스럽게 키웠기 때문이다. 여동생들이, 영원히 미완성인 채로 떠났기 때문이다.

로어는 자신을 키워준 도시를 위해 이곳에 서 있다. 로어는 조상들의 자부심과 자신의 강인한 심장을 지니고 이곳에 서 있다. 둘 다 그녀를 저버리지 않을 것이다.

그때 로어는 그들을 다시 알아봤다. 자신의 옆 터널 벽을 따라 움직이는 그림자들.

로어가 한 발을 내디디며 속삭였다. "나와 함께 있어줘요." 반복하고 또 반복했다. 그러자 이 네 마디는 로어에게 간절히 필요했던 기도가 되어주고 로어의 영혼을 감싸는 갑옷이 되어주었다. "제발 같이 있어줘."

마침내 로어는 전속력으로 뛰쳐나가, 마치 세상에서 가장 흔들림 없는 손이 쏜 화살처럼 터널 속으로 곧장 질주했다. "내 곁에 있어줘…."

공기가 바뀌었다. 거의 근처에 다다른 것 같았다. 신경을 핥아대는 어떤 힘의 은밀한 흐름에 이끌려 로어는 터널을 벗어나 더 작은 터널로 접어들었다.

물을 첨벙거리며 선로를 따라 앞으로 달리는 동안 로어의 집중력도 날카로워졌다. 눈앞에 선로의 갈림길이 생각보다 빨리 나타났다. 갈라진 선로는 월도프아스토리아 호텔 지하로 이어지고 있었다.

누군가의 목소리에 로어는 걸음을 늦추고 손전등을 껐다.

"제 말 좀 들어보세요. *제발요!*"

벨런이다. 로어는 말소리를 더 잘 들으려고 이어폰 하나를 귀에서 뺐다.

선로의 끝에, 정확히 말하면 61번 선로 끝에, 동굴처럼 휑뎅그렁한 공간 속에서 희미한 형체들이 점차 모습을 드러냈다. 칠흑 같은 어둠 속에서 전등 몇 개가 매달려 있는 부분만 군데군데 밝았다.

이곳은 로어와 카스토르가 방금 지나온 지하철역들과 전혀 달랐다. 앞으로 한발 한발 움직일 때마다 물에 잠긴 두 종류의 선로에 발을 디디느라 힘들었다. 다른 역처럼 높이 솟은 승강장이 없어서, 정면에 서 있는 한 칸짜리 평상형 열차 오른쪽으로 꽤 넓은 공간이 열려 있었다. 그리고 거의 차 한 대 크기의 거대한 은색 저장 탱크가 열차 평상 위에 단단히 묶인 채 고정되어 있었다. 혹시 저것의 정체가 폭탄이라면, 로어가 단 한 번도 본 적 없는 종류였다.

"감히 나에게 의혹을 품는 것이냐?"

래스의 위협적인 저음이 로어의 귀에까지 들려왔다. 래스가 열차 가장자리로 움직이자 그의 모습도 보였다. 근처에 거대한 엘리베이터도 희미하게 보였다. 분명 호텔 주차장으로 연결되는 엘리베이터겠지.

래스는 근육으로 다져진 단단한 몸에 완전무결한 어둠의 기운까지 더해져 괴기스러울 정도로 장대했다. 그는 자기 아들을 완전히 제압할 듯 내려다보고 있었다. 카스토르도 체격으로는 래스의 상대가 되지 못할 것 같았다.

벨런은 양손을 들어 올리며 뒷걸음질을 쳤다. 청년은 금사로 수놓은 진홍색 망토를 두르고 있었는데 예식용 의상인 것 같았다. 양손은 흰색 붕대를 둘둘 감아 뭉툭했다.

몸에 금칠을 했는지 래스의 피부가 번쩍거렸다. 심지어 아이보리색 실크 튜닉 안쪽까지 온몸이 금색으로 뒤덮여 있었다. 가슴에는 광이 나는 청동 갑옷을 두르고 손목까지 올라오는 청동 장갑에 청동 다리 보호대까지 차고 있었다. 거기다 더 나쁜 것은, 그의 몸에 걸쳐 있는 어디서 많이 본 듯한 삐죽삐죽한 가죽이었다. 그 가죽의 머리통은 오래전 청동 투구로 주조되었는데, 바로 지금 래스가 그것을 머리에 뒤집어쓰고 있었다. 네메아 사자의 가죽, 어떤 창칼로도 뚫을 수 없는 무구였다.

섬뜩한 공포가 로어를 옥죄었다. 일몰까지 아직 몇 시간이나 남았는데…, 래스가 전투 복장을 하고 있다는 건….

자신들이 얻은 정보가 또다시 잘못됐다는 뜻이다. 래스는 바로 지금 계획을 실행하고 있었다.

로어는 휴대폰을 꺼냈다. 하지만 신호가 잡히지 않았다. 친구들은 이 사실을 아직 눈치채지 못했을 것이다. 로어는 지금이라도 높은 지대로 이동해서 친구들에게 이 정보를 알려줘야 하나 고민했다. 그때 벨런이 다시 입을 열었다. 아까보다 좀 더 애절한 목소리였다.

"우리의 주군이시여, 성하님은 세상에서 가장 강력한 존재이십니다. 성하님께는 저희가 있습니다. 저희 모두는 목숨 바쳐 성하님을 받들 것입니다."

"그런가?" 래스가 차갑게 되물었다. 래스는 자기의 인간 자식 주위를 천천히 왔다 갔다 하며 손에 칼조차 들지 않고 벨런을 열차 칸 쪽으로 몰아붙이고 있었다.

"성하님껜 저 여자가 필요 없습니다!" 벨런의 목소리가 높아졌다.

저 여자. 벨런의 말에 로어는 온몸의 피가 얼어붙는 것 같았다.

"저 여자가 왜 성하님을 돕겠다고 나섰을지 한 번만 생각해보세요. 왜 지금 이 시점에 나타났겠어요? 성하님께서 바라던 그 모든 것을 막 손에 넣으려는 이 시점에 말이에요. 저 여자와 아르테미스는 둘이서 성하님과 나머지 인간 신들을 모조리 죽여버리려고 했어요. 그런데 이제 와서 성하님에게 경의를 표하고 싶다고요? 교활한 여자입니다. 저 여자가 성하님의 계획을 가로채고 그 물건도 가로채고, 그리고 성하님을 죽일 겁니다. 아버지, 저 여자가 아버지를 파멸할 거예요. *제발—*"

"아버지라고?" 어딘가에서 나긋한 목소리가 들렸다.

한곳을 비추는 전등 불빛의 가장자리에 아테나가 서 있었다. 어둠 속에서 여신의 눈이 빛났다.

로어의 맥박이 요동치고 온몸에서 식은땀이 흘렀다. 벨런이 여신 쪽으로 고개를 획 돌렸다. 공포로 숨이 턱 막힌 모습이었다.

"아버지라니." 아테나가 다시 말을 이었다. "위대한 신이시여, 존하처럼 강력한 자에게 이렇게 나약하고 칭얼대기만 하는 아들이 있다는 건 전혀 생각지도 못했군요."

아테나는 손에 도리를 든 채 래스의 옆으로 다가섰다. 아테나 역시 온몸에 번쩍거리는 금칠을 하고 순백색의 짧은 예식용 로브를 두르고 있었다. 여신의 갑옷과 투구 또한 래스의 것 못지않게 견고했다. 투구엔 다이아몬드와 사파이어로 보이는 보석들이 박히고 꼭대기엔 흰색 깃털 장식이 달려 있었다.

저 둘의 모습을 보자 치밀어 오르는 증오심에 로어의 숨이 턱 막혔다. 더 이상 화내지 않아도 된다고, 화내고 싶지 않다고 스스로에게 그렇게 말해왔는데도, 모든 분노가 갑자기 들끓어 오르며 밖으로 솟구치려 했다.

로어는 평정을 잃었다. 자신이 이곳에 온 목표를 잊었다. 아무것도 기억나지 않았다. 오로지 그 치욕, 저자가 우리 가문을 멸망시키려고 이용했던 우리 자신의 치욕, 그리고 어린아이였던 로어에게서 삶을 훔쳐가려고 했던 저자의 욕망, 이 두 가지만이 머릿속에 떠올랐다. 지금 눈에 뵈는 거라곤 자기 가족을 망가뜨리려고 했던 남자의 얼굴과 실제로 로어의 가족을 망가뜨린 냉혈한 여신의 얼굴뿐이었다.

래스가 어깨를 떡 벌리며 아테나 쪽으로 몸을 돌렸다. 그는 손으로 자기 투구를 감싸 쥐었지만 다른 손은 옆구리에 차고 있는 검

쪽으로 움직였다.

"저 여자는 성하님을 배신할 거예요. 저 여자는 벌써 다른 신들을 다 죽였어요. 성하님도 망쳐버릴 거라고요."

벨런의 목소리에는 순수한 공포가 담겨 있었다. "제발 제 말을 들어주세요. 저 여자는 거짓으로 성하님을 현혹했어요. 성하님께는 저런 여신 따위 필요 없다고요!"

"나는 거짓을 말한 적이 없다." 아테나가 차갑게 말했다. "위대한 래스 님과 나는 이것을 함께할 운명이다. 그것은 오래전부터 정해진 일이다. 옛 존재와 새 존재가 화합하는 것이지. 원조 아레스는 어리석은 데다 다혈질과 광기를 다스리지 못했다. 내 아버지의 자식 중 가장 미움을 받았지. 하지만 이제 나는 함께 전쟁을 치를 진정한 동반자를 만났다. 래스 님이야말로 나의 지략과 대등하게 균형을 맞출 수 있는 힘을 가진, 무릎을 꿇을 만한 가치가 있는 새로운 왕이시다."

벨런은 고개를 저었다. "그럴 리가— 진심일 리가 없어요—"

"내 말이 거짓이라고 모함하려는 건가?" 아테나가 날카롭게 말했다. "자비로운 래스 님이 새로운 시에 담긴 내 아버지의 바람을 나에게도 알려주셨으니 나는 주군인 래스 님에게 당연히 충성해야 한다. 나는 래스 님이 최후의 진정한 신으로 승격하는 동안 섬길 수 있게 된 것이 영광스러울 뿐."

로어의 목구멍에서 쓴 물이 치밀어 올랐다. 아테나에게 지금까지 그렇게 당해놓고도, 여신의 한마디 한마디와 역겨울 정도로 부드러운 어조에 또다시 배신감이 복받쳤다. 브라운스톤의 지붕 위에서 로어는 여신에게 모든 것을, 자신의 과거와 두려움까지 털어 놓았다. 로어는 여신을 믿었다. 로어는 아테나에게도 억눌린 분노와 절망이 있다는 걸 정말 느꼈다.

너는 그것을 야합이라 부를지도, 어쩌면 정말 그럴지도 모르지. 하지만 나는 그것을 생존이라 여긴다.

물론 지금 여신의 행동과 말은 꾸며낸 연기일 것이다. 하지만 아무리 연기라도, 여신이 기꺼이 자기 스스로를 낮췄다는 것은 놀라운 일이었다.

"회색 눈의 여신은 모든 존재 중 가장 지혜롭지." 지금까지 여신이 한 말에 잔뜩 우쭐해진 래스가 입을 열었다. 저 말을 다 믿다니, 스스로에게서 어떤 결점도 보지 못하는 자만이 그럴 수 있을 것이다. "여신은 나를 섬길 자격이 있음을 스스로 증명했다. 아이야, 말해보라. 너는 어떻게 했지? 이제는 싸움조차 못하는 녀석이 감히 내 결정에 의심을 품어? 감히 네놈이 아테나보다 더 지혜롭다고 생각하는 게냐?"

벨런은 고개를 가로저으며 계속 뒷걸음을 치다 결국 열차에 부딪혔다.

"위대한 신이시여." 아테나가 벨런을 바라보며 래스를 불렀다. 여신의 얼굴엔 로어에게도 익숙한 표정이 드리워 있었다. 소리 없는 승리의 표정. "아시다시피, 모든 위대한 모험이 성공하려면 제우스의 가호를 비는 희생 제물을 먼저 바쳐야 하지요."

래스가 자신의 인간 자식을 향해 고개를 돌렸다.

로어는 제자리에 못 박힌 채 서 있는데도, 마치 몸 전체가 울렁거리며 앞으로 고꾸라지는 느낌이었다.

벨런이 "제발—"이라고 힘없이 입을 여는 순간 그의 아버지가 팔뚝에 숨겨진 칼집에서 칼을 뽑아 순식간에 그의 목을 벴다.

칼을 내리치자 벨런의 피가 은색 저장 탱크로 튀었다. 벨런은 바닥에 그대로 쓰러졌다. 마지막 생명의 끈이 끊어질 때까지 심장의 부단한 펌프질에 맞춰 벨런의 몸이 팔딱거렸다.

래스는 벨런이 죽어가는 모습을 지켜봤다. 사악한 희열이 그의 얼굴에 드리웠다. 벨런의 몸이 마침내 잠잠해졌을 때 래스는 허리를 굽혀 아들의 목에서 나오는 피를 자기 손에 묻혔다.

그 모든 광경을 지켜보는 아테나의 입꼬리가 올라갔다.

다시 몸을 일으켜 세운 래스는 손바닥을 저장 탱크에 문질러 짙은 얼룩을 남겼다. 그러고는 뒤로 물러서더니 그 얼룩을 물끄러미 바라봤다. 천천히 자기 손가락을 입에, 혀에 갖다 댔다.

래스는 돌아보지도 않고 다시 말했다. 하지만 그의 목소리는 허공을 가르며 전달되었다. "페르세우스의 딸이여."

내 곁에 있어줘요. 로어는 마지막으로 다시 한 번 되뇌이고는 아이기스의 손잡이를 단단히 그러잡고 역 안으로 모습을 드러냈다.

"착하기도 하지. 가장 중요한 마지막 선물을 제 신에게 직접 가지고 와주다니." 래스가 말했다.

53

그의 목소리를 듣자 마치 파충류가 로어의 몸을 미끄러져 가는 것 같았다. 그것은 깊숙한 무의식 속에 잠자고 있던 태고의 공포까지 휘저었다.

적들이다—. 목소리가 로어의 마음속에 섬뜩하게 속삭였다.

로어가 아이기스의 손잡이를 더 단단히 움켜쥐자, 마치 방패가 대답한 듯 저들이 방패의 힘에 굴복해 로어 앞에 웅크려 벌벌 떠는 모습이 떠올랐다. 하지만 그 정도로는 성에 차지 않았다.

아니, 네 도움이 필요하지만 그런 식으론 아니야. 로어가 조금 전의 상상에 마음속으로 대답했다.

로어에게도 자신만의 분노가, 자신만의 힘이 있다. 로어는 저들이 자신을 두려워하길 바란다. 자기들을 무찌를 사람이 바로 로어라는 걸 깨닫게 해주고 싶다.

로어의 눈동자는 래스의 시선을 마주하고도 흔들리지 않았다.

로어가 한 손으로 칼자루를 움켜쥔 채 아이기스를 높이 쳐들고 다가서자 래스는 웃음을 터뜨렸다. 그의 웃음소리는 공간을 울리며 수없이 자기복제를 하더니 거대한 함성이 되었다. 로어는 일부러 아테나 쪽은 쳐다보지 않았지만, 여신이 말하는 동안 그녀의 모습을 시야의 가장자리에 붙들고 있었다.

"주군님의 재간을 따를 자가 있을까요?" 아테나가 비단같이 부드러운 목소리로 나직이 말했다. "일부러 주군의 헌터를 풀어 오디세우스의 후예에게 가짜 정보를 흘린 건 탁월한 계략이었습니다."

여신의 말에 로어는 숨이 턱 막혔다. 가슴속의 공기가 타는 듯 뜨거워졌다.

"네가 못한 것을 내가 해냈지." 래스가 거들먹거리듯 턱짓을 하며 말했다. "저 어린년을 토끼굴에서 유인해내고 심지어 내 방패까지 손수 가져오게 했으니."

그 순간 아주 실낱 같은 움직임이었지만 로어는 래스의 '내 방패'라는 말에 아테나가 굳어지는 걸 놓치지 않았다. 하지만 여신이 다시 입을 열었을 때 그녀의 어조에는 오로지 공손함만이 드러날 뿐이었다. "지당한 말씀입니다. 제가 저 물건을 받아다 드릴까요?"

여신의 연기가 어찌나 교활하고 능청스러운지 로어는 순간 온몸의 털이 곤두서는 것을 느꼈다.

"아니다." 래스가 여신에게 거만한 미소를 지으며 말했다. 그는 마치 부모가 모자란 아이를 타이르는 듯한 어조로 말을 이었다. "너는 아직 힘이 약해서 저 물건을 들 수 없다. 우리 일이 다 끝나고 방패가 더 이상 필요 없을 때 들어보게 해주지."

로어는 방패를 들어 올리는 척하면서 손에 들고 있던 이어폰을 다시 귀에 꽂았다. 이제 로어 자신의 목소리도 둔탁하게 들렸다.

"이런 자에게 붙으려고 이제 굽신거리기까지 하네요?" 로어는 래스 쪽은 거들떠보지도 않고 아테나에게 물었다. 래스를 열 받게 하려는 술책이었다. "당신이 그렇게나 혐오한다던 열등한 인간 신에게요?"

로어와 여신 사이에 끼어들어 여신을 막아선 래스는 숨을 들이쉬며 가슴을 빵빵하게 채우고 몸을 우뚝 세워 음흉한 시선으로 로어를 노려봤다.

하지만 로어의 시선은 그를 그대로 지나쳤다.

"회색 눈의 신은 자기 주인을 알아본 것이다." 래스가 말했다. 그의 어조에선 분노가 역력히 묻어났다. "너는 감히 거부했지만 말이다. 하지만 네년이야 예나 지금이나 망나니처럼 날뛰어대니. 임자를 제대로 만나서 혼이 좀 나봐야 정신을 차리겠지. 오늘부터 영원히, 너는 나를 섬기며 내 모든 욕망을 충족할 것이다. 네년과 오디세우스의 그 아이와 둘이 함께 말이다. 내 양 무릎에 사이좋게 앉혀주지. 과일은 기다렸다 따 먹어야 더 맛있는 법이니까."

분노와 역겨움이 속에서 불길처럼 타올라 로어의 평정심까지 넘실거리며 옮겨 붙으려고 했다.

안 돼, 집중해. 로어의 계획이 먹혀들 가능성은 아직 있다. 지금이라도 저 둘이 서로 등을 돌리게 시도해볼 수는 있다.

"그러니까 당신과 아르테미스는 이번 아곤에 참여하면서 인간 신들을 모조리 죽여버릴 계획이었군요." 로어가 아테나에게 말했다. 로어는 래스에게서 멀어지며 저장 탱크가 실려 있는 열차 칸을 향해 오른쪽으로 움직였다. "그리고 내가 혹시 아이기스를 넘겨주지 않을까 하는 바람으로 내게 접근했고요. 그러면 뉴아폴론을 죽일 기회도 쉽게 얻을 수 있을 테니까요. 혹시 운이 좋으면 다른 인간 신들도 죽이고요. 물론 래스도 포함해서."

이제 모든 실마리가 풀리는 것 같았다.

래스는 짐승이 으르렁대는 듯한 소리로 숨을 내쉬었다. 어떻게든 로어의 시선을 자기에게 돌리려고 두 여자 사이에서 다시 방향을 돌리는 그의 얼굴에 동요하는 빛이 번졌다.

"아테나가 충성하는 것은 오로지 힘이다. 그리고 그 힘을 가진 존재가 나라는 걸 알아본 것이다. 이 요망하고 흉측한 짐승 새끼 같으니, 너 따위를 끓는 쇳물에 담가버리는 건 일도 아니지만, 네년은 지금까지 네가 살아온 것과 똑같은 방식으로 죽여주지. 아무것도 아닌 존재로, 힘없는 외톨이로 말이다."

집중해. 로어는 다시 한 번 생각하며 속이 뒤집히는 것 같은 메스꺼움을 억누르고 마음을 다잡았다. 온몸이 아플 정도로 아이기스를 단단히 움켜쥐었다. 잔뜩 수축한 몸의 근육이 자기들을 풀어달라고 아우성쳤다.

로어는 몰래 귀에 손을 가져가 노이즈캔슬링 기능을 켰다. 저 자식이 얼마나 재수 없고 잔인한 소리를 지껄여대든 이제는 이어폰이 귀에 대고 인위적으로 윙윙거리는 고요함 속으로 묻혀버렸다.

고요한 공명이 로어의 생각을 집중시키고 가슴속의 굶주림을 날카롭게 세웠다. 저들에게도 로어 자신이 겪은 고통을 맛보게 해주고 싶다. 저들이 자기 여동생들처럼 피를 흘리며 고통스러워하는 모습을 보고 싶다. 제발 살려달라고 비는 꼴을 보고 싶다.

아테나는 로어에게 보란 듯 차가운 미소를 떠올렸다. 마치 로어의 모든 생각과 상상을 이미 다 알고 있다는 듯.

로어는 여신이 뭘 기다리고 있는지 안다. 로어가 성질을 참지 못하고 앞뒤 없이 덤벼들 거라고 생각하겠지. 한때 여신이 들쑤셨던 바로 그 충동 본능이 발동해 로어 스스로 자기 무덤을 팔 거라고 기대하는 것이다.

하지만 로어는 스스로를 꿋꿋이 다잡았다. 아이기스는, 두려움이나 분노 때문에 로어의 손에서 흔들리는 일은 이제 없을 것이다.

끝까지 살아남아 로어를 쿡쿡 찔러대는 마지막 자기 불신을 깨부수기 위해 스스로의 증오심이라도 활용해야 한다면, 기꺼이 그렇게 해주지. 하지만 그 증오심의 화염이 이곳에 온 목표까지 불살라버리지는 않을 것이다. 이제는 그 증오심에 취해 이성을 잃고 날뛰는 일은 없을 것이다.

테티스 저택에서 수년 동안 훈련한 덕택에 로어는 래스의 입 모양만으로도 그의 뻔한 명령을 쉽게 읽을 수 있었다. 그는 로어를 향해 손을 뻗었다. 그의 시선은 한곳에 집중되고 그의 얼굴은 승리감에 도취되어 있었다. 로어는 그가 지금 자신의 힘을 사용하고 있다는 걸 알고 있었다. 로어는 방패의 무게를 견디지 못하고 힘들어하는 척했다. 방패를 잡은 손을 덜덜 떠는 척했다.

그것을 내게 바쳐라. 그가 말하고 있었다. 아무리 금칠로 온몸을 뒤덮고 머리부터 발끝까지 화려한 의상을 갖춰 입어도, 지하의 어

둠이 아무리 그를 위풍당당하게 만들어도, 로어의 눈엔 그저 오래 전 그날 옥좌에 앉아 있던 나이 든 남자의 모습일 뿐이었다. *아이 기스를 내게 다오.*

그의 몸이 기대와 흥분으로 떨렸다. 로어는 사람을 진 빠지게 하는 그의 힘을 버텨보려는 것처럼 억지로 온몸에 힘을 주었다. 그를 향해 일부러 한 발 다가서면서도 로어는 완강히 저항하는 표정을 지으며 얼굴을 잔뜩 일그러뜨렸다. 그러면서도 방패 뒤에서는 손을 움직여 뒷주머니에 있는 플래시를 꺼내 들었다.

아테나가 눈을 가늘게 뜨며 '기다려요'라고 말하는 입 모양이 보였다. 하지만 래스가 어디 여자의 말을 귀담아듣는 부류였던가. 불멸의 존재가 되어도 본성은 바뀌지 않는 법.

그는 다른 팔을 들어 아테나를 막고, 아니, 로어가 점점 가까워지자 여신을 방패에서 멀리 밀쳐버리다시피 했다.

어서, 어서 이리로. 그가 다시 말했다. 손을 내밀며… 길고 우람한 팔을 앞으로 뻗으며… 얼굴은 이미 승리감으로 흠뻑 젖어 있었다. *어서, 어서 다오. 그래 착한 것.*

원래 계획은 플래시의 가장 강한 불빛을 쐬어서 순간적으로 래스의 눈을 멀게 하는 것이었다. 하지만 '착한 것'이라는 마지막 말에, 조금 전까지 온몸을 활활 태워버릴 것 같았던 분노가 순식간에 얼음처럼 차갑게 식어버렸다.

로어는 플래시의 강력한 불빛을 정면으로 비추며 두 신이 고개 돌리는 모습을 바라봤다.

다시는 내 몸에 손도 대지 못하게 만들어주지.

몇 초 만에 로어는 플래시를 버리고 칼집에서 마크호메를 잡아 뺐다. 그리고 위치를 결정하는 순간 몸을 날렸다. 래스의 등을 덮은 네메아 사자의 가죽은 청동 갑옷으로 감싼 가슴팍까지 걸쳐 있었다. 하지만 사자 가죽도, 그의 청동 장갑도 훤히 드러난 그의 팔꿈치 관절까진 보호하지 못했다.

로어는 날카로운 칼날을 힘차게 내리그었고 단 한 번의 공격으로 래스의 오른쪽 팔뚝이 통째로 절단되어 떨어졌다.

래스가 비틀거리며 뒷걸음질하는 동안 팔이 잘려나간 절단면에서 피가 솟구쳤다.

"이 *'착한 것'*이, 얼른 오셔서 방패를 가져가라고 이렇게 기다리고 있잖아." 로어가 한껏 퍼부었다.

로어는 아이기스를 다시 몸 앞으로 당겨 잡았다. 하지만 허우적거리는 래스에게서 돌아서는 순간 갑자기 왼쪽 귀로 소리가 한꺼번에 습격했다. 공격하다가 이어폰이 빠진 모양이었다.

제길. 로어는 물에 잠긴 바닥을 더듬어봤지만 그 조그만 물건을 찾는 건 불가능했다.

래스는 한쪽 무릎으로 땅을 짚은 채 고통의 비명을 한바탕 내질렀다. 래스가 숨을 쉴 때마다 가슴에서 쉭쉭 바람 빠지는 소리가 났다. 그는 팔뚝의 출혈을 막아보려고 다른 손으로 상처를 움켜쥐었다. 육체적 고통을 넘어 정신적 고통으로 이글거리는 눈으로 래스가 로어를 노려보자 이마의 핏줄이 불뚝거렸다.

"네년이…." 그가 숨 쉬듯 말을 내뱉었다. "이 깜찍한 년이…."

"이제 당신이 알아서 해요." 로어가 아테나에게 말했다. "이렇게 쓰러진 김에 경쟁자를 아예 처리해버리는 게 낫지 않아요? 어차피 저 자식이 아이기스를 드는 꼴은 두 눈 뜨고 못 볼 거면서."

하지만 여신은 미소를 지으며 래스 옆으로 다가서서 말했다. "신이시여, 저 아이의 말은 무시하세요. 우리를 갈라놓으려는 수작이니까. 어서 일어나 이곳에서 진정으로 강력한 신이 누구인지 보여주세요."

래스는 여신이 시키는 대로 했다. 땀을 뻘뻘 흘리고 저주를 퍼부으며 일어섰다. 그 와중에도 손가락 사이로는 피가 계속 쏟아졌다. 분개한 표정으로 이를 드러낸 래스를 보니, 로어는 자신이 그의 팔을 잘라버리는 바람에 오히려 그나마 남아 있던 한 조각의 인간성마저 모조리 뽑아내 버린 건 아닌가 하는 의문이 들었다.

"너의 가짜 신이 너를 잘 치료해줬나 보군." 아테나가 말했다. 잔뜩 비아냥거리는 목소리였다. "그는 어디다 두고 혼자 왔지? 멜로라, 설마 지하세계로 먼저 보낸 건가?"

카스토르는 살아 있어. 로어는 속으로 되뇌었다. *카스토르는 살아 있어. 곧 따라올 거야.*

그때 머릿속의 오만 가지 생각을 뒤로하고 불현듯 새로운 의구심이 떠올랐다.

로어는 지금까지 아테나가 시를 얻기 위해, 오로지 시가 의미하는 것을 알아내기 위해 방패를 원하는 거라고만 생각했다. 하지만 이제 아테나는 그 정보를 알아냈지 않은가. 그런데도 여전히 래스 옆에 붙어서 가식적인 연기를 계속하고 있었다.

여신은 여전히 방패를 원한다. 갑작스런 깨달음에 이맛살이 절

로 찌푸려졌다. *여신은 아이기스를 원하는 것이다.*

하지만 그렇다면 왜 무적의 힘을 사용해 로어의 손에서 방패를 강제로 빼앗지 않는 거지? 둘 다 여신에게 충분히 그럴 힘이 있다는 걸 알고 있지 않은가.

왜냐하면, 작은 목소리가 로어의 머릿속에 속삭였다. *여신도 래스의 계획에 발을 담갔기 때문이야.*

"방패가 왜 필요한 거죠?" 로어는 둘에게 질문을 던지며 뒤로 물러섰다. 두려움 때문이 아니라 열차에 실려 있는 저장 탱크 쪽으로 좀 더 접근해 잠깐이라도 슬쩍 살펴보려는 의도였다. 열차의 어디에 동력이 연결되어 있든 분명히 전기를 차단할 방법이 있을 것이다.

여신이 한쪽 입꼬리를 비틀어 올렸다.

로어는 귀에서 점점 더 크게 울리는 자신의 심장 소리를 들었다.

"우리의 위대한 주군님께서," 이 말을 하면서 아테나는 완전히 경멸 어린 표정을 지었지만, 래스는 여신의 표정을 보지 못했다. "새로운 시에 담긴 진정한 의미와 내 아버지의 가르침을 간파하셨지. 래스 님이 나에게 데우칼리온과 피라의 이야기를 해주실 때까진 나 역시 전혀 감도 잡지 못했다. 너도 그 이야기는 이미 잘 알고 있겠지?"

아테나의 이야기가 머릿속에 서서히 인지되자, 짙은 어둠이 사방에서 조여들며 로어를 짓누르는 것 같았다.

데우칼리온과 피라는, 전쟁을 일삼는 청동시대 인간들을 멸망시키기 위해 제우스가 일으킨 홍수에서 유일하게 살아남은 두 사람이었다. 데우칼리온은 아버지 프로메테우스에게 미리 경고를 들은 덕분이었다. 데우칼리온과 피라는 홍수에서 살아남은 뒤 어머니의 뼈, 즉 대지의 돌을 어깨 너머로 던져 세상에 새로운 인류를 탄생시켰다(데우칼리온이 던진 돌은 남자가 되고 피라가 던진 돌은 여자가 되었다.-역주).

"이제야 이해가 되는 모양이군." 아테나가 말했다. "그 오랜 세월 동안 나는 이 사냥이 징벌인 줄만 알았지. 사실은 한낱 시험에 지나지 않았는데 말이야. 내 아버지가 처음부터 우리에게 원했던 건, 인류 최악의 시대를 끝맺음으로써 아버지에 대한 우리의 충성심을 증명하는 거였지. 그리고 진정한 신에게 헌신하는 새로운 인류를 창조하라는 것이었다."

로어는 숨 막힐 듯 위협적으로 뻗쳐나가는 자신의 분노에 맞서 보려고 자기도 모르게 고개를 가로저었다. "그러려면, 그 정도의 영향력을 행사하려면 바다와 강을 움직일 수 있는 포세이돈의 힘이 필요할 텐데요?"

"어차피 이 시대의 인간들이 서서히 세상을 더럽히면서 강과 바다가 저절로 차오르고 있지 않던가?" 아테나가 말했다. "전쟁의 신이 인간들의 심장에 불씨를 심어 넣고 꾸준히 부채질을 해대면 공기는 연기로 자욱해지고 땅은 피를 토하겠지. 그러면 강과 바다도 사이좋게 불어나지 않겠는가?"

"이 아이의 두려움이," 갑자기 로어의 뒤에서 래스가 말했다. "내 핏속을 흐르는 와인 같군."

"하지만 그 모든 것들은 앞으로 닥쳐올 재앙의 맛보기일 뿐이지." 아테나는 래스에게 눈길도 주지 않고 계속 말했다. "그 재앙이 닥치면 이 세상도 자신의 운명을 깨닫게 될 것이다." 여신은 로어에게 한 걸음 더 다가섰다. 아이기스를 향한 여신의 눈빛이 번뜩였지만 아주 잠깐이었다. "하지만 이 땅을 정화시킬 도구는 물이 아니다. 이 세상을 씻어낼 것은 물이 아니라, *불이다*."

로어는 저장 탱크 쪽으로 몸을 홱 돌리며 칼을 들어 올렸다.

"그러지 않는 게 좋을걸?" 래스가 빈정거렸다. "그 안에 들어 있는 건 '바다의 불'이다. 물에 닿는 순간 불이 붙지."

바다의 불. 로어는 코로 거세게 숨을 들이쉬었다. 동로마제국 시대에 쓰였던 전설의 무기. 이 화학물질은 일단 불이 붙으면 자신이 건드리는 모든 것을 불태운다. 그리고 물은, 그것을 꺼버리기는커녕 오히려 연료가 되어 불길을 어디로든 옮기는 것이다. 땅속에서 시작된 불길은 지상의 거리까지 집어삼킬 것이다. 땅속을 흐르며 앞을 가로막는 것은 닥치는 대로 파괴할 것이다. 홍수로 물에 잠긴 도시에서 불길을 완전히 제압하는 데만도 며칠은 걸릴 것이다. 그리고 그때쯤이면….

이들은 그랜드센트럴 역에 불을 지르려는 게 아니었다. 이들은 도시 전체를 불태우려는 것이다.

"그렇지." 래스가 감탄사처럼 내뱉었다. "불길은 얽히고설킨 수많은 터널을 따라 흐르며 땅밑을 타고 번져나가 자기 위에 있는 모든 것을 이 아래로 집어삼킬 것이다."

"지금 불을 붙이면 당신들 둘도 살아남지 못할 텐데요." 로어가 마크호메를 다시 들어 올리며 저장 탱크의 금속 껍질을 뚫을 태세로 말했다. "자폭 담보물이라도 되는 거예요?"

"그럴 수도 있겠군" 래스가 비아냥대는 미소를 지으며 말했다. "우리 머리 위에서 곧 터지게 될 지옥불에서 네 친구들을 구하고 싶다면야."

54

심장이 다시 날뛰기 시작했다. 로어는 코로 거센 숨을 들이쉬었다.

"뺑치지 마." 로어의 입에서 간신히 소리가 나왔다. "당신 헌터들이 철수하는 걸 보자마자 내 친구들도 금방 눈치챌 거니까."

"순진하긴. 내 헌터들이 철수할 거라고 누가 그러던가? 전부 다 안에 가두고 불을 지르는 데는 딱 두 명만 있으면 되는걸."

충격과 공포가 사방에서 로어를 채찍질해댔다.

"설마…" 로어는 다시 입을 열었다. "설마 당신—"

"설마, 설마, 설마." 래스가 놀리듯 로어의 말투를 흉내 내며 다시 아테나의 옆으로 다가섰다. 잘린 팔은 벨트로 단단히 묶어 지혈하고 있었다. "새로운 세상이 탄생하려면 어차피 다 죽어야 할 존재들이다. 찬란한 새 시대를 맞이하기 위해 자신들이 첫 제물이 된다는 사실을 영광으로 여겨야지."

로어는 이번엔 아테나를 쳐다봤다. 하지만 여신의 표정은 냉담했다.

"당신은 이러면 안 되잖아요." 로어가 애원했다. "헌터들만 죽는 게 아니라고요. 저자의 계획이 성공하면 아무 죄 없는 사람들까지 다 죽는 거예요."

"죄 없는 인간은 없다." 아테나가 무심히 말했다.

"드디어 페르세우스의 핏줄이 끝장나는 꼴을 보겠군. 네년의 숨통이 끊어지는 마지막 순간까지 예쁘게 찢어발겨 주지." 래스가 말했다. "내게 무릎을 꿇어라. 그리고 어서 아이기스를 써서 '구름을 모으는 자'를 이 불의 제사에 증인으로 소환하라."

"설마 정말로 이 방패가 제우스를 부를 수 있다고 생각하는 거야? 네놈이 도시를 통째로 날려버리는 꼴을 구경하러 올 거라고? 그런 식으로 되는 게 아니야, 이 개자식아!"

"내가 된다면 되는 것이다!" 래스가 이를 박박 갈며 대꾸했다.

두 신이 자신에게 다가오는 걸 보며 로어는 방어 자세로 몸을 낮췄지만 마크호메가 갑자기 무겁게 느껴졌다. 칼을 들고 있는 것만으로도 팔이 덜덜 떨렸다. 열차가 갑자기 부르르 떨며 어딘가 숨어 있는 엔진이 돌아가는 소리에 로어의 가슴에선 새로운 공포가 휘몰아쳤다.

"이제 제대로 느껴지는가?" 래스가 물었다. 로어는 다시 이어폰을 찾아 물밑 바닥을 더듬어봤지만 이미 때늦은 시도였다. 래스의 입을 타고 나오는 그의 파워가 로어의 팔다리를 고무처럼 무겁고 둔탁하게 만들었다.

몸에서 감각이 없어지자 몸이 휘청했다. 아이기스를 붙잡고 있는 힘도 로어의 의지에 반항하며 느슨해졌다. 그리고 로어는 처음으로 방패를 들고 있기조차 힘들었다.

"정말 아테나가 당신을 살려둘 거라고 믿는 거야?" 로어가 사력을 다해 한마디 한마디 내뱉었다. 온몸이 덜덜 떨렸다. 넘어지지 않으려고 두 발을 물속 바닥에 뿌리박듯 디뎠다. "제우스랑 다른 신들이 정말 네놈이 이 세상을 먹어버리게 놔둘 것 같아?"

"멍청한." 아테나가 위협적으로 끼어들었다. "너 따위가 뭘 안다고!"

그때 마치 구름 사이를 뚫고 땅으로 떨어지는 한 줄기 햇빛처럼 어떤 깨달음이 번뜩 스쳤다. 아테나가 이곳에 있는 진짜 이유 말이다. 여신이 왜 수단과 방법을 가리지 않고 방패를 되찾으려고 했는지.

래스는 자기 팔이 잘려나갔다는 걸 잊어버렸는지 그 보이지 않는 팔을 휘둘러 로어를 공격하려고 했다. 로어는 전혀 움찔하지 않았다. 심지어 아테나의 도리가 래스와 자기 사이로 날아와 래스가 로어에게 달려드는 걸 가로막는 그 순간에도 로어는 눈도 깜빡하지 않았다. 어둠 속에서 여신의 눈이 훨훨 불타고 있었다.

"당신 말이 맞아요. 난 멍청이에요." 로어가 여신에게 말했다. "그리고 지난번에도 당신이 날 놀릴 만했어요. 당신을 믿었으니 말이에요. 솔직히 말하면, 나는 당신 말만 믿은 게 아니라 당신이라는 존재 자체를 진심으로 믿었어요. 며칠 전 폭발이 있던 날 당신이 건물 잔해에서 사람들을 안전하게 구했을 때요. 나한테 팔라스와 당신 도시 이야기를 해줬을 때요. 태어날 때부터 당신이 짊어진 책임과 당신이 진정으로 원하는 것에 대해 말해줬을 때요."

순간적인 동요의 빛이 거의 알아채기도 힘들 정도로 빠르게 아테나의 얼굴을 스쳤다.

"당신의 신전은 무너졌고 인간들은 더 이상 당신을 두려워하지 않죠. 한때 노래로 찬양했던 당신의 전설도 이젠 숨죽인 속삭임이 되었죠." 로어가 계속 말했다. "하지만 난 그래도 당신을 믿었어요."

아테나가 숨을 거세게 몰아쉬었다. 그녀는 창대를 부러질 듯 움켜쥐었다.

"이 사냥은 시험이 아니에요. 이건 교훈이에요. 제우스가 도대체 왜, 당신이 무고한 인간들을, 다른 신의 숭배자들을 죽여버리길 바라겠어요? 생각해봐요. 애초에 그것 때문에 아곤에 내쳐져서 벌을 받게 된 거잖아요. 제우스가 당신과 나머지 신들에게 이런 징벌을 내렸는데도 당신은 아버지에게 화를 내거나 원망하지 않았어요. 당신은 이 세상에 당신 아버지 제우스에게 맞설 수 있는 자가 없다고 믿고 있어요. 제우스는 아곤의 승리자에게 이 세상을 절대 넘겨줄 리 없어요."

"닥쳐라!" 래스가 로어에게 덤벼들며 고함쳤다.

오늘 아침 밴이 했던 말들이 한꺼번에 로어의 머릿속에 들이닥쳤다. 로어는 계속 밀고 나갔다. 조금도 두렵지 않았다. "희생이란 건 어떤 의미가 있어야 하잖아요. 당신은 희생이란 걸 당신에게 바쳐지는 걸로만 이해하잖아요. 하지만 제우스가 올림피아에서 한 말은 인간들에게 한 것이에요. 우리 인간들은 '희생'이란 걸 신들과는 전혀 다른 의미로 이해해요. 우리는 신에게 영광을 돌리기 위해, 신에게 감사하기 위해, 그들의 축복을 빌기 위해 '희생'을 한다구요. 그리고 신들에게 용서를 구하기 위해…."

"네 머리통에서 그 혓바닥을 뿌리째 뽑아주겠다." 래스가 말했다. "네년이 못난 망아지였을 때 진작 그랬어야 했는데!"

"당신은 그렇게 해본 적 있어요?" 로어가 아테나에게 물었다. "벌써 수십 세기 전에 일어난 일에 대해 진정한 속죄를 해본 적이 있어요? 아니면 아버지의 사랑을 잃은 책임이 전부 자신에게 있다는 사실을 견딜 수 없어서, 수천 년 동안 그 모든 걸 운명의 탓으로 돌리며 그동안의 일을 정당화할 생각만 하면서 살았나요?"

아테나의 표정은 어둠에 가려 보이지 않았지만 로어는 여신의 마음이 전혀 움직이지 않았다는 걸 알 수 있었다. 이제 로어에게 조금이나마 남아 있던 믿음마저 사라졌다. 이제 더 이상 여신을 설득할 방법은 없었다.

"당신은 도시의 수호자 아니었나요? 도시 파괴의 장본인이 아니라!" 로어가 말했다.

래스가 위협적으로 고함치며 다시 달려들자 로어가 뒤로 나자빠지면서 바닥의 물이 사방으로 튀었다.

래스가 공격을 퍼부을 때마다 로어는 저장 탱크에서 점점 더 멀어졌다. 로어는 래스의 힘에 무너지지 않으려고 안간힘을 쓰며 무릎으로 바닥을 딛고 방패를 들어 올렸다. 폭풍처럼 몰아치는 그의 힘을 오롯이 아이기스로 받아내는 것 말고는 로어가 할 수 있는 게 없었다.

쉴 새 없이 퍼부어대는 래스의 공격을 받아내느라 팔은 후들거리고 이는 깨질 듯 악다물었다.

제발, 도와줘! 로어가 마음속으로 외쳤다.

좋아! 목소리가 속삭여 대답했다.

로어는 방패의 정면을 주먹으로 때렸다. 방패가 사납게 울었다.

그 소리에 터널의 벽이 뒤흔들리며 돌조각들이 머리 위로 우수수 떨어졌다. 로어가 숨을 한 번 들이쉬자 아이기스가 그녀에게 힘을 불어넣었다. 심지어 래스가 그 힘을 빼앗으려고 하는 와중에도 방패는 로어에게 계속해서 힘을 불어넣었다.

그리고 갑자기, 모든 게 멈췄다. 이제 뭐가 닥쳐올지, 로어는 그냥 느낄 수 있었다.

래스의 얼굴엔 그 어떤 인간적인 징후도 남아 있지 않았다.

"멍청한 년, 그만큼 당하고도 모자라나? 심지어 네 아비도 굽힐 때를 알았건만." 래스가 재밌다는 듯 말했다. "신들의 속담에서, 바다와 불과 여자는 악의 3요소라고 했지."

로어는 래스보다 그 말을 더 싫어했다.

로어는 점점 래스 쪽으로 끌려갔다. 절단된 팔에서 아직도 피가 쏟아지는데도 래스는 전혀 흔들림 없이 검을 들어 올렸다.

래스는 내 힘을 빨아먹고 있다. 로어는 깨달았다. 그러지 않고서는 아직도 저렇게 두 발로 서서 버틸 수 없을 것이다. 싸움이 극에 달할수록 래스의 파괴 본능은 더욱 힘을 얻을 뿐이었다.

심지어 로어가 이 싸움을 육탄전으로 몰아갈 수 있다 해도 싸움인 이상 래스에게 계속 유리할….

로어는 얼어붙었다.

육탄전이라고? 왜 그래야 하지? 왜 마치 보통 헌터처럼, 래스의 원칙에 따라 싸워야 한다고 생각했을까?

"나도 당신한테 딱 맞는 고대 속담 하나 알려주지." 로어가 아이기스의 가죽끈에서 팔을 잡아 빼며 말했다. *"씨발 좆 까세요!"*

외침과 동시에 로어는 래스를 향해 방패를 던졌다. 래스는 신이 나서 자기를 향해 날아오는 방패를 받으려고 손을 뻗었다. 하지만 방패가 그를 강타하면서 그의 호쾌한 웃음소리도 순식간에 사라졌다. 방패는 래스의 가슴을 후려치면서 뼈를 으스러뜨렸다. 래스는 단말마의 비명 같은 호흡을 내뱉으며 뒤로 나자빠졌고, 심지어 방패의 어마어마한 무게에 깔려 잠시 허우적거리기까지 했다.

"당신은 신인지 모르겠지만," 로어가 낑낑대는 래스의 모습을 흡족하게 바라보며 말했다. "난 페르세우스인이야."

로어의 아드레날린이 그녀의 이성을 눌러버렸다. 로어는 마크호메를 들고 래스에게 달려들었다. 래스의 심장에 칼을 박아버리고 싶다는 욕구로 로어의 심장이 활활 타올랐다.

래스는 아이기스를 겨우 몸에서 떨쳐버리고 자기 검으로 로어의 검을 받았다. 래스와 맞붙은 사이 아테나가 로어의 시야 밖으로 사라지자 새로운 불안감이 들이닥쳤다.

로어는 더 거세게 몰아쳤다. 하지만 로어가 예상 밖의 태세를 취하자 순간 래스의 눈이 휘둥그레졌다. 로어는 래스의 흉갑 바로 아래쪽 복부를 무릎으로 거세게 찍어 눌렀다.

"당신의 가장 큰 실수는 이 도시에 나랑 같이 스스로 갇혀준 거야." 로어가 말했다.

"장난은 여기까지다, 꼬맹이." 래스가 자기 무릎으로 로어의 골반 양쪽을 꽉 조여 잡고 뒤집어 눕혔다.

그의 밑에 깔린 로어는 칼로 그의 가슴을 찔러보려 했지만 각도가 맞지 않아 래스의 몸통을 보호하고 있는 갑옷 위에서 미끄러지기만 했다.

래스는 사나운 기합 소리와 함께 자세를 바로잡으며 로어 위로 온몸을 실어 압박했다. 그러나 한쪽 팔을 쓸 수 없으니 로어가 그의 중요 부위를 무릎으로 걷어찼을 땐 자기 몸을 제대로 지탱할 방법이 없었다. 순간적으로 꿈틀해볼 여지를 얻은 로어는 재빨리 손을 뒤로 돌려 뒷주머니에서 손가락 크기만 한 스프레이를 꺼냈다.

"어쩌지…, 장난이 하나 더 남았는데." 로어는 엄지손가락으로 뚜껑을 밀어 열고 래스의 두 눈에 대고 후추 스프레이를 사정없이 뿌려댔다.

로어는 래스의 몸 아래에서 빠져나오며 그를 발로 걷어차 뒤집어버리고 다시 두 발로 일어섰다. 그리고 다시 마크호메를 다잡고 래스의 목을 겨냥해 들어 올렸다. 그 오랜 세월의 분노와 공포와 고통이 로어의 마음을 깨끗이 정화시키고 단 하나의 생각만이 머릿속에 남았다.

그를 죽여라.

지금까지 로어가 그토록 바랐던 바로 그것, 래스의 죽음만큼 이 세상에 더 지당한 일이 있을까. 로어는 목표를 향해 칼을 내리꽂는 순간—

칼끝이 래스의 목살을 뚫기 바로 직전에 멈췄다.

로어는 떨리는 숨을 들이쉬며 날뛰는 심장을 진정하려 애썼다.

물론 그를 죽일 수 있다. 그건 로어도 이제 안다. 그를 죽이고 그의 힘을 차지할 수 있다. 그리고 그 힘을 사용해 아테나와 힘 대 힘으로 제대로 겨뤄볼 수도 있다. 자신의 이름을 모든 헌터들의 기억 속에 각인할 수 있다.

하지만 결코 자유롭지 않을 것이다.

래스가 로어한테, 한낱 여자애한테 패배했다는 사실만으로도 충분하다. 그것이야말로 그에겐 죽음보다 더 비참한 낙인이다. 복수가 아곤을 탄생시켰지만 복수로 아곤을 끝내지는 못할 것이다. 래스나 아테나를 죽인다면 또 다른 사냥이 계속될 뿐이다. 로어와 카스토르 둘 모두에게.

마치 갑작스런 폭우가 보슬비로 잦아드는 것처럼 마음을 짓누르던 압박감이 무너졌다. 로어는 다시 아이기스를 들고 일어섰다.

래스는 분노가 풀리지 않았는지 몸부림치며 사납게 울부짖었다.

그 말이 로어의 머릿속을 다시 울리고 지나갔다. *죽음보다 더 비참한 낙인.*

마음을 울리는 말을 들으며 로어는 천천히 방향을 돌려 아테나를 바라봤다.

로어는 이제 알 것 같았다. 모든 것이 갑자기 이해됐다.

신들에게 희생이란 뭘까? 그들의 목숨이나 힘 외에 그들이 정말로 원하는 그 한 가지를 포기하는 것 아닐까? 그들이 세상에서 가장 원하는 것을 포기하는 것이야말로 신들이 할 수 있는 진정한 희생일 것이다. 최후의 가공할 승리.

어둠에 싸여 윤곽만 보이는 여신의 투구 아래 불꽃으로 이글거리는 눈동자가 번쩍거렸다.

로어는 방패의 팔걸이에서 팔을 빼내 여신에게 내밀었다.

"가져가요." 로어가 말했다.

여신은 꿈쩍도 하지 않았다. 숨조차 쉬지 않는 것 같았다.

로어는 여신에게 한 발 더 다가가 방패를 그녀 앞에 내려놓고 다시 뒤로 물러섰다. "당신이 아곤에서 벗어날 수 있는 유일한 방법이 이 방패를 당신 주먹으로 박살 내는 거라면요? 이걸 두들겨 패서 찌그러진 쇳조각과 가죽 덩어리 외에 뭣도 아닌 걸로 만들어버리는 거라면요?"

여신은 여전히 미동조차 하지 않았다.

"당신은 이 방패를 찾으려고 어린애들을 둘이나 고문하고 죽이는 것도 마다하지 않았잖아요. 이 방패를 다시 차지하려고 우리 부모님을 살해하고 수없이 많은 생명을 아무렇지도 않게 빼앗았잖아요. 그러니까 내가 당신에게 줄게요. 내 자유 의지로 준다고요. 최소한 용기를 내서 잡아보기라도 해요."

아테나는 앞으로 한 발 다가섰지만 금세 다시 멈췄다.

"처음부터 제우스의 시 따위는 관심도 없었죠? 그랬을 거예요." 낯선 평정심이 로어의 마음속에 자리 잡았다. "심지어 방패가 당신 아버지를 소환하지도 못하잖아요. 래스한테는 그럴 거라고 속이긴 했지만."

래스가 뒤에서 으르댔다. "그게 사실인가?"

"주군이시여." 아테나가 입을 열었다.

"아무리 해도 포기가 안 되죠?" 로어가 아테나의 말을 끊으며 다시 말했다. "왜냐하면 방패는 당신 아버지의 사랑의 징표이니까. 당신에 대한 그의 자부심을 상징하는 거니까. 그거야말로 당신이 원하는 거잖아요. 방패 자체가 아니라. 당신이 아버지에게 맞서면서 잃어버렸던 바로 그 마음요."

"그러니까 그게 사실이군." 래스가 말했다. 그가 아테나를 쳐다보는 눈빛엔 살기가 어려 있었다.

여신은 래스의 말은 듣지도 않는 것 같았다. 여신의 몸과 마음은 온통 축축한 바닥에 놓인 아이기스에 집중되어 있었다. 선택의 무게를 가늠해보는 동안 여신의 얼굴이 극심한 고통으로 일그러졌다.

아테나는 아곤에서 탈출할 수 있을지도, 어쩌면 아곤을 아예 끝장내 버릴 수 있을지도 모른다. 하지만 그러려면 여신에게 가장 중요한 바로 그것, 그것을 파괴해야 한다.

"그냥 해요." 로어가 말했다. "반드시 당신이어야 해요. 당신이, 끝내야 해요."

그때 어느새 검을 잡아 든 래스가 두 사람을 향해 던진 칼이 어둠을 뚫고 날아왔다.

안 돼.

로어는 미처 판단을 내릴 새도 없이 순간적인 확신으로 선택했다. 그리고 심장이 다음 박동을 시작하기도 전 그 찰나의 순간에 날아오는 칼을 막아섰다.

로어의 가슴을 파고든 칼은, 로어에게 고통이 들이닥치고 피가 쏟아져 나오기도 전에 이미 그 타격만으로 로어를 잔인하게 물어뜯었다. 로어는 물속으로 무릎을 꿇으며 무너졌다. 그때 마음속에 얼굴 하나가 떠올랐다.

카스토르.

래스는 사납게 울부짖으며 로어를 물속에서 끌어냈다가 다시 바닥으로 처박았다. 바닥의 물이 철퍽거리며 로어를 사방에서 정신없이 후려쳤다. 입속으로 마구 들이닥치는 물에 숨이 막혔다.

죽는 거야—

로어가 고통스럽게 헐떡거리며 숨을 들이쉬려고 하자 온몸이 쥐어짜이듯 뒤틀렸다. 아테나의 모습이 프리즘을 통과한 것처럼 여러 개로 겹쳐 보이면서 빙글빙글 돌았다. 그리고 결국 로어는 피를 토했다. 온 입안이 피투성이였다.

래스는 로어를 다시 물속에서 난폭하게 들어 올리며 자기 무릎을 지렛대 삼아 로어의 허리를 뒤로 젖혔다. 로어의 허리가 꺾였다. 로어는 울부짖었다.

이제 싸울 수도, 움직일 수도 없었다. 고통이 로어를 갈기갈기 찢었다.

"대체 무슨 짓을 한 겁니까?" 아테나의 목소리는 마치 바람에 실려오는 것처럼 들렸다.

"히드라의 독이지." 래스가 대답하며 로어의 가슴에서 칼을 뽑아 들고 로어를 다시 물속에 팽개쳤다. 그러고는 다시 칼을 들어 올려 로어의 가슴을, 그녀의 심장을 겨냥했다. "네소스의 독이 묻은 헤라클레스의 튜닉에서 얻은 독이지. 내 검에 전부 그 독을 묻혔다. 왜, 너도 한번 맛볼 텐가?"

"아니요." 아테나가 재빨리 대답했다. "주군이시여, 다시 한 번 잘 생각해보세요. 아이기스를 생각해보라구요! 이 아이가 죽으면 방패도 없어집니다."

"이제 그게 나한테 무슨 쓸모가 있단 말인가?" 래스가 아테나를 무섭게 노려보며 말했다. "나의 승리가 코앞에 닥쳤는데? 어차피 방패로 제우스를 소환할 수도 없고, 내가 직접 들 수도 없지 않은가. 오늘 이날부터 나는 오로지 칼만 잡을 것이다."

"우리의 승리죠."

여신의 말이 먹먹한 고통을 뚫고 들려왔다. 로어는 자신이 실제로 여신의 말을 들은 것인지, 아니면 상상 속에서 나온 것인지 분간조차 되지 않았다. 하지만 그때 아테나가 다시 입을 열었다.

"장담하건대 '우리의' 승리라고 말하려고 했던 거겠지?" 아테나가 위협적으로 말을 토했다.

여신은 앞으로 움직이더니 방패를 향해 몸을 숙였다. 방패 위에서 그녀의 손이 저항하듯 잠시 머뭇거렸다. 하지만 마치 숨을 쉬듯 아무렇지 않게, 아테나는 물속에서 방패를 들어 올려 그것을 옆구리로 바싹 당겨 잡았다.

"그리고 장담하건대, 나는 네놈에게 이 인간을 죽여도 좋다고 허락하지 않았을 텐데."

55

로어의 가슴은 공포와 고통으로 마구 날뛰었다. 자기 눈의 감각조차 오롯이 믿을 수 없게 되자 쇠와 쇠가 거세게 맞부딪히는 소리에 온 신경을 집중했다. 몸을 움직여보려고 애썼다. 미칠 듯이 출렁이며 얼굴 위로 덮치는 물속에서 일어나려고 안간힘을 썼다.

두 신은 서로에게 덤벼들었다가 상대의 공격에 둘 다 휘청이며 뒤로 밀려났다.

"나쁜 년!" 래스가 외쳤다. "네년이 감히!"

아테나가 아이기스로 래스의 청동 갑옷을 세차게 후려치자 불씨들이 튀어 빗방울처럼 우수수 떨어졌다. 방패는 난폭하게 울부짖었고 래스는 충격을 받고 거대한 몸으로 선로의 물을 그대로 밀어내며 나가떨어졌다. 여신은 래스가 열차로, 저장 탱크로 간신히 기어가는 모습을 즐거운 듯 바라보며 천천히 다가갔다.

그때 래스가 갑자기 몸을 돌려 여신에게 칼을 하나 던지고 곧바로 하나를 더 던졌다. 여신도 재빨리 첫 번째 칼을 피했다. 하지만 두 번째 칼이 자기의 몫을 해내고 물속에 첨벙 떨어진 건지 로어는 미처 보지 못했다. 여신은 래스가 겨우 다시 두 발로 일어설 때까지 기다렸다. 래스는 팔만 뻗으면 열차에 닿을 거리에 있었다. 자신이 이제 곧 손만 뻗으면 만질 수 있을 거라고 믿었다.

어둠의 띠를 두른 아테나는 공중으로 높이 뛰어오르더니 래스의 머리 위에서 한 바퀴 돌았다. 그녀의 손에 들린 도리도 흔들림 없이 굳건했다. 여신의 얼굴엔 어떤 감정도 망설임도 보이지 않았다. 여신이 뒤도 돌아보지 않고 자기 뒤로 깊숙이 찔러 넣은 뾰족한 창끝이 래스의 갑옷을 뚫고 그의 가슴에 박혀 척추를 뚫고 밖으로 나왔다.

래스가 무릎을 꿇으며 무너지자 그가 쥐고 있던 검이 바닥에 찰카당 떨어졌고 그의 머리는 앞으로 꺾였다. 아테나는 물속에서 래스의 검을 건져 들고 그의 앞에 가서 섰다. 여신이 아이기스를 래스의 얼굴 앞으로 들이밀자 그는 어쩔 수 없이 메두사의 눈을 마주봤다.

래스가 손을 들어 올렸다. 그의 손은 무언가 시커먼 것을 움켜쥐고 있었다.

그는 주먹을 꽉 움켜쥐었다. 그러자 금속성 마찰음이 들리더니 저장 탱크 뒤에 있던 밸브가 열리며 탁하고 끈적한 화학 액체가 밖으로 쏟아져 나오기 시작했다.

열차도 큰 소리로 철컹거리더니 갑자기 출발했다. 선로를 따라 움직이는 열차의 속도가 점차 빨라지면서 선로 바닥을 덮고 있던 물에 물결이 일었다. 탱크에서 쏟아지는 '바다의 불'은 열차를 따라 가며 자신의 궤적을 남겼다.

래스는 작은 기기를 내팽개치고는 낑낑대며 갑옷 안쪽에서 무언가를 꺼냈다. 라이터였다.

그는 피범벅이 된 손으로 라이터를 켜고는 악을 쓰듯 소리를 지르며 화학 액체로 던졌다. 래스의 앞에서 타오른 희푸른 불꽃이 터널의 심장을 향해 빠르게 달리듯 번져나갔다.

로어를 둘러싼 공기가 희미하게 일렁이더니 곧 살갗을 태울 듯 뜨거워졌다. 열차가 수많은 선로로 이어질 터널 속으로 사라지기 직전, 로어는 열차 후면을 감싸고 있는 금속판을 발견했다. 열차 뒤를 따르는 불꽃을 막아주는 열 차단막인 듯했다. 불꽃이 탱크로 옮겨 붙는 것을 막아주는 유일한 차단막이었다. 덕분에 당분간은 탱크가 통째로 폭발하지 않을 것이다.

불이 로어를 향해 점차 다가왔지만 그녀는 움직일 수조차 없었다. 단어 하나가, 로어가 평생 가장 두려워했던 바로 그 단어가 다시 가슴속을 덜컹 울렸다. *무력감.*

공간이 연기로 자욱했지만 로어는 래스의 칼을 높이 쳐드는 아테나의 모습을 대략이나마 알아볼 수 있었다.

"너는," 래스가 헐떡이며 말했다. 그의 입에서 피가 줄줄 흘러나왔다. *"네년은— 졌다!"*

"너는 죽는다." 여신이 말했다. 그리고 그녀다운 냉철한 정확성으로 래스의 몸에서 그의 머리를 쳐냈다.

로어는 점차 자신을 감싸오는 열기에 눈을 감았다. 몸이 어딘가로 끌려가는 동안 끔찍한 고통이 척추에서 다리까지 타고 흘렀다. 로어가 다시 눈을 떴을 땐 온 세상이 불타고, 아테나는 어정쩡한 자세로 로어를 내려다보고 있었다.

여신은 괜찮아 보이지 않았다. 여신의 몸은 땀방울이 맺혀 축축했고 칼에 베인 아래턱 상처 주변의 피부가 시커멓게 변하고 있었다. 심지어 그녀의 눈동자 속 불꽃도 희미해진 것 같았다.

독이다. 로어는 생각했다. 여신은 결국 도망치지 못한 것이다.

아테나는 기침을 했다. 여신의 축축한 기침 소리는 끔찍했다. 아테나 자신도 그 소리에 놀란 것 같았다. 여신은 불안정하게 떨리는 손으로 자기 가슴을 눌렀다. 피가, 여신의 눈에서, 여신의 코에서, 여신의 입에서 새어 나왔다.

"말하라. 어떻게," 여신이 입을 열었다. "어떻게— 멈출 수 있는지— 말하라."

하지만 로어는 이미 말할 수 있는 상태가 아니었다. 로어의 영혼은 이미 몸을 벗어나려 하고 있었다. 세상이 점차 희미해졌다.

미간을 잔뜩 찌푸린 여신은 마지막으로 한 번 더 로어의 얼굴을 바라보고는 일어섰다. 로어는 여신이 이제 떠나는 거라고, 이곳에서 혼자 빠져나가려는 거라고 확신하고는 상처 입은 짐승처럼 울부짖었다. 숨을 쉬려 할수록 호흡이 목구멍에서 덜걱거렸다.

하지만 잠시 후 아테나는 다시 돌아왔다. 래스의 단검을 힘겹게 붙잡고 있었다.

그리고 처음으로, 여신의 얼굴에 자신만의 이야기가 펼쳐졌다. 잔잔한 얼굴 위로 감정이 물결처럼 퍼져나갔다. 분노, 후회, 그리고 마지막으로 깨달음이.

여신은 로어의 손에 칼자루를 밀어 넣어 신중하게 쥐어주고는 자기 손으로 로어의 손을 감싸 쥐었다.

여신을 올려다보는 로어의 눈이 커지며 두려움으로, 공포로 온몸이 얼어붙었다.

아냐, 절대로 그럴 리가… 아테나는 *절대* 이런 짓을 할 리가 없다. 로어가 여신을 아무리 끔찍이 싫어한다 해도, 사랑하는 이들을 지키고 싶은 마음이 아무리 간절해도, 로어는 절대로 여신이 이렇게까지 하기를 바라지 않았다. *이것만은* 절대 아니다.

"이 방법뿐이다." 아테나가 간신히 말을 토했다. 이제 여신의 몸은 몸속에 퍼진 독에 맞서 싸우느라 난폭하게 떨리고 있었다. "나는… 졌다… 너는 다시 태어날 것이다. 너에겐 아직 시간이 있다. 끝까지… 싸워라. 이것만이… 유일하게… 합당한 선택이다. 이 도시는… 보호되어야 한다."

여신은 칼끝을 자신의 심장 위로 갖다 댔다. 그리고 로어에게 마지막 선택권을 넘겼다.

절대 자유로워질 수 없어.

로어는 몸서리치며 눈을 질끈 감았다. 로어는 자기 안에서 고동치는 그 조그만 희망이란 놈을 붙잡고 싶었다. 암흑 같은 어둠 속에서 자신이 횃불처럼 들고 다녔던 그 미약한 희망 말이다. 자신이 살아보려고 그렇게나 열심히 싸웠던 바로 그 삶을 살고 싶다는 희망. 지금 이 순간 숨 한 번 더 쉬어보고 싶다는 바람만큼이나 간절하게 그 삶을 원했다. 오랫동안 그럴 수 없었지만 어릴 때처럼 평펑 울고 싶었다. 로어는 부모님을 보고 싶었다.

로어는 그 모든 걸 원했지만, 이것만은 아니었다. *이것만은 절대로.*

로어는 태어날 때부터 이 울타리 안에 갇혀 있었다. 그리고 이제 이 울타리 안에서 죽게 될 것이다. 몸이 죽지 않는다 해도 영혼은 이미 죽은 셈이었다.

하지만 이 도시는 지켜야 한다. 이 도시를 지키는 게 로어가 할 일이다.

로어는 아테나의 눈동자를 마주 보며 고개를 끄덕였다.

로어를 바라보는 여신의 눈빛은 날카로우면서도 그 어느 때보다 위엄이 충만했다. "심장으로 곧바로."

그리고 둘은 함께, 단검을 밀어 넣었다. 타격은 강하고 확고했다. 여신은 몸을 떨었다. 그녀의 번쩍 뜨인 눈은 무언가를 본 듯, 무언가를 깨달은 듯, 은빛으로 번쩍거렸다. 의식 너머의 무언가를 향해.

이것은, 전사의 일격이었다.

그리고 신이 받은 최후의 심판이었다.

56

공기를 더 많이 빨아들이자 숨이 한꺼번에 폐 속으로 들이닥치며 가슴이 고통스럽게 부풀어 올랐다. 로어는 살갗 밑을 뜨겁게 달궈대는 감각을 진정시키려고 안간힘을 썼다. 심장은 마치 천둥처럼 맹렬하게 고동치며 로어의 갈비뼈를 뚫고, 로어의 살가죽을 뚫고 터져 나갈 기세였다.

그리고 이제 로어의 몸은 불처럼 맹렬히 타올랐다.

빛의 소용돌이가 로어를 둘러싸고 휘몰아치며 깊이를 알 수 없는 빛 속으로 그녀를 집어삼켰다. 그녀의 몸이 물 위에서 일어섰다. 번개 같은 빛줄기가 로어의 온몸으로, 팔과 다리로 퍼져나갔다.

생명을 잃은 아테나의 육신은 불에 타 재가 되었고 그 재에서 나타난 어떤 형체가 마치 잠든 땅 위로 서서히 솟아오르는 빛처럼 공중으로 떠올랐다. 그 존재는 순수하고 찬란한 힘 자체에 둘러싸여 있었다. 형언조차 할 수 없는 광경이었다.

여신의 형체는 아이기스로 손을 뻗으며 마지막으로 로어를 내려다봤다. 하지만 눈 깜짝할 새에 여신과 방패는 사라져버리고 그들이 남긴 불빛이 어둠 속에서 잠시 흔들렸다.

그리고 그들과 함께, 로어가 한때 알았던 세상도 사라졌다.

고통이 다시 들이닥치자 로어는 울부짖었다. 강렬한 힘이 파문처럼 몸으로 퍼져나가며 피와 근육과 뼈를 먹어치웠다. 몸속을 텅 비워버리고 있었다. 로어의 내면에 살아 숨 쉬고 있던 모든 물질들이 남김없이 소거되고 있었다.

시간은 마치 힘겹게 스스로를 닦달하며 서서히 속도를 회복하는 것 같았다. 로어는 자신의 의식이 떠나려고, 어딘가로 날아가려고 하는 걸 느꼈다. 번개 같은 빛줄기가, 걷잡을 수 없는 힘이, 온몸 구석구석을 세차게 훑고 지나가며 로어의 육신을 그대로 뚫고 나갈 것 같았다.

이제 자신에겐 무엇이 남아 있을까. 생각을 해봐도 떠오르지 않았다. 하지만 '바다의 불'을 싣고 가는 저장 탱크를 막을 힘은커녕 쫓아가 붙잡을 힘은 아닌 것 같았다.

"난 조금 더—" 로어는 자기 주변에서 세차게 휘몰아치는 바람과 사납게 우르릉거리는 압력을 뚫고 소리를 질러야 했다. "난 조금 더 이곳에 남아 있어야 해요— 시간이 더 필요해— *조금 더 있어야 한다구!*"

로어의 몸이 뜨거운 물속으로 다시 무너지자 어떤 힘이 그녀의 척추를 거세게 훑고 지나갔다. 로어는 깜짝 놀라 몸을 곧추세웠다. 몸안에서 무언가 요동하며 피부막을 벗어나려는 듯 고동쳤다.

로어는 자신의 손을 내려다봤다. 바로 그 번개의 빛줄기가 자신의 손바닥과 손마디를 휘저으며 움직이고 있었다. 이제 막 되살아나는 감각을 자각하기 전까지는 자신의 감각이 얼마나 둔해졌는지 미처 몰랐다. 공기가 갑자기 살아 있는 생물처럼 느껴졌다. 어느 부위는 시원하고 어느 부위는 축축했다. 공기는 끊임없이 움직이며 로어의 온몸을 어루만졌다.

그리고 마침내 로어가 일어나 뛰쳐나가는 순간엔 그녀의 다리도 이미 완벽하게 준비되어 있었다. 로어는 낯선 힘과 속도로 폭발하듯 달려나갔다.

열차는 선로를 따라 달리고 그 뒤를 불줄기가 뒤따랐다. 불길은 이미 지지대와 선로를 집어삼키며 돌벽을 타고 위로 번져 올라가고 있었다.

로어는 열차가 그랜드센트럴 역으로 통하는 터널로 막 들어서기 직전에 따라잡았다. 마침내 열차의 앞을 막아선 로어는 엄청난 울부짖음과 함께 손으로 열차의 평판 모서리를 잡아 세웠다. 두 발을 선로 바닥에 박아 넣으며 로어는 엔진의 힘에 정면으로 맞섰다.

열차는 계속 앞으로 달려나가려고 끼익끼익 기를 쓰며 고집스럽게 털털거렸다. 로어는 턱을 악다물고 목이 찢어져라 소리를 지르며 한 발을 들어 오른쪽 앞바퀴를 거세게 후려차고 곧바로 왼쪽 바퀴를 후려찼다. 흠씬 두들겨맞은 양쪽 바퀴가 원래의 형태를 잃었다. 그러고 나서 열차를 통째로 앞으로 기울이자 금속 평판은 마치 종이처럼 접히며 찌그러졌다. 마침내 열차는 동력을 상실했다.

로어는 저장 탱크를 고정하고 있던 결박을 끊고 거대한 통을 끌어당겼다. 통에서 넘쳐나온 '바다의 불'이 팔의 맨살과 다리를 덮치자 저도 모르게 고통의 신음이 튀어나왔지만 로어는 꿋꿋이 버티며 탱크의 밸브를 뭉개뜨려 액체가 흘러나오는 것을 막았다.

그리고 힘이 닿는 데까지 최대한 탱크를 굴려 다시 역 쪽으로, 아직 물에 불이 붙지 않은 곳으로 옮겼다.

이 불길은 물로 잡을 수 없다. 아빠가 언젠가 '바다의 불'에 대해 이야기해준 적이 있다. 아빠가 그랬는데….

그것을 질식시킬 수 있는 것은 흙뿐이야. 흙이 산소를 차단해준단다.

로어는 뒤돌아서서 그랜드센트럴 역을 향해 뻗어나가는 텅빈 선로를 마지막으로 바라봤다. 저 멀리 보이는 승강장으로 빠져나가면 이 지옥불을 벗어나 친구들을 만날 수 있을 텐데.

로어는 숨을 한 번 들이쉬며 손으로 터널의 한쪽 벽을 짚었다.

이제 자유롭지 않아. 그 생각이 머릿속을 찌를 듯 날카롭게 스쳤다. *절대 자유로워질 수 없어.*

하지만 다른 이들은 그렇게 될 수 있다.

로어는 주먹으로 돌벽을 때렸다. 돌벽이 갈라지고 천장의 돌들이 우르르 무너져 내려 터널로 통하는 입구가 돌무더기 벽으로 막히고 저 멀리 보이는 승강장이 마침내 보이지 않게 될 때까지, 로어는 벽을 때리고 또 때렸다.

이제 불길은 나아갈 길을 잃었다. 하지만 이곳에 물이 남아 있는 한 불길은 멈추지 않고 계속 타오를 것이다. 그렇게 타오른 불로 지하의 모든 것이 뜨거워지면 땅 위의 거리도 무너져 내릴 것이다.

로어는 이 불길을 숨죽일 방법을 찾아야 했다. 그것이 산소라는 먹이를 더 이상 먹지 못하게 할 방법을.

로어는 왔던 길로 다시 뛰어갔다. 사방에서 열기가 덮쳤지만 로어는 다시 61번 선로에 다다를 때까지 멈추지 않았다. 역 전체는 이미 불에 휩싸여 있었다. 절대 끝날 것 같지 않았다. 바닥을 채운 저 물을 다 없애버리는 것도 불가능해 보였다.

아니야. 할 수 있어. 로어는 문득 깨달았다.

자신은 더 이상 무력하지 않았다.

뜨겁게 타는 공기를 깊이 들이마시고, 불길을 헤치며 역의 정중앙으로 다가갔다. 숨이 막혔다. '바다의 불'이 로어의 옷과 피부로 번지듯 기어올랐다. 로어는 무릎으로 땅을 짚었다. 그리고 불타는 물, 그 아래 숨겨진 땅을 향해 주먹을 내리쳤다.

물을, 불을, 지구의 깊숙한 배 속으로 보내버리면 된다. 공기가 없는 곳으로, 먹을 것이라곤 어둠뿐인 그곳으로.

제발. 로어는 주먹을 들어 올리며 빌었다. 번개가 치는 듯한 느낌은 여전히 로어의 몸속을 채우고 있었다. 하지만 이번만은 로어도 그것을 억누르지 않았다.

로어는 그것의 목줄을 풀어줬다.

힘이 집중되자 그녀의 손이 금빛으로 일렁이며 빛을 뿜었다. 가슴에서 끌어낸 고함을 내지르며 로어는 땅을 내리쳤다. 갈라지는 땅이 울부짖으며 로어에게 대답했다. 화염과 물 밑 바닥에서, 사방으로 가늘게 흩어지는 균열이 번쩍거리며 모습을 드러냈다.

로어는 눈을 감고 자신에게 들이닥치는 열기와 에너지에 온 정신을 집중했다. 자신의 힘이 바로 아래 있는 돌을 부수고, 자기 몸도 점점 더 밑으로 가라앉는 것이 느껴졌다. 빠져나갈 길은 이제 없었다. 로어도 저 아래 어둠 속으로 함께 빨려 들어가 불길과 함께 소멸되겠지. 혼자. 로어는 혼자였다….

"내 곁에 있어줘요." 로어가 목멘 소리로 애원했다. 숨을 쉬려고 꺽꺽거렸다. *나를 떠나지 말아요….*

그들은 떠나지 않았다.

로어는 가족의 존재가 느껴졌다. 그들의 다정한 손길이 로어의 얼굴을 어루만지고 로어를 감싸 안았다. 그리고 그들 너머에 보이지 않는 존재들의 시선이 느껴졌다.

몸속에서 거대한 힘이 용솟음쳤다. 맹렬한 세상의 심장처럼 순수하고, 세상을 탄생시킨 카오스처럼 오래된 힘이었다.

"로어!" 카스토르의 목소리가 역을 가로질러 들려왔다. "*로어!*"

로어는 고개를 들어 자욱한 연기 속을 눈으로 헤치며 카스토르의 모습을 찾았다. 그는 엘리베이터에 있었다.

"여기서 당장 나가!" 로어가 간신히 소리쳤다.

가까이에서 머리카락과 피부가 그슬리는 냄새가 풍겼다. 로어는 그것이 자신에게서 나는 냄새라는 걸 깨달았다. 로어가 땅을 내리치면서 단단한 돌덩이를 부수고 완전히 산산조각을 내는 동안 얼굴에서 땀이 물처럼 흘러내렸다. 점점 더 커지는 틈 사이로 불타는 물이 쏟아져 내려갔다. 드디어 효과가 나타나고 있었다. 이대로 계속, 계속하면 된다.

저 멀리서 불길에 얼굴을 피하며 달려오는 카스토르가 보였다.

"그만해!" 카스토르가 소리쳤다. "빨리 나가야 해! 더 이상 네가 할 수 있는 게 없어!"

아니, 할 수 있는 건 항상 있었다.

로어의 힘에서 뿜어져 나온 불꽃들이 로어를 휘감으며 머리카락으로 스며들었다. 그녀의 피부는 우주처럼 빛났다. 마지막까지 자신을 놓지 않으려고 안간힘을 쓰느라 로어의 두 팔이 후들거렸다. 로어가 땅을 향해 마지막 일격을 내리치자 그녀의 손에서 황금빛 불꽃이 튀었다. 그리고 땅은 로어의 몸 아래에서 마침내 그 문을 열었다.

역을 뒤덮고 있던 바다의 불이 그 깊은 틈바구니로 한꺼번에 질주해 들어가기 시작했다. 로어는 이번엔 주변의 돌을 깨뜨려 불길을 땅속에 아예 묻어버리려고 다시 구덩이를 때리기 시작했다. 타격이 가해질 때마다 구덩이가 곧 함몰될 것처럼 뒤흔들렸다.

로어의 머릿속엔 오로지 한 가지 생각밖에 없었다. 불을 묻어버려야 한다… 하지만 너무 아팠다… 불에 데인 몸이 온통….

손에서 뿜어져 나오는 빛이 더 강렬해지며 로어의 팔을 타고 온몸으로 퍼져나갔다. 이제는 자신을 둘러싼 빛이 로어 자신에게서 나오는 것인지 불길에서 나오는 것인지 분간이 되지 않았다.

"그만!" 공포에 질린 카스토르의 목소리가 들렸다. *"로어! 멈춰!"*

점점 어둠 속으로 희미해지는 로어의 시야에 열기를 헤치고 다가오는, 눈부시고 거침없는 카스토르의 모습이 보였다.

"그만해도 돼!" 카스토르가 말했다. "땅이 함몰되면 호텔도 함께 무너지고 말 거야."

"불이 아직—" 로어가 목구멍을 긁어내듯 말했다.

"다 꺼졌어!" 카스토르가 로어의 팔을 감싸 쥐며 그녀의 시선을 붙잡아보려 애썼다. 벽과 땅이 흔들림을 멈추고 잠잠해졌다. 바닥에 남아 있는 물은 쉭쉭 신음을 내뱉으며 로어가 만들어놓은 땅속으로 흘러 들어갔다.

하지만 로어는 소리를 들을 수 없었다. 로어가 신으로 승격하면서 그녀의 온몸을 산산조각 낼 것처럼 휘몰아쳤던 그 힘이, 그녀를 깊숙이 끌어당기는 그 힘이 다시 들이닥쳤다. 한때 로어의 몸을 채웠던 붉은 피가 마지막 한 방울까지 녹아 없어지자 그녀의 살갗 아래를 지나는 혈관들이 황금빛 줄기로 번쩍거렸다. 로어의 몸은 마치 연기처럼 실체가 사라져버린 것 같았다.

카스토르가 로어를 거세게 끌어안았다.

"안 돼—가지 마." 카스토르가 애원했다. "내 곁에 있어줘!"

로어의 힘이 카스토르의 살갗에 낙인을 남겼다. 그 낙인이 로어의 의식을 되살리며, 로어가 빨려 들어가고 있었던 심연의 빛 속에서 그녀를 끌어냈다. *카스토르를 아프게 하고 있잖아.*

카스토르는 로어에게 키스했다. 로어의 몸과 마음을 지배하고 있던 사나운 힘이 사그라들 때까지 카스토르는 그녀에게 키스했다. 카스토르의 존재는, 로어를 세계와 이어주는 끈이었다. 로어는 자기 안에 남아 있는 모든 힘을 다해 그 끈을 붙잡았다.

두 사람을 휘감았던 사나운 힘이 가라앉았다. 카스토르 말고는 이제 그 어떤 것도 실제 같지 않았다.

"가지 마." 카스토르가 로어의 입에서 입술을 떼며 다시 말했다.

"나만 남겨두고 가지 마…."

로어의 마음엔 더 이상 아무것도 남아 있지 않았다. 로어의 몸엔 더 이상 로어가 남아 있지 않았다. 그리고 마침내 어둠이 로어를 데리러 왔을 때, 어쩐지 그것은 끝이 아니라 새로운 시작이라는 느낌이 들었다.

57

로어가 깨어나 보니 놀랍게도 자신이 떠났다고 생각했던 그 세상이었다.

도시는 예전처럼 다시 로어에게 노래를 부르고 있었다. 아직은 약했지만 점점 볼륨과 템포를 높이면서 거리를 지나가는 차들의 엔진 소리가 들렸다. 마치 며칠 후 다가올 일들을 알리는 듯이 중장비들이 바쁘게 철컹거리고 우르릉 쿵쿵 소리를 내며 파괴된 잔해를 들어 올리고 치우느라 분주했다. 거리를 걷는 사람들의 웃음소리도 들렸다. 바로 로어가 끈질기게 붙들고 있었던 소리였다. 눈을 뜨는 순간 사람들의 웃음소리가 그녀의 가슴속에 뚜렷이 박혔다.

마일스의 근심 어린 얼굴이 로어를 쳐다보고 있었다. 마일스는 울음을 터뜨리지 않으려고 입술을 앙다물고는 로어의 손을 꽉 감싸 쥐었다. 그새 샤워를 한 모양이다. 그게 아니더라도 세수랑 면도는 제대로 한 것 같네.

"너 눈이…." 마일스가 속삭였다.

로어는 마일스에게 뭐라고 말해야 하나 고민했다. 깨고 나니 그 당황스러운 느낌이 다시 느껴지기 시작한 것이다. 신의 힘이 몸속에서 움직였다. 몸속에 갇힌 채 분주하게 움직이고 있었다. 자신의 몸이, 그 오랜 세월 동안 충실히 제 역할을 해왔던 그 몸이, 로어가 그렇게 열심히 단련하고 사랑해주고 상처를 입혔던 그 몸이 이제는 실체가 없어진 것처럼 감각이 느껴지지 않았다. 로어는 말하는 대신, 주변을 둘러봤다.

브라운스톤의 자기 방이었다.

그것을 깨닫자 놀랍게도 눈물이 쏟아질 것 같았다. 로어는 목을 가다듬고 말했다. "이렇게 되려고 했던 게 아닌데."

마일스가 눈물을 글썽이며 빙그레 웃었다. "아마 그래서 네가 이렇게 괜찮은 거 아닐까?"

마일스가 커튼을 걷자 오후의 황금빛 햇살이 방 안으로 날아들었다. 마치 담요처럼 자신의 몸을 감싸는 햇살의 온기가 너무나 생생하게 느껴졌다.

로어는 벌떡 일어나 앉았다. "오늘이 무슨 요일이야?"

"토요일. 카스토르가 널 치료해준 이후로 넌 계속 잠들어 있었어."

토요일. 공포가 들이닥쳤다. 이제 몇 시간이면 아곤이 끝난다.

"다른 사람들은?" 로어가 물었다. 휑한 공간이 갑자기 눈에 들어오자 맥박도 빨라졌다. "다 괜찮아?" 그리고 돌연 지하철역에서의 기억이 생생하게 떠올랐다. "카스토르는—?"

"카스토르는 괜찮아. 다들 괜찮아. 그러니까 내 말은, 그동안 있었던 일이 다 이해된 건 아니라서 다들 정신적으로 약간 맛이 간 상태이긴 하지만, 괜찮아." 마일스가 자기 목덜미를 비벼대며 말했다. "다들 바람 쐰다고 몇 분 전에 옥상으로 올라갔어."

둘 사이에 편안한 침묵이 내려앉았다. 로어는 숨을 들이마시고 내쉬었다. 다시 들이마시고 내쉬면서 이 편안함을 있는 그대로 받아들였다. 이렇게나 쉬운 일이었다니. 로어는 그제야 자신이 아직도 마일스의 손을 잡고 있다는 걸 알아차렸지만 그냥 그러고 있었다.

"오늘이 지나면 넌 어떻게 되는 거야?" 마일스가 조용히 물었다. "사라져버리는 거야? 너도 7년 뒤엔 다른 신들처럼 사냥당하게 되는 거야?"

로어는 고개를 저으며 대답했다. "나도 잘은 모르지만…, 이제 끝난 거면 좋겠는데. 전부 다 완전히."

로어는 갑자기 자기 도시가 너무나도 보고 싶었다. 침대에서 천천히 일어나 마일스의 손을 놓고 창가로 다가갔다. 로어가 움직이자 몸속의 힘도 함께 움직였다. 근육을 타고 흐르며 온몸의 관절과 힘줄 구석구석을 휘감듯 굽이쳤다.

마일스가 다가와 옆에 섰다. "아곤이 널 영영 데려가서 네가 다시 돌아오지 못하면 어떡해? 아테나가 그랬잖아. 신들은 우리 세계 밖에서 자기들만의 세상에 산다고. 너도 거기로 가는 거야?"

"*여기가* 내 집이야. 설사 내가 이 몸을 떠난다 해도 어떻게든 다시 돌아올 방법을 찾을 거야. 나 완전 비장해. 내가 비장하면 어떻게 되는지 너도 알지?"

"응, 얼굴에 힘 빡 주고 누군가의 창자를 완전 후려쳐 버리지." 마일스가 말했다.

"그래 뭐, 그것도 포함해서." 로어는 웃음을 터뜨렸지만 마일스는 여전히 확답을 기다리는 얼굴이었다. "뭐, 얼마 동안 떠나 있어야 할지도 몰라. 하지만 절대 널 두고 영영 떠나버리진 않을 거야. 목에 칼이 들어와도."

"알았어. 하지만 그래도 난 반대일세." 마일스가 말했다. "네가 단 얼마 동안이라도 안 떠나면 좋겠어."

로어는 다시 창밖의 거리로 시선을 돌렸다. 일몰이 몰고 온 첫 번째 색깔이 이 정겨운 동네에 완벽한 조명을 드리우는 순간이었다. 한 커플이 유모차를 밀며 강아지와 산책을 하고 있었다. 아기가 별 모양의 조그만 장난감을 땅바닥으로 내던지는 모습을 보며 커플이 웃음을 터뜨렸다.

마일스는 로어를 흘깃 바라보며 따뜻한 창문 유리에 한쪽 머리를 기댔다. "너 좀 달라진 것 같아. 근데 또 아닌 것 같고. 뭐라고 설명할 수는 없지만."

"나도 그래. 뭔가… 가벼워진 느낌이야."

로어는 마일스의 어깨에 한 팔을 둘렀다. 마일스도 똑같이 어깨동무를 했다.

"내 생각에 이 도시는 참, 엉망진창인 것 같아." 잠깐 뜸을 들였다가 로어는 다시 덧붙였다. "근데 참 마음에 드는 엉망진창이란 말이야."

로어와 마일스는 다른 친구들이 있는 옥상으로 올라갔다. 이제

본격적으로 해가 저물며 하늘에 로즈골드와 보랏빛이 어우러진 장관을 만들어냈다.

카스토르가 일어서서 마일스가 가지고 올라온 과자 봉지들을 받았다. 로어는 자신을 바라보는 카스토르의 얼굴에서 아무리 아닌 척하려 해도 어쩔 수 없이 스치는 걱정스런 눈빛을 알아챘다.

이로와 밴은 울퉁불퉁한 바닥에 담요를 깔고 앉아 있었다. 그들을 다시 보니 가슴이 뭉클했다. 벅차오르는 기쁨에 오히려 당황스러울 지경이었다. 이로와 밴은 서로 눈빛을 주고받더니 무슨 말이라도 하라고 미루는 듯 말없이 서로를 쿡 찔러댔다.

로어는 갑자기 부끄러운 기분이 들었다. 마치 자신에게 일어난 일이, 자신이 되어버린 유령 같은 존재가 그들의 눈에 다 보이는데도 안 보이는 척하는 느낌이었다.

로어는 부끄러운 건 정말 참을 수 없을 정도로 싫어한다.

"와, 여기에 진짜 수영장이나 정원 같은 거 만들어야겠다." 로어가 지붕을 휙 둘러보는 척하며 말했다. "동네 사람들한테 자랑도 못 할 거면 이런 옥상이 다 무슨 의미야?"

"내 생각에 여기서 중요한 건 시에서 정한 건축물관리법을 어기지 말아야 한다는 것 같다. 안 그러면 벌금을 왕창 물어야 할걸?" 마일스가 쾌활하게 대꾸했다.

"너 시청에서 인턴십 하는 거 아니었어? 상상해봐. 예쁜 조명들도 좀 달아놓고, 작은 화분도 여기저기 놓고—"

"내가 너한테 준 식물들 모조리 다 죽여놓고선." 마일스가 말했다. "그리고 내가 봄방학 보내러 플로리다 집에 가 있는 동안 '내'

화분도 다 죽였잖아. 네가 물을 안 줘서."

"그땐 바빴단 말이야." 로어가 항변했다. "그리고 걔네들도 보기엔 다 괜찮은 것 같았는데."

"근데 이 얘기가 왜 나온 거야?" 카스토르가 조그만 프레첼 봉지를 하나 꺼내 밴에게 건네며 물었다.

"내가 미니트위스트 먹고 싶어 하는 거 어떻게 알았어?" 밴이 봉지에서 프레첼을 집으며 카스토르에게 물었다.

"왜냐하면 우리가 지난 이틀 동안 지하철 쥐새끼들처럼 제대로 못 먹은 데다 넌 오늘 아침도 치즈볼로 때웠으니까." 카스토르가 말했다.

"지하철 쥐새끼들은 그래도 가끔 피자 조각이라도 주워 먹지." 로어가 말했다.

"제발 쥐새끼 얘기는 그만하면 안 될까?" 밴이 얼굴을 찡그리며 말했다.

로어와 친구들은 과자 더미를 둘러싸고 뜨끈한 바닥 위에 다리를 쭉 펴고 앉았다. 태양은 마침내 수평선 너머로 몸을 감췄다.

마일스가 컬럼비아 대학 학기 시작이 미뤄졌다는 소식부터 자기가 알아낸 정보를 이것저것 말하는 동안 이로가 로어의 시선을 붙잡았다.

'괜찮아?' 로어가 입 모양으로 물었다.

이로는 고개를 끄덕였다. 이로의 몸에는 멍이나 상처가 보이지 않았다. 호텔에서 겪었을 싸움을 생각하면 불가능한 일인데, 아마도 카스토르가 로어를 치료하고 다른 친구들까지 모두 치료해준 모양이었다.

로어는 아예 드러누워서 하늘을 바라봤다. 평소에 도시를 밝게 비추던 불빛들이 없으니 별들이 더 잘 보였다. 카스토르는 마일스, 밴과 옥상 한구석에 서서 하늘의 별자리들을 손으로 가리키고 있었다. 방금 로어가 혼자 조용히 좇고 있던 그 별자리들을.

예전에 아빠는 로어와 카스토르에게 별자리를 가르쳐주며 숨겨진 신화를 들려주곤 했다. 옛 영웅들이나 다른 사람들처럼 로어도 클레오스를 얻는 것보다 더 위대한 명예는 신들에 의해 별이 되는 것뿐이라고 믿었다.

가끔 로어는 저 수많은 별들 사이에서 가족을 찾곤 했다. 그 묵직한 슬픔이 복받칠 때, 가족이 너무 보고 싶어서 잠들지 못할 정도로 고통스러울 때, 로어는 가족 한명 한명에게 별자리를 만들어주곤 했다.

로어는 가슴을 쓸며 생각했다. 언젠가, 가족을 다시 만나게 되리라는 걸 안다. 하지만 지금은 아니다. 지금까지 일일이 헤아리기조차 힘들 정도로 수없이 많은 죽을 고비를 넘겼다. 하지만 자기 삶을 망쳐버린 그 존재가 자신에게 두 번째 삶을 주기도 했다는 사실은 더더욱 로어에게 의미가 깊었다.

이로가 다가와 로어 옆에 눕더니 어두운 하늘을 바라봤다. 로어는 고개를 돌려 이로를 바라봤다.

“너희 가문은 다 괜찮은 거야? 호텔에선 어떻게 됐어?” 로어가 물었다.

“헌터들이 부상을 당하긴 했지만 다들 치료받고 있어. 싸움에서 죽은 헌터는 한 명뿐이야. 카드모스 헌터들이 '바다의 불'에 대한 얘기를 듣고 자기들도 우리랑 같이 갇혔다는 걸 눈치채자마자 싸움을 멈췄거든. 게다가 걔네들이 우리한테 불길을 잡는 방법을 알려주기까지 했어. 참, 희한한 일이었어."

"오디세우스 가문은 자신들을 이끌어줄 네가 있어서 다행이었네." 로어가 말했다.

이로는 고개를 저었다. "그렇게 간단하면 얼마나 좋겠어. 나도 그들이 내 말을 들어주면 좋겠다고 생각하는데, 그래도 마음 한구석은 여전히… 나는 리더가 될 자격이 없다는 생각이 들어서."

"아냐, 충분히 자격 있어." 로어가 말했다.

이로는 긴 숨을 들이쉬었다. "앞으로 이 세상에서 새로운 역할을 찾아야 한다는 걸 어떻게 원로들에게 설명해야 할지 잘 모르겠어. 하지만 어쩌면 우리 엄마가 도와줄지도 몰라. 엄마가 루아르밸리에 있는 근거지로 우리를 만나러 오기로 했거든. 오디세우스의 정신을 되찾기 위해 함께 싸워나가야지."

"잘됐다. 이로, 정말 잘됐어. 내가 뭘 할 수 있을지는 모르겠지만 나도 도울게."

이로가 콧방귀를 뀌며 말했다. "네가 못하는 게 있니?"

"대련에서 널 꺾어버리는 거?" 로어가 대답했다.

"그래, 그건 절대 잊어버리지 말아라. 앞으로 아무리 수많은 영겁의 세월을 살게 되더라도." 이로가 말했다.

"내가 그렇게 오래 살아남을 수 있을 정도로 운이 좋다면 말이지." 로어가 조용히 말했다.

"너 이거…" 이로는 어떻게 물어봐야 할지 망설이는 것 같았다. "이게 네가 바라는 거야?"

"나도 내가 뭘 바라는지 모르겠어. 사실 내가 어떻게 생각하는지도 모르겠어. 그냥 슬픈 것 같기도 하고. 심지어 그게 정확한 표현이 아닌 것도 같아. 난 아직 여기 있는데도 모든 것을, 너희 모두를 잃어버린 것 같다고 할까? 아테나의 힘을 가지고 있지만 문제만 더 일으킬 거라는 느낌도 떨쳐버릴 수 없어. 그리고 내가 아무리 노력해도, 결국 나도 인간성을 잃게 될 거고, 나도 옛 신들처럼 파괴적인 습성에 젖어들 것 같기도 하고."

로어는 세월이 한순간처럼 느껴지기를 바라지 않는다. 자신에게 깃든 모든 순간의 의미를 잃어버리고 싶지 않았다. 언제 어떻게 자기 힘을 사용해야 할지 따위를 결정하고 싶지 않았다. 어쩔 수 없이 실수를 저지를 수밖에 없다는 사실을 알고 싶지도 않았다.

친구들이 모두 떠난 뒤에도 혼자 살아 있고 싶지 않았다.

"어떻게 될지는 닥쳐봐야 알겠지." 이로가 말했다. 세 사람이 이로와 로어에게 다가왔다. "어쨌든 밤이 허락할 때까지 여기 함께 있자."

로어가 고개를 끄덕였지만 둘 다 남은 시간이 얼만큼인지 정확히 알고 있었다. 자정이 되면 끝난다는 걸.

그들은 밤이 깊을 때까지 먹고 마셨다. 그리고 마침내 로어는 터널 안에서 무슨 일이 있었는지, 아테나가 어떤 선택을 했는지 친구들에게 털어놨다. 로어는 친구들의 질문에 최대한 대답했지만 오히려 자신의 가슴속에 담긴 질문이 더 많았다.

시간이 지날수록 밤이 마치 꿈처럼 느껴졌다. 꿈처럼 흐르는 대화와 웃음, 촛불에 반짝거리는 친구들의 얼굴들. 로어는 눈을 뗄 수 없었다. 자신이 사랑하는 이 삶의 단 1초라도 놓칠까 두려워 고개를 돌릴 수 없었다.

58

달이 하늘을 가르는 궤도의 정점에 다다르는 순간이었다.

로어는 편안하고 따뜻한 카스토르의 팔에서 몸을 빼며 일어나 앉았다. 옆에 잠들어 있는 다른 친구들 모두 별빛을 받으며 제멋대로 널부러진 모습이었다. 밴과 마일스는 서로의 손을 깍지 낀 채 잠들었고, 이로는 꿈을 꾸는지 평온한 표정이었다.

로어는 휴대폰으로 시간을 확인했다. 밤 11시 50분.

자신과 카스토르가 자정이 되기 전에 친구들을 깨우겠노라고 약속했지만, 로어의 손은 마일스의 어깨에 닿지 못하고 망설였다. 도저히 못 할 것 같았다. 지금까지 살면서도 이미 너무 많은 작별에 맞닥뜨리지 않았던가. 전부 고통스러웠고, 심지어 단 한 번도 로어의 방식대로 한 적도 없었다.

대신 로어는 마일스가 옆에 놓아둔 그의 휴대폰을 집어 들어 우스꽝스러운 표정을 하고 셀카를 찍은 다음 마일스의 휴대폰 배경

화면으로 설정해두었다. 그런 다음 짧은 이메일을 썼다. 거기에 길 할아버지, 아니 헤르메스가 그녀에게 남겨준 돈이 그대로 들어 있는 은행계좌에 어떻게 접속하는지, 브라운스톤의 집문서가 보관되어 있는 안전금고 열쇠가 어디 있는지 등 간단한 지침들을 남겼다.

"뭘 그렇게 웃고 있어?"

카스토르는 1시간 동안 잠들어 있었지만, 그 역시 뭔가 변하는 걸 느낀 게 틀림없었다. 그는 몸을 일으키더니 스트레칭을 하며 어깨를 돌리고 팔도 휘휘 저었다. 마치 그 느낌을 기억에 담으려는 듯.

로어는 손가락을 들어 입을 막으며 카스토르에게 조용히 하라는 신호를 보내고는 잠들어 있는 마일스 옆에 휴대폰을 내려놓았다. 그러고는 손을 뻗어 카스토르가 내민 손을 잡았다. 두 사람은 손가락을 서로 깍지 끼고 옥상 반대편으로 갔다.

카스토르는 휘황찬란한 불빛을 아직 되찾지 못한 도시의 어둠 저편을 바라봤다. "기억이 났어."

로어는 카스토르를 바라보며 그의 말을 기다렸다.

"방금, 꿈을 꿨어. 아폴론은 내가 자기를 죽이게 했어. 하지만 죽지 않고 하늘로 올라갔어."

정확히 아테나가 한 것처럼 말이다.

"결국 그거였나?" 로어가 물었다. "인간들을 위해 기꺼이 자신의 생명을 포기하면 되는 거였나?"

"내 생각엔 그 이상의 뭔가가 있는 것 같아. 레블러가 했던 말 생각나? 심지어 아폴론도 아곤이 절대 끝나지 않으리라는 걸 알고 있다고 했던 말, 아곤이든 사냥이든 다 의미 없다고 했던 말? 내가 아폴론에게서 본 것이 그것이었어. 그리고 그 깨달음이 아폴론을 괴롭히고 있었던 것 같아. 아폴론은 내 안에 병이 있다는 걸 느끼고는 갑자기 화를 냈어. 방을 마구 헤집어놓으면서 손에 잡히는 대로 다 부숴버렸어. 처음에는 내가 감히 그를 똑바로 쳐다봐서 화가 난 줄 알았어. 아니면 나한테 자신을 들켜서거나. 하지만 둘 다 아니었어."

카스토르는 다시 차분히 숨을 들이쉬었다. "그러더니 갑자기 멈췄어. 그렇게 분노를 터뜨리더니… 조용해졌지. *생각에 잠긴 것처럼.* 그러더니 칼집에서 칼을 꺼내 들고 나한테 다가왔어."

"그때 무서웠어?" 로어가 속삭여 물었다.

카스토르는 고개를 저었다. "아니. 아폴론의 표정에서 뭔가 다른 것이 느껴졌어. 어떤 '몰입' 같은 거라고 해야 하나. 나한테 살고 싶냐고 묻더라고. 그래서 죽는 건 두렵지 않다고 대답했지. 더 이상은 아니라고. 그랬더니 아폴론이 말하는 거야. '*한낱 어린아이도 죽음이 두렵지 않다면 나도 그 용기에 걸맞도록 분발해야겠군.*' 그러더니 내 손에 칼을 쥐어주고는 자기 손으로 내 손을 감싸 쥐었어. 나는 거부할 수도, 아폴론의 손에서 벗어날 수도 없었어. 아폴론이 '*나에겐 그럴 힘도, 또한 그럴 의지도 있으니.*' 하고 말하더니 내 손에 쥔 칼로 자기 심장을 찔렀어."

로어는 한동안 아무 말도 할 수 없었다. "왜 그냥 너를 치료해주지 않았지? 아폴론한텐 그런 능력이 있었잖아. 안 그래?"

"나도 모르지. 그땐 아곤도 거의 끝나기 직전이었고 분명 조금만 기다리면 자기 힘을 완전히 회복할 수 있었을 텐데. 내 생각엔 아폴론이 아곤에서 완전히 벗어나고 싶었던 것 같아. 아폴론도 우리처럼, 끝나지 않는 고통과 폭력과 상실에서 탈출하고 싶었던 게 아닐까?"

"그리고 자기가 아는 유일한 방법으로 그렇게 한 거네. 네가 자기를 죽이게 만들어서."

카스토르는 얼굴을 문지르며 고개를 끄덕였다. "그게 진정한 희생이었는지는 모르겠다. 결국 그렇게 해서 아폴론은 스스로 구원을 받은 셈이니까. 아마 그들은 자기들의 진정한 목표를 스스로 다시 깨달아야 했던 거 아닐까? 그리고 그 유일한 방법이 그렇게나 간절히 붙들고 있던 자신의 힘을 포기하는 것이고."

로어는 가벼운 한숨을 내쉬었다.

다른 신들은 지금 어디에 있을까? 로어는 궁금했다. 자유로워졌을까? 아니면 아직도 저 아래 어두운 지하세계에 갇혀 있는 걸까?

로어는 카스토르의 감촉을 느끼고 싶어서 그의 손을 잡았다. "지하철역에서처럼 그런 느낌일까? 떠날 때 말이야. 아플까?"

"모르지." 카스토르가 로어의 얼굴로 흘러내린 머리카락을 부드럽게 넘기며 대답했다. "뭐가 어떻게 될지 나도 모르겠어."

시간이 너무 빨리 지나가고 있었다. 로어는 카스토르의 손을 힘주어 잡았다. 가슴에서 심장이 쿵쾅거렸다. 자신의 심장박동을 더 이상 느끼지 못하는 건 어떤 기분일까?

로어는 발끝으로 서서 두 손으로 카스토르의 얼굴을 감싸 쥐었다. 카스토르의 얼굴을 당겨, 너무 늦기 전에 그에게 키스했다.

"무서워?" 카스토르가 물었다.

로어는 고개를 저었다. "그냥… 친구들을 남겨놓고 떠나는 게 걱정돼."

하지만 그것 말고도 더 있었다. *떠나고 싶지 않았다.*

"있잖아. 네가 선택할 수 있다면, 이제 너도 모든 걸 다 알게 되었으니까…, 계속 힘을 갖고 싶어?" 로어가 물었다.

카스토르가 로어의 턱을 어루만지며 잠시 생각했다. "아니. 영원히 살고 싶었던 적은 한 번도 없어. 아팠을 땐 그냥 조금만 더, 1시간만 더, 하루만 더 살고 싶었을 뿐이야. 그냥 아빠랑 레슬링도 하고, 힐러 훈련을 받고 싶었어. 너랑 같이 도시 여기저기를 뛰어다니고 싶다는 생각뿐이었지…."

로어는 눈을 감고 카스토르의 촉감에, 카스토르의 목소리에 집중했다.

"이 힘을 내가 어떻게 생각했든, 어쨌든 이번 주엔 그 힘이 필요했지. 하지만 내 생각은 어렸을 때와 달라지지 않았어. 몸이 건강할 땐 좋은 날을 보낼 수 있어서 감사했고, 너와 함께할 수 있는 모든 순간들에 감사했어."

로어는 양팔로 카스토르를 껴안았다. 카스토르는 로어의 머리에 뺨을 기댔다.

나는 가고 싶지 않아. 지금 이 순간을, 잠시도, 단 한순간도 잃고 싶지 않아.

로어는 영원을 바라는 게 아니다. 그저 카스토르와 함께 있고 싶었다. 친구들이 안전하게 가까이 있다는 걸 알고 싶을 뿐이다. 도시의 심장이 자신의 리듬을 찾아가는 소리를 듣고 싶을 뿐.

"제발요." 로어는 속삭였다. '구름을 부르는 자'에게, 혹시 자신의 이야기를 듣고 있을 누군가에게. "우리가 선택할 수 있게 해줘요. 여기서 끝내게 해줘요."

그리고 마치 대답처럼, 두 사람을 둘러싼 공기의 흐름이 바뀌었다. 로어는 어떤 파동 같은 것이 자신의 감각을 타고 격렬하게 요동치며 퍼지는 걸 느꼈다. 무언가, 마치 천둥처럼 우르르 울리는 무한의 벽처럼 자신들 뒤로 다가서는 것이 느껴졌다. 하지만 로어는 얼굴을 돌려 그것을 마주하지 않았다.

"제발요." 로어는 다시 속삭이며 간절한 기도를 반복했다. "우리를 보내줘요."

우리를 풀어줘.

바람이 불어 로어의 머리카락을 흐트러뜨렸다. 바람은, 땅과 바다와 세월을 지나며 자신이 본 모든 것들을 담아 고대의 노래를 불렀다. 바람이 몸을 훑고 지나가자 로어는 짧은 숨을 들이쉬었다. 뜻밖의 온기가 로어의 영혼까지 퍼졌다. 로어는 카스토르를 더 꽉 껴안았다. 하지만 고통은 느껴지지 않았다. 여전히 감고 있는 눈 어딘가에서 빛이 보였다.

마치 실타래가 풀리듯 로어 안에서 일렁이던 힘이 몸 밖으로 서서히 풀려나가자 몸의 긴장이 누그러졌다. 그 감각에 로어는 숨을 헉 들이쉬었다가, 감각이 사라지자 다시 한 번 짧은 숨을 삼켰다. 공기의 흐름이 진정되고 도시의 소음이 다시 들리기 시작했다.

로어는 눈을 떴다. "카스…?"

카스토르도 눈을 떴다. 로어는 잠시 의아한 눈으로 카스토르를 살피듯 바라봤다. 카스토르의 짙은 눈동자엔 더 이상 힘의 불꽃이 보이지 않았다. 그 눈은 로어가 어린 시절 매일 봤던 바로 그 눈동자였다. 로어가 늘 사랑했던 바로 그 눈동자였다.

로어의 몸에 맞닿은 인간 카스토르의 몸은 따뜻했다. 그의 가슴에서 미칠 듯 고동치는 카스토르의 심장박동이 느껴졌다. 순수한 환희가 온몸으로 퍼졌다.

고마워요. 로어는 마음속으로 말했다. *고마워요.*

카스토르도 기쁨의 웃음을 살짝 터뜨렸다. 마치 이게 꿈이 아니라는 걸 확인하려는 듯 로어의 팔과 머리와 얼굴을 손으로 어루만졌다. 8일째 되는 날, 로어는 웃으며 카스토르에게 키스했다.

등장인물

♆ 신

과거에 소멸된 신

· 아프로디테 : 미, 출산, 쾌락, 사랑의 여신
· 아레스 : 전쟁, 용맹, 피와 살상의 신
· 디오니소스 : 축제, 황홀경, 광기, 극장, 술, 풍요의 신
· 헤파이스토스(아곤에서 힘이 승계되지 못함) : 불, 대장간의 신. 금속공예와 조각을 관장하는 신.
· 포세이돈 : 바다, 홍수, 가뭄, 말, 지진을 관장하는 신

아곤 시작 시점 생존 신

· 아르테미스 : 자유분방함을 상징. 사냥, 야생동물, 출산, 소녀들을 돌보는 여신.
· 아테나 : 지혜, 기술, 직물, 전쟁(전술)의 여신. 도시의 수호자.
· 헤르메스 : 목자, 도둑, 상인, 여행자, 언어를 관장하는 신. 죽은 자를 안내하는 자. 올림포스 전령의 신.

아곤 시작 시점 생사 여부 미확인 신

· 아폴론 : 예언, 음악, 시, 궁술, 의술, 빛, 그리고 전염병과 질병을 관장하는 신

새로운 인간 신

· 하트키퍼(사랑을 지키는 자) : 아프로디테의 능력 보유
· 레블러(흥청거리는 자) : 디오니소스의 능력 보유
· 타이드브링어(물결을 부르는 자) : 포세이돈의 능력 보유
· 래스(분노하는 자) : 아레스의 능력 보유

☤ 페르세우스 가문

미케네 왕조의 시조이자 메두사를 처치한 영웅 페르세우스의 후예

· 레아 페르세우스 : 여자로서 뉴포세이돈(타이드브링어)으로 승격했다. 로어와 먼 친척
· 데모스 페르세우스 : 로어의 아버지. 페르세우스 가문의 아르콘. 지난 아곤 막바지에 살해되었다.
· 헬레나 페르세우스 : 로어의 어머니. 오디세우스 가문 출신. 지난 아곤 막바지에 살해되었다.
· 멜로라 페르세우스 : '로어'라고도 불림. 페르세우스 가문의 마지막 인간 후손
· 올림피아 페르세우스 : 로어의 여동생. 지난 아곤 막바지에 살해되었다.
· 다마라 페르세우스 : 로어의 여동생. 지난 아곤 막바지에 살해되었다.

☤ 아킬레우스 가문

트로이전쟁의 영웅 아킬레우스의 후예

· 필립 아킬레우스 : 아킬레우스 가문의 아르콘. 카스토르, 에반드로스와는 먼 친척
· 아칸타 아킬레우스 : 여사자 출신. 필립 아킬레우스의 아내
· 칼리아스 힐러 : 카스토르의 전 힐러 교관
· 클레온 아킬레우스 : 카스토르의 아버지. 병으로 사망
· 파에드라 아킬레우스 : 카스토르의 어머니. 이전 아곤에서 사망
· 카스토르 아킬레우스 : 로어의 어린 시절 절친이자 이전 훈련 파트너
· 에반드로스 아킬레우스 : 카스토르의 먼 친척이자 아킬레우스 가문의 메신저
· 오레스테스 아킬레우스 : 로어, 카스토르의 훈련 동급생

♆ 카드모스 가문

테베를 건설하고 괴물 뱀을 처치한 영웅 카드모스의 후예

· 아리스토스 카드모스 : 카드모스 가문의 전 아르콘이었다가 뉴아레스(래스)로 승격했다.

· 벨런 카드모스 : 아리스토스 카드모스의 사생아

♆ 오디세우스 가문

이타카의 왕이자 최고의 지략가 오디세우스의 후예

· 이올라스 오디세우스 : 이로의 아버지이자 오디세우스 가문의 전 아르콘. 뉴아프로디테(하트키퍼)로 승격하면서 아르콘의 지위는 먼 '남자' 친척에게 인계되었다.

· 도르카 오디세우스 : 이로의 어머니. 중간에 돌연 자취를 감춤. 로어의 어머니와 가까운 친구 사이였다.

· 이로 오디세우스 : 로어의 친구. 로어의 이전 훈련 파트너

♆ 헤라클레스 가문

열두 과업을 완수한 영웅 헤라클레스의 후예

· 이아손 헤라클레스 : 뉴디오니소스(레블러)로 승격하면서 자기 가문의 모든 구성원을 살해했다.

그 외 가문들

· 벨레로폰테스 가문 : 천마 페가수스를 타고 괴물 키마이라를 처치한 영웅 벨레로폰테스의 후예(아곤에서 멸족한 가문)

· 이아손 가문 : 황금 양털을 되찾기 위해 아르고호 원정대를 결성하여 이끈 영웅 이아손의 후예(아곤에서 멸족된 가문)

· 멜레아그로스 가문 : 칼리돈의 왕자로 칼리돈의 멧돼지를 처치한 멜레아그로스의 후예(아곤에서 멸족한 가문)

· 테세우스 가문 : 괴물 미노타우로스를 처치한 영웅이자 아테네의 왕이었던 테세우스의 후예

감사의 글

내가 그리스신화를 처음 접한 건 돌레르 부부의 《그리스신화》를 통해서였다. 이 오래되고 낡은 책은 우리 형제자매가 어머니에게 물려받은 것이었는데, 당시 어머니는 우리에게 그리스 전통과 유산을 한시라도 빨리 알려주려고 열성이셨다. 신의 은총 덕분인지 내가 자란 우리 그리스 대가족은 이 책에 나오는 헌터들과 조금도 비슷한 점이 없다. 우리는 사랑이 넘치고, 서로에게 힘이 되어주고, 재미있고 유쾌한 가족이다. 게다가 가문의 방대한 전설 컬렉션을 언제든 감당해낼 마음의 준비가 되어 있는 사람들이다. 이런 가족에게 가장 먼저 감사의 마음을 전하고 싶다.

이 책에 쓰인 그리스어와 관련하여 가족의 도움을 받긴 했지만 브렌든 재티르카와 키키 햇조폴루에게 각별히 감사를 표하고 싶다. 두 사람은 용어의 쓰임새와 맞춤법을 확인하는 데 도움을 주었고, 그 밖에도 전방위적으로 최강 파워의 영웅이 되어 내가 던지는